NARRATIVA

801

Daniela Raimondi

LA CASA SULL'ARGINE

Romanzo

EDITRICE NORD

ISBN 978-88-429-3290-1

In copertina: *Daydreaming,*
di Eugenio de Blaas © Signal Photos/Alamy Foto Stock
Art director: Giacomo Callo
Graphic designer: Davide Nasta

LA CASA SULL'ARGINE

LA SAGA DELLA FAMIGLIA CASADIO

A Guido

PROLOGO

« Anno Christi MCCCCXII. A dì 18 de luglio venne in Bologna uno ducha d'Ezitto, lo quale havea nome el ducha Andrea, et venne cum donne, putti et omini de suo paese; et si possevano essere ben da cento persone. »

Da *Cronica gestorum ac factorum memorabilium civitatis Bononie, edita a fratre Hyeronimo de Bursellis (ab urbe condita ad a. 1497)* (in LUDOVICO ANTONIO MURATORI, *Rerum Italicarum Scriptores*, Tomo XXIII, 1733)

« *Noi siamo fatti della stessa materia dei sogni*
e la nostra breve vita
si completa in un sonno. »

WILLIAM SHAKESPEARE,
La tempesta (atto IV, scena I)

«È per colpa di una zingara se la famiglia si è imbastardita.» Me lo ripeteva spesso mia nonna, grembiule bianco e maniche rimboccate fino ai gomiti, mentre si apprestava a tirare la sfoglia. Cominciava a raccontare la nostra storia partendo da quell'antenata gitana e intanto lasciava cadere le uova nel vulcano di farina. Un leggero movimento del polso, *crac*, partiva un uovo; un altro movimento, *crac*, partiva il secondo. Lavorava la pasta e intanto parlava, e piangeva, e rideva. Era certa che fosse per colpa del matrimonio di un nostro avo con quella zingara, avvenuto due secoli prima, se metà dei nostri parenti aveva la pelle chiara e gli occhi azzurri, mentre l'altra metà nasceva con i capelli corvini e gli occhi neri.

Non erano solo vaneggiamenti dovuti all'età. L'arrivo degli zingari nel paesino di Stellata, il luogo che ha dato i natali alla mia famiglia, è testimoniato da un documento vecchio di secoli che giace negli archivi storici della Biblioteca Ariostea di Ferrara.

La carovana di gitani era apparsa in paese in una giornata di pioggia apocalittica. Era novembre e ormai diluviava da settimane. I campi erano scomparsi sotto una spanna d'acqua; quindi erano spariti i sentieri, le strade, i cortili e infine la piazza. Per potersi muovere, la gente aveva cominciato a usare le barche. Stellata aveva finito per trasformarsi in una sorta di piccola Venezia, ma una sua versione misera, senza i palazzi e le gondole, con case malandate, imbarcazioni marce e le acque salmastre del fiume.

I carrozzoni si erano trascinati cigolando sul ponte di barche del Po, quindi avevano proseguito lungo lo stradone sull'argine. L'acqua batteva e le zampe delle bestie sprofondavano nella melma. Le ruote si erano incagliate, il legno scricchiolava, e i carrozzoni avevano finito per bloccarsi nel fango. Gli uomini avevano lavorato fino a tarda notte, cercando di liberarli, ma per cinque carrozzoni non c'era stato nulla da fare, e gli zingari si erano dovuti fermare in paese in attesa di un tempo migliore.

Quando la pioggia era cessata, i carrozzoni erano stati liberati e le ruote sostituite, ma una serie di eventi aveva fatto sì che la partenza dei forestieri venisse rimandata più volte: prima si era dovuto attendere l'esito di un parto difficile, poi qualcuno si era ammalato di dissenteria, infine un loro cavallo era morto. Quando gli zingari erano stati finalmente pronti a riprendere il cammino, era sopraggiunto uno degli inverni più rigidi del secolo e il paese era sprofondato nel gelo. Mettersi in viaggio era sembrata a tutti un'idea insensata.

Per rompere la monotonia del lungo inverno, qualche zingaro si tenne occupato ferrando i cavalli; altri iniziarono a vendere al mercato cesti di giunco, briglie, setacci e tamburelli; altri ancora cominciarono a suonare ai battesimi e ai matrimoni. Arrivò e finì la primavera; in estate, scoppiò il tifo e il paese venne isolato. Con il passare delle stagioni, la vita di quegli zingari venne irrimediabilmente segnata dal vizio della quotidianità.

Senza che gli abitanti di Stellata quasi se ne rendessero conto, il loro astio verso i nuovi arrivati si trasformò in abitudine. I vecchi morivano, i bambini nascevano e i giovani s'innamoravano senza badare troppo alle differenze. Fatto sta che, in poche generazioni, un terzo degli abitanti di Stellata si ritrovò nelle vene sangue zingaro.

È qui che entra in scena il mio trisavolo, Giacomo Casadio. A Stellata era conosciuto come un tipo solitario, dal temperamento malinconico. La natura lo aveva però dotato di una grande immaginazione e ben presto si era manifestato in lui l'estro del visionario. Il suo sogno era costruire barche, ma non le solite, modeste imbarcazioni che si vedevano passare lungo le rive del Po. Lui aveva in mente vascelli con stive capaci di contenere non solo grano, legname, canapa e animali da cortile, ma anche vacche e cavalli. In poche parole: Giacomo Casadio progettava qualcosa di molto simile all'Arca di Noè.

L'idea gli era venuta da piccolo, in canonica. Sfogliando una Bibbia, si era imbattuto in un'immagine dell'arca pronta a salpare. Era bellissima, con la pancia tonda, le teste di leoni e giraffe che uscivano dalle finestrelle, e più sotto le file di anatre, di galli e di galline, e poi le coppie di capre, dromedari, pecore e asinelli. Una barca capace di sfidare il Diluvio Universale e di salvare tutti gli esseri viventi della Terra! Quell'immagine biblica aveva gettato il seme della sua ossessione. Una volta cresciuto, Giacomo aveva cominciato a costruire arche nel cortile di casa. Ci aveva pensato a lungo: il fiume era da sempre la via di trasporto più veloce per il continuo via vai di persone, carri e bestie; e c'erano i pescatori, i ranari, i sabbiaroli... Stellata, dove il Po era ampio e profondo, poteva trasformarsi in un grande porto fluviale.

Gli ci erano voluti tre anni per terminare il progetto. Quando l'arca fu pronta, Giacomo attese il 4 dicembre, giorno dedicato a santa Barbara, protettrice dei marinai, per vararla.

Quel mattino in paese c'era grande agitazione. L'intero borgo era sull'argine per godersi lo spettacolo. Arrivò anche il prete con il crocifisso, i chierichetti e l'acqua santa. Un enorme carro tirato da dodici buoi spinse l'imbarcazione sino al fiume. Giunti alle sue sponde melmose, gli uomini più forti iniziarono a trascinare l'arca, spostando l'uno dopo l'altro i tronchi su cui poggiava per farla scivolare prima giù dal carro, poi lungo la riva. Ci furono grida di stupore, incitazioni, parecchi traballamenti e trepidanti momenti d'attesa, ma alla fine l'arca fece il suo ingresso nel Po. Un fragore di esclamazioni e applausi si levò tutt'intorno.

Con il suo lungo passo dinoccolato e l'aria trionfante, Giacomo salì a bordo. Salutava la folla radunata lungo la riva con gli occhi azzurri che luccicavano, il petto gonfio d'emozione. Mai nella sua vita aveva provato una simile felicità.

Purtroppo l'arca non andò lontano; in meno di un'ora, scese a picco sul fondale.

L'uomo cadde in un profondo stato di abbattimento, che durò tutto l'inverno. I suoi erano così allarmati che alla fine il padre gli suggerì di riprovare. « *At ghè 'na testa fina. La prósima volta la to barca at'la porti fin al mar!* » disse con convinzione.

Spinto da quell'incoraggiamento, Giacomo superò lo sconforto e iniziò a costruire una seconda arca, ma non ebbe miglior fortuna. Arrivò a fabbricarne una mezza dozzina, e l'una dopo l'altra finirono tutte per affondare. A onor del vero, un paio stettero a galla per giorni. Con la sesta, poi, Giacomo raggiunse addirittura Comacchio e il delta del Po ma, proprio quando pensava di essere riuscito nella sua impresa, l'imbarcazione iniziò a riempirsi d'acqua e in poche ore colò a picco. In quel punto, il livello del fiume era basso e si racconta che per generazioni i pescatori di anguille furono in grado di scorgere l'albero maestro che spuntava dalle acque.

Tra un fallimento e l'altro, Giacomo viveva lunghi mesi

di prostrazione, talmente debilitanti che non riusciva nemmeno a lavorare nei campi. Poi, d'improvviso, subentravano periodi di euforia e il sogno di costruire un'arca tornava a ossessionarlo. Giunse però il momento in cui anche il padre perse la pazienza. «*Adès basta! At zsé sta bon ad fundáran sié. Tuti zo in d'al Po com ad li predi!*»

Ma, nonostante le sei barche affondate nel Po come pietre, il sogno di Giacomo era grande, e i suoi sapevano che costruire arche era l'unica cosa che portasse un poco di felicità nella vita di quel figlio, malinconico fin da quando stava nel ventre di sua madre. Così, nel giro di qualche mese, il cortile tornava a trasformarsi in un cantiere navale con impalcature, pile di assi, secchi di chiodi, funi, tenaglie, seghe e rotoli di cime multicolori. E, in mezzo a tutto quel groviglio di legname e utensili, c'era Giacomo che piallava, inchiodava e incollava giunture. Ogni volta che terminava una barca, attendeva giudiziosamente il giorno di Santa Barbara per vararla, ma la protettrice dei marinai non gli fu mai d'aiuto e le imbarcazioni finirono tutte per affondare.

Quando non lavorava nei campi, o non era preso dalla costruzione di una nuova arca, Giacomo passava il tempo da solo. Aveva pochi amici e un autentico terrore delle donne, tanto che giunse all'età di quarantacinque anni senza aver mai avuto una fidanzata. Poi, durante una festa di paese, una zingara incrociò il suo cammino. Lui l'aveva già notata da tempo: era alta, con un corpo flessuoso e una massa di capelli neri che le arrivava fino alla vita. Se ne andava in giro per Stellata con fare spavaldo, i sottanoni colorati, una moltitudine di penne di fagiano tra i capelli, vistosi anelli alle dita e numerose collane sul petto. Giacomo l'aveva sempre evitata, intimidito dalla sua baldanza; in più provava diffidenza per quella strana gente. Però quel giorno la zingara gli andò vicino e lo fissò dritto negli occhi. Quando gli rivolse la parola, lui trasalì e cercò di svignarsela, ma la ragazza lo afferrò per un braccio. «Dove vai? Mica ti mangio. Voglio solo leggerti il futuro.»

«*Lasa pèrdar*. Il mio destino lo conosco senza che me lo vieni a dire te.»

Voleva scappar via, ma lei non si diede per vinta e gli prese le mani. «Fammi vedere. Viollca non sbaglia mai.»

Non gli lesse il futuro. Gli osservò solo i palmi, poi gli strinse le mani nelle sue, sgranò gli occhi e annunciò: «Sei arrivato, finalmente! Erano anni che ti aspettavo».

Pochi mesi dopo, Viollca era incinta e, contro la volontà di entrambe le famiglie, i due si sposarono.

1800

Era un borgo di poche centinaia di abitanti, raccolto tra la strada e il fiume; un paese povero, ma con un nome tanto bello da non sembrare vero. A parte quello, però, di poetico a Stellata non c'era granché: una piazza con i portici, un'umile chiesa del XIV secolo, due fontane per l'acqua e i ruderi di un antico forte accanto al fiume. Pochi sapevano delle sue origini gloriose. Fin dal Medioevo, Stellata era stata un punto di difesa strategico contro i tentativi di conquista di Venezia e Milano, situata com'era sul Po e nel punto d'incontro tra gli attuali Veneto, Lombardia ed Emilia. Lucrezia Borgia ci era passata più volte nei suoi viaggi verso Mantova, e a Stellata aveva vissuto anche il figlio dell'Ariosto. Ma solo don Mario, il parroco, ne era a conoscenza, anche perché metà del paese era analfabeta e per l'altra metà restava comunque un mistero il fatto che il poeta avesse nominato quel misero villaggio nel canto XLIII dell'*Orlando Furioso*.

Restò Melara nel lito mancino;
nel lito destro Sermide restosse;
Figarolo e Stellata il legno passa,
ove le corna il Po iracondo abbassa.

Agli inizi del XIX secolo, il passaggio di legno fra Ficarolo e Stellata c'era ancora. Si trattava di un ponte galleggiante formato da vecchie barche di legno, legate l'una all'altra con grosse funi, probabilmente non molto diverso da quello citato dall'Ariosto secoli prima. Della fortezza invece rimanevano soltanto travi marce, tetti sfondati e cacche di pecora disseminate ovunque.

I Casadio vivevano appena fuori del paese, nella località detta « La Fossa » per via del canale che, nel bel mezzo della loro terra, segnava il confine tra le province di Ferrara e di Mantova. La loro casa era una costruzione di mattoni tipica della pianura padana, con il portico ad archi, le stanze ariose e i soffitti alti. C'erano un fienile, la stalla, il cortile di terra battuta, un porcile e la vigna. I muri erano senza intonaco e aveva finestre piccole, con le persiane tenute chiuse da maggio a ottobre per evitare le mosche e il caldo.

Viollca vi si trasferì dopo il matrimonio con Giacomo. I suoceri faticarono non poco ad abituarsi alle strane usanze della nuova arrivata. Da parte sua, la zingara non scese mai a compromessi: continuò a vestirsi con i suoi sottanoni multicolori e a ornarsi i capelli con penne di fagiano. La mattina, appariva reggendo un vecchio mortaio e passava ore a preparare infusi con erbe e strane radici.

Si dedicava anche a elaborati rituali di pulizia che dovevano eliminare ogni contaminazione.

« Non possiamo vivere tranquilli finché qui ci sarà qualcosa *marhime* », ripeteva.

« Mari... che? » le chiedeva la suocera, turbata.

Ciò che fosse o non fosse *marhime,* cioè « contaminato » in lingua romaní, era sancito dalla divisione tra l'interno e l'esterno della casa. Viollca si occupava di mantenere le stanze meticolosamente pulite e in ordine, mentre le stalle e l'aia erano responsabilità di altri membri della famiglia. Per lei, infatti, toccare i rifiuti o gli escrementi degli animali costituiva una delle più gravi forme di contaminazione. Non andò mai a lavorare nei campi, perché per la sua gente coltivare la terra era un tabù; riservava invece molta cura al modo di cucinare i cibi, anche se, secondo lei, solo alcuni animali potevano essere mangiati o addirittura toccati. Odiava cani e gatti perché si leccavano e per questo erano impuri. Di tutte le carni, la sua preferita era quella del porcospino, animale considerato tra i più puliti proprio perché, dati gli aculei, non poteva leccarsi.

Un'altra strana abitudine di Viollca era mettere ogni sera una ciotola di latte sul gradino appena fuori dalla porta.

« Cosa fai? » le chiese Giacomo la prima volta che la vide compiere quel rito.

« È per il serpente buono », rispose lei con fare tranquillo.

Gli zingari credevano che, nelle fondamenta di ogni casa, vivesse un serpente buono, dalla pancia bianca e con i denti senza veleno. E pensavano che ogni notte questo serpente strisciasse sulle persone che dormivano, per proteggerle e portar loro fortuna. Se però il serpente fosse stato ammazzato, qualcuno della famiglia sarebbe morto e su tutti gli altri si sarebbe abbattuta una serie di disgrazie. Per questo Viollca metteva sempre un po' di latte fuori dalla porta: per ringraziare il serpente e nutrirlo durante le sue escursioni notturne.

« *C'la sigagna l'è tuta mata!* Quella zingara è pazza! » si lamentavano i suoceri. Allo stesso tempo, però, osservavano compiaciuti la trasformazione che la giovane donna aveva portato nella vita di Giacomo. Quel figlio, da sempre malinconico, ora cantava ogni mattina facendosi la barba, e la notte scandalizzava la famiglia per i gorgheggi inequivocabili che uscivano dalla sua stanza da letto. Fu per amore di Giacomo che i suoi impararono a convivere con le stranezze della nuora. E dovettero pure ammettere che i misteriosi intrugli di Viollca funzionavano.

«Sono una *drabarno* e ogni *drabarno* sa come curare», assicurava la zingara. «Per i cavalli so cosa fare, e per gli uomini è uguale. Se a un cavallo prende il dolore alla pancia, allora ci vuole qualcuno che ha le dita così, vedi? Che indice e mignolo si toccano dalla parte di sopra senza sforzarli. Prendi la paglia che sta sotto il cavallo, e con quelle dita così ce la butti sopra. La getti via, poi la riprendi e la metti ancora sopra la bestia. Per tre volte, e il cavallo è guarito. Però per gli uomini ci vuole anche una testa di volpe, solo le ossa, e berci dentro questo infuso. Ecco, tenete», diceva al suocero. «Da questa testa di volpe hanno bevuto anche i bambini e non c'è mai stato bisogno di nessun dottore. Adesso masticate questo.»

«*Cus a ghè déntar?*» chiedeva lui.

«Ci metto la polvere di senape e il succo di certe radici che so io. Ci faccio delle palline e voi le dovete inghiottire prima e dopo il sonno. È per togliervi il fuoco dai polmoni. Adesso ripetete: 'Gesù è stato colpito, gli ebrei si sono seduti sul suo petto, Dio li ha scacciati. Un demonio è seduto sul mio petto. Donne bianche, allontanatelo e mettete su di lui una grossa pietra!'»

«Dio non esiste!» ribatteva il vecchio, battendo il pugno sul tavolo.

«Non m'importa se ci credete o no, basta che adesso mandate giù», commentava lei senza scomporsi.

Il giorno 18 del terzo mese del nuovo secolo, nacque l'unico figlio di Giacomo e Viollca Casadio: un maschio di quattro chili, con i capelli corvini e lo stesso sguardo selvatico della madre. Ancora sporco di parto, il bambino aprì gli occhi e si guardò intorno con un fare inquisitorio che spaventò la levatrice.

« Maria santissima... *Al gà du oc cal par un vec!* Ha due occhi che pare un vecchio! » esclamò la donna.

Il neonato nemmeno piangeva. Girava la testa a destra e a sinistra, scrutando il mondo, assorbito da tutte le novità che di colpo gli si erano aperte davanti.

Viollca mise da parte un pezzo del cordone ombelicale e spiegò: « Una volta seccato, lo cucio in un sacchetto e glielo appendo al collo. Gli porterà fortuna ».

Non appena il bambino fu lavato, lo allattò al seno destro, lato che simboleggiava la verità, la fortuna e il bene. Quando poi giunse il momento di scegliere il nome, lei annunciò: « Lo chiameremo Dollaro ».

« Che nome è? » chiese Giacomo.

« Mi hanno detto che è una moneta. Se lo chiamiamo così, non soffrirà mai la fame. »

Anche don Mario mostrò lo stesso scetticismo, non potendo prevedere che, con quel battesimo, iniziava una secolare, inutile guerra della parrocchia contro gli stravaganti nomi che i Casadio avrebbero scelto per i nuovi nati.

« Il denaro è lo sterco di Satana. Nessun 'Dollaro' riceverà mai il battesimo nella mia chiesa! » tuonò il prete. « Ci vuole il nome di un santo che protegga la creatura e sia di buon auspicio, altrimenti non se ne fa niente. »

Diede a Giacomo e a sua moglie un libro che conteneva i nomi di tutti i santi riconosciuti dalla Chiesa, con il giorno a loro dedicato e con tanto di elenco dei miracoli attribuiti a ognuno di essi.

La coppia non andò oltre le prime righe. Dopo Abbondio, Abramo e Abruncolo, Viollca si soffermò su sant'Acario: patrono dei caratteri difficili, invocato contro la follia, ottimo per evitare matrimoni infelici e prevenire la rabbia. Le sembrò un bel santo e i suoi miracoli erano spettacolari, così alla fine diede il suo consenso. Il bambino fu dunque battezzato con il nome di Acario ma, durante la sua lunga vita, tutti lo conobbero solo come « Dollaro ».

Il figlio di Viollca non avrebbe suscitato solo la perplessità della comare che lo aveva tirato fuori dalla pancia della madre. In breve tempo, i Casadio si resero conto che, del loro sangue, aveva preso poco: forse il corpo magro, il modo di camminare trascinando le gambe e quell'essere sempre sovrappensiero. Per tutto il resto, il bambino era l'erede del misterioso universo della madre. Imparò a parlare prima ancora di reggersi in piedi e da subito dimostrò di possedere una chiacchiera inarrestabile. La parola per Dollaro non era una necessità, ma una vocazione. Nel momento stesso in cui apriva gli occhi, iniziava a conversare con chiunque. Se non c'era nessuno, parlava da solo.

Anche Viollca aveva cominciato a parlare prima di compiere un anno; per quello, nel clan dov'era nata, dicevano fosse posseduta dal demonio e avevano paura di lei. Nessuno pensò mai che Dollaro fosse indemoniato, nemmeno il prete che in verità si affezionò al bambino e, negli anni, pure lui finì per chiamarlo con quel nome blasfemo. Indemoniato, no. Però, strano, Dollaro lo era di sicuro. Poteva comunicare con le bestie e, tale e quale la madre, se sparivano cose o animali, aveva il dono di ritrovarli. Non era raro che qualche vicino bussasse alla porta dei Casadio in cerca d'aiuto.

« *Viollca, a m'è sparì al cavál.* »

Lei allora portava Dollaro sulla riva del Po, lo sollevava sopra la corrente e recitava: « Oh, Nivaseya, per gli occhi neri di questo bambino, per il suo sangue di zingaro, dov'è il cavallo? Puro è il bambino, puro come il sole, come l'acqua e la luna e il latte più fresco. Dimmi, Nivaseya, per gli occhi neri di mio figlio: dov'è il cavallo? »

Prima di sera, di sicuro l'animale tornava a casa, o il padrone se lo ritrovava sul cammino.

Quello che nemmeno sua madre sapeva era che Dollaro poteva sentire le voci dei morti. Già verso i cinque anni, quando andava al cimitero, il bambino aspettava che i visitatori uscissero, poi si sedeva fra le tombe ad ascoltare le anime che parlavano tra loro. Mai si rivolgevano a lui, né sembravano accorgersi della sua presenza. Un pomeriggio, però, l'anima di una bambina aveva risposto alle sue chiacchiere. Si chiamava Susanna e gli aveva detto che stava sotto la terra da molto prima che lui nascesse. Da quel giorno, Dollaro aveva preso l'abitudine di andare a trovarla.

« Susanna, come stai? Senti freddo lì sotto? » le chiedeva.

« Quando piove, l'acqua mi gocciola negli occhi, ma non importa, tanto non ci accorgiamo più del freddo né del caldo. Però mi manca il sole. »

« Non ti viene mai fame? »

« No, mai. Ma tu, cosa stai mangiando? »

« Ho raccolto delle more. »

« Ah, che buone! Dimmi di cosa sanno. »

« Sanno... sanno di more. Ecco, prova. »

Stringeva il pugno e lasciava cadere il succo dei piccoli frutti dentro la terra. Susanna rideva, anche se la sua bocca non poteva più gustarne la dolcezza. Ma non tutti i morti erano come lei. A volte, sopra il camposanto, passava l'anima di una pazza. Di colpo i rami degli alberi si piegavano e si alzava un vento tanto forte da flettere i cipressi fin quasi a terra e fare volar via foglie di pioppo, fiori, scaglie di legno, semi dei campi.

« Ma perché urla in quel modo? » chiedeva Dollaro.

« È la Virginia. Sta chiamando il suo bambino morto. Si è ammazzata il giorno del funerale e da allora lo sta ancora cercando. »

Quando l'anima di Virginia passava là vicino, le sue grida si confondevano con il fragore dei tuoni e la furia del vento che ogni volta seguivano i suoi lamenti.

« Odio questa pioggia! Senti come graffia! I fiori sono tutti morti e il mio bambino piange... Dov'è adesso? Lo sentite?... Ha fame del mio latte... Dov'è? Dove? Dove?... »

Infine quella voce tremenda si allontanava. Il vento cessava, gli alberi tornavano immobili. Dollaro rimaneva muto, le gambe che tremavano. Poi chiamava Susanna per farsi coraggio, ma la sua amica raramente rispondeva; forse si era addormentata. Allora lui guardava in alto: il cielo era di nuovo azzurro. Poi una moltitudine di farfalle cadeva ai suoi piedi. Le loro ali coprivano le tombe con i loro colori.

Da quando si era sposata con Giacomo, Viollca aveva interrotto i rapporti con la sua famiglia d'origine. Benché ormai gli zingari si fossero adeguati ai costumi locali, molti si opponevano ancora ai matrimoni misti. « Se sposi un *gagé*, la nostra porta rimarrà chiusa per te e per i tuoi figli », l'aveva avvertita il padre. Così era stato, e nemmeno la nascita di Dollaro era riuscita a ricucire i legami.

L'amore che la univa a Giacomo aiutava la donna a sopportare quella separazione. Le abitudini gitane però lei non volle mai abbandonarle, anche se alla fine furono proprio queste a causare attriti nel matrimonio. Giacomo le permise di abbigliarsi nel suo modo eccentrico, ma le proibì la pratica delle arti divinatorie; così, a malincuore, Viollca dovette riporre i tarocchi dentro una scatola in fondo all'armadio.

L'educazione di Dollaro era un altro motivo di scontro. Mentre i Casadio tenevano all'obbedienza e alla disciplina, la zingara desiderava che il figlio crescesse libero e sicuro di sé. Così, già da quando lui aveva cinque anni, gli permetteva di gironzolare in paese fino a sera inoltrata e, non appena il figlio ebbe imparato a stare a galla, lo lasciò nuotare da solo nel Po.

« Ha sei anni! Lo vuoi fare annegare? » la rimproverava Giacomo.

« Non gli succederà niente. Io gli insegno la libertà e il coraggio. »

Quando giunse per il bambino il momento d'iniziare la scuola, Viollca cercò di opporsi. « A che gli serve? Ci vuole altro per diventare un uomo. »

« Dollaro andrà a scuola come ogni buon cristiano. E questo è tutto », insistette Giacomo. E quella volta l'ebbe vinta lui.

I battibecchi non intaccarono l'armonia della coppia, ma nemmeno l'amore riuscì a sconfiggere la profonda tristezza radicata in Giacomo fin da prima della sua nascita. A niente servirono gli infusi della moglie, la sua devozione o l'affetto del figlio. Giunse il giorno in cui neppure l'idea di cominciare la costruzione di una nuova arca riuscì più a entusiasmare l'uomo. Passava le giornate chiuso in casa, senza mai dire una parola. Smise di lavorare, poi di mangiare, e infine di vivere.

Certe notti, Viollca si svegliava di soprassalto e se lo trovava in piedi accanto al letto, il viso pallido, gli occhi azzurri spalancati. « Gesù!... Cosa fai lì? » trasaliva.

« Vado a impiccarmi al caco, così almeno ti liberi. »

« Che dici? Dai, vieni a letto, se no ti pigli una polmonite », lo rimproverava lei.

Giacomo scrollava le spalle. Si avvolgeva nel tabarro e usciva, sparendo subito nella nebbia. Dalla strada sull'argine, incrociava i pescatori di storioni. Arrivavano che era ancora buio, trascinando nei loro carretti le grandi reti per la pesca. Erano lunghe anche ottanta metri e costava molta fatica caricarle sulle barche. Giacomo vedeva gli uomini prendere il largo e remare verso il centro del fiume sino a sparire nella notte. Nel caso avessero catturato un esemplare adulto, ci sarebbe voluta la forza di molte braccia per caricarlo nelle barche; gli storioni, infatti, potevano anche superare i due quintali.

Fermo sull'argine, Giacomo fissava lo sguardo in direzione dell'acqua, ma nel buio e nella nebbia non riusciva a distinguere nulla. Sentiva solo le voci dei pescatori e il rumore delle reti gettate nella corrente. Se erano fortunati, gli uomini avrebbero catturato qualche storione e poi diviso il guadagno. Con la vendita di uno solo, ci si manteneva una famiglia per settimane.

Giacomo tornava a casa quando il cielo schiariva. Scivolava nel letto, attento a non svegliare la moglie, e passava ore a fissare il soffitto. Le macchie di umidità vi si allargavano sopra come fiori mostruosi, finché il riflesso di un sole malato non filtrava attraverso le persiane. Lui pensava agli storioni che potevano vivere fino a cent'anni. Cosa facevano mai, tutto quel tempo? Cent'anni, e lui neanche sapeva come avrebbe sopportato quella giornata.

Neppure la presenza del figlio gli dava conforto. Lo infastidiva averlo intorno e non sopportava il suo continuo cicaleccio. « *Tasi!* Se no ti taglio la lingua e te la faccio mangiare! » gli urlava di tanto in tanto.

Subito dopo, si pentiva di quello scatto d'ira. Guardava il bambino, di colpo muto. Allora se lo prendeva in braccio e lo abbracciava tanto stretto da fargli male. « *La colpa l'è mea* », diceva. Poi lo prendeva per mano e se lo portava appresso a passeggiare lungo il fiume.

Camminavano l'uno vicino all'altro senza dire una parola: lo stesso passo dinoccolato, gli occhi fissi sulla terra come fossero in cerca di qualche tesoro nascosto. Scendevano l'argine tra i rovi e le piante di sambuco, poi attraversavano il bosco di pioppi fino a raggiungere le golene che d'inverno si coprivano di una lastra di ghiaccio. Dollaro ci guardava dentro, affascinato dai piccoli oggetti che brillavano sotto la superficie luccicante: la foglia di un acero, una spiga, un pesciolino morto.

«Pa', dove vanno a dormire i pesci?»

«Non lo so. Forse non dormono. Forse loro non sono mai stanchi.»

Lui invece era troppo stanco per andare avanti, e qualche giorno dopo s'impiccò. Non al caco dietro casa come aveva annunciato tante volte, ma a una trave della stanza da letto.

Lo trovarono che dondolava ancora. Lo tirarono giù e distesero il corpo sul grande tavolo di rovere della cucina. Viollca insistette per prepararlo da sola. Fece uscire tutti dalla cucina e chiuse la porta. Lo lavò, poi gli mise addosso il vestito di panno scuro del matrimonio, cercando di far sparire dal collo i segni della sua ultima lotta e dal viso l'espressione triste che nemmeno la morte era riuscita a portarsi via. Dalla stanza accanto, la famiglia la sentì singhiozzare, imprecare contro il destino, sussurrare al marito parole d'amore e poi rinfacciargli d'averla lasciata con un figlio da crescere.

«Dov'è Dollaro?» chiese di colpo la suocera. Erano così affranti che si erano scordati del bambino. Si misero a cercarlo su e giù per la casa. Lo chiamarono a lungo, ma inutilmente. Quando Viollca riaprì la porta, la informarono, agitati, che Dollaro non si trovava. La zingara si concentrò, cercando di scovare il figlio fra i suoi pensieri, poi, risoluta, si diresse verso il cimitero.

Dollaro era seduto sulla tomba di una bambina. Se ne stava curvo, il mento abbassato. A Viollca sembrò di colpo più minuto, come rattrappito. Per un momento, le parve un piccolo vecchio.

«Che fai lì? Hai fatto spaventare tutti», lo riprese.

Lui sollevò il viso. Aveva gli occhi rossi e sembrava impaurito. Viollca gli s'inginocchiò davanti e lo abbracciò senza aggiungere una parola.

Alla veglia, i parenti osservavano l'espressione sconsolata che Giacomo si portava ancora sul viso. Lo vegliavano ancora quando, dal campanile della piazza, rintoccarono tre colpi.

«Sarà meglio provare a dormire per qualche ora. Ci aspetta un giorno difficile», suggerì Viollca.

Spensero a una a una le lampade a olio. Lasciarono accese solo le quattro grosse candele disposte agli angoli del tavolo su cui giaceva Giacomo, poi andarono a coricarsi.

Dopo pochi minuti, la porta della cucina scricchiolò. Dollaro diede un'occhiata all'intorno per accertarsi che non ci fosse nessuno, quindi raggiunse il padre.

Gli sfiorò il viso, spaventoso e bellissimo, poi passò la mano davanti alle narici per assicurarsi che lui non respirasse. Di colpo, gli sembrò di vedere gli occhi del babbo muoversi, seguire i suoi movimenti nella penombra. Fece un balzo indietro e osservò il padre da una certa distanza. Si mosse a destra, poi a sinistra, con grande cautela. Attese qualche secondo, ma alla fine fu vinto dalla curiosità.

Si avvicinò di nuovo al tavolo, centimetro dopo centimetro. Avrebbe giurato che lui gli stava sorridendo. Si fece coraggio e gli andò più vicino. « Ma siete morto? » chiese alla fine.

« Così dicono », gli rispose il padre con un sospiro.

« E cosa si sente quando si è morti? »

« È come quando sogni che corri, ma non ci riesci, o vuoi gridare, ma non ti esce la voce. »

« Come nei quadri? » chiese allora Dollaro, ricordando i dipinti in chiesa.

« Sì, che le cose sembrano vere e pensi quasi che le puoi prendere, ma non ci riesci. »

« Se ci volevate bene non c'era bisogno di morire », disse di colpo il bambino.

« Certo che vi voglio bene. Tanto ve ne voglio, a te e alla mamma. Ma a volte non basta. »

« Perché? »

Giacomo non riuscì a trovare una risposta.

Dollaro pensò che suo padre non era stato capace di vivere per tutta la malinconia che aveva dentro; Susanna invece rideva anche sotto la terra. Concluse che solo chi è triste nella vita continua a esserlo dopo la morte. « Ma vi sentite meglio adesso che siete morto? » gli domandò a quel punto.

« *Almén ho fnì ad tribulár* », sospirò di nuovo.

Padre e figlio chiacchierarono a lungo di morte e di frittelle dolci, dei giochi preferiti di Dollaro, di cavalli, della gente di Stellata e dei pesci del Po che non dormivano mai. Il bambino raccontò anche al suo babbo di Susanna e delle urla spaventose di Virginia.

Man mano che parlava, si accorse che il padre non era più tanto triste. Allora gli chiese: « Pa', ci tornereste a essere vivo? »

A quella domanda, Giacomo cambiò discorso, si lamentò di essere stanco.

«Ma che dite! Voi morti mica vi stancate.»

«Come no. Anche noi abbiamo bisogno di riposare, cosa credi?»

Dollaro allora lo baciò sulla fronte, più volte. Infine uscì dalla cucina, ma senza girarsi, incapace di staccare lo sguardo dal viso del suo babbo.

◆

Giunto il mattino, accompagnarono Giacomo al cimitero. Fu un funerale senza messa perché la Chiesa non perdonava i suicidi, però alla fine il prete acconsentì a benedire il corpo e permise che lo mettessero nella cappella di famiglia. Lungo il perimetro dei muri, c'erano diversi loculi. Posta al centro, stava la tomba più grande dove, sotto una pesante lastra di marmo, giacevano i cadaveri più recenti.

Tornata a casa, Violla andò nella camera da letto, aprì l'armadio e scaraventò fuori i vestiti del marito. Era tutta scarmigliata e buttava a terra gli abiti di Giacomo con tanta furia che la famiglia ne fu turbata. Infine portò in cortile camicie, braghe e mutande dell'uomo che aveva amato e bruciò tutto, come si usava fare tra la sua gente con gli abiti dei morti.

I parenti osservavano il falò stupefatti. Qualcuno disse che bisognava fermarla, che era un brutto gesto liberarsi così in fretta delle cose di un defunto.

«È il dolore. Lasciatela stare, poveretta», la scusarono i suoceri.

◆

Quella sera, Violla, sopraffatta dal lutto, non riusciva a prendere sonno. Rifletteva sul fatto che la colpa per quella sofferenza era sua: si era innamorata di un *gagé* e per questo era stata punita. Avrebbe dovuto sposare qualcuno scelto dal padre, come avevano fatto le sue sorelle. Lui di sicuro le avrebbe trovato un uomo forte e sano, un marito solido, non come Giacomo, con quelle sue fantasie pericolose.

Poi Viollca si soffermò sul figlio. Dollaro era strano. Da quando andava a scuola, poi, pensava troppo, e quello poteva portargli solo guai. In più, quell'abitudine di passare giornate intere in mezzo alle tombe... Di colpo, ebbe paura: e se anche in lui si fosse sviluppata l'abitudine di vivere di sogni e stramberie? E se, da grande, avesse cercato di togliersi la vita?

La donna scese dal letto e si diresse risoluta verso l'armadio. Da lì estrasse una scatola di legno, foderata di velluto rosso e bordata d'argento. La aprì. Conteneva una bambola di pezza senza un occhio, gli orecchini di turchese regalati dai suoceri il giorno delle nozze, una coda di volpe; c'erano anche sacchetti di semi, un fermaglio di perle e infine il suo mazzo di tarocchi. Viollca afferrò le carte. Dopo il matrimonio, non aveva più interrogato il destino, per la promessa fatta al marito che non voleva per moglie un'indovina. Finché lui era stato in vita, Viollca aveva mantenuto la parola, ma adesso Giacomo era morto e lei doveva sapere.

Con i tarocchi stretti nella mano, la zingara si sedette sul letto. Un vento impetuoso giunse da lontano, aggredì la casa e spalancò la finestra. Una folata irruppe nella stanza e spense l'unica candela. Viollca si precipitò a chiudere le imposte. Aveva i capelli arruffati e il cuore pareva volerle uscire dal petto. Riaccese la candela e si apprestò a tagliare il mazzo. Chiuse gli occhi, ignorando le raffiche che là fuori piegavano gli alberi e facevano cadere a terra decine di passeri senza vita. Si concentrò sulle carte finché non le sentì vive fra le dita. Solo allora invocò: « Credo al Sole e a Dio, e attraverso queste carte chiamo lo spirito dei morti, che hanno nella bocca la magia della terra e la voce del vento».

Sparse i tarocchi sul letto. Faceva freddo, ma lei nemmeno se ne accorse. Girò la prima carta, e uscì L'Eremita capovolto: eccesso di spiritualità, sogni, distacco dal mondo. «Questo è Giacomo», mormorò. La carta confermava le sue paure: sposandolo, lei aveva dato inizio a una stirpe di sognatori, di gente malinconica e destinata a soffrire, proprio com'era toccato al marito.

Girò la seconda carta e uscì La Luna: lontananza da ogni logica, l'universo nebuloso dei sogni, il mistero e la follia. Ecco un'altra conferma! Dunque suo figlio e i suoi discendenti sarebbero stati dei visionari tali e quali Giacomo: gente propensa a nutrirsi d'illusioni e quindi infelice. Ma perché il simbolo del mistero e della follia? Bisognava scegliere i tarocchi del responso finale. Prima uscì Il Cinque di Spade rovesciato: sciagura, morte e perdita della ragione. Poi la seconda carta: Gli Amanti, di nuovo rovesciata. Si trattava quindi di un matrimonio nefasto. Toccava all'ultima carta, quella definitiva. Viollca la girò, e apparve Il Diavolo.

Il vento cessò di colpo e il tempo sembrò fermarsi. Un silenzio irreale piombò nella stanza. Viollca si sentì fluttuare, senza peso, in uno stato di sospensione totale. Persino il letto su cui sedeva parve sollevarsi di qualche centimetro dal pavimento.

Sulla carta c'erano tre figure: al centro stava il demonio con piedi caprini, testa cornuta, organi genitali maschili e mammelle femminili. Ai suoi lati, un uomo e una donna, nudi, gli occhi sognanti, ma imprigionati da catene. Viollca pensò subito a due amanti infelici, legati l'uno all'altra dentro una prigione. Poi si concentrò sull'immagine del diavolo: nel suo ventre c'era un viso, un piccolo essere. Doveva trattarsi di un bambino, forse di un feto. Osservava quel particolare cercando di penetrarne il segreto, e di colpo fu assalita dalla nausea.

Sentì che il messaggio si faceva più chiaro... Un'unione sbagliata... un matrimonio in seno a quella famiglia di sognatori... e una sventura enorme, una morte tragica... forse più di una, e legate a un bambino, o a una gravidanza.

Più Violca si addentrava nel mistero racchiuso in quella carta, più la sua angoscia cresceva. La zingara chiuse gli occhi, spaventata, concentrandosi nel tentativo di scoprire di più. Chi della famiglia avrebbe vissuto quella tragedia? Quando sarebbe successo, come? Però le apparvero solo immagini sfocate: vide acqua, un turbine d'acqua nera...

Di colpo, Violca si sentì precipitare, trascinare nel gorgo. Le mancava l'aria... sarebbe soffocata... Portò le mani alla gola, poi raccolse le sue forze e spalancò la bocca, liberando un grido.

Seduta sul letto, tremando tutta, cercò di comprendere cosa le era successo. Fissò le carte, sconvolta. Poi, con un gesto della mano, le gettò a terra.

Doveva avvertire Dollaro e, attraverso lui, anche i suoi figli e nipoti. Tutti in famiglia dovevano sapere, tutti dovevano comprendere l'orrore che incombeva su di loro. I Casadio avevano la follia nel sangue, e prima o poi quell'inseguire sogni impossibili li avrebbe portati alla rovina. Bisognava essere vigili, guardarsi dalle passioni sconsiderate, dagli innamoramenti folli. Bisognava fare di tutto per evitare la tragedia, fermare in qualsiasi modo quell'unione maledetta.

◆

Dollaro non raccontò a nessuno della notte in cui aveva parlato con il padre morto. Dopo la sepoltura, era tornato al cimitero per cercare di ritrovare la voce del babbo fra la quiete delle lapidi e il profumo dolciastro dei fiori, ma dal giorno del funerale non era più riuscito a parlargli, né a sentire la risata di Susanna o le urla di Virginia quando arrivava il temporale. Nei primi tempi, quest'assenza lo aveva intristito, ma poi aveva pensato che forse era meglio così.

Crebbe alto, magro come Giacomo e con la stessa acuta intelligenza, ma aveva gli occhi neri e la parlantina incantatrice della madre. Viollca constatò con sollievo che, al contrario di Giacomo, il figlio mostrava un temperamento sereno e un carattere gioviale. Stava convincendosi che le sue paure fossero infondate, ma poi si accorse che Dollaro aveva comunque ereditato dal padre la timidezza verso le donne. Se si trovava davanti una ragazza, di colpo si metteva a balbettare; se qualcuna gli si avvicinava, lui scappava via. Tanto che arrivò a compiere ventinove anni senza aver mai avuto una fidanzata.

Viollca decise allora d'intervenire. Puntò l'attenzione su una certa Domenica Procacci: una giovane robusta, concreta, di costituzione sana e dai principi solidi. Dopo aver saputo che la ragazza nutriva simpatia per il figlio, Viollca chiamò Dollaro. Gli parlò di lei e disse che, come prima cosa, era necessario consultare i tarocchi. Viollca li interrogava solo in rare occasioni, ma cos'era più importante della felicità del suo unico figlio?

«È la decisione più importante della tua vita; non puoi fare sbagli», gli spiegò, mischiando le carte. Ne fece scegliere sette al figlio e diede inizio alla lettura.

Tagliò diverse volte il mazzo, e ogni volta uscì L'Arcano VI: la carta degli Amanti diritta.

«Il Trionfo dell'Amore!» esclamò Viollca.

«Ma non ci ho mai nemmeno parlato.»

«Avrai tempo tutta la vita per farlo.»

Il figlio però taceva.

«Cosa c'è, lei non ti piace?» lo incalzò la madre.

«È troppo silenziosa. Non le ho mai sentito dire una parola.»

«Manca solo che ti prendi per moglie una con la tua stessa parlantina. Non combinereste mai niente nella vita. La ragazza è sana e non ha grilli per la testa. È tutto quello che serve.»

«Però io non ne sono innamorato.»

«Meglio. Prenditi una che sa cucinare, una donna fedele e con i fianchi giusti per partorire molti figli. Il resto sono soltanto sogni.»

«Voi però del babbo eravate innamorata.»

«Appunto. E vedi a cosa mi ha portato. Tu non devi fare il mio stesso sbaglio.»

Lui, però, ancora non era convinto. Viollca comprese che era giunto il momento di rivelargli quello che, tanti anni prima, aveva letto nei tarocchi. «Dollaro, ora ascoltami bene, perché in quello che sto per dirti c'è nascosto il destino della nostra famiglia. Quando tuo padre è morto, avevo paura, non sapevo cosa ci aspettava. Così ho chiesto alle carte di rivelarmi il futuro. Ho visto cose terribili, figlio mio...» E gli raccontò dell'immagine del diavolo, del piccolo viso al centro del suo ventre; gli raccontò anche della coppia dagli occhi sognanti, incatenata, e di una disgrazia. Morti tragiche; c'era un bambino coinvolto. Infine gli rivelò l'esperienza terribile del gorgo d'acqua nera in cui era precipitata. «Non so quando tutto questo succederà, o a chi. Però le carte mi hanno messo in guardia: i sogni sono insensati, Dollaro, le passioni cieche sono catene che trascinano in un gorgo che uccide. Con le carte non mi sono mai sbagliata. Devi stare attento. Scegliti una moglie usando la testa, senza dar retta al cuore. Solo così sarai al sicuro.»

Lui la fissava, serio. Pochi attimi di silenzio, poi scoppiò in una risata. «E dovrei sposare Domenica Procacci per paura di quello che voi avete visto nelle carte, più di vent'anni fa? È ridicolo! Non offendetevi, mamma, ma ho accettato di farmi leggere i tarocchi solo per farvi contenta.»

Si alzò dal tavolo, baciò la madre sulla fronte e si avviò per uscire. «Non dovete temere per me. Con la fortuna che ho con le donne, non troverò mai moglie», le disse sulla soglia.

Viollca rimase seduta al tavolo, sconsolata, ma tutt'altro che convinta. Un'espressione di sfida iniziò a farsi strada sul suo viso: il figlio non avrebbe fatto di testa sua. Con le buone o con le cattive maniere, avrebbe seguito i suoi consigli.

◆

La sera stessa, Dollaro decise di andare a caccia di rane. Era più facile prenderle di notte che di giorno, immobilizzandole con la luce della lampada. Afferrò il lume a olio, il retino, e si mise a tracolla la sacca per deporvi le rane catturate. S'incamminò, diretto a un grosso canale non lontano da casa sua, in un punto che aveva scoperto da poco e che brulicava di rane.

Era una notte senza luna e tutt'intorno era buio pesto; lui si accorse che l'olio nella lampada era quasi finito, così scelse di conservarlo per la cattura e la spense.

Salì sul piccolo ponte di legno per raggiungere l'altra riva. Non si vedeva nulla. Avanzava cauto, attento a non cadere nel canale, ma inciampò due volte. *Accidenti! Meglio accendere la lampada prima di...* Non ebbe tempo di terminare quel pensiero che si ritrovò sott'acqua. Fece per risalire, ma la sacca delle rane si era impigliata da qualche parte. Diede uno strattone, poi un altro, senza riuscire a liberarsi. Intorno a lui era tutto nero. Gli mancava l'aria. Doveva sganciarsi subito... Cercò a tentoni il punto che lo teneva legato. Il sangue gli batteva nelle tempie, e lui continuava a dibattersi, a spingere e a tirare, ma poi pensò che agitarsi era peggio e doveva calmarsi. A quel punto, successe. Fu come se il suo spirito lo stesse lasciando, come se si stesse sdoppiando, e lui non fosse più il figlio maschio di Giacomo Casadio, ma una donna. Sentì con precisione gli anelli alle dita; sentì i lunghi capelli fluttuare nell'acqua, accarezzargli il viso...

Non resisteva più. Doveva aprire la bocca o sarebbe annegato. Raccogliendo le ultime forze, diede un altro strattone alla sacca, e fu libero.

Risalì in superficie e spalancò la bocca, emettendo un grido. Afferrò un palo e vi rimase incollato finché non riuscì a controllare il respiro; poi, aggrappandosi alle assi del ponticello, con una spinta delle reni uscì dall'acqua.

Restò a lungo disteso, ansimante. *Che razza di allucinazione! Chi era quella donna?* Non si era trattato di un sogno: aveva sentito gli anelli, i capelli... Solo allora ripensò alle parole della madre: intrappolato nel gorgo d'acqua nera, lui aveva vissuto la stessa esperienza di quando, più di vent'anni prima, la madre aveva voluto svelare i misteri del futuro. Non poteva trattarsi di una coincidenza: era un avvertimento. La profezia era dunque vera e lui aveva il compito di trasmetterla alle generazioni future.

Il giorno dopo, Viollca si presentò a casa di Domenica con una scusa. Le rubò un paio di scarpe poi, tornata a casa, le riempì di ruta e le nascose sotto il letto del figlio. Quindi, per sette mattine consecutive, diede da bere a Dollaro un infuso fatto con la radice dell'asparago bollita nel vino.

«Cosa ci avete messo?» chiese Dollaro, storcendo la bocca quando lo assaggiò.

«È per proteggere i bronchi.»

L'infuso era invece un afrodisiaco che, assunto per una settimana, avrebbe fatto nascere nel figlio un incontrollabile desiderio sessuale.

Il mattino del settimo giorno, Viollca chiamò Domenica a casa sua. La fece sedere, quindi andò a svegliare Dollaro e gli disse che in cucina c'era qualcuno che voleva parlargli. Subito dopo uscì, con l'intenzione di rientrare solo verso sera.

Quando riapparve, trovò il figlio con la camicia fuori dai pantaloni, i capelli arruffati che sembrava un istrice e lo sguardo infervorato.

«Per tutti i santi del paradiso!» proruppe, temendo di aver esagerato con la pozione.

«*Mama, am voi maridár!*» proclamò il ragazzo in tono esaltato.

Non si può dire se davvero fu merito delle pratiche magiche della madre, ma di certo quello di Dollaro si rivelò un buon matrimonio. Lui fu sempre fedele alla moglie; Domenica dimostrò di essere un'ottima madre per i loro otto figli, che nacquero tutti sani, con i capelli folti e una dentatura invidiabile. Cinque vennero al mondo con gli occhi azzurri e la carnagione pallida; gli altri tre con i capelli neri e lo sguardo selvatico di Viollca.

1847

Era un mattino d'inizio aprile. Achille Casadio, figlio primogenito di Dollaro e Domenica, attraversava a passo veloce il ghetto ebraico della cittadina di Cento. Sentiva una gran fame e non vedeva l'ora di raggiungere la locanda dov'era solito mangiare quand'era da quelle parti. Il ragazzo fischiettava contento. Aveva appena venduto due purosangue arabi a un prezzo superiore a quello stabilito dal padre. Dollaro temeva che, a diciassette anni, Achille fosse troppo giovane per gestire da solo quel genere di trattative; invece lui ce l'aveva fatta, eccome. Non vedeva l'ora di tornare a casa e raccontarlo al babbo; prima però doveva riempirsi lo stomaco.

Achille Casadio era un ragazzo pallido, dai capelli biondi e ondulati e dagli occhi trasparenti come l'acqua. Fin da piccolo aveva dimostrato di essere molto sveglio. A scuola, la sua materia preferita era l'aritmetica. Quando il maestro non era più stato sufficiente a soddisfare la sua curiosità, Achille aveva iniziato a tempestare il parroco di domande e non aveva smesso finché il sacerdote non si era rassegnato a insegnargli anche i rudimenti della geometria. A dieci anni, il primogenito di Dollaro sapeva fare i conti a mente, calcolare aree e ipotenuse, trovare le percentuali ed eseguire divisioni complicate senza bisogno di foglio e matita. Aveva continuato ad assillare il povero prete finché non gli aveva dato lezioni anche di algebra e di fisica; per concludere, pur di toglierselo di torno, il sacerdote gli aveva permesso di consultare la piccola biblioteca della parrocchia.

Domenica doveva ammettere che, sì, quel figlio era intelligente, però le sue manie la tiravano fuori dalla grazia di Dio. Per esempio, non capiva la sua fissazione di disporre i piselli in file ordinate nel piatto. A volte, poi, si ritrovava i barattoli della cucina sistemati a seconda della dimensione, il più grande a sinistra e via via, fino al più piccolo. Quando Achille andava ad aiutarla in campagna, i suoi mucchi di rape finivano sempre per assumere la forma di coni perfetti. Robe da matti! Domenica sperava che, crescendo, Achille avrebbe perso quelle strane abitudini, ma la passione del figlio non accennava a diminuire.

A quindici anni, Achille si era già famigliarizzato con le opere di Galileo Galilei e Archimede. Di Galileo, soprattutto. Un giorno, si era imbattuto in una scatola polverosa nascosta sull'ultimo scaffale della biblioteca parrocchiale. In bella grafia, qualcuno ci aveva scritto sopra: *Index librorum prohibitorum*. Achille aveva aperto la scatola e, insieme all'indice dei libri proibiti dalla Chiesa, vi aveva trovato alcuni volumi di Galileo, tra cui le *Due lezioni all'Accademia Fiorentina circa la figura, sito e grandezza dell'inferno di Dante*. Il ragazzo si era gettato a capofitto nello studio di quel testo, anche se la mancanza di un'istruzione formale rendeva frammentarie e nebulose le nozioni che riusciva a estrapolare.

Certe mattine, Domenica lo trovava ancora alzato, il letto intatto e gli occhi rossi per la stanchezza. Se ne stava curvo sul tavolo, circondato da una confusione di fogli, compassi e strane formule che lei sospettava fossero demoniache.

«Si può sapere cosa fai, tutta la notte in piedi?» gli chiese un giorno.

«Sto cercando di calcolare la grandezza esatta del purgatorio dantesco», spiegò Achille, riemergendo dai suoi conteggi con uno sguardo da esaltato.

A quel punto, Domenica afferrò la scopa e si mise a rincorrerlo, sperando che qualche colpo di ramazza lo riportasse alla realtà, ma Achille riuscì a sottrarsi alla furia della madre. Domenica allora raccolse dal suo tavolo tutto ciò che riuscì a raccattare e andò a bruciarlo nella stufa. Dollaro le aveva raccontato di come le idee visionarie di Giacomo avessero portato il padre alla follia e al suicidio; la suocera, poi, l'aveva spaventata a morte, descrivendole la terribile profezia che aveva letto nei tarocchi. Domenica, atterrita, ne aveva parlato con il prete, in confessione. Il parroco le aveva intimato di non dare ascolto a quelle dicerie, sottolineando che credere alle arti divinatorie era peccato. Domenica però non era disposta a correre rischi. A mano a mano che i figli crescevano, si assicurava che tenessero a bada i sogni più bizzarri, e non cadessero vittime d'innamoramenti avventati. Per gli altri sette figli non c'erano stati ancora problemi, ma Achille, con la sua dannata mania per i calcoli, non la faceva dormire.

Anche Dollaro cercava di allontanare il primogenito da quella passione esagerata, e quindi pericolosa. «Fatto e sputato tuo nonno Giacomo. Pensa ai cavalli, piuttosto. C'è da strigliarli e da portargli la biada. Con le tue idee bislacche non si mangia», gli ripeteva.

Ma la sete di conoscenza del ragazzino era senza limiti e nessuna ramazzata o ammonizione paterna potevano farlo allontanare dai suoi studi.

Quel mattino di aprile del 1847, il cielo sopra Cento era chiaro e l'inverno sembrava un ricordo lontano. Giunto nella piazza principale, Achille notò un gruppo di persone accalcate intorno alla chiesa e si avvicinò, incuriosito. Sui gradini dell'entrata, c'era un predicatore: era giovane, barbuto, dai capelli lunghi e nerissimi e con gli occhi che brillavano. Portava una camicia rossa e appeso al collo aveva un grande crocifisso.

« Chi è? » chiese Achille al vecchio che gli stava accanto.

« Ugo Bassi. È un barnabita, ma anche un combattente valoroso. »

« Se è un sacerdote, come mai non porta la tonaca? »

« Non è mica un prete qualsiasi. Guardalo bene, ragazzo, perché un giorno potrai dire ai tuoi figli che hai visto un eroe. Nessuno è capace d'infiammare gli animi come quell'uomo. »

Il vecchio gli spiegò che, a quanto si diceva, Ugo Bassi aveva preso i voti in seguito a una delusione amorosa, ma la sua vocazione più profonda era lottare per un'Italia libera dal giogo austriaco. Sognava la costruzione di una nazione nuova, unita e indipendente. Le sue prediche erano così travolgenti da averlo reso famoso in tutta la penisola. Spesso, però, lo avevano portato anche a scontrarsi con le gerarchie ecclesiastiche, per via del loro slancio patriottico e delle denunce sociali che contenevano.

Attirato dal fuoco che ardeva nelle parole del barnabita, Achille si fermò ad ascoltarlo. Ugo Bassi esortava il popolo a combattere per liberarsi dal giogo dello straniero: « Il Signore non ha detto invano: 'Non temete quelli che uccidono il corpo e che l'anima non possono uccidere'. Queste parole di Dio, che fecero tanti apostoli e tanti martiri all'Evangelo, non ne possono fare anche altri all'onore della verità? »

Quando il barnabita ebbe terminato il sermone, Achille

Casadio gli si avvicinò. « Padre, sono pronto. Voglio venire con voi e lottare per la Patria. »

Ugo Bassi lo squadrò, dubbioso. « Quanti anni hai? Bisogna essere uomini per decidere di mettere in gioco la propria vita. »

« Ventuno compiuti », mentì Achille.

Il giorno stesso, scrisse una lettera ai suoi per informarli che andava a combattere per l'indipendenza d'Italia.

Quando Dollaro la aprì, dovette sedersi per riprendersi dal colpo. Poi iniziò a lamentarsi. « Ha ragione mia mamma. Noi Casadio abbiamo la follia nel sangue, altrimenti non si spiega la disgrazia di un figlio tanto esaltato... »

Sopraffatto dall'angoscia, corse dalla madre per farsi leggere le carte.

Viollca aveva ormai settant'anni, ma non un capello bianco né una sola ruga. La cataratta però l'aveva resa quasi cieca. Dopo aver saputo della lettera di Achille, afferrò i tarocchi e tagliò il mazzo. Si mise quindi a girare le carte anche se, per distinguerle, ora doveva sollevarle fino alla punta del naso. All'inizio, la zingara aveva un'espressione cupa, ma piano piano il suo viso si rilassò. Al responso finale, abbozzò un sorriso. « Puoi stare tranquillo: tuo figlio tornerà a casa sano e salvo. »

« Siete sicura, mamma? »

Lei rimescolò il mazzo e gli fece scegliere altre carte. Questa volta le portò talmente vicino ai suoi occhi malati che Dollaro fu certo le stesse annusando.

« La morte c'è, non posso nascondertelo... Ma guarda: questo è L'Angelo, la carta della resurrezione. »

« Mamma! Che me ne faccio della resurrezione? Achille lo rivoglio vivo, e dargli tanti di quei calci in culo da fargli passare una volta per tutte quelle sue dannate fantasie. »

« Ti dico che Achille tornerà. Ecco, vedi? È L'Eremita.

Tuo figlio è con un uomo giusto.» Sulla carta, c'era sant'Antonio Abate, tradizionalmente ritratto con una lanterna, una croce e un maiale a lato. Viollca tirò un sospiro. «L'uomo deve essere un religioso. La lanterna indicherà ad Achille il cammino e, accanto a lui, c'è il maiale.»

«Che c'entra il maiale?»

«Già... che c'entra?» ripeté Viollca, dubbiosa. Pensò che era troppo vecchia per quelle cose, non aveva più la giusta concentrazione. Voltò l'ultima carta e riapparve L'Angelo, a carta diritta. «Squillano le trombe e i morti risorgono!»

«Ancora con 'sta resurrezione! Vero che a volte i morti ci parlano, però nessuno li ha mai visti risorgere.»

«Ti dico che Achille tornerà. Passeranno molti anni, ma alla fine lo rivedremo.»

«Ma il maiale?»

«Già, il maiale...» mormorò Viollca, sempre più confusa.

◆

Nei due anni che seguirono, Achille Casadio percorse l'Italia in lungo e in largo a fianco del sacerdote rivoluzionario. L'unico contatto con la famiglia furono le lettere che, di tanto in tanto, spediva a Stellata per rassicurare i genitori. Un paio di volte venne ferito, ma per fortuna solo di striscio. Il ragazzo scoprì ben presto che la guerra non era solo eroismo, bandiere tricolori e atti di coraggio, ma anche paura, ferite putride, solitudine. La guerra era il freddo e la fame, erano le grida dei feriti, la pazzia che lui scorgeva negli occhi di chi stava per morire.

Achille soffriva profondamente anche per il caos che governava la sua vita. Mal sopportava quel suo essere sempre in bilico, la mancanza di punti fissi e l'assenza d'ordine. Si sforzava di mantenere una routine che gli desse l'illusione di poter gestire il proprio destino: per esempio, si abbottonava la giubba dal basso verso l'alto con attenzione estrema, senza mai dimenticare un solo bottone. Una volta, di ritorno da una battaglia in cui aveva visto morire parecchi suoi amici, si accorse di aver legato i lacci degli stivali tralasciando un gancio, ma avvolgendo la stringa due volte nel gancio successivo. Si convinse che fosse stato quello a risparmiargli la vita e, da quel giorno, si allacciò gli stivali sempre così.

Nei momenti di noia - nonostante tutto abbastanza frequenti - Achille ripassava nella mente le formule algebriche o i teoremi, e allora sentiva crescergli dentro una nostalgia struggente, quasi stesse pensando a un amore lontano. Nelle sue lettere, però, parlava poco di sé. Si soffermava invece a descrivere le battaglie, le azioni eroiche cui aveva assistito e, soprattutto, raccontava del coraggio e della generosità di Ugo Bassi. Alla fine del 1848, scriveva:

Il 27 ottobre, nell'assalto di Mestre, ero al suo fianco. Padre Bassi incitava i soldati restando accanto a loro e sventolando la bandiera tricolore. Per tutto novembre è stato una fonte di conforto, aiutandoci, assistendo i feriti, incoraggiando i soldati a non desistere. Infine siamo giunti a Ravenna, città da dove vi scrivo. Ieri sera, padre Bassi ha tenuto un discorso presso la tomba di Dante, infierendo contro il nemico con impeto e passione.

Mentre Dollaro leggeva quella lettera, Domenica si faceva ripetutamente il segno della croce, rabbrividendo al pensiero di tutti i pericoli che il figlio stava affrontando. « *Sperém che la Madòna as faga la grásia* », si doleva.

Dollaro invece malediceva il vizio dei Casadio di vivere di sogni e imprese impossibili. « *I puvrét iè sémpar quei chi paga. Ad sicúr i siór in na va brisa a farás masár par d'idei stramba-*

ládi. Sono sempre i poveri a pagare. Di sicuro i signori non vanno a farsi ammazzare per delle idee strampalate! » protestava.

Nei momenti di maggior sconforto, Dollaro ripensava alla lettura dei tarocchi della madre, in cui aveva previsto il ritorno di Achille. Forse aveva ragione. In più, se il figlio fosse morto, lui gli avrebbe già parlato come faceva da piccolo con le anime del cimitero. Invece, da Achille, non arrivava nemmeno un sospiro. *Buon segno,* si diceva.

Nonostante la scomunica, lanciata il 1° gennaio 1849 da Pio IX, su chiunque osasse « rendersi colpevole di qualsivoglia attentato contro la temporale Sovranità dei Sommi Romani Pontefici », Ugo Bassi continuò la sua lotta rivoluzionaria e Achille era sempre al suo fianco.

Nell'aprile 1849, quando il barnabita raggiunse Garibaldi a Rieti per diventare il cappellano della sua legione, il giovane scrisse ai genitori:

> *Il 27 aprile siamo giunti a Roma, ma la sera stessa, temendo gli attacchi del nemico, siamo dovuti ripartire. Non potete credere i pericoli che abbiamo incontrato ma, ogni volta, Garibaldi è riuscito a portarci in salvo. Io me lo immaginavo più alto e robusto. In verità, è piuttosto basso, ma la sua figura in groppa alla bella cavalla bianca risulta lo stesso imponente. Le donne, siano esse ricche o popolane, si gettano tutte ai suoi piedi. La moglie Anita ha il suo bel da fare per tenerlo a bada.*

Lasciatasi Roma alle spalle, i garibaldini avevano attraversato il Lazio, la Toscana e le Marche, inseguiti da quattro eserciti inviati da Francia, Spagna, Austria e dal Regno delle due Sicilie. Il 31 luglio le truppe erano giunte ai piedi di San Marino, che veniva considerato territorio straniero.

Le divise dei volontari erano lacere, gli uomini affamati e il morale era basso. Anita, incinta di cinque mesi e sfinita dalla febbre malarica, aveva sempre cavalcato al fianco del marito, non nella postura laterale che usavano le donne, ma a cavalcioni, come un vero soldato. In quei giorni, però, la sua salute aveva avuto un crollo.

Achille la ammirava e, come molti altri, ne era segretamente innamorato. Pensava che un giorno avrebbe voluto sposare una donna bella e coraggiosa come lei. Anita aveva capelli lisci e castani, una fronte alta e un seno tanto generoso che nemmeno gli abiti maschili indossati per cavalcare riuscivano a nascondere.

Una notte, mentre stavano accampati sotto la Rocca di San Marino, Achille ebbe occasione di parlarle. Doveva consegnare a Garibaldi una missiva di Ugo Bassi, ma in quel momento il Generale non c'era. Anita, che sedeva fuori dalla tenda, lo invitò ad aspettare. «José dovrebbe arrivare a momenti. Vieni.»

Achille si sedette accanto a lei. Guardava davanti a sé, imbarazzato, senza sapere cosa dire o dove mettere le mani. Faceva molto caldo e il frinire delle cicale era assordante.

Lei lo osservava. «*Você parece uma criança*. Quanti anni hai?»

«Abbastanza per lottare al fianco del Generale.»

«La guerra... A cosa serve, poi?»

«A liberare i popoli.»

«No, *menino*: serve solo a rendere gli uomini falsi, più avidi e crudeli. L'hanno inventata loro, non per inseguire ideali, ma per far tacere la paura della morte, e quella di essere mediocri.»

«Io non ho paura di morire.»

« Bello, e pure coraggioso », commentò Anita, sorridendo.

Achille, emozionato per il complimento, girò la testa verso di lei. Era pallida, visibilmente sofferente, e con la fronte imperlata di sudore.

« State bene, signora? »

« È questo caldo. E sì che vengo dal Brasile, dovrei esserci abituata... Sai dov'è il Brasile? »

« ... Sotto gli Stati Uniti d'America? »

Lei rise. « Sì, molto, molto più sotto. È lì che io e José ci siamo conosciuti. » Si arrotolò una sigaretta e se la accese. « La gente si scandalizza se vede una donna fumare, ma a me non importa. »

Gli raccontò della sua gioventù ribelle, di come la madre, quando lei aveva quattordici anni, l'avesse obbligata a sposare un uomo che non amava. « Mi diceva che una donna deve stare al suo posto, e a me quel posto stava troppo stretto. Finché, un giorno, non ho incontrato José. Mi ha fissato tutta la sera e alla fine mi è venuto vicino. Ha detto solo tre parole: 'Devi essere mia', ma sono state sufficienti. Quando José è stato pronto a ripartire, io ho lasciato mio marito e l'ho seguito. Non mi sono più girata indietro. »

« Vi manca il Brasile? »

« Un po'. È un bel Paese, sai? Troppa povertà, ma anche molta bellezza. »

« Quando finisce questa guerra potrete tornarci. »

« Non ce ne sarà il tempo », disse lei a bassa voce.

Ad Achille parve che le parole le morissero in bocca.

« Dov'è la tua famiglia? » riprese Anita, cambiando discorso.

Lui raccontò del paesino attaccato alle rive del Po, di suo padre che si chiamava come la moneta americana e della nonna, che era una zingara e andava in giro con penne di fagiano tra i capelli.

Lei rise divertita e l'aria intorno sembrò farsi più lieve. « Scommetto che a casa hai una bella ragazza che ti aspetta. »

« Chi, io? No... C'erano ragazze che mi piacevano, ma non so se mi sono mai innamorato. »

« Quando succederà, lo saprai. Non ci sarà nessun dubbio. »

« Posso farvi una domanda? »

« Certo. »

« Cosa si prova a essere innamorati? »

Lei attese un po', e alla fine rispose: « È un cerchio che si chiude. Incontri qualcuno e, dal primo momento, già sai che questa persona sarà tutto, sarà il bene e il male, saprai quello che ti regalerà e quanto ti farà soffrire ».

◆

Dato che le truppe austriache avevano circondato gli accampamenti sotto la Rocca di San Marino, Garibaldi tentò la fuga.

Superando grandi difficoltà, nella notte tra il 1° e il 2 agosto i 250 fuggiaschi garibaldini giunsero a Cesenatico. Anita ancora cavalcava al fianco del marito. Alle tre di notte, dopo aver venduto i cavalli e raccolto provviste, i fuggiaschi salparono alla volta di Venezia, dove intendevano prestare aiuto ai rivoluzionari che lì stavano combattendo. Garibaldi insistette affinché Bassi salisse sulla sua stessa imbarcazione e, siccome il sacerdote e Achille erano ormai amici fraterni, accolsero a bordo anche il ragazzo.

Per tutto il giorno seguente, la navigazione fu tranquilla. Giunta la notte, gli uomini continuarono il viaggio verso nord, convinti che il buio li avrebbe protetti. Li tradì il chiarore della luna. Furono sorpresi da una goletta austriaca che iniziò a sparare e a lanciare razzi. Varie imbarcazioni si arresero. Solo cinque, tra cui quella di Garibaldi, riuscirono a mettersi in salvo.

Dopo varie peripezie, gli uomini giunsero fino a Comacchio. Nell'osteria dove sostarono, qualcuno riconobbe sia Garibaldi sia Ugo Bassi, e li denunciarono. All'ultimo momento, il generale riuscì a fuggire con la moglie e alcuni soldati, ma il barnabita venne arrestato insieme ad altri tre uomini: Fabrizio Testa, Giovanni Livraghi e Achille Casadio.

I quattro furono portati a Bologna, nelle carceri della Carità, dove qualche giorno dopo fu letta loro la sentenza di morte, senza che venisse celebrato nessun processo.

Dalla sua cella, Achille scrisse una lettera di addio ai genitori.

È da questa prigione, cari mamma e papà, che vi scrivo quest'ultima missiva. Più che per la mia vita, piango per il dolore che la mia morte vi procurerà. Non disperatevi, e pensate che muoio fiero di me stesso e per un ideale che lo merita.

Vi abbraccia e vi bacia con tutto il suo affetto,

VOSTRO FIGLIO ACHILLE

Verso mezzogiorno dell'8 agosto 1849, i quattro condannati a morte furono lasciati soli con alcuni sacerdoti, incaricati di raccoglierne le confessioni e di dar loro l'estrema unzione.

Achille se ne stava seduto a testa bassa, annichilito. Ugo Bassi pensò che sarebbe stato meglio per lui gridare, dar sfogo al suo dolore. Gli andò vicino. «Sono io che ti ho portato a morire, e non posso perdonarmelo. Quando ti ho conosciuto, a Cento, ti ho chiesto l'età e mi sono reso subito conto che non potevi avere ventun anni. Avrei dovuto ordinarti di tornare a casa, ma nei tuoi occhi ho scorto una tale indignazione, un tale coraggio... E ho compreso che sarebbe stato impossibile dissuaderti. »

« Non possono giustiziarci così, senza nessuno che ci difenda, senza nemmeno un processo. »

« Lo so, ma il giudice asburgico è un mostro a due teste: giudice e giuria insieme. Ho chiesto clemenza almeno per te e per Fabrizio, dato che ancora non avete raggiunto la maggior età. Spero che serva a smuovere la coscienza degli austriaci. Coraggio », concluse. E lo abbracciò.

« E Garibaldi, padre? »

« È al sicuro, ma Anita è morta. »

◆

Arrivò l'ora dell'esecuzione. Incatenati ai polsi, i quattro uomini vennero fatti salire su un carro militare. Circondati da soldati, e al rullare sordo dei tamburi, furono condotti fino in via della Certosa, nei pressi del cimitero. Una volta giunti, però, solo Ugo Bassi e Giovanni Livraghi furono fatti scendere. Poco dopo, una guardia disse a Fabrizio e ad Achille che stavano ancora discutendo se concedere loro la grazia.

Ugo Bassi e Giovanni Livraghi intanto erano stati messi contro il muro, l'uno accanto all'altro. Padrone di sé fino all'ultimo, il barnabita volle che fosse un sacerdote a bendarlo. Poi prese a recitare l'Ave Maria.

Profondamente commosso, Achille pensò che la sua voce non era mai stata tanto armoniosa.

Ave, Maria, gratia plena,
Dominus tecum.
Benedicta tu in mulieribus,

et benedictus fructus ventris tui, Iesus.
Sancta Maria, Mater Dei...

Una scarica di fucili interruppe la preghiera.

◆

Quella notte, Achille e Fabrizio la passarono svegli, sobbalzando a ogni passo nel corridoio, tremando a ogni rumore.

All'alba, un gendarme aprì la porta. I due ragazzi si sedettero di scatto sulle brande. Quando videro che, insieme a lui, c'era un prete, compresero di non avere speranza.

Li portarono nello stesso luogo del giorno prima, in via della Certosa. L'aria era fresca e la brezza agitava i capelli biondi di Achille. Per terra, c'erano ancora le macchie violacee del sangue versato. Fabrizio scoppiò in singhiozzi poi, balbettando, si mise a implorare la Madonna. Achille Casadio non pregò. Già bendato, pensò a suo padre e a sua madre. Pensò pure che non avrebbe mai conosciuto l'amore. La scarica di fucili risuonò nel cielo rosato dell'alba. Achille Casadio cadde di lato, la guancia appoggiata contro la terra.

◆

La sua ultima lettera ai genitori giunse alcuni giorni dopo l'esecuzione. Fu Domenica a riceverla. La donna era analfabeta eppure sentì dentro di sé un'agitazione strana, come se quel foglio di carta le bruciasse tra le mani. Corse nei campi per raggiungere Dollaro e fargliela leggere. Avanzava tra gli arbusti e le spine che si chiudevano sopra il sentiero, ma lei nemmeno si accorgeva dei graffi.

Non appena Dollaro aprì la lettera, sbiancò. Abbracciò la

moglie poi, a denti stretti, produsse un gemito che terrorizzò Domenica.

« Ce l'hanno ammazzato... » riuscì a dirle alla fine. Per un po' marito e moglie rimasero abbracciati, poi caddero in ginocchio, ancora uniti, troppo affranti per piangere.

Il pomeriggio prepararono il carro e partirono, diretti a Bologna. Dalla data sulla lettera, avevano compreso che era troppo tardi per riabbracciare Achille un'ultima volta. Ora potevano solo recuperare la sua salma. Sedevano, sconvolti, senza trovare le parole per dar sfogo alla disperazione. Dollaro frustava i cavalli. Le bestie erano sudate, e avevano la schiuma alla bocca.

« Smettila, finirai per ucciderli. Che importa ormai se arriviamo un'ora più tardi », commentò con amarezza Domenica.

Il caldo quel giorno era soffocante. Non appena entrati nella saletta spoglia dove stava la bara di Achille, marito e moglie furono investiti da un tanfo così intenso che entrambi dovettero tapparsi il naso con un fazzoletto. Trovarono la cassa sigillata.

« Voglio vedere mio figlio un'ultima volta », disse Dollaro a un gendarme.

« Son tre giorni che è morto, e con questo caldo... »

« Andiamo, Dollaro. Portiamocelo a casa così », intervenne Domenica. « Preferisco anch'io ricordarlo com'era. »

Una volta rientrati, Dollaro si fece aiutare dagli altri figli a tirar giù la bara dal carro. Viollca osservava la scena, rigida. *Era meglio morire che sopportare un dolore simile,* pensò. Eppure le carte dicevano che il nipote sarebbe tornato vivo. Possibile che si fosse sbagliata?

Il fetore era troppo forte per portare la bara dentro casa e tenere una veglia, così dovettero lasciarla nell'aia.

Era già notte e, non potendo fare altro, Dollaro e Domenica si ritirarono nella loro stanza. Per ore, la donna singhiozzò nel buio. Dollaro, gli occhi fissi sul soffitto, ripensò a quando, da bambino, aveva parlato al padre che si era impiccato. Quella conversazione l'aveva fatto sentir meglio, tanto che poi erano riusciti a scherzare, a parlare di frittelle dolci, della gente stramba del paese e dei pesci nel Po che non dormivano mai... A quel pensiero, saltò giù dal letto.

« Dove vai? » gli chiese Domenica, allarmata.

« Torno subito. » Dollaro scese le scale di corsa e attraversò l'aia, fino a raggiungere la bara. « Achille!... Achille, mi senti? Sono il tuo papà... »

Attese la risposta trattenendo il fiato. Niente.

Accarezzò le assi di legno nel punto in cui doveva trovarsi il viso del ragazzo. « Figliolo, sono io... Ti prego, parlami... »

Attese. Sentiva il sangue battergli nelle vene del collo, rimbombargli nelle tempie. Nessuna risposta. Dollaro pensò che, sì, erano tanti anni che non parlava più con i morti, ma il dono lui l'aveva ricevuto e certe cose non spariscono come un raffreddore. Possibile che il dono non tornasse, in un momento simile? Forse Dio ce l'aveva con lui. Pensò a Gesù sul Golgota, moribondo, che guardava il cielo e diceva: « Padre, perché mi hai abbandonato? » Dollaro si sentiva proprio come Cristo sulla croce: mai così solo, mai tanto dimenticato.

« Achille, ti scongiuro, di' qualcosa. Ho bisogno di sentire la tua voce. Anche solo qualche parola... Ma non lasciarmi in questa disperazione. »

L'aria era appiccicosa, il tanfo insopportabile. Dollaro provò un rancore profondo verso Dio e verso la propria vita. « Bene! » sbraitò. « Se hai deciso che non mi vuoi parlare, devo almeno guardarti in faccia un'ultima volta. Vediamo se poi avrai il coraggio di star zitto! »

Corse nello sgabuzzino degli attrezzi e tornò reggendo la

lampada a olio, un martello e un piede di porco. Iniziò a rimuovere a uno a uno i chiodi che fissavano il coperchio della cassa, sconvolto, controllando a fatica l'agitazione. Tolto l'ultimo chiodo, sollevò il coperchio e avvicinò la lampada alla bara.

Dollaro Casadio spalancò gli occhi, poi sobbalzò all'indietro, con un'esclamazione d'incredulità.

Avvicinò di nuovo la lampada e guardò meglio, quindi si sedette accanto alla cassa. Si coprì il viso con le mani e iniziò a piangere. Però quel pianto, piano piano, andò trasformandosi in un ghigno sottile, che divenne prima un ridacchiare nervoso e poi una risata che si sparse per l'aia, entrò nella casa e salì lungo le scale, fino a raggiungere la stanza da letto di Domenica.

La donna trasalì. Non capiva se il marito stesse piangendo o ridendo, ma intuì subito quello che doveva aver fatto. Si precipitò di sotto a piedi nudi. Attraversò l'aia di corsa e in camicia da notte.

Trovò il marito accovacciato a terra e sì, non c'erano dubbi: stava ridendo a crepapelle.

« Dollaro... Cosa ridi, sei ammattito? »

« Non mi sono mai sentito tanto bene. »

« Non bestemmiare e richiudi subito la bara. »

« Il maiale! Ecco cos'aveva visto mia madre nelle carte », diceva Dollaro tra le lacrime.

« Hai perso la ragione? »

« Un *gugét*, Domenica... Un maiale, perdio. Stavamo per dare sacra sepoltura a un porco! »

L'odore dell'aceto sotto il naso. Una luce che abbaglia. Gli occhi fanno male, però a poco a poco si abituano. Poi la sagoma di una finestra, un tavolino bianco con sopra la lampada a olio e una copia dei Vangeli.

Un volto di ragazza si china su di lui: la pelle bianchissima, la bocca piccola. Ha gli occhi verdi, le ciglia e le sopracciglia chiare. « Non sforzatevi, siete ancora debole », mormora la giovane.

Lui sente il suo buon profumo di pulito, di arance e di sapone. Nota pure che indossa la cuffia e l'abito grigio delle novizie. « Dove sono? » le chiede.

« Nel convento della Visitazione. Vi hanno portato qui i becchini, di nascosto. È un miracolo che siate sopravvissuto. »

Achille iniziò a ricordare: la benda sugli occhi, le implorazioni di Fabrizio, l'ordine di sparare. Poi, il buio.

« Siete arrivato qui completamente coperto di sangue, ma le ferite erano solo agli arti. Persino gli austriaci devono essersi impietositi quand'è stato il momento di sparare a due persone tanto giovani. Alcuni soldati devono aver mirato al muro, gli altri verso parti non vitali. Il ragazzo che vi stava accanto è morto. Vi è caduto addosso ed eravate ricoperto dal suo sangue. Anche questo deve avervi aiutato. »

« Ma l'esame del medico? Perché controllano sempre se... »

« Il battito doveva essere talmente debole che nemmeno il medico lo ha sentito », lo interruppe la ragazza. « O, chissà, forse pure lui ha deciso di lasciarvi una speranza. Vi avevano già messo nella cassa per riconsegnarvi alla famiglia. Non impressionatevi, ma la vostra era già inchiodata. Poi uno dei becchini ha sentito un lamento e così vi siete salvato. Vi hanno condotto qui perché è un posto sicuro ma, quando siete giunto, non avevate più sangue. Siete stato tra la vita e la morte per una settimana. Sapete come vi chiamano le sorelle? 'Lazzaro'. » La novizia rise, mostrando una fila di denti piccoli e un paio di fossette. « Mi chiamo Angelica », riprese. « Qui nel convento ci sono solo monache e, visto che non ho ancora professato neppure i voti semplici, hanno dato a me l'incarico di assistervi. »

« Dite alla madre badessa che le sono grato e me ne andrò appena possibile. »

« Intanto pensate a riprendervi. »

« Ho un forte dolore alla mano sinistra, tutto il braccio mi fa un gran male... »

Lei gli toccò una spalla. « Achille... Vi chiamate Achille, vero? Il braccio non c'è più. Il medico ha dovuto amputarlo sotto il gomito. Ma almeno siete vivo, e per fortuna era il sinistro. »

Senza un braccio, la rivoluzione non poteva più farla. Fu la prima cosa che Achille pensò e anche quella che lo addolorò maggiormente. « I miei devono credermi morto. Li avete avvisati? »

« No. Finché non lascerete il convento, nessuno deve sapere che siete vivo. È stata una condizione che la madre badessa ha imposto per accoglievi. So che dev'essere terribile per la vostra famiglia, ma era necessario per salvaguardare le sorelle. »

« Ma... la bara, come l'hanno consegnata? »

« Con dentro un maiale. Al becchino ne era morto uno ancora piuttosto piccolo e ce l'hanno fatto entrare. »

Achille rimase nascosto nel convento per due mesi. Sulle prime, Angelica passava del tempo al suo capezzale ma, quando lui cominciò a riprendersi, le visite si diradarono. Andava nella cella del ragazzo solo per portargli i pasti, cambiargli il letto o ritirare la biancheria sporca. In quelle brevi occasioni, però, i giovani scambiavano due chiacchiere. Angelica aveva un temperamento brioso che piaceva ad Achille. Quando entrava nella sua cella, portava con sé quel buon profumo di pulito che lui aveva subito notato. Del resto, la novizia era l'unica persona con cui poteva fare un po' di conversazione.

Quand'era stato in grado di alzarsi, la badessa gli aveva fatto recapitare un foglio con gli orari in cui si sarebbe potuto sgranchire le gambe nel chiostro, e anche quelli in cui poteva andare nell'orto senza disturbare le monache. Ormai era autunno. Achille trascorreva il tempo passeggiando fra i roseti o sotto i faggi, le cui foglie andavano ingiallendosi. L'aria era frizzante e il silenzio intorno era intriso di una tranquillità vasta e, allo stesso tempo, lieve. La presenza delle monache si limitava agli inni che le sorelle intonavano alle ore canoniche. Per il resto della giornata, si sentivano solo il cinguettio dei passeri e le voci dei contadini che lavoravano oltre il muro di cinta.

Era come se, circondato da tanta pace, per la prima volta Achille trovasse il tempo di soffermarsi sulla perfezione della natura: il percorso di una goccia su una foglia, la scia lucente di una lumaca, un bocciolo di rosa che sfidava il primo gelo. Ogni tanto pensava ai suoi compagni di lotta, alle fatiche che dovevano sopportare. Si sentiva colpevole di starsene lì, tutto il giorno a far niente, mentre tanti rischiavano la vita. Si sentiva in colpa persino d'esser vivo.

◆

Adesso che stava meglio, però, Achille si annoiava, così chiese alla madre badessa di poter accedere alla biblioteca del convento. Credeva ci fossero solo testi sacri, libri di preghiere o sulle vite dei santi, e fu sorpreso nel trovare anche volumi di scienza, di anatomia e di fisica. Se li portò nella cella e li divorò l'uno dopo l'altro, con un senso di eccitazione che non provava dai tempi in cui aveva scoperto i libri di Galileo Galilei nella scatola dei libri proibiti.

Un giorno, mentre era assorto nella lettura, Angelica entrò nella stanza per consegnargli i vestiti puliti: un saio e altri indumenti appartenuti a qualche frate, tutto ciò che le monache erano riuscite a procurargli.

« Cosa state leggendo? »

« Isacco Newton, uno scienziato. »

« Fatemi vedere... *Principi matematici della filosofia naturale.* Non è quello che tratta della teoria delle maree e del calcolo degli equinozi? »

« Sì, come lo conoscete? »

« L'ho letto. Mi fanno studiare, così una volta monaca potrò dedicarmi all'insegnamento. »

« Non credevo fossero letture adatte alle monache. »

« Perché? »

« La scienza si è sempre scontrata con la religione. Pensate a Galileo. »

« Non è vero che le scoperte scientifiche neghino l'esistenza di Dio. La matematica è di una tale bellezza e perfezione, che può solo confermare l'origine divina del mondo. »

Meravigliato, Achille non seppe come replicare e abbassò lo sguardo sul libro.

In quel momento, Angelica vide una mela a terra e si piegò di scatto per raccoglierla. Nel farlo, la cuffia le cadde sul pavimento. Si rialzò, nella speranza che Achille non avesse notato l'accaduto.

Lui, invece, la fissava. Senza cuffia, Angelica sembrava

un'altra. I capelli, del colore del rame, erano mossi e creavano una corona intorno al viso bianchissimo.

«Angelica...»

Lei arrossì. Poi afferrò la cuffia e uscì di corsa.

Non fece nulla per sedurla. Nonostante la sua bellezza, Angelica rimaneva una novizia, una donna che voleva dedicare la sua vita alla preghiera e a Dio. Achille non si era mai posto il problema se crederci o meno, in Dio. Però il semplice desiderarla lo metteva a disagio. Gli capitò d'immaginarla nuda, ma si sentì in colpa. Pensarla in quel modo era come profanare un luogo sacro.

Per qualche giorno, Angelica lasciò il vassoio del cibo fuori dalla porta, oppure entrava nella cella solo se era certa che lui si trovasse nel chiostro, o nell'orto. Ma, anche quando le cose sembrarono tornare alla normalità, lei non riusciva più a fissare Achille negli occhi. Le era impossibile togliersi dalla mente lo sguardo di lui quando le era caduta la cuffia per terra. Il modo in cui lui l'aveva fissata aveva cambiato tutto e non c'era verso di tornare indietro.

Anche Achille era mutato. Adesso, quando se la trovava davanti, abbassava gli occhi e si sentiva dentro un'agitazione nuova, inaspettata. Ora i due si limitavano a scambiarsi un saluto o qualche frase di circostanza, poi ognuno tornava nel suo mondo.

Ottobre stava per finire e Achille si era ristabilito completamente. Un giorno, mentre Angelica si apprestava a cambiargli le lenzuola, lui la fermò: «Non serve, domani me ne vado».

«E dove?»

«Un cugino di mio padre vive sulle colline fuori Bologna. Chiederò che mi ospiti.»

Lei non replicò, ma l'idea che non lo avrebbe più rivisto le risultava insopportabile. Aveva cercato in tutti i modi di toglierselo dalla testa. Aveva fatto penitenza, pregato per ore. Non si era confessata solo perché temeva che poi avrebbero allontanato Achille dal convento. E adesso era lui a decidere di andarsene.

Restò immobile, le lenzuola strette al petto. «Portatemi con voi», gli disse infine.

«Che dite?»

«Non posso più prendere i voti.»

«Se è così, dovete tornare a casa vostra.»

«Non voglio tornare a casa... io... io voglio stare con voi.»

«Angelica... Guardatemi: mi manca un braccio; sono un fuggiasco, un fuorilegge che rischia la vita a ogni istante. E poi non sono innamorato.»

«Non fa niente.»

«Avete capito cosa vi ho appena detto? Io non provo...»

Non riuscì a finire la frase, perché lei fece un passo avanti, e lo baciò. Un bacio dapprima timido, maldestro, ma durò a lungo e cancellò in un baleno Dio, la madre badessa e la paura dell'inferno.

Dopo parlarono tenendosi per mano, con una confidenza che non avevano prima.

«Pensaci, prima di lasciare il convento. Non rovinarti la vita.»

«Lo farei restando qui.»

«Non hai paura di Dio?»

Lei gli accarezzò una guancia. «Ma il tuo viso è così vicino a Dio...»

Quando Angelica lo lasciò, Achille non le aveva promesso nulla, e lei non gli aveva chiesto niente. Però la ragazza era riuscita a farsi dire il nome del villaggio dove si sarebbe rifugiato. Sperava solo che il parente che gli avrebbe dato ospitalità avesse il suo stesso cognome.

———◆———

Achille si presentò dal cugino del padre con addosso un saio. Alfonso era un uomo di quarant'anni, basso e tarchiato. Il corpo massiccio l'aveva ereditato dalla madre, ma la carnagione chiara e gli occhi azzurri li aveva presi dai Casadio. All'inizio, stentò a credere che quel frate fosse il figlio di Dollaro, lo stesso che mesi prima avevano seppellito nel cimitero di Stellata. Quella storia del maiale, poi, la trovava inverosimile. Doveva ammettere però che la somiglianza c'era, ma come esserne sicuri? L'ultima volta che lo aveva visto, Achille aveva dodici anni.

« Dimmi il nome del padre di Dollaro, e anche quello di sua madre », ordinò.

« Giacomo Casadio è il padre e Viollca Toska è la madre. »

« E che fa di bello Giacomo? » lo incalzò Ada, la moglie di Alfonso.

« Si è impiccato quando mio padre era piccolo. »

I due coniugi si guardarono.

« Quanto fa 2345 per 18? » gli chiese allora Alfonso.

Pochi secondi dopo, il ragazzo rispose: « 42.210 ».

Alfonso prese carta e penna e fece il conto. Alla fine alzò lo sguardo. « Achille, *bòia d'un mond lèder*! Sei proprio tu! »

Alfonso e Ada vivevano con i loro tre figli in una casa colonica sulle prime colline del Bolognese. Come molti agricoltori della zona, alternavano la lavorazione dei campi con l'allevamento dei bachi da seta. La casa era circondata da un ettaro coltivato solo a gelsi, le cui foglie servivano a nutrire le larve. Dato che Achille aveva una mano sola, ed era comunque prudente che non si facesse vedere troppo in giro, fu deciso che avrebbe aiutato con i bachi. Lieta di essere sollevata da quell'incombenza, Ada lo portò in solaio per mostrargli cosa fare.

Lo stanzone era pieno di strutture di legno a più piani; ogni piano conteneva una grata di canne coperta di foglie di gelso su cui strisciavano le larve. « I bachi da seta valgono più dell'oro e bisogna trattarli bene. Come prima cosa, devi prendere l'abitudine di disinfettare pavimenti e attrezzi con acqua mischiata allo zolfo. I bachi prendono facilmente delle infezioni ed è importante mantenere tutto pulito. Poi devi assicurarti che il solaio sia sempre ben arieggiato e non ci sia mai troppo freddo né troppo caldo. Quella stufa tra un po' bisognerà usarla. Seguiamo la produzione fino ai bozzoli, poi li portiamo a Bologna per venderli in piazza del Pavaglione. »

I bachi erano posti su graticole costruite con canne palustri. Questo sistema permetteva la formazione di lettiere che, poste sotto le canne, raccoglievano le uova. Man mano che i bachi nascevano e crescevano, venivano spostati ai piani superiori, costantemente riforniti con foglie fresche. Lì salivano dentro le fascine di erica che Ada aveva preparato e iniziavano a produrre il filamento con cui costruivano il bozzolo. I migliori venivano venduti; dagli altri uscivano le nuove crisalidi che riprendevano il ciclo, accoppiandosi e deponendo nuove uova.

Occuparsi dei bachi implicava ordine e precisione, virtù che Achille apprezzava. Così dichiarò che era un lavoro bellissimo e l'avrebbe fatto con piacere.

Due giorni dopo l'arrivo del giovane, Alfonso andò a Stellata per far sapere ai cugini che Achille era vivo. Diede la notizia a Dollaro con cautela, timoroso che una simile rivelazione gli facesse venire una sincope.

Lui però non si scompose. « Lo sapevo », disse semplicemente, e gli spiegò ridendo che, per non destar sospetti, andava spesso con la famiglia... a portar fiori sulla tomba di un maiale.

In attesa che la guerra finisse, Dollaro e Domenica dissero che sarebbero andati a trovare il figlio almeno una volta al mese.

◆

Un paio di settimane dopo il suo arrivo, Achille si trovava in solaio a rifornire i bachi di foglie fresche, quando sentì lo scampanellio di un calesse. Poco dopo, Ada lo chiamò dall'aia.

« *Achille, ven zò. A ghè 'na ragazèla cat zerca!* »

Lui si sporse da una finestra: lì, al centro dell'aia, seduta su un calesse, redini in mano, c'era Angelica: indossava un vestito rosso, uno scialle e un cappellino legato sotto il mento con un fiocco.

Poco dopo, la ragazza gli spiegò di aver lasciato il convento dopo la sua partenza, ma che i suoi zii, unici parenti rimasti dopo la morte dei genitori, adesso la spingevano affinché tornasse a fare la monaca.

« Non vogliono saperne di mantenermi, anche se in verità i soldi ce li hanno, e tanti. Ma io in quel convento non ci vado », ripeteva.

« Puoi sempre provare da un'altra parte. »

« Non voglio più farmi monaca. Voglio stare con te. »

« Angelica, accidenti, io non penso al matrimonio. Ti ho mai detto di amarti? »

« Imparerai a farlo. »

« Adesso sali sul calesse e te ne torni a Bologna. »

« Io non mi rassegno, Achille. Vengo di nuovo la settimana prossima, ogni settimana, finché non ti convinci. »

Achille era disorientato. La determinazione di Angelica

intaccava l'ordine che stava finalmente ritrovando nella casa dei gelsi. Non sapeva come reagire a una tale irruenza, anche se, rifletté, la determinazione era una delle doti che più aveva apprezzato in Anita Garibaldi. Ma Anita era un sogno irraggiungibile, mentre Angelica era lì, in carne e ossa, e lo confondeva.

« Tu sei pazza! » le gridò, esasperato.

« Pazza o sana, io ti voglio bene e tornerò qui finché non me ne vorrai anche tu. »

Achille pensava che scherzasse, invece la ragazza fu di parola. Da quel giorno, ogni giovedì mattina, Angelica riappariva alla fattoria di Alfonso.

All'inizio, Achille nemmeno si sforzava di scendere. Non appena sentiva lo scampanellio del calesse, chiudeva la porta della soffitta con un calcio e non si faceva vedere se non quando Angelica era ripartita. Poi, a poco a poco, la presenza della ragazza diventò talmente abituale che lui imparò a conviverci. Finirono per mangiare allo stesso tavolo con la famiglia, ma in silenzio, anche se lei cercava inutilmente d'iniziare con lui una conversazione. Dopo pranzo, Angelica saliva in soffitta, si sedeva accanto alla stufa e lo osservava curare i bachi. Poi, verso sera, tornava a Bologna, ma prima di partire gli consegnava sempre una lettera. Achille la apriva di malavoglia solo dopo giorni, e nemmeno sempre. Erano tutte lettere d'amore.

Alfonso e Ada provavano pena per quella ragazza così minuta, però anche così determinata. « Ma i tuoi zii lo sanno dove vai ogni giovedì? » le chiesero un giorno.

« Certo che no. A loro dico che vado in un ospedale vicino a fare opere di bene per vedere se mi torna la vocazione. Sperano che prima o poi mi convinca a tornare in convento. »

« Ci dispiace, per Achille », le dicevano, imbarazzati,

quando lui le passava davanti senza nemmeno degnarla di uno sguardo.

« Non importa. Se a voi non dà fastidio, giovedì io torno. Forse un giorno cambierà idea. »

◆

Le visite settimanali di Angelica continuarono per oltre un anno. Arrivava ogni giovedì, in calesse, il cavallo tenuto al trotto. Ormai si comportava come una di famiglia. Aiutava Ada ad apparecchiare, poi dopo pranzo insisteva per lavare i piatti, oppure si offriva di accudire i bambini. Persino Achille, nel tempo, si abituò alla sua presenza, come se la consuetudine di averla in giro per casa gli avesse fatto scordare la ragione di quelle visite. Intanto le lettere d'amore di Angelica continuavano e, sebbene lui avesse giurato a se stesso che le avrebbe bruciate senza aprirle, alla fine le lesse tutte.

Arrivò così il dicembre del 1850. Era l'ultimo giovedì prima di Natale e fuori c'era la neve. Per riscaldare i bachi, Achille aveva acceso la grossa stufa. Stava caricando la legna, quando sentì lo scampanellio che, ogni settimana, annunciava l'arrivo di Angelica. Poco dopo, udì la ragazza che faceva gli auguri.

« Buon Natale anche a te, cara » le diceva la Ada.

« E Achille? »

« È su con i bachi. »

« Ora salgo. »

« Lascialo perdere. Quell'asino non se lo merita! », borbottò Alfonso.

Angelica salì veloce le scale fino a raggiungere la soffitta. « Ciao, Achille. »

Lui nemmeno rispose e continuò a lavorare.

Angelica non si scoraggiò e gli porse una lettera. « Buon

Natale. Aprila solo il 25. Sono salita anche per dirti che questa è la mia ultima visita. Non t'importunerò più. » Poi, rapida com'era entrata, uscì e scese le scale di legno.

◆

Passarono le feste, poi trascorse tutto gennaio senza che Angelica tornasse. All'inizio, Achille si sentì come liberato. Ma, ogni giovedì mattina, non poteva fare a meno di andare a sbirciare in continuazione dalle finestrelle della soffitta. Aspettava lo scampanellio del calesse, ma l'aia restava vuota; e, più restava vuota, più si faceva strada in lui la nostalgia di Angelica. Il suo bisogno di regolarità aveva preso il sopravvento. Con sorpresa, Achille scoprì che quella ragazza testarda e determinata iniziava a mancargli. Poi gli venne in mente la busta che lei gli aveva dato come ultimo regalo. Se n'era scordato. Corse a prenderla e la aprì. Dentro c'era solo un foglio con due equazioni.

$$x_1(t) = -\alpha_1 x_1(t) + R_1 x_2(t) + I_1(A_2)$$
$$x_2(t) = -\alpha_2 x_2(t) + R_2 x_1(t) + I_2(A_1)$$

Achille passò molte ore calcolando e ricalcolando, senza però riuscire a decifrare le formule. Le studiò per giorni, divorato dal suo bisogno d'ordine, dalla necessità di trovare risposte precise a ogni singola domanda. Ma Angelica conosceva la matematica molto meglio di lui e quelle dannate equazioni rimasero un mistero.

Dopo due settimane, divorato dalla curiosità, Achille andò in cucina. « Ada, per caso sapete dove abita? » chiese con aria disinvolta.

« Chi? » lo punzecchiò lei.

« Dai, avete capito. Angelica. »

« No, non lo so. Visto come la trattavi, non ho pensato di chiederglielo. »

Achille corse da Alfonso, sperando che almeno lui gli fosse d'aiuto.

« *L'èsen al cgnóss al benefézzi dla cô sol quand an l'ha più*. L'asino conosce il beneficio della coda soltanto quando non l'ha più », gli rispose Alfonso. Poi aggiunse: « Vieni ».

L'uomo recuperò in fondo a un cassetto una busta. Sopra, con la calligrafia minuta ed elegante di Angelica, stava scritto: *Per Achille. Per quando ne avrà bisogno.*

Il ragazzo la aprì con aria stupita, sentendosi come il topo quando segue la traccia del formaggio pur sapendo che il gatto è in agguato.

Caro Achille,

se aprirai questa lettera, vorrà dire che non avrai saputo risolvere le equazioni che ti ho regalato prima di uscire dalla tua vita. Ma, se aprirai questa lettera, vorrà anche dire che hai capito che risolvere le equazioni era tanto importante quanto ritrovare la via che ti riconduceva a me. Scrivimi all'indirizzo che metto qui sotto e io tornerò per rivelarti il loro significato.

La tua Angelica

Achille fece spedire subito un telegramma. Il giovedì successivo, accompagnata dallo scampanellio del calesse, Angelica ritornò nella sua vita.

Non appena la vide sull'aia, un cappottino blu dai bottoni dorati e un cappello bordato di pelo bianco, Achille sentì una strana allegria nel petto.

Quando gli fu davanti, il ragazzo respirò il suo profumo

di arance e di sapone e si sentì felice. Angelica gli disse: « Avanti, mettiamoci al lavoro ». E salì con lui nella soffitta.

Si sedettero l'uno vicino all'altra.

« I due innamorati sono I_1 e I_2 e la quantità di amore che uno prova per l'altro è rappresentata da x_1 e x_2 », spiegò Angelica. « Il modello della teoria è dunque rappresentato dal calcolo... » E iniziò a chiarirgli le equazioni, giungendo alla conclusione che il modo in cui si genera l'amore deriva da una serie di regole e formule precise, che non si possono né ignorare né scartare, perché era scientificamente provato che: « Se due particelle microscopiche interagiscono per un certo periodo di tempo con una certa modalità, e poi vengono separate, non si possono più descrivere come due particelle distinte, ma in qualche modo condividono alcune proprietà. Un po' quello che accade a due persone che s'innamorano: anche se la vita le allontana, continueranno ad avere l'una qualcosa dell'altra ».

Le due equazioni lui non le comprese mai sino in fondo, ma quel giorno, mentre sedeva accanto a lei e si avventuravano insieme lungo i cammini luminosi della matematica, Achille ebbe la certezza che Angelica era la persona con cui voleva condividere la vita.

Si sposarono in segreto, in presenza solo dei genitori di Achille, degli zii della sposa e del prete. Alfonso e Ada fecero da testimoni e tennero a battesimo i tre figli che negli anni seguenti nacquero alla coppia: il primogenito Ugo, cui fu dato il nome dell'eroico sacerdote; Anita, in onore della moglie di Garibaldi, e il piccolo Menotti, come l'eroe emiliano del Risorgimento.

1861

Terminata la seconda guerra d'indipendenza e formatosi il Regno d'Italia, Achille Casadio tornò a vivere a Stellata. Nella casa della Fossa dovevano nascere gli ultimi due figli della coppia: Beppe, come il generale Garibaldi, e Edvige Rosa, il primo nome come la nonna materna, il secondo in onore della madre di Garibaldi.

Negli anni che trascorsero insieme, Achille e Angelica si dedicarono con entusiasmo allo studio della fisica e della matematica. La giovane, inoltre, decise di diventare ostetrica. Per far fronte alla scarsa presenza di levatrici, erano stati istituiti dei corsi presso gli ospedali. Sebbene maritata da poco, Angelica vi si era iscritta con slancio e, per quanto Ada arricciasse il naso, dato che era già incinta del primo figlio, si era diplomata.

Oltre a lavorare in campagna, Achille s'improvvisò inventore. Sempre alla ricerca di novità e meraviglie del progresso, fu tra i primi a Stellata ad acquistare un modello di mietitrice automatica, il che suscitò l'invidia dell'intero paese. Per un compleanno, regalò ad Angelica una scatola di legno con un obiettivo in vetro e in ottone: serviva per realizzare i dagherrotipi, un'invenzione francese che fermava i tratti delle persone su una lastra di rame con la precisione di uno specchio.

Spesso, però, Achille tendeva a concentrarsi su studi di assoluta irrilevanza pratica, come il calcolo del peso dell'aria o di quello del fiato; oppure s'immergeva in esperimenti legati alla trasformazione dei metalli, che ad Angelica ricordavano più l'antica arte dell'alchimia che la scienza moderna. Riuscì comunque a far brevettare alcune invenzioni, come la macchina automatica per fare i cappelletti e un sistema per intrattenere i bambini, formato da imbracature attaccate a cinghie elastiche da appendere in fila agli olmi o ai pioppi. I suoi figli trascorsero giornate intere ad andare su e giù, gorgheggiando felici, mentre i genitori lavoravano, o percorrevano i misteriosi meandri della scienza. Fu poi la volta del vestito di sughero per far stare a galla chi non sapeva nuotare e di certe spaventose bambole meccaniche che ruotavano gli occhi ed emettevano grida tanto stridule da terrorizzare le bambine. Nel 1877, ossessionato dal fatto che, da giovane, aveva rischiato di essere seppellito vivo, Achille presentò all'Ufficio Brevetti una bara speciale dotata di una banderuola, « l'indicatore di vita ». Si poteva azionare dall'interno della cassa, ruotando una serie di maniglie che muovevano un quadrante posto in superficie. Il brevetto però gli fu rifiutato: un sistema simile era infatti in uso da tempo in Inghilterra, e aveva già salvato più di una persona.

◆

La vita di Achille e Angelica fu lunga e felice. Videro crescere i figli e morire i membri più anziani della famiglia. Solo il primogenito, Ugo, e Edvige, la figlia più piccola, causarono problemi alla coppia.

Ugo, il prediletto di Achille, e di gran lunga il più intelligente dei suoi figli, aveva sfidato la volontà della famiglia, prima diventando sacerdote della Compagnia di Gesù, poi andando in Brasile come missionario. Achille non gli aveva mai perdonato quella scelta. Per anni, tutte le speranze della famiglia erano state riposte in lui. A scuola, Ugo si era dimostrato così bravo che i genitori avevano deciso di farlo studiare. Achille e Angelica avevano venduto delle terre e speso tutti i risparmi guadagnati dai brevetti per mandare il primogenito all'università. Ugo era il loro orgoglio: da semplice contadino, sarebbe diventato dottore, il primo dei Casadio ad arrivare tanto in alto. Desideravano che diventasse medico e contribuisse con le sue ricerche alla marcia del progresso, ma lui, a un anno dalla laurea, aveva lasciato gli studi per entrare in noviziato. Achille non lo aveva salutato quand'era partito per il Brasile e non aveva mai risposto alle sue numerose lettere. Angelica invece aveva pensato che quello era il giusto prezzo da pagare a Dio per il suo voltafaccia quando, da giovane, aveva rinunciato a farsi monaca per amore.

Se il marito aveva sempre avuto un debole per il primogenito, Angelica si era innamorata fin dal primo momento di Edvige, nata quando lei aveva quarantadue anni. Non appena l'aveva vista, Angelica aveva riconosciuto nella bambina i suoi stessi lineamenti e gli stessi capelli color rame. Una volta cresciuta, notò che aveva anche ereditato la sua intelligenza e l'indole romantica.

Edvige era la più bella delle figlie, la più brillante e avveduta. Fin da quando aveva iniziato a sillabare, aveva preso tutti voti alti, soprattutto in lettura e grammatica. La bambina adorava la scuola. Ah, come amava l'odore dei sillabari e dei libri di lettura, o le copertine nere dei quaderni, i gessi colorati. E c'erano le cartine geografiche con disegnati sopra i fiumi, i mari, i vulcani e le montagne. La scoperta più eccitante fu che si poteva riprodurre ogni suono con dei segni. Le pareva impossibile che si potessero formare sulla carta i nomi di tutte le cose, ma proprio tutte. Imparò pure che ogni parola era contenuta in due grandi volumi rilegati in pelle che la maestra teneva sulla scrivania. Su essi c'era scritto: *Vocabolario italiano*. La signora Gina le spiegò come usarli e quei libri divennero il suo gioco preferito. Ogni nome che le veniva in mente era là dentro e nel posto giusto, in un ordine preciso e prestabilito, e lei si divertiva a cercarlo.

Quando Edvige compì dieci anni, Achille la tolse dalla scuola. Aveva fatto studiare Ugo, il primogenito, e dopo tanti sacrifici lui lo aveva ripagato facendosi prete. Non avrebbe ripetuto lo stesso errore, specialmente con una femmina. Angelica lottò per mesi contro quell'ingiustizia con la stessa veemenza e cocciutaggine che aveva usato per far innamorare il marito tanti anni prima, ma quella volta non riuscì nel suo intento.

« La scienza e la matematica gliele puoi insegnare tu. Il resto è tempo sprecato », concluse il marito, e fu irremovibile.

Però era tardi: Edvige si era già appassionata alla lettura e nel tempo l'attaccamento ai libri finì per riempirle la vita. Iniziò a chiedere romanzi in prestito alla sua vecchia maestra e la signora Gina fu felice di procurarglieli. Ogni mese, la donna si recava alla Biblioteca Ariostea di Ferrara per poi tornare a Stellata con la borsa piena di libri. Fu attraverso la maestra che Edvige conobbe gli autori russi. Lesse *Guerra e pace*, *Anna Karenina*, *I fratelli Karamazov*. Passò quindi agli scrittori francesi: Hugo, Balzac, Dumas... Infine, Edvige scoprì *Madame Bovary* e ne rimase folgorata.

Nel fondo della sua anima, Emma aspettava che qualche cosa accadesse. Come i marinai in pericolo, volgeva gli occhi disperata sulla solitudine della sua vita e cercava, lontano, una vela bianca tra le brume dell'orizzonte.

Quel Flaubert sembrava conoscerla, parlava proprio di lei! Edvige non riusciva a smettere di leggere. Lo faceva di nascosto fino a tarda notte, al lume di candela.

Crescendo, la figlia più piccola di Achille si era trasformata in una giovane fin troppo bella. Aveva occhi chiari, dalla forma allungata, lo sguardo intenso, e una massa di capelli ramati tali e quali la madre. Non era tanto la sua avvenenza a preoccupare i genitori, né quell'esercito di ragazzi che si ritrovava sempre intorno, ma piuttosto il suo temperamento smodatamente romantico. Sia Achille sia il nonno Dollaro si erano accorti subito della sua spiccata propensione a fantasticare. Non che soffrisse di malinconia o che tendesse al suicidio come Giacomo, ma si trattava comunque di un'altra inguaribile sognatrice. Edvige non voleva costruire arche, però si nutriva d'illusioni, di fantasie amorose che, temevano, l'avrebbero portata alla rovina.

Dollaro, ormai prossimo alla morte, un giorno l'aveva presa in disparte e le aveva raccontato per filo e per segno quello che Viollca aveva previsto molti anni prima leggendo i tarocchi. A quei tempi Edvige era appena adolescente e le parole del nonno l'avevano impressionata.

«Come fate a sapere che è tutto vero?»

«All'inizio nemmeno io ci credevo, ma una notte che andavo a caccia di rane quasi annegavo e ho avuto una visione. Lì ho capito che mia madre non si sbagliava. Su tutti i Casadio pesano le sue parole.»

Anche Achille era preoccupato. «Quella, se s'innamora, è capace di tutto», avvertì.

Le sue parole si rivelarono profetiche. All'età di ventun anni, Edvige s'innamorò e lo fece esattamente come una delle sue eroine letterarie: con la persona sbagliata, senza alcuna riserva, senza rimedio.

L'uomo che le cambiò la vita si chiamava Umberto Cavalli. Era arrivato a Stellata dal litorale per sposare una cugina di Edvige, Marta Casadio. Aveva occhi verdi e un fare dolce che si accattivava la simpatia di tutti. Marta invece apparteneva alla metà della famiglia con il sangue zingaro. Aveva la pelle bruna, lo sguardo languido, il naso leggermente aquilino e una massa di capelli neri che teneva raccolti in una treccia lunga fino ai fianchi. La ragazza perse la testa per quel giovane ma, quando Umberto la chiese in moglie, prese tempo. «Ti do una risposta domani», gli disse.

Passò la notte rigirandosi nel letto, in preda a un brutto presentimento. La famiglia le aveva messo in testa strane idee sui pericoli di matrimoni sbagliati e su certe profezie catastrofiche. Giunto il mattino, passò davanti allo specchio e le sembrò di scorgere il riflesso di una donna con penne colorate fra i capelli. Però, spalancate le persiane, nello specchio vide solo il proprio viso.

In quel momento, uno stormo di uccelli si alzò dalle fronde dell'olmo facendo gazzarra in cielo. *Gli uccelli sono un segno di malaugurio,* pensò Marta. Ma l'aria era fresca e il sole splendeva. La giovane decise che un giorno così bello non poteva che portarle fortuna. Dimenticò gli uccelli, l'immagine intravista nello specchio, il brutto presentimento che non l'aveva fatta dormire, e finì per sposare quel bel ragazzo dagli occhi verdi e dal sorriso accattivante.

Fu la mattina del matrimonio della cugina, giusto sul sagrato della chiesa, che Edvige Casadio vide Umberto Cavalli per la prima volta. Non si rese nemmeno conto che si trattava dello sposo e quando comprese l'errore era già troppo tardi.

In seguito, si disse che era stata lei a rovinare il ragazzo, fissandolo senza nessuna decenza il giorno stesso delle sue nozze. Da parte sua, quando Umberto incrociò gli occhi di Edvige pensò che aveva uno sguardo spiritato e sentì un brivido. Dopo, però, non riusciva a distogliere gli occhi da lei. Giunse al punto di girarsi più volte per cercarla tra la folla dei parenti, questo persino davanti all'altare.

Edvige e Umberto si evitarono per mesi e fecero del loro meglio per resistere all'attrazione che avevano provato subito l'uno per l'altra. Niente servì, e alla fine cedettero a una passione che doveva rovinare due famiglie.

Edvige subì per anni il risentimento dei suoi. « Disgraziata! Con un uomo sposato ti dovevi impegolare, e lei è tua cugina! » l'accusavano.

Ci furono sere in cui, per impedirle d'incontrarsi con l'amante, Angelica mise la figlia sotto chiave. Lei aveva idee moderne e quella figlia la adorava, ma a tutto c'era un limite. Lì si trattava di non distruggere un matrimonio, un sacramento inviolabile.

Da dentro la sua prigione, Edvige gridava: « Aprite, se no mi ammazzo! Giuro che se non aprite mi taglio le vene! »

Non si tagliò le vene ma, nelle notti in cui fu tenuta prigioniera, Edvige riuscì a rompere a spallate due lucchetti, tirò giù i tendoni e scaraventò contro la parete parecchi oggetti di valore.

I suoi erano sbigottiti.

« Ma da chi avrà preso? » si chiedeva Angelica.

« La colpa è di tutti quei libri! » assicurava Achille. Ma, nella figlia, lui scorgeva l'irruenza che lo aveva contraddistinto nei suoi giorni da garibaldino.

Una sera, di nuovo chiusa a chiave nella sua stanza, Edvige aprì i vetri e iniziò a urlare: « Aiutatemi, chiamate i gendarmi! Mi hanno chiusa dentro come un animale! »

Di gendarmi non se ne videro, ma la famiglia si ritrovò sotto casa un gruppo di paesani che, bocca aperta e naso all'insù, assistevano allo spettacolo di quella scellerata.

I genitori, a quel punto, decisero che dovevano allontanare Edvige da Stellata. Sarebbe andata a vivere dai figli di Alfonso e di Ada, sulle colline dopo Bologna, nella speranza che il distacco curasse quella passione malsana. L'avrebbero lasciata là per mesi o addirittura per anni, se necessario.

« Nemmeno con la forza! » inveì la ragazza quando venne informata della decisione.

« O fai le valigie e te ne vai buona buona dai tuoi cugini, o vendiamo casa ed emigriamo tutti. In America, o in Argentina. Anche in Africa con i beduini, purché sia lontano da quel disgraziato », le rispose Achille senza scomporsi.

Edvige capì di non avere scelta e, una settimana dopo, lasciava il paese, singhiozzando di rabbia e d'amore.

Per mesi, la ragazza ignorò le lettere dei suoi, chiudendosi in un silenzio risentito. Passò un anno intero in quel modo. Poi, da un giorno all'altro, iniziò a scrivere ai genitori lettere piene di affetto. Raccontava di aver trovato lavoro presso una sarta, di sentire la mancanza della famiglia e di aver ritrovato dentro di sé un po' di pace.

« Sembra sincera », azzardava Angelica.

« No, troppo calma. Non mi fido », ribatteva Achille, arricciandosi i baffi con l'unica mano che gli era rimasta.

Dubitavano. Ma infine Edvige spedì una lettera dove, con molta umiltà, chiedeva scusa per i suoi eccessi e pregava il padre d'intercedere con Marta affinché la perdonasse. A quel punto, Achille lasciò cadere le ultime riserve e si disse disposto ad accoglierla di nuovo in seno alla famiglia.

Dopo sedici, lunghi mesi di lontananza, Edvige rifece le valigie, prese la corriera, poi il treno, poi un altro treno e finalmente si ripresentò a Stellata. Nemmeno ventiquattro ore dopo, la relazione con Umberto era ricominciata, più scandalosa che mai.

La giovane sopportò le punizioni del padre, le minacce del confessore, le scenate di Marta e i rimorsi della propria coscienza. E, mentre la cugina passava da una gravidanza all'altra, lei sacrificava ogni speranza di matrimonio e figli per amore di Umberto. La relazione doveva continuare per anni, finendo per stancare pettegoli e preti. Si trasformò, forse per pura noia, in un fatto accettato da tutti, compresa la moglie tradita.

Un pomeriggio di luglio, Umberto era uscito dopo il pranzo con la scusa di una passeggiata portandosi appresso due dei suoi bambini. Li aveva poi lasciati a giocare su una spiaggetta del fiume per correre dall'amante che lo aspettava nel bosco di pioppi. Prima di andare, aveva ordinato ai figli di non entrare in acqua.

«Nel Po non si va finché non torno. Avete capito?»

Ma era un giorno di gran caldo e, vinti dalla canicola, dopo aver fatto l'amore, i due amanti si erano addormentati l'uno nelle braccia dell'altra. L'afa galleggiava sul fiume, le pecore riposavano nell'ombra e il frinire delle cicale riempiva l'aria. La pace del pomeriggio era stata rotta dalle grida di Marta. Umberto aveva spalancato gli occhi. «I bambini...» Aveva detto solo quello. Poi si era rivestito alla meglio e si era precipitato verso la spiaggetta dove li aveva lasciati. Correva con la camicia aperta e senza scarpe, incurante dei rovi e delle spine. In cuor suo, sentiva che la sua vita era finita.

I due fratellini avevano aspettato a lungo l'arrivo del papà. Il più piccolo insisteva per fare il bagno, il maggiore non voleva, ma faceva troppo caldo e alla fine aveva vinto il richiamo del fiume. Si erano tolti i vestiti ed erano corsi in acqua. Ridevano, battevano mani e piedi, si tuffavano a testa in giù. Riempivano la bocca d'acqua poi risalivano, spruzzandola fuori. Di colpo il più piccolo era stato risucchiato da un mulinello traditore. Il fratello di otto anni lo aveva raggiunto ed era riuscito ad afferrarlo per i capelli. Aveva lottato contro la corrente, ma poi anche lui aveva finito per sparire nel gorgo.

Verso le quattro, insospettita dall'assenza dei figli e del marito, Marta era uscita a cercarli. Stava per prendere il sentiero dell'argine quando aveva notato un uomo che avanzava in senso contrario. Non appena si era avvicinato, la donna aveva sentito le gambe cedere, un sudore freddo imperlarle la fronte: appesi al collo del contadino c'erano due serpenti con la pancia bianca, entrambi con la testa mozzata.

« Dove li avete presi? » gli aveva chiesto Marta.

« Là, proprio dietro il vostro orto. Erano attorcigliati l'uno con l'altro. »

Marta si era messa a correre a perdifiato verso il fiume. Giunta alla spiaggetta, aveva trovato i sandali, le camiciole, il cappellino di paglia del più piccolo. Aveva chiamato a lungo i bambini, gridando i loro nomi, ma già sapeva cos'era successo.

Ritrovarono i corpi tre giorni dopo a quasi dieci chilometri dal paese. Galleggiavano, gonfi e bluastri come certi pesci tropicali.

Marta perse la ragione. Si rifiutava di mangiare e passava le notti chiamando tra i singhiozzi i figli morti. Una sera di ottobre, due pescatori la videro scendere dall'argine. Avanzava a passi lenti, gli occhi da zingara fissi sull'acqua del Po. Indossava una camicia da notte lunga fino ai piedi, la grossa treccia era sciolta e una cascata di capelli neri le copriva i fianchi. I due uomini la chiamarono, ma lei continuò a camminare verso il fiume senza voltarsi. Entrò nell'acqua e si confuse subito con la corrente.

I pescatori la riportarono a terra svenuta e con l'acqua nei polmoni. La adagiarono sulla riva melmosa. I lunghi capelli galleggiavano ancora nel fiume, formando intorno al suo viso un'enorme raggiera, come una grande coda di pavone. I due uomini la fissavano spaventati e intanto premevano le mani sul torace: su e giù, su e giù, con forza, finché dalla sua bocca non uscì un fiotto d'acqua.

Quando rinvenne, Marta fissò i pescatori come se stesse sognando. Poi disse: «Che Dio vi maledica, tutti e due». Chiuse gli occhi, e la bocca le si trasformò in una smorfia che l'avrebbe accompagnata fino al suo ultimo giorno.

La donna non rivolse più la parola a nessuno. Si rifugiò in un suo mondo costruito sull'odio e sul rancore. Si esprimeva solo annuendo o scuotendo la testa, ma ancora la si sentiva di notte, mentre chiamava a gran voce i figli morti. Dopo quei fatti, la famiglia si trasferì con i tre figli ancora in vita da parenti nel Novarese e di loro non si seppe più nulla.

Dal giorno della tragedia, Edvige si chiuse in un silenzio tanto profondo quanto la pazzia di sua cugina. Da ribelle e battagliera, si trasformò in una creatura dal temperamento schivo e dallo sguardo spento. Diede via tutti i suoi abiti, e da allora si vestì unicamente di nero.

La famiglia accettò quella tragedia con rassegnazione, come un debito che prima o poi bisognava pagare. Quell'evento era il frutto del loro essere diversi, sempre propensi ai sogni e alle sciagure. Era il passato che si ripeteva, il risultato di quel mischiare il loro sangue contadino con un sangue selvatico e straniero. Rientrarono a casa dal funerale dei due bimbi con i cuori gonfi, ma nutrendo la speranza che perlomeno i morti ora si sarebbero messi tranquilli. In fondo, i timori di Viollca si erano avverati: il matrimonio infelice c'era stato, come pure il gorgo d'acqua e i bambini morti annegati. Però lo spettro di Viollca non smise di tormentare i loro sogni e ben presto i Casadio compresero che la profezia della zingara avrebbe continuato a perseguitarli.

Nel tempo, la famiglia si abituò al silenzio di Edvige al punto di dimenticarsi quasi di lei. Quando si ammalò di morbillo e non scese in cucina, nessuno sembrò notarlo, nemmeno sua madre. Quand'era piccola, l'aveva amata con un'intensità che non aveva riservato agli altri figli, ma quella relazione illecita l'aveva provata e, alla fine, pure Angelica aveva perso la pazienza. Edvige fu lasciata senza cibo per tre giorni. Quando la febbre diminuì, riuscì a trascinarsi giù dal letto e a dirigersi barcollando lungo il corridoio, ma cadde svenuta davanti alla dispensa, sopraffatta dall'odore dei salami all'aglio appesi a dozzine alle travi del soffitto.

Dopo la disgrazia, la stessa Edvige giunse alla conclusione che i libri d'amore le avevano offuscato il cervello e giurò che in vita sua non avrebbe più letto un romanzo. Visto che per lei un matrimonio era ormai impossibile, pensò che doveva trovare un modo per mantenersi. Una cosa che aveva imparato a fare nel suo periodo di esilio bolognese era cucire, così mise la vecchia Singer di famiglia sotto la finestra della cucina e, per più di mezzo secolo, divenne la sarta di Stellata, confezionando vestiti da sposa per tutte le donne del paese.

I primi tempi la si vedeva ancora nei giorni di mercato. Passava lungo la strada per Bondeno in piedi sul carro, magnifica e terribile nel suo abito nero, gli occhi azzurri fissi all'orizzonte e quella straordinaria massa di capelli ramati lasciati liberi sulle spalle. Con una mano impugnava le briglie, con l'altra frustava il cavallo. Il suo sguardo era impenetrabile e aveva sulla bocca una smorfia di disprezzo. Poi, con il passare degli anni, iniziò a uscire sempre meno. La si vedeva solo se si recava in chiesa, o nelle sere d'estate, quando cercava un po' di fresco sull'argine. Con l'avvicinarsi della vecchiaia, abbandonò anche le messe domenicali e le passeggiate lungo il fiume, finché il paese non si dimenticò di lei.

Edvige Casadio smise di vivere di sogni e iniziò a vivere

unicamente di ricordi. Nella sua lunghissima vita, vide morire l'uno dopo l'altro tutti i parenti con i quali era cresciuta. La bisnonna Viollca se n'era andata nel 1862, prima della sua nascita, ma suo padre Achille e il nonno Dollaro parlavano così spesso di lei che, negli anni, Edvige si convinse di averla conosciuta. Quand'era piccola, il suo babbo soleva mostrarle un dagherrotipo che la ritraeva. Le raccontava che quel ritratto glielo avevano fatto quand'era già morta, per poterla ricordare per sempre. Avevano preso il cadavere e lo avevano sistemato alla meglio su una sedia con i braccioli. Dollaro e Domenica avevano preso posto da un lato; lui e Angelica dall'altro. Davanti alla zingara, sedevano tutti i nipoti.

« Mia nonna quel giorno pareva una regina sul trono », le raccontava Achille. « Avevamo sistemato con cura le balze dei sottanoni. Vedi? I suoi capelli erano ancora nerissimi e le penne di fagiano formavano sulla testa una grande corona. Era magnifica, addobbata come una Madonna, con le file di collane e gli anelli su tutte le dita. »

« Il suo sguardo fa paura », aveva osservato Edvige.

« Perché lei sapeva vedere al di là delle cose, anche oltre la propria morte. »

Quel giorno, Ugo era stato scelto come fotografo. Non appena impressa la lastra di rame, Angelica era corsa a svilupparla. Dopo venti minuti era tornata. Sembrava confusa. Aveva dato la lastra al marito, muta, e Achille era sbiancato: in piedi, dietro la sedia di Viollca, s'intravedeva un uomo magro e spigoloso. Aveva lo sguardo sconsolato e un cappio gli pendeva intorno al collo.

Dopo la bisnonna Viollca, era toccato a Dollaro. Quando morì, Edvige aveva diciassette anni e se lo ricordava bene. Aveva uno sguardo tenebroso, da gitano, e capelli sempre arruffati, neri fin nella vecchiaia. La gente però diceva che, nel tempo, il suo carattere aveva iniziato a somigliare sempre più a quello del padre Giacomo, morto suicida. Negli anni, pure Dollaro era diventato cupo e silenzioso e, come il suo babbo, aveva preso l'abitudine di passeggiare lungo le rive del Po, portandosi appresso qualche nipote. Edvige lo aveva accompagnato spesso. Da piccola, camminava svelta per tenere il suo passo. Se uscivano dopo un temporale, la bambina correva davanti al nonno per portare in salvo le lumache, ché lui era sempre sovrappensiero e si rischiava che finissero sotto i suoi passi distratti.

Poi, all'età di novantun anni, anche Dollaro Casadio disse addio al mondo, vedovo da molti anni ma circondato dall'affetto della sua famiglia. Durante i giorni dell'agonia, i figli e i nipoti più grandi gli stettero accanto, vegliandolo e stringendogli la mano. Poco prima di spirare, lui spalancò gli occhi.

« Che avete, nonno? » chiese Edvige, che in quel momento gli sedeva vicino.

« *Che stran insoni*... Che sogno strano », disse lui. E si mise a piangere.

« Cos'avete sognato? »

« C'erano tutti i parenti della nostra famiglia, anche quelli non ancora nati... »

« ... Quelli non ancora nati? »

« *Sì, a io vist tuti, a io vist bén*. Anche i vostri figli, e i figli dei vostri figli... » rispose Dollaro faticando a trovare la voce.

« Nonno, ma perché piangete? »

« Troppi di loro non erano felici, tutti persi dietro qualche sogno impossibile... e poi... Dio santo, quello che ho visto è stato terribile... »

« Era la febbre, non ci pensate. »

« No, non capisci!... Mia madre non era riuscita a comprendere cosa sarebbe successo, non era riuscita a vedere bene. Invece io... adesso so cosa succederà... Edvige, ascoltami, è importante che... »

Spirò a metà della frase. Morì piangendo e alla ragazzina parve che continuasse a piangere anche da morto, parecchio tempo dopo che l'ultimo respiro lo aveva lasciato.

Lo seppellirono nella cappella di famiglia. Spostarono la pesante lastra di marmo per deporre il feretro nella tomba centrale dove c'erano i genitori e fu allora che si resero conto con stupore che la bara di Viollca era stata aperta: qualcuno aveva spostato il coperchio e aveva rubato le collane e gli anelli. Tutti pensarono a una vendetta degli zingari, forse della stessa famiglia di Viollca, che mai aveva accettato il suo matrimonio con un *gagé*. Ma nessuno ebbe il coraggio di dare voce a quel pensiero. Anche perché c'era un'altra cosa, ancor più sorprendente: mentre Giacomo era ridotto a un mucchietto d'ossa, Viollca era intatta. I suoi capelli, nerissimi, non avevano smesso di crescere e ormai le arrivavano ai piedi. Pure le penne di fagiano c'erano ancora. Deposero Dollaro in mezzo ai due e, mentre rimettevano a posto il coperchio della bara di Viollca, uno dei presenti ebbe l'impressione che il cadavere della donna avesse un fremito. Giurò di averla vista addirittura muovere gli occhi verso quel suo unico figlio e, per un attimo, sembrò sorridergli.

1909

La famiglia Casadio continuava a vivere nella casa della Fossa, nell'esatto punto di confine tra la provincia di Ferrara e quella di Mantova. I pavimenti di cotto consumato, che prima erano stati lucidati da Viollca, poi da Domenica, e infine da Angelica, ora venivano strofinati con tenacia dall'Armida, la moglie dell'ultimo figlio maschio di Achille. Li lucidava in ginocchio, con il panno, l'olio rosso, braccia forti e due mani che pareva un uomo. La trovavi sempre indaffarata con i lavori di casa, perché per lei l'amore non era fatto di baci o di carezze, ma di azioni concrete: accertarsi che i bambini andassero a scuola con le orecchie pulite e i grembiuli stirati; invasare la marmellata di albicocche; tirar fuori le maglie di lana quando arrivava l'autunno, e riporle nei cassetti con la canfora quando giungeva il primo caldo. Per l'Armida, erano quelle le cose che restavano nel cuore. Ne era convinta, com'era convinta di essere stata fortunata prendendosi per marito Beppe Casadio: un uomo sì burbero, ma onesto, in più aveva tante bestie e parecchie biolche di terra. Nella stalla, c'erano due mucche e il cavallo; nel porcile, un maiale e tre scrofe. In paese, la famiglia Casadio era considerata benestante, anche se i figli erano tanti e i soldi che entravano servivano più che altro per mandarli in giro vestiti con decenza e con le scarpe ai piedi. Ma almeno loro il pane e il companatico l'avevano.

In quei tempi grami, erano molte le famiglie di Stellata che facevano la fame. Ogni anno, nei giorni di San Martino e terminato l'ultimo lavoro nei campi, quelli che non possedevano un pezzo di terra si preparavano a fare trasloco. Caricavano sul carretto le loro quattro cose e iniziavano a vagabondare di podere in podere in cerca di lavoro per la nuova stagione. Avanzavano nella nebbia, le ossa deboli e una fame mai saziata, che rendeva i figli rachitici e le donne senza denti prima dei quarant'anni.

In quegli anni, dal paese emigrano a centinaia. Seguono parenti e compaesani che se ne sono già andati a cercar fortuna dall'altra parte dell'oceano. E ora scrivono che là, in America, lavoro ce n'è da vendere. Basta avere braccia forti e voglia di fare, poi i soldi arrivano: *moni,* tanti *moni,* e città con strade grandi come i fiumi, e palazzi alti come torri, e tram scintillanti, treni velocissimi, viali pieni di automobili! Scrivono che, la sera, le città si accendono con così tante luci che ogni volta sembra la notte di Natale.

Mese dopo mese, più gente sogna di partire. Vendono la vacca, o il mulo, e se ne vanno con le toppe ai pantaloni e l'anemia nel sangue. Dalla piccola stazione di Stellata prendono il treno per Poggio Rusco, poi da lì quello per Milano. Hanno paura di perdersi, paura che gli rubino le poche lire cucite dentro il risvolto delle mutande. E se poi non trovano il treno giusto? E se non capiscono i nomi e gli orari che il prete gli ha scritto sul foglio? Da Milano cambiano per Genova e lì s'imbarcano su qualche piroscafo della Regia Marina per cercar fortuna in terra d'America. Hanno nella valigia le fotografie dei genitori, perché loro sono vecchi e preferiscono morir di fame piuttosto che partire, almeno la loro miseria la conoscono e non fa tanta paura come quella terra persa in mezzo all'oceano, che solo a pensarla li lascia sgomenti. Chi rimane resta a lottare contro le invasioni degli insetti, le malattie del frumento, la paura di una grandinata d'estate o delle inondazioni del fiume a novembre. Tutte disgrazie che, in un sol colpo, potevano rovinare l'intero raccolto.

Nel 1909 a Stellata non morì nessuno. In compenso il parroco fu tenuto occupato da un numero spettacolare di battesimi e soprattutto di benedizioni, perché quell'anno in paese successero stranezze come mai prima. Nel giro di pochi mesi, nacquero cinque coppie di gemelli; il giorno di Pasqua, la campana della chiesa si fracassò al suolo, e la notte di San Lorenzo la giumenta del Marietti diede alla luce un puledro con due teste.

In giro correvano strane voci. « Hanno ammazzato troppi serpenti buoni. È per quello che il mondo adesso gira al contrario », sussurravano molti.

« Quali serpenti? » chiedeva l'Armida, che veniva dal Mantovano e nulla sapeva di quella superstizione.

In effetti, quell'anno, ben sette serpenti con la pancia bianca erano stati trovati morti in paese. Qualche contadino che non sapeva di quella leggenda, o non ci credeva, li aveva uccisi tagliando loro la testa. In ansia per l'accumularsi di tante stramberie, la gente adesso non dimenticava mai di mettere una ciotola di latte sulla soglia di casa.

Fu in quell'anno rigoglioso di nascite e di mostruosità che venne al mondo la sesta figlia di Beppe Casadio. Nacque in agosto, nacque di piedi e, quando la portarono alla finestra, la prima cosa che si trovò davanti fu un mondo alla rovescia: un paesaggio polare nel bel mezzo dell'estate padana.

◆

Quando le si ruppero le acque, l'Armida si trovava nei campi a tagliare bietole. Chiamò Nellusco e Pasquino, i figli dispersi fra le zolle, e liberò il piedino di Amelia, la bambina più piccola, dall'olmo cui la teneva legata affinché non si allontanasse. Se la caricò sul fianco e, barcollando, si diresse verso casa.

Faceva un caldo da bruciare le farfalle. L'aria fumava sui campi, l'afa cuoceva i polmoni. Di colpo, un'ombra grande metà del cielo coprì di nero il mondo. Si alzò il vento. L'Armida vide gli alberi piegarsi dentro un buio che pareva già notte e le camicie stese ad asciugare volar via come fantasmi sopra le teste degli uomini. Le anatre e le chiocce dei cortili fuggirono starnazzando, mentre dai campi mietuti si alzarono turbini di pagliuzze d'oro.

Armida arrivò a casa, ansimando sotto il peso del figlio nel ventre e quello della bambina sull'anca. I dolori si erano fatti più intensi.

La prima persona che incontrò fu sua cognata Edvige.

« Metti a bollire dell'acqua, ché il bambino ha deciso di nascere », le disse, madida di sudore, le labbra color della cenere. Poi abbassò lo sguardo: un rivolo di sangue le scendeva lungo le gambe e correva sul pavimento. « Erasmo, va' a chiamare l'Angelina », gridò al primogenito. « Dille di venire subito, in fretta! » Poi, rivolgendosi a un altro figlio: « Nellusco, cerca tuo padre. Dev'essere andato dal fabbro ».

I due ragazzini corsero via, spaventati dal tono allarmato della madre e dalla vista del sangue.

« Meglio se ti metti a letto. Se vuoi, do un'occhiata per vedere a che punto sei », le disse Edvige che, con la madre ostetrica, aveva imparato un po' di cose.

« Non fa niente, aspetto l'Angelina. Tu cerca di tenere a freno i bambini », le chiese l'Armida. Con la cognata lei non era mai andata molto d'accordo. Quando si presentava in cucina, tutta vestita di nero, e con quell'aria da Maria Addolorata sul viso, le pareva fosse entrata una folata d'inverno, pure se erano in piena estate.

◆

In quel momento, ignaro di ciò che avveniva in casa sua, Beppe Casadio si trovava sullo stradone dell'argine. Avvolto da una nuvola di polvere, si tappava il naso al passaggio di un'automobile. La Fiat Tipo 1 Fiacre si allontanava scoppiettando con a bordo il signorotto del paese, Samuele Modena, e la sua famiglia. I Modena erano ebrei, si diceva che fossero i più ricchi di Stellata, e che avevano fatto soldi sfruttando i prestiti che davano alla povera gente, anche se niente di tutto quello era vero. Semplicemente, lavoravano sodo importando lana e tessuti pregiati. Tenevano all'eleganza: lui era vestito all'inglese, la moglie indossava i guanti e la veletta; i bambini vestivano alla marinara, mentre le femminucce sfoggiavano vestiti di pizzo e un fiocco di raso sui boccoli.

« Dannate macchine! Buone solo a sputar olio e fumo puzzolente! » borbottava Beppe. Si passò la mano tra i capelli, così folti e selvaggi che non c'era verso di farli stare a posto. Erano in molti a giurare che quei marchingegni presto avrebbero sostituito cavalli e calessi. Primo fra tutti quel pazzo di suo padre Achille, sempre entusiasta delle nuove scoperte e fervente sostenitore del progresso. *Balle!* Beppe

Casadio non avrebbe scommesso un centesimo su quegli aggeggi ridicoli. Erano vizi, cose da ricchi senza futuro.

Era immerso in quei pensieri quando si sentì chiamare: «Papà! Venite, la mamma sta male».

«È il bambino nuovo?» chiese Beppe, allarmato, gli occhi neri da zingaro fissi sul figlio.

«Non so, ma le esce tanto sangue...» rispose Nellusco, il terrore nello sguardo.

I due s'incamminarono svelti verso casa. Il vento soffiava forte e avevano iniziato a cadere le prime, grosse gocce di pioggia.

Intanto l'Armida si era lavata alla bell'e meglio fra una doglia e l'altra, poi si era messa a letto raccomandandosi alla Madonna. Fuori, il vento faceva tremare i vetri e il cancello sbatteva in continuazione, innervosendo ancor di più la partoriente.

Presto il dolore si fece insopportabile. Le urla dell'Armida si mischiavano alle raffiche della tormenta facendo fuggire di casa topi, ragni e galline. I bicchierini da vermouth ballavano come indemoniati dietro la vetrina della credenza.

In cucina, Edvige aveva messo sul fuoco un pentolone pieno d'acqua e preparato gli asciugamani freschi e le fasce per il bambino. A ogni urlo della cognata, Edvige sentiva qualcosa di amaro crescerle nel sangue. Avrebbe voluto sentirli lei, quei dolori. Li avrebbe sopportati tutti senza un lamento. Invece eccola lì, ormai vecchia, ad assistere ancora una volta al parto di un'altra donna.

Adele, la figlia più grande dell'Armida, intanto cercava di calmare i fratellini, ma continuava a piangere e loro, spaventati, non la smettevano di litigare e far baccano. L'unica tranquilla pareva l'Amelia che, seduta sotto il tavolo della cucina, mangiava gli avanzi della cena buttati lì la sera prima per i gatti.

Beppe Casadio rientrò, ormai bagnato dalla testa ai piedi. Corse dalla moglie. « Avete già chiamato la levatrice? » le chiese, preoccupato.

« Sì, ci ha pensato Erasmo. Tu porta i bambini nella stalla se no si spaventano », replicò l'Armida. Avrebbe voluto la suocera accanto a lei, a farle nascere quel figlio come aveva fatto con tutti gli altri, ma l'Angelica era morta un anno prima di nefrite e mai come in quel momento l'Armida ne aveva sentito la mancanza.

Beppe Casadio tornò in cucina e chiese all'Adele di portare nella stalla i bambini più piccoli. Poi si sedette al tavolo e, con la mano che tremava, si versò un bicchiere di vino e ne versò uno anche alla sorella. « Non l'ho mai sentita soffrire in quel modo », si rammaricò.

« Quei dolori portano solo fortuna », gli rispose Edvige, la voce secca.

Ma Beppe, agitato, iniziò a tormentarsi i baffi.

I bambini, dalla stalla, avevano ripreso a schiamazzare. « Qui è tutto pronto per l'Angelina. Meglio se vado a dare una mano a Adele », disse Edvige. E si alzò per raggiungerli.

L'Armida vomitò e poi si distese di nuovo, più bianca del lenzuolo, in attesa della levatrice. Ma Erasmo non tornava e, dell'Angelina, nemmeno l'odore. Finalmente, la porta si aprì, e il ragazzino corse dalla madre. « Non è voluta venire, ma ha detto che prima di sera arriva. »

« Come, non è voluta venire? » strillò l'Armida.

L'Angelina quel giorno si stava già barcamenando tra due parti difficili che la malasorte aveva programmato per lo stesso cambio di luna. « Quando sono cominciati i dolori? » aveva chiesto al ragazzo.

«Saranno un paio d'ore, ma non l'ho mai vista stare così male.»

«Di' a tua madre che ho un parto gemellare e un'altra donna con il bambino di traverso nella pancia. Deve stare calma, che di tempo ce n'è.»

Di tempo, invece, non ce n'era. L'Armida di figli ne aveva avuti cinque e di quelle cose sapeva. Si coprì il viso con le mani. «Oddio, mi sento morire!» gridò, trafitta da una doglia più violenta.

Beppe afferrò tabarro e cappello. «Cerca di star calma, vado a chiamare il dottore.»

Uscì di corsa. Attaccò il cavallo al biroccio e sparì nella bufera.

L'Armida pregava Dio che non la prendesse con sé. Non per lei, giurava, ma per i figli che erano ancora così piccoli. L'Adele aveva quattordici anni e l'Erasmo quindici, ma gli altri andavano ancora a scuola e l'Amelia nemmeno camminava.

Il travaglio continuò tra le grida dell'Armida e la furia del temporale. Finalmente, tra il rimbombare dei tuoni e i bagliori dei lampi, si sentirono prima un galoppo, poi un lungo nitrito e infine una serie di passi concitati.

La porta si aprì e Beppe entrò con il dottor Negrini.

L'Armida sbarrò gli occhi. «Non sarete mica matti! Cosa ci fa lui, qui?»

«La levatrice non c'è e il dottor Sarti ha un febbrone. Dobbiamo ringraziare il Cielo che il dottor Negrini si è prestato...»

«Dov'è l'Angelina?» ripeteva l'Armida, gli occhi sbarrati, il viso sconvolto.

«Ascolta, devi ragionare...» insistette Beppe.

«No e poi no! Non sono mica una vacca o una cavalla. Voglio un dottore, non un veterinario!»

« Le creature di Dio nascono tutte nello stesso modo », si affrettò a dire il Negrini.

Una nuova doglia impedì ad Armida di replicare. Sentì qualcosa scivolare fuori dal corpo; allungando una mano, si ritrovò tra le dita qualcosa di liscio che tutto poteva essere, tranne una testa. « Oh, Madonna santa... Mi sta nascendo per i piedi. »

Il dottor Negrini nemmeno si tolse la giacca. Si lanciò verso la donna, ordinando che uscissero tutti. La porta si chiuse con un tonfo.

Grondante di pioggia, Beppe Casadio tornò in cucina. Fuori, il vento infuriava e il cielo era talmente nero che avevano dovuto accendere la lampada.

Poi il vento cessò e un silenzio irreale scese sulla casa. In quel momento, la grandine cominciò a cadere, chicchi grossi come noci che, nel giro di pochi minuti, coprirono i campi, le strade, i cortili, l'argine del Po, i carri nell'aia.

Un vagito si alzò nell'aria. Beppe Casadio scattò in piedi e corse dalla moglie: l'Armida aveva le labbra bianche e i capelli bagnati di sudore, ma sorrideva. Il dottor Negrini porse a Beppe un asciugamano con dentro una creaturina rossa e rugosa che strillava. « Un'altra femmina, vispa come una rana. »

Aveva smesso di grandinare. Il sole adesso filtrava attraverso le fessure delle persiane e tingeva le pareti di strisce luminose. Beppe Casadio prese fra le braccia la figlia nuova e la osservò. Come lui, aveva preso dal ramo degli zingari, scura com'era e con tutti quei capelli neri. Poi portò la bambina alla finestra, per farle conoscere il mondo.

Spalancò le persiane e rimase lì, con la figlia tra le braccia e la bocca aperta. Dopo tutta quella grandine, il mondo luccicava sotto un mantello candido. Più che agosto, sembrava Natale.

« Piena estate, e guarda un po'. Pare neve. Come la chiamerete? » chiese il dottor Negrini.

Beppe Casadio ci pensò solo un momento. « Neve. Si chiamerà Neve. Le porterà fortuna. »

◆

« Neve? Che nome è? » chiese l'Armida.

Fu la stessa domanda di don Gregorio quando giunse il momento di battezzare la neonata. Il vecchio parroco si asciugò con il fazzoletto la testa calva, luccicante di sudore. « Non se ne parla. Ci vuole il nome di una santa. Una santa conosciuta e con un bel nome italiano. » E continuò, dicendo basta con i vari Dollaro, Menotti, Nellusco, e le altre eresie che i Casadio tiravano fuori ogni volta che gli nasceva un figlio. La famiglia stava esagerando. *Neve... addirittura! E come avrebbero chiamato i prossimi figli? Tempesta, Temporale... Diluvio Universale?* Il sacerdote si fece il segno della croce. Del resto, rifletté, doveva avere pazienza, era la virtù dei santi. I Casadio, nonostante le loro stranezze, erano gente onesta, gran lavoratori e tutti rispettosi della religione, non come quei socialisti mangiapreti che crescevano lì intorno più dei funghi.

Quando giunse il giorno del battesimo, prete e genitori si accordarono per Natalia ma, proprio com'era successo con Dollaro, nessuno la chiamò mai con il nome ufficiale. Per tutti, lei rimase « Neve ».

◆

La bambina passò i primi anni gattonando intorno alle gambe della madre, o giocando sotto il tavolo della cucina, tra le sottane delle donne e gli stivali fangosi degli uomini. Nelle sere d'inverno, uno dei momenti che aspettava di più era quando la madre la portava a dormire nel letto appena riscaldato dal «prete», un trabiccolo di legno con all'interno una padella di braci che l'Armida infilava sotto le lenzuola. La stanza era gelida ma, quando sua mamma toglieva il prete, il letto era caldo, una tana invitante. La Neve si raggomitolava sotto le coperte, si metteva il pollice in bocca, e si addormentava felice.

Ogni tanto la bambina vedeva la madre o l'Adele che toglievano le lenzuola e ne mettevano altre e si chiedeva che fine facessero quelle vecchie. Il mistero delle lenzuola scomparse fu chiarito solo la primavera seguente, quando le vide riapparire tutte insieme dentro un calderone che sua mamma e l'Adele avevano sistemato su un grosso fuoco al centro del cortile. Scoprì così che le lenzuola si tenevano per un mese, poi si giravano dall'altra parte e, quando venivano sostituite, quelle sporche finivano in solaio in attesa della primavera e della *bugada grosa.* Le lenzuola si facevano bollire con la cenere, e diventavano più bianche e profumate che usando dei saponi costosi, commentava con orgoglio l'Armida.

Fu mentre portava delle lenzuola sporche in solaio, che la moglie di Beppe scoprì un'antica scatola di legno intarsiato. Stava in un angolo ed era coperta da un dito di polvere e strati di ragnatele. La donna, incuriosita, la prese in mano: sembrava molto vecchia e aveva un bordo di metallo. Iniziò a strofinare. *Pare proprio argento,* pensò. Incuriosita, cercò di aprirla, ma non ci fu verso.

Scese le scale con la scatola sotto il braccio e andò a cercare il marito. Lo trovò nella stalla.

«Beppe, guarda cos'ho trovato. Hai per caso la chiave?»

«Saranno vent'anni che la cerco. Dov'era finita?»

«In solaio, ma non riesco ad aprirla. Sembra molto vecchia...»

« Era di mia nonna Domenica. Diceva che l'aveva ereditata da mia bisnonna Viollca. Dammela... E questa non si tocca. »

L'Armida pensò che aveva perso il conto di tutte le stranezze del marito. « Ma cosa c'è dentro? »

« Ricordi, un mazzo di carte... roba da niente », tagliò corto Beppe. Prese la scatola di Viollca, l'avvolse con cura in una pezza di cotone, e la nascose in un angolo in fondo all'armadio della sua stanza, così che i bambini non potessero trovarla. E là sarebbe rimasta, generazione dopo generazione.

D'estate, Neve andava nei campi con la madre. Anche per lei venne il momento di essere legata per un piede sotto l'olmo. I seggiolini con gli elastici inventati da Achille erano stati abbandonati da tempo, dopo che alcuni bambini erano ruzzolati per terra.

Lì, all'ombra, circondata da neonati che puzzavano d'urina e sgambettavano dentro le ceste di vimini o punzecchiata dai più grandicelli, che correvano in giro seminudi e coperti di polvere, Neve cercava con gli occhi l'Armida, che vedeva curva sull'immensa distesa di frumento. Invidiava i più piccoli perché, se si mettevano a strillare, venivano subito consolati dalle madri, che accorrevano, la camicetta bagnata, i seni che già sprizzavano latte.

Ogni tanto la bambina si assopiva sulla terra calda, il pollice in bocca. Si svegliava se le donne intonavano qualche canzone o quando, sollevandosi per un attimo dal mare di spighe, si lanciavano in battute maliziose, che lei ascoltava senza capire: « Ma di' ben, Marisa, cosa fai te la notte? Guarda le occhiaie che c'hai! Meglio se cercate di darvi una calmata voi due, che qui c'è da lavorare. *Sior padrón*, venga un po' a vedere le occhiaie che c'ha oggi la Marisa. Bisogna che la teniamo a dormire con noi, *puvreta*, se no lui là ce la rovina! » E tutte scoppiavano a ridere di gusto.

Quando doveva fare la pipì, Neve chiamava a gran voce l'Adele. Era lei la sorella che amava di più: le aveva insegnato a parlare, l'aveva aiutata a fare i primi passi e a tenere in mano il cucchiaio. Adele si sollevava di scatto e la raggiungeva sotto l'olmo. Poi le tirava su il vestito, la girava e, sollevandola per le gambe, la teneva a penzoloni a mezz'aria.

« Dai, falla. »

« Non mi scappa più. »

« Muoviti, se no la fai da sola. »

« Se faccio da sola poi mi bagno la sottana. »

« Falla, altrimenti ti arrangi! »

Neve allora si concentrava. Le cosce sostenute dall'Adele, i piedi che ciondolavano, vedeva il filo di pipì scendere, scavare un piccolo buco nella polvere, correre in un rivolo lucente sul campo.

Al tramonto, l'Armida scioglieva il piedino di Neve e se la caricava sulle spalle come un agnello. Poi radunava gli altri figli e, rientrati a casa, li lavava uno alla volta nel catino di stagno, con l'acqua del pozzo e un sapone che facevano a novembre, quando si ammazzavano i maiali.

Quando aveva quattro anni, la Neve si ammalò gravemente. L'Armida si accorse che aveva la febbre, ma credette non fosse niente di serio, visto che ai suoi figli succedeva spesso. Giunta la sera, però, la bambina iniziò a rovesciare gli occhi. Erasmo andò a chiamare il medico.

« Bisogna ricoverarla subito », disse quest'ultimo, serio, dopo averla visitata.

Beppe e l'Armida avvolsero la bambina in una coperta, salirono sul carro e, nel pieno della notte, la portarono all'ospedale di Bondeno. Neve ancora reagiva, ma dopo poche ore cadde in coma. Al mattino non dava più segni di vita.

Un medico prese da parte i genitori. « Non c'è nulla che possiamo fare; è nelle mani del Signore. »

« Ma cos'ha? » insisteva Beppe.

« Non lo sappiamo. Le abbiamo preso il sangue e le urine, ma ci vuole del tempo per analizzarli e purtroppo la bambina sta peggiorando molto rapidamente. Il battito cardiaco è debolissimo e ha difficoltà a respirare. Dovete prepararvi. »

« Mia figlia non è ancora morta », disse l'Armida, risoluta. « Io non mi muovo da qui finché non la salvate. » E, con un'occhiata di sfida, si sedette accanto al letto.

Per un'intera settimana, la Neve non accennò a migliorare. Beppe e l'Armida non la lasciarono sola nemmeno un minuto. Arrivò persino il momento in cui chiamarono un sacerdote per darle l'estrema unzione. Poi, la mattina del settimo giorno, Neve aprì gli occhi, guardò la madre e disse con fare tranquillo: « Ho fame ».

L'Armida scattò in piedi e abbracciò la figlia sin quasi a soffocarla. Quindi, tremando, corse a chiamare i medici.

Sbalorditi, questi iniziarono a tempestare la bambina di domande. Le chiesero come si chiamava, quanti anni aveva, chi era la donna accanto a lei. Poi le esaminarono le pupille e le fecero seguire con lo sguardo il movimento di una matita.

« Incredibile! » esclamò uno di loro, e ordinò a Neve di mettersi in piedi. Lei fece per alzarsi, ma le gambe cedettero e cadde per terra. All'inizio, pensarono si trattasse solo di debolezza, ma si sbagliavano: Neve era rimasta paralizzata dalla vita in giù.

I genitori la riportarono a casa, cercando di consolarsi con il fatto che, se non altro, era ancora viva. Presero dalla soffitta un carrellino che suo nonno Achille aveva costruito prima che lei nascesse. Aveva due ruote laterali che la bambina era in grado di manovrare. Una volta che si fosse abituata a usarlo, Neve avrebbe potuto muoversi in autonomia.

Beppe si stava rassegnando a quella situazione, ma non l'Armida: lei decise che, se la scienza era stata incapace di guarire del tutto la Neve, allora avrebbe chiesto l'intercessione della Madonna, o di qualche santo, perché il miracolo non poteva essere lasciato a metà.

Andò dal parroco, gli confidò le sue speranze e lui le suggerì di recarsi subito a Bologna. « Chiedi la grazia a santa Caterina. Lei sì che può aiutarti. »

E le raccontò la storia di Caterina de' Vigri e della sua miracolosa sepoltura. « Era monaca clarissa e, dopo aver condotto una vita santa in parole e in opere, anche per lei era giunto il momento di ricongiungersi con il Signore. Come si usava presso le monache a quei tempi, Caterina era stata sepolta nell'orto del suo convento, quello in via Tagliapietre, avvolta in un semplice lenzuolo. Ma il misterioso splendore che si diffondeva da quella modesta tomba aveva convinto le monache a riesumare il corpo. Dopo diciotto giorni, avevano trovato il cadavere miracolosamente intatto, a parte il viso, segnato dalle vanghe e dai badili. Caterina era stata messa allora in una bara, in attesa di darle una sepoltura più dignitosa, ma il mattino dopo lei era bella, bianca e pastosa », spiegò il prete, ispirato, e continuò: « In più, emanava un odore ora di zucchero caramellato, ora di narcisi, o di rose. Per questo alla fine le monache avevano deciso di non sotterrarla e, qualche anno dopo, stabilirono di esporla nella loro chiesa, seduta su una sedia intarsiata d'oro. E c'era voluto l'ordine della badessa perché Caterina, tutta rigida, accettasse di accomodarsi sul trono. Da allora, è sempre lì e dicono che, quando le sorelle le devono cambiare l'abito, la Santa le aiuti, alzando braccia e gambe per facilitargli il compito. Non si contano i miracoli che ha fatto », concluse don Gregorio con un sorriso benevolo.

La storia colpì molto l'Armida. La donna decise che doveva assolutamente andare dalla Santa e chiederle d'intercedere per Neve.

Così, il giorno dopo, si presentò al convento di via Tagliapietre con tanto di carrellino e bambina paralitica. Le monache le fecero entrare nella cappella dove, nella penombra, seduta su un imponente trono dorato e illuminata solo da varie file di candele, stava la Santa.

« Rimanete tutto il tempo di cui avete bisogno », le dissero, congedandosi.

L'Armida si ritrovò sola di fronte alla mummia. Per fortuna, Neve dormiva; sarà pur stata miracolosa, ma a lei la Santa faceva impressione, seduta su quel trono, la testa piegata in avanti e la pelle tanto scura e appassita da sembrare cuoio. Al posto degli occhi, c'erano due buchi e la bocca era piegata in una smorfia, come se lei fosse infastidita. Armida però si fece coraggio e si mise a pregare.

A tratti le sembrò che l'espressione sul volto della Santa cambiasse e ci fu un momento in cui le parve persino di udire un sospiro. Fu sul punto di prendere la bambina e scappar via, ma poi guardò Neve che dormiva nel carrellino e sentì una gran pena. Così chiuse gli occhi e riprese a pregare. Al secondo rosario, iniziò a biascicare le parole. Prima di giungere alla fine, dormiva, il mento abbassato sul petto.

Quando Neve si svegliò, la madre russava. La bambina si stropicciò gli occhi poi, piena di meraviglia, fissò il trono d'oro e la strana figura vestita di nero, il viso color della vinaccia. Le sembrò una bambola, solo più grande. A un tratto le parve di vedere una mano muoversi, poi sentì una voce.

« *Vieni, mò vieni... Avanti, camina. Mè a la to età a saltaa i fòs par la longa!* Io alla tua età saltavo i fossi per il lungo! »

Neve scese dal carrellino e, senza nessuno sforzo, si avvicinò alla Santa. Rimase a fissarla, più incantata che timorosa, infine superò le file di candele accese, le salì in braccio e iniziò a tempestarla di domande. Chiese quanti anni aveva, come mai la sua pelle era così scura, perché aveva tante rughe, e come faceva a parlare se era morta, e perché stava sul trono e...

« *Mochè, mochè! Lasa po lì ad bacajàr, c'at mè bèla fat gnir al mal ad testa!* Smettila di cianciare, che già mi hai fatto venire il mal di testa! » la interruppe la Santa.

Neve tacque di colpo, ma poi continuò a ispezionare la mummia, osservandola a destra e poi a sinistra, e infilando l'indice prima dentro le orbite, poi nel naso.

« Ahi! » gridò la bambina. La Santa le aveva morso un dito.

« *E atenti che la prósima volta at riva un scupazón!* » l'avvertì.

Al grido della Neve, sua madre aprì gli occhi. « Ma... ma come sei finita lì? » riuscì a malapena a balbettare.

« Mi ha morsicato! » replicò Neve, scendendo dalle ginocchia della Santa e correndo incontro alla madre.

Accorsero prima la badessa e poi un prete. Tanto stupefatti quanto l'Armida, s'inginocchiarono a ringraziare la Santa. Poi, il sacerdote prese da parte la donna e le raccomandò di non raccontare niente in giro: in fatto di miracoli, le spiegò, ci volevano esami medici, bisognava prima parlarne con il vescovo.

Senza capire bene perché una cosa così bella dovesse essere tenuta segreta, e pensando che comunque, a Stellata, sarebbe stato difficile nasconderla, l'Armida annuì. Ma la voce finì per diffondersi e non ci fu verso di arginarla. Giornalisti, curiosi e fedeli in cerca di miracoli iniziarono a presentarsi alla casa della Fossa, chiedendo di vedere la Neve, di parlare con lei e di poterla toccare. Una fotografia della bimba finì persino sul giornale di Ferrara con la didascalia: *Miracolo! Bambina paralitica torna a camminare per grazia ricevuta.*

Poi, a poco a poco, la gente finì per dimenticare e la vita della famiglia tornò alla normalità. L'Armida si limitava ad andare una volta all'anno in pellegrinaggio dalla Santa, per portarle cuffie di lino ricamate con le sue mani. Non poteva però ignorare che, dal giorno del miracolo, Neve era cambiata. Da lei ora emanava un profumo delizioso che, nei momenti di grande gioia, diventava più intenso. D'estate, poi, non era raro vederla correre cantando per i campi seguita da uno sciame di api. Molte le cadevano ai piedi ubriache, perduta la via del ritorno e sopraffatte dal suo dolcissimo aroma.

1915

Quando scoppiò la guerra, Neve aveva sei anni. Un mattino, scoprì la madre che piangeva in cucina, una lettera tra le mani. Qualche giorno dopo, andarono tutti alla stazione a salutare Erasmo che partiva per il fronte.

Attaccata alla gonna di Adele, Neve si succhiava il pollice. Con loro, c'era anche Nina, la morosa di Erasmo. Lui aveva trovato un lavoro fisso nella bottega del maniscalco e i due si sarebbero dovuti sposare in primavera, ma poi il ragazzo era stato chiamato al fronte. Neve fissava la fidanzata del fratello ipnotizzata dai suoi occhi, di un verde tanto chiaro da farle impressione. Un giorno aveva sentito sua madre dire che, con quegli occhi trasparenti, Nina pareva una cieca, e da allora la ragazza le aveva fatto paura.

I grandi si spostarono un po' per lasciare soli i due fidanzati, ma subito dopo arrivò il treno. Erasmo baciò la Nina sulla bocca, cosa che non aveva mai fatto di fronte ai genitori. Poi si sentì il fischio del capostazione e dovette salire in carrozza. Poco dopo, si sporse dal finestrino insieme ad altri ragazzi del paese che partivano come lui per la guerra. Nessuno diceva niente: né i giovani sul treno, né le famiglie ferme sul binario. Le donne tenevano il fazzoletto sulla bocca, gli uomini stringevano il cappello tra le mani.

La locomotiva lanciò un fischio. Il treno si staccò con fatica, poi acquistò velocità e si allontanò circondato da una nuvola di vapore. Videro la testa di Erasmo farsi piccola, sempre più piccola, un puntino. I parenti rimasero immobili: i visi di colpo più vecchi, il vento nei capelli. Le donne si soffiavano il naso, qualcuno pregava.

Neve si guardò intorno e d'un tratto sentì paura.

« Cos'è la guerra? » chiese, ma nessuno le rispose.

◆

Da quando il figlio maggiore era partito, Beppe Casadio era più scorbutico e taciturno del solito. Però nei giorni in cui arrivavano notizie da Erasmo, sembrava dieci anni più giovane. A tavola, raccontava barzellette e beveva un bicchiere in più. Anche l'Armida quei giorni rideva per niente e, per celebrare, friggeva nel lardo frittelle di pasta di pane.

Dopo cena, seduta con i figli accanto al fuoco, rileggeva la lettera a voce alta:

10.12.1915
Zona di guerra

Cari genitori,

vi ringrazio per la vostra lettera che ho appena ricevuto e mi ha fatto contento che state tutti bene. Così posso dirvi di me, che sono in salute e, grazie a Dio, fino a adesso ho superato i pericoli.

Ora vi faccio sapere che sono verso Treviso a un fiume che si chiama Piave e noi speriamo di stare meglio qui che sul Trentino con tutta la neve che faceva. Ho un amico che viene da Como e si chiama Danilo. Ci siamo conosciuti nella tradotta che ci portava alla guerra e siamo ancora insieme. Danilo parla solo italiano perché ha studiato. Almeno a lui lo capisco, ma ci sono i soldati della Bassa Italia che quando gli ufficiali hanno bisogno di parlarci, devono chiamare gli interpreti che si riconoscono perché portano una fascia al braccio. Tanti di loro non avevano mai sentito parlare italiano prima. Per fargli capire cos'era la destra e la sinistra gli hanno dovuto legare un nastro rosso al braccio e glielo hanno lasciato finché loro sapevano che la destra era la parte dove avevano il nastro. I generali e i capitani però se la passano meglio. Hanno portato da casa un servitore che gli fa da mangiare, gli lava la roba e gli tiene gli stivali lucidi. Danilo è tenente ma lui ha studiato per diventare avvocato e di sicuro che presto sale di grado. Gli altri lo prendono in giro perché è venuto in guerra con i libri nella valigia e per l'accento che ha.

Sono contento che mi avete dato notizie buone dei bambini e di sapere che la Nina vi è venuta a trovare. Come state voi? L'Amelia, Nellusco, la Neve? E l'Adele? Si è trovata il moroso? Meglio che si sposa se le capita la persona giusta e non aspetta me che chissà quando le cose qui si mettono a posto.

Basta, cari genitori, per ora vi lascio con i miei saluti e tanti baci, sperando di poter sempre darvi buone nuove, se la Madonna mi aiuta. Passate un buon Natale e l'anno prossimo speriamo che lo facciamo insieme. Ora devo andare. Tanti saluti da

VOSTRO FIGLIO E FRATELLO ERASMO

I bambini ascoltavano, cercando d'immaginare i soldati, il fiume Piave, i fucili e i generali. Terminata la lettura, l'Armida ripiegò con cura il foglio, poi portò a dormire i bambini più piccoli.

Tornata in cucina, mise a bagno i fagioli, si sedette vicino al fuoco e rilesse per conto proprio la lettera del figlio maggiore. Era come se in quel momento fossero stati solo loro due, come quando da piccolo Erasmo aveva avuto il morbillo e lei lo addormentava fra le braccia, al calore delle braci.

Stava seduta davanti al camino, quando vide Beppe prendere il latte dalla dispensa.

« C'hai ancora fame? » gli chiese.

« Non è per me. »

« E cosa ci fai con il latte? »

« Robe mie », rispose lui, e non aggiunse altro. Rovesciò un po' di latte in una ciotola e poi la mise sulla soglia di casa.

Armida sapeva della leggenda sul serpente buono che viveva nelle fondamenta delle case. Pensava fossero storie senza senso, ma del resto aveva un figlio in guerra e quella sera non disse nulla. In fondo, quella stranezza di male non ne faceva.

◆

Piove da giorni. Affondano nel fango fino alle caviglie, le divise pesanti d'acqua persino sotto i mantelli cerati. Stanno lì, le gambe rattrappite, pigiati l'uno accanto all'altro in quella fossa maleodorante. Due settimane che aspettano. Sporchi, brividi di freddo lungo la schiena. D'estate le mosche e il caldo li tormentavano, ma adesso che è arrivato il freddo è ancora peggio. Con la pioggia, dalla terra vien fuori odore di piscio vecchio e di feci. Non c'è spazio per sgranchire le gambe. La trincea è un cunicolo angusto, foderato da sacchi di sabbia, pieno di uomini, casse di munizioni, fucili e immondizia. Le barelle di tela sono là, in fila, in attesa della battaglia. Chi le dovrà usare sarà fortunato. I morti spesso li lasciano a marcire in mezzo ai campi. Seppelliscono solo carne putrefatta, corpi gonfi con i visi irriconoscibili.

I soldati battono i piedi per scaldarsi. Alcuni fumano, altri scrivono alle famiglie.

Erasmo pensa a Nina. Il suo amico Danilo sta leggendo una lettera della madre. Lei gli scrive che vuole cambiare i tendoni della sala e piantare nuovi rosai in giardino. Lo rassicura che manderà dei soldi, e nel frattempo si raccomanda affinché stia attento e non si esponga ai pericoli. Gli consiglia come ricostituente una medicina di cui ha sentito parlare. Le sembra si chiami «eroina». S'informerà e poi gli farà sapere.

Erasmo sa di essere stato fortunato: due volte è uscito all'assalto e due volte se l'è cavata con qualche graffio. Nel primo attacco, si trovava accanto a un cimitero. Una cannonata aveva fatto saltare per aria dei cadaveri. Alcuni pezzi gli erano caduti addosso. Se ne era liberato, pieno di disgusto. Il tanfo che impregnava l'aria era terribile. Poco dopo, attirati dal fetore, erano arrivati i topi. Grossi ratti, tanti. Si erano avventati sui resti. Divoravano squittendo chi una mano, chi un teschio. Sopraffatto dalla nausea, aveva vomitato. Ancora non si spiegava come fosse uscito vivo dall'inferno. Dopo, aveva scorto la pazzia sui volti dei superstiti, aveva visto i muli arrivare dal fronte con sulla schiena i corpi dei fanti uccisi. Venivano a dozzine, sembravano non finire mai.

«Sono morti previste, un numero di perdite calcolato dalle statistiche», gli disse un giorno Danilo. Spiegò che era per quello che, quando uscivano all'attacco, metà di loro non aveva il fucile. «I generali sanno che il cinquanta per cento degli uomini verrà ucciso, così ai fanti viene data istruzione di usare l'arma del primo soldato che gli cadrà accanto.»

Erasmo ha imparato che in guerra si diventa cattivi. In caso di vittoria, molti si nascondono e sparano sui crucchi in fuga, senza un motivo. Si diventa cattivi, in guerra. L'odio monta giorno per giorno, ora dopo ora. Verso il nemico, certo, ma forse ancor di più verso i propri ufficiali, quelli che la guerra l'hanno voluta. Mantengono l'ordine minacciando la fucilazione e attuandola a volte in maniera indiscriminata, sia contro gli autori dei fatti condannati sia nei confronti di chi non li aveva commessi. Un tentativo d'insurrezione era stato punito con la morte di dieci soldati i cui nomi erano stati estratti a caso. Il giorno della rivolta, due degli uomini che erano stati scelti nemmeno erano arrivati al fronte. Al momento della fucilazione, uno era svenuto. L'altro, bendato, ripeteva: «Signor colonnello, io il giorno della rivolta nemmeno c'ero». E il colonnello, obbligato a rispondere, alla fine gli aveva detto: «Se sei innocente, Dio lo sa e ne terrà conto».

Continua a piovere. Erasmo guarda i sottufficiali che distribuiscono le bottiglie di acquavite. Ormai lo sa: quando li riempiono d'alcol è per dar loro il coraggio di morire. I soldati ingoiano il liquore, se lo passano l'un l'altro senza guardarsi.

Erasmo cerca con lo sguardo il suo amico. Danilo ha ventidue anni, ma il corpo di un adolescente e il viso senza un filo di barba. Ieri notte l'ha sentito piangere, ma non ha fatto niente. Nessuno ha fatto niente. Ora lo osserva mentre riempie il bicchiere con quella sua mano sottile, da donna. Lo porta alla bocca e butta giù in un solo colpo.

Arrivano i carabinieri. Gli ufficiali li fanno mettere in fila dietro i soldati. Giunta l'ora dell'attacco, spareranno addosso a chiunque esiti a uscire all'assalto, e di gente che ha paura di buttarsi sotto il fuoco delle mitragliatrici austriache ce n'è sempre.

Danilo sta accanto a Erasmo. È come se la presenza dell'amico lo proteggesse e gli portasse fortuna.

Arriva un'auto. La portiera si apre e scende il generale.

«Madonna santa... allora è una cosa seria», mormora qualcuno. Il generale è un uomo biondo, con la barba appena fatta e gli stivali lucidi. Parla sotto l'ombrello che un soldato gli tiene aperto sopra la testa. La sua voce è limpida: ha un tono autoritario, ma allo stesso tempo è calda, paterna. Parla di coraggio, delle madri che li aspettano piene d'orgoglio, dei bambini che bisogna difendere perché un giorno possano chiamarsi «italiani».

«Balle!» dice Danilo sottovoce. Lui non parla mai di Patria, ma di marxismo e di una società senza frontiere; parla dei ricchi che li sfruttano e li mandano a morire per salvare i loro capitali. A Erasmo, Danilo sembra un po' toccato.

«A me non mi sfrutta nessuno. Faccio il maniscalco e il padrone mi ha tenuto a battesimo. Di sera gioca a carte con mio padre e non manca mai di darmi i soldi. A volte mi passa pure la mancia.»

Ma Danilo non vuole capire. Continua a parlare di sfruttamento e del denaro che il padrone fa crescere in banca. Troppi libri gli devono aver rovinato il cervello. E perché poi ce l'ha tanto con i ricchi, visto che lui è uno che i soldi ce li ha?

Aspettano il momento dell'attacco. Erasmo guarda verso le trincee del nemico. La terra è dura al punto che la pioggia non riesce a penetrarla, ma si spande sulla superficie come il delta di un fiume. Che ci stanno a fare lì? Da quelle parti non ci cresce nemmeno la gramigna.

La notte prima ha fatto un sogno strano. C'era una donna con dei vestiti colorati e molte penne nei capelli. Gli tendeva le mani, ma lui non voleva toccarla e arretrava. Però lei era riuscita ad abbracciarlo, e lo faceva così forte da togliergli il respiro. Si era svegliato fradicio di sudore e con il cuore impazzito nel petto.

Qualcuno canta sottovoce, altri pregano. I più vecchi baciano le fotografie delle mogli e dei bambini. C'è chi corre alle latrine aprendosi i calzoni, che la paura è tanta e si rischia di cagarsi addosso. L'aria è pesante, la pioggia scroscia. Gli uomini attendono a testa bassa. Tutti aspettano il comando del tenente.

« Avanti, ragazzi! Viva l'Italia! »

Li buttano fuori a spintoni urlando: « Viva l'Italia! » I carabinieri alle calcagna pronti a sparare contro chi scappa o torna indietro. E allora corrono.

« *Avanti, avanti!* » Si riversano sulla terra del Carso con un boato e poi corrono, corrono, corrono. Non sanno dove, non sanno perché ma corrono, alcuni a mani vuote, altri impugnando il fucile. Il rumore è assordante, il cielo tutto un bagliore. Sembra quasi la notte del patrono, quando in paese scoppiavano i fuochi d'artificio e il buio si riempiva di luci. I proiettili fischiano intorno ai soldati come uccelli impazziti. Uno sfreccia vicino al viso di Erasmo e colpisce l'uomo che lui ha accanto. Erasmo si abbassa e raccoglie la sua arma. Cade un altro soldato, un altro ancora. Erasmo continua a correre. *Dov'è Danilo?* Gli era accanto un attimo fa. Si gira a cercarlo.

Un sibilo e il Carso scompare dietro una luce bianca. Ogni suono cessa. È come se un fulmine gli avesse trafitto le carni, come quand'era bambino e gli capitava di svenire, la domenica, in chiesa, avvolto dall'incenso. Non sente più le grida dei soldati e nemmeno il terrore mordergli le budella. In un solo attimo, rivede la casa della Fossa, il volto di sua madre, le notti a Stellata... gli occhi trasparenti della Nina...

Ed è l'oscurità dell'utero materno. È l'energia e la musica. È l'universo che esplode dentro i suoi occhi. Lui non è più il figlio di suo padre, non è il figlio di sua madre, non è il fratello, non è l'amico, non è l'amore di Nina. È lui soltanto. Senza corpo. Senza pena. Senza tempo.

◆

Beppe Casadio si svegliò di colpo. *Madonna santa, che brutto incubo!*

Respirava a fatica. Si alzò, si coprì le spalle con la giacca e si diresse in cucina.

Lì aprì il rubinetto per versarsi un bicchiere d'acqua. Le mani gli tremavano ancora quando sentì un tintinnio nell'aria.

« Ciao, papà. »

Beppe Casadio lasciò cadere a terra il bicchiere. Rimase immobile davanti al lavandino senza girarsi, le gambe che lo sorreggevano a fatica. Solo dopo un tempo che gli parve lunghissimo trovò il coraggio di voltarsi. Vide solo una sagoma di luce, senza forma precisa, ma la riconobbe subito.

« *Poar al mé putlét.* Povero il mio ragazzo », disse, poi gli mancò la voce.

« Non devi stare male per me. Io qui sto di un bene che non t'immagini. »

Beppe sentì un dolore mai provato prima, una pena atroce, assoluta. « Cosa gli dico adesso a tua madre? » riuscì a balbettare.

« Dille che, come lei, la frittata con le cipolle non la fa nessuno, e di non avere paura della morte, che è poca cosa. »

« Ma come faremo ad andare avanti, dove la troviamo la forza? »

Non ci fu risposta, però Beppe sentì un'onda di calore avvicinarsi, stringerlo forte fino a entrargli nel petto. Qualcosa, o qualcuno, lo abbracciava, gli lasciava dentro un'impronta di dolcezza. Quel calore pareva sciogliersi nel sangue, arrivare fino al battere violento del suo cuore. Poi quella stretta allentò la presa. La luce sembrò raccogliersi, farsi più piccola, retrocedere lungo il corridoio finché non scomparve del tutto.

Beppe avvertì di nuovo il gelo nella stanza. Cercò di aprire la bocca, di chiamare il figlio, ma gli uscì solo un gemito. Si appoggiò al lavandino, rigido, convinto che il suo cuore non avrebbe retto a tanto. Solo dopo un po' di tempo riuscì a tornare nella stanza da letto.

« Armida, Armida, svegliati! Erasmo se n'è andato... » farfugliò tra le lacrime.

« Andato dove? » rispose lei, senza riuscire ad aprire gli occhi.

« È morto. L'ho appena visto. Mi ha detto... mi ha detto di dirti che lui sta bene... e che la frittata con le cipolle come te non la fa nessuno. »

« La frittata con... sicuro che ti senti bene? »

« Ha detto così, poi... poi mi ha detto che morire non è tanto difficile. »

« È la paura che ti fa questi scherzi », gli disse l'Armida, scrutandolo con sospetto.

Non bastava la storia dei serpenti buoni. La donna aveva anche sentito dire che nella famiglia del marito ogni tanto si mettevano a parlare con i morti. Lo stesso Beppe le aveva raccontato di suo nonno Dollaro, di come da piccolo avesse parlato con il padre defunto, e di come anche lui, da bambino, aveva avuto quel dono. Avrà avuto sei anni quando aveva stretto amicizia con le anime di Nino e Clemente, due pescatori annegati nel Po cinquant'anni prima. Ogni tanto si sedeva sulla riva e loro venivano a raccontargli le loro storie ma, quando Beppe ne parlava a sua madre, Angelica lo sgridava e gli diceva che lo aveva sognato. Così le chiacchierate con Nino e Clemente dopo un po' se le era tenute per sé. Poi, negli anni, aveva smesso di cercare i due pescatori annegati e quasi si era scordato delle loro strane conversazioni.

L'Armida però a quelle storie non dava ascolto. « Vedrai che domani riceviamo una lettera e ti metti tranquillo », concluse. Ma per ore nemmeno lei riuscì a riprendere sonno.

Il mattino dopo, la donna sembrava aver dimenticato quello strano dialogo notturno. Non fu così per Beppe. Lui sapeva, non aveva bisogno di conferme. Quando arrivò il telegramma, lo consegnò alla moglie a occhi bassi, senza nemmeno bisogno di aprirlo.

1918

Neve soffiava sulla scodella del latte, le gambe penzoloni dalla sedia. Tolse la pellicola di panna con due dita e immerse i pezzi di pane raffermo che la madre aveva appena tagliuzzato. La guerra era finita, il fuoco ardeva nel camino e la gatta dormiva acciambellata nella cenere. Tutto nel mondo era salvo.

Dal ritratto sopra la credenza, Erasmo sorrideva con addosso la divisa.

« Come si sta quando si è morti? » chiese di punto in bianco la bambina.

Era novembre e l'Armida stava cercando nei cassetti le maglie pesanti dei figli più grandi da passare ai più piccoli. Si fermò, nel naso l'odore della canfora, tra le mani la lana infeltrita.

« Si sta... si sta bene, senza più dolori e preoccupazioni. Così è il paradiso. »

« Ma dal paradiso Erasmo ci vede? »

« Certo. Anche adesso lui è qui, insieme a noi. »

Cosa voleva dire? Che lui la guardava anche mentre metteva il dito su per il naso o quando faceva la cacca nel buco dietro casa?

« E c'è solo lui che mi guarda, o ci sono tutti gli altri parenti morti? » continuò, preoccupata.

« Ma son cose da dire! » ribatté l'Armida a corto di risposte.

Pensò che forse la colpa di quelle domande era sua. Portava troppo spesso la bambina al camposanto e stare così vicino ai morti doveva averla impressionata. Del resto, ci portava anche gli altri figli, ma solo Neve se ne usciva con quelle frasi.

Al cimitero, pulivano la cappella di famiglia e, d'estate, cambiavano l'acqua nei vasi e ci mettevano qualche fiore raccolto nei campi. Quando seppe leggere, Neve cominciò a decifrare i nomi incisi sulla pietra:

GIACOMO CASADIO 1754-1808

VIOLLCA TOSKA IN CASADIO 1777-1862

ACARIO CASADIO, DETTO DOLLARO 1800-1891

« Chi sono? » chiese alla madre.

« I bisnonni e il nonno del tuo babbo. »

« Violl-ca Tos-ka. Perché si chiama così? »

« Era una di fuori, una zingara. »

A Neve piaceva pensare a quell'antenata dal nome tanto strano. Fantasticava che fosse bella, con le gonne colorate e tante penne fra i capelli. Nessuno gliel'aveva mai descritta, ma lei la immaginava così.

Negli ultimi tempi, la famiglia aveva notato degli strambi comportamenti nella bambina. Parlare di morte alla sua età, e poi quell'abitudine che aveva preso di anticipare l'arrivo di qualcuno.

« Adesso arriva zio Neno », annunciava senza alzare gli occhi dal quaderno. Nemmeno il tempo di terminare la frase e bussavano alla porta. Immancabilmente si trattava della persona che lei aveva nominato.

« Sta venendo il prete a benedire la casa », disse la bambina in un'altra occasione.

« Non può essere. Don Gregorio ha detto che fa il giro giovedì », la corresse sua madre.

In quel momento, bussarono. L'Armida e il marito si diedero un'occhiata. Beppe andò ad aprire.

« Sia lodato Gesù Cristo. Dovevo venire giovedì, ma per quel giorno mi hanno chiamato in diocesi. »

L'estate in cui compì undici anni, l'Armida disse a Neve che non poteva più arrampicarsi sugli alberi, o togliersi le gonne per bagnarsi con gli altri bambini nel Po.

« Ma perché? » sbuffava lei.

« Sei una signorina ormai, non sta bene levarsi le sottane davanti ai maschi. »

Neve notava con apprensione che il suo corpo si stava trasformando. I seni spingevano sotto il vestito e le crescevano peli sotto le ascelle e anche là, in mezzo alle gambe. Sua sorella Adele a quei tempi era già una donna fatta e le spiegò che ogni femmina, per poter diventare madre, doveva prima perdere sangue proprio com'era successo alla Lena, la loro cagna. Quando ebbe la prima mestruazione, Neve sentì terrore e poi disgusto. Si sedette per ore sotto la finestra della cucina, il dito in bocca, senza sapere come risolvere la faccenda.

« Cosa fai lì, tutto quel tempo senza concludere niente? » le chiese la madre, passandole davanti con la cesta del bucato. Neve fece spallucce e l'Armida uscì di nuovo.

Arrivata la sera, la bambina non si decideva a infilarsi nel letto che divideva con Adele.

« Togliti il dito di bocca e muoviti, ché voglio spegnere la lampada », la incitò la sorella.

« Non posso... » rispose la Neve sottovoce. Adele insistette e alla fine la bambina dovette confessarle l'accaduto.

Adele si mise a ridere. Andò a prendere dal suo cassetto una pezza di cotone bianca, l'elastico e le spille da balia, poi istruì Neve su come sistemare il tutto. Lei ascoltava a occhi bassi e pensava che non voleva crescere, né voleva figli. Sicuramente non voleva avere niente da spartire con la Lena.

Più tardi, stesa nel letto accanto alla sorella maggiore, le chiese: « Adele, tu non vuoi bambini? »

« Prima bisogna trovare la persona giusta con cui farli. »

« Non ti vuoi sposare? »

« Dormi, ché è tardi », tagliò corto l'altra. Spense la lampada e le girò la schiena.

Neve rimase sveglia a lungo. Pensava che Adele era bella, la più bella fra le sorelle. Aveva occhi chiari e malinconici. La carnagione era color del miele. I capelli erano ondulati come i suoi, ma castani. Una ciocca sulla fronte le era già diventata bianca ma, invece d'invecchiarla, la rendeva più affascinante. Era slanciata e aveva un portamento elegante, tanto che pure il vestito più modesto addosso a lei pareva confezionato da una sartoria di città. Quando le prendeva le misure per un abito nuovo, sua zia Edvige le diceva che era fatta meglio di una statua e che, addosso a lei, anche un sacco avrebbe fatto la sua bella figura. Si avvicinava ai trent'anni, eppure non aveva un fidanzato. C'era qualcosa che Neve non capiva, qualcosa che riguardava la sorella, che in famiglia tutti sapevano, ma di cui nessuno voleva parlare.

Un giorno, aveva sentito la madre gridare a Adele: « Finirai zitella come tua zia Edvige, ecco come finirai! » Un'altra volta, suo padre l'aveva afferrata per un braccio e le aveva mollato un ceffone, ma forte, non come quelle sberle da poco che ogni tanto arrivavano anche a lei. Cos'aveva mai fatto sua sorella? Quella sera, Neve voleva chiederglielo, ma Adele le aveva girato la schiena.

Lei era rimasta sveglia a pensare alla disgrazia dei bambini che dovevano nascere come facevano i gatti, i vitelli e i cagnolini pelati della Lena. Pensava anche al ceffone del padre: un rumore secco, come uno scoppio. Adele aveva la guancia rossa e un filo di sangue le scendeva sul labbro; però non aveva pianto, nemmeno una lacrima. Ma peggio dei ceffoni erano le parole della madre, quando diceva all'Adele che si era rovinata e sarebbe finita tale e quale sua zia Edvige.

Erano trascorsi quasi vent'anni dalla disgrazia dei due bimbi annegati, ma Beppe Casadio temeva che quella figlia stesse ripercorrendo lo stesso destino della sorella. Ogni tanto sbottava: « Le disgrazie nella nostra famiglia si ripetono identiche. Noi Casadio ce le andiamo a cercare, e mio nonno Dollaro me lo aveva detto, che sua madre lo aveva visto nelle carte ».

« Adesso basta », lo interrompeva ogni volta l'Armida. « Non puoi vivere nella paura di quello che una zingara ha detto un secolo fa. I morti sono morti, Beppe, e le loro parole sono seppellite là sotto, insieme alle ossa. »

« *N'è brisa vera.* Io lo so dove vanno le persone morte: da nessuna parte vanno, perché non sono mai andate via. *I mort i resta chi!* » ripeteva.

« Di voi Casadio, nemmeno uno che sia sano », concludeva la donna, scuotendo la testa.

Su questo non ha tutti i torti, rifletteva Beppe. Ma, per lui, non era possibile liberarsi della presenza dei morti, né tantomeno delle loro parole. Beppe Casadio passò la vita temendo la profezia di Viollca e crebbe i figli nella paura che avessero ereditato la predisposizione ai sogni e alle tragedie dei suoi parenti. *E adesso a chi tocca?* si domandava.

Ma in fondo lo sapeva: era Adele ad avere lo sguardo inconfondibile dei sognatori. Aveva visto giusto. Pure lei finì per innamorarsi di un uomo sposato però, al contrario della zia, accettò il suo ruolo di amante senza mai suscitare scandali.

Visse per anni nell'ombra di un certo Paolo, un tizio magro e slavato che lavorava al Comune di Bondeno. Era piuttosto basso, con una calvizie incipiente e in più portava occhiali spessi un dito. « Cosa ci troverà in quello? » si chiedevano Beppe e l'Armida. Eppure Adele era innamorata. Si accontentava di brevi incontri clandestini, di un biglietto, o del sogno di un viaggio a Roma, o a Firenze, che prima o poi lei e Paolo avrebbero fatto. Ma le voci correvano, e non c'era da stupirsi se, giunta a trent'anni, la figlia più grande di Beppe e Armida non avesse ricevuto nessuna proposta di matrimonio. I suoi speravano che trovasse qualcuno disposto a prendersela, nonostante la cattiva reputazione. Per fortuna era bella e, grazie alla zia sarta, vestiva con una certa ricercatezza. I suoi pensavano a un uomo di una certa età: un vedovo, o uno di fuori che chiudesse un occhio sul suo passato. La madre la spronava affinché si desse da fare. « Se non esci di casa, un marito non lo trovi più », l'avvertiva. Del resto, Adele sapeva che sposare qualcuno in paese per lei era impossibile.

Edvige osservava la nipote che le invecchiava davanti, ricordandole troppo da vicino la propria vita. Dopo anni di silenzio, decise che era arrivato il momento d'intervenire.

Un giorno, aspettò che lei e Adele fossero sole. Posò sulle ginocchia l'abito da sposa che stava rifinendo e fissò la nipote da sopra gli occhiali.

« Allora hai proprio deciso di rovinarti l'esistenza », proclamò.

« Cosa dici, zia? »

« Vuoi marcire in questa casa come ho fatto io, pulire il culo ai figli degli altri per tutta la vita? »

« Mica si ordinano per posta, i mariti. »

« Se è per questo, nemmeno gli amanti », replicò l'altra, fulminea. Tolse alcuni fili che le erano rimasti attaccati al vestito, e aggiunse: « Non credergli quando dice che non ama la moglie. Gli uomini hanno solo da guadagnarci con due donne intorno. Prendono quel che possono dall'una e dall'altra senza farsi problemi. E la moglie, cosa vuoi: lei ha una casa, i figli, un uomo che le dorme accanto ogni notte. Ma a te? Cosa resta, a te? »

Adele stava già pensando a una risposta secca che ponesse fine a quella conversazione troppo penosa, ma il respiro le si fece rapido. Scoppiò a piangere e si accasciò su una sedia.

Edvige le accarezzò i capelli. « È tardi per le lacrime. Bisogna trovarti un buon marito e io e tuo padre abbiamo già in mente qualcuno. »

« Chi? » le chiese Adele, soffiandosi il naso.

« Ce ne ha parlato nostro fratello Ugo in una lettera appena arrivata dal Brasile. Pare un buon partito. I genitori venivano dall'Italia, ma lui è nato là. Tuo zio dice che è onesto e un gran lavoratore. Adesso che i suoi sono morti, cerca moglie e la vuole italiana. Sono sicura che, quando vedrà il tuo ritratto, non saprà dire di no. »

Fu Edvige a combinare tutto, lei a scrivere la lettera al fratello missionario e a mandare una fotografia della nipote dall'altra parte del mondo. Qualche settimana dopo, quando il postino le consegnò la risposta, aprì la busta tremando, ma poi sorrise.

Non appena fu di fronte a Adele, sfoderò un'aria vittoriosa. « Te l'avevo detto o no che gli saresti piaciuta! Si chiama Rodrigo e sembra ben disposto. Ha trentasei anni ed è in salute. I suoi gli hanno lasciato una piantagione di caffè. Se lo sposi, vai a fare la signora. »

Adele prese la foto. L'uomo a cavallo aveva un corpo asciutto e il viso seminascosto dal cappello. Non si vedevano che la fronte e un occhio; il resto rimaneva nell'ombra. Ci pensò sopra sì e no mezzo minuto, poi disse: « Va bene. Scrivigli che accetto. Diventerò sua moglie ».

1925

Adele andò con il padre prima in chiesa e poi in Comune, a Bondeno, a preparare le carte per il passaporto e il matrimonio.

« È un gran bene che vai via », le diceva Beppe, seduto accanto a lei sul carro. « Con quel Mussolini al governo sembrano tutti degli esaltati, ma presto si accorgeranno con che delinquenti abbiamo a che fare. »

Erano passati tre anni dalla Marcia su Roma, evento che aveva causato anche dei morti ma, come tutti i fatti temerari, si era compiuto fra la meraviglia e l'ammirazione di gran parte del popolo. Per Giuseppe Casadio, però, i fascisti rimanevano dei prepotenti e Mussolini un fanatico di cui diffidare. Quando, il 3 gennaio 1925, il Duce aveva annunciato la presa dei poteri dittatoriali, lui non era stato affatto sorpreso.

« Boia di un mondo! E c'è ancora chi l'applaude », aveva imprecato.

Mentre Adele si recava con il padre in Comune, l'Armida mandava Neve dal fornaio a comprare un po' di lievito madre. Era una perfetta mattina di settembre, quando il sole non scotta più e la luce è morbida. Neve cantava, e si sentiva contenta come il giorno di Natale. Il motivo non si doveva solo alla bellissima giornata, ma anche al fatto che la sera prima si era tagliata i capelli. Era stanca delle trecce. Voleva un taglio corto, come le attrici americane che apparivano sull'*Eco del cinema*. Desiderava essere diversa, distinguersi dalle altre ragazze di Stellata. I suoi però non glielo avrebbero mai permesso. Suo padre ripeteva che la bellezza delle donne era nei capelli: più lunghi erano, più affascinanti diventavano. Neve invece aveva deciso che, se voleva essere moderna, doveva fare di testa sua. Aveva preso le forbici e *zac*, poi un altro *zac*, e un altro ancora. Aveva tagliato una ciocca dopo l'altra, senza un attimo di esitazione. Alla fine si era messa il rossetto della sorella, uno sgargiante, che Adele aveva comprato in un negozio a Ferrara. Neve si era dipinta con attenzione le labbra, poi si era messa in posa davanti allo specchio: di tre quarti, lo sguardo languido. *Però!* Chissà l'invidia delle amiche quando l'avrebbero vista con i capelli corti.

Dopo essersi pavoneggiata, Neve si era tolta il rossetto e aveva sceso le scale con trepidazione. Ora doveva affrontare i suoi.

Al suo ingresso in cucina, la madre era restata impietrita e il padre si era fermato con il cucchiaio a mezz'aria. La fissavano, muti.

« Cosa ti è saltato per la testa? » aveva esclamato Beppe.

Ma Neve aveva la risposta pronta. « È un voto che ho fatto alla Santa di Bologna. »

« Che voto? » l'aveva incalzata sua madre.

« L'ho fatto per Adele. Ho sacrificato alla Santa i miei capelli e le ho chiesto che mia sorella faccia un bel matrimonio. »

I genitori si erano fissati, perplessi, ma alla fine il padre si era limitato ad aggiungere: « Be', se è un voto alla Santa... Ma almeno copriti la testa quando vai in giro, ché mi sembri un pagliaccio ».

Il giorno dopo, Neve se ne andava saltellando lungo i fossi, contenta del suo nuovo aspetto di ragazza alla moda. Come le succedeva sempre in quegli stati di euforia, emanava un profumo che stordiva e presto le api iniziarono a seguirla.

Entrò canticchiando nel negozio del fornaio e ci trovò sua moglie.

« Cos'hai fatto! » esclamò la donna, che neanche in città aveva mai visto una capigliatura del genere.

« Niente, un voto. Mi potete dare un poco di lievito madre? »

« Mio marito sta nel laboratorio; vai a chiederglielo tu. »

Neve entrò nel retrobottega e si fermò di colpo, paralizzata: nel centro della stanza, un giovane alto, coperto di farina dalla testa ai piedi e splendeva sotto il fascio di luce che entrava dalla finestra. Rimase sulla soglia, imbalsamata. « Ma chi sei, l'Arcangelo Gabriele? » riuscì a balbettare.

Lui scoppiò a ridere. « No, il santo dei fornai. Non hai paura di tutte quelle api? »

« Mi seguono e basta », farfugliò lei.

Il santo dei fornai stava per risponderle, quando lo chiamarono dal laboratorio: « Radames! Arrivi o no? »

« Devo andare... » aggiunse soltanto, e si allontanò a passo spedito.

Neve seguì con lo sguardo l'Arcangelo Gabriele finché non lo vide sparire dietro la porta. Rimase nel retrobottega, le gambe molli, le mani sudate. Dopo qualche secondo corse nell'altra stanza, ma ci trovò solo il fornaio. Chiese il lievito madre, confusa, dimenticandosi poi di prendere il resto. Infine s'incamminò verso casa. Non riusciva a togliersi dalla testa quella visione.

◆

Fu in quei giorni di settembre, poche settimane dopo la decisione di Adele di andare in Brasile, che Neve annunciò di volersi iscrivere alla scuola serale che il Fascio aveva aperto in paese.

« Non se ne parla », le rispose il padre, senza alzare gli occhi dal brodo di gallina. « Tu devi aiutare la mamma, ché fra un po' tua sorella parte e ci sarà più bisogno di te. »

« La mamma la aiuto lo stesso, e poi ha detto che per lei va bene. »

Beppe Casadio aprì la bocca senza trovare le parole per replicare a tanta sfacciataggine, quindi puntò gli occhi sulla moglie.

« Ho solo detto che eri tu a dover decidere », si giustificò l'Armida.

Avevano tolto Neve dalla scuola alla fine della quarta. Troppi libri potevano farle male, bastava vedere cos'era successo a sua zia Edvige. Ai tempi, Neve aveva accettato la decisione senza capricci ma, quand'era venuta a sapere dell'apertura delle classi serali, aveva deciso di tornare sui banchi e tanto aveva insistito che alla fine l'aveva avuta vinta lei.

La prima sera, salì le scale della scuola a due gradini per volta. Entrata in aula, si trovò circondata da una dozzina di uomini dalla pelle rugosa e bruciata dal sole. I più vecchi nascondevano l'imbarazzo sforzandosi di parlare in italiano, ma faticavano a tenere in mano la matita. In classe c'era solo un'altra ragazza: Luciana, la figlia del bottegaio. Suo padre era morto qualche settimana prima e la madre, analfabeta, di colpo si era ritrovata a discutere di prezzi e percentuali con i fornitori. Il suo era l'unico negozio di generi alimentari in paese e vendeva di tutto: dai salami all'aglio alle sporte di paglia, dai sandali all'olio, dai fagioli secchi alle fave; c'erano anche borsellini, cerniere, spille da balia, spolette di cotone, formaggelle fresche e sapone da bucato. Ma adesso? Cosa poteva fare la salumaia, con il marito sotto due metri di terra? Presa dal panico, aveva obbligato l'unica figlia a iscriversi ai corsi serali. La poverina si era opposta, ma la madre aveva tagliato corto. Installata al centro del negozio, circondata da botti e prosciutti, bilanciava i suoi centodieci chili su due piedi minuscoli che sfidavano ogni legge della fisica. Mani sui fianchi, aveva ammonito la figlia che, se non si fosse impegnata a imparare in fretta la grammatica e la matematica, lei sarebbe stata costretta a vendere il negozio; però nessuno le avrebbe tolto la soddisfazione di cavarle prima gli occhi, per poi strozzarla con le proprie mani e infine buttarla nel Po con una pietra al collo. Almeno avrebbe potuto piangerla, ma da morta, e con serenità. A quel punto, la ragazza si era iscritta al corso.

Non appena vide Neve, ringraziò il Cielo che là dentro ci fosse un'altra femmina e le si sedette accanto.

Era già iniziato l'appello, quando la porta si aprì. Il ragazzo fermo sulla soglia era tanto alto che quasi dovette chinarsi per entrare. Aveva un viso scarno ma bello, con occhi castani e lineamenti delicati. Solo il naso, lungo e con una piccola gobba, stonava con l'armonia del suo volto. Si fermò davanti al maestro, impacciato, indeciso se restare o scappar via.

Quando lo vide, Neve trattenne il respiro: l'Arcangelo Gabriele...

Intanto, rispondendo al maestro, lui scandì ad alta voce: « Mi chiamo Martiroli Radames ».

« Non sei di qui. »

« La mia famiglia si è trasferita da poco. Veniamo dal Polesine. »

« Ah, bene. Hai detto Radames? »

« Sissignore. »

« Come mai un nome simile? »

« È per l'*Aida*, signor maestro. L'opera, voglio dire. A mio papà gli piace l'opera e ha chiamato tutti i figli con i nomi dei suoi protagonisti.»

«È un bell'atto di patriottismo. Molto bene, Radames. Vatti a sedere.»

Bagonghi arrivava ogni anno con le prime nebbie, il corpo magro seppellito in un cappotto di velluto consunto e in testa un berretto di cuoio da aviatore della Grande Guerra, trovato chissà dove. Bastavano un piatto di minestra, o una bottiglia di vino, e tirava fuori un repertorio infinito di storie di marinai persi nel Mediterraneo, di favole di streghe e di malocchio, di canzoni di sciantose napoletane e di racconti dei viaggi di Dante all'inferno. Tutto rigorosamente a memoria.

Quella sera di ottobre, Bagonghi si esibiva nella stalla di Beppe Casadio, una fra le più ampie di Stellata. Nel pomeriggio, l'Armida e l'Adele avevano rimosso la merda delle vacche, lavato con cenere e acqua bollente l'area pavimentata, sparso paglia fresca per terra, spostato su un lato gli animali e sistemato due file di panche per i cristiani. Era tutto pronto: il fiato delle bestie intiepidiva l'aria e i panni che l'Armida aveva steso ad asciugare sulle loro schiene fumavano, riempiendo la stalla di vapore. La Neve avrebbe voluto sedersi in prima fila, ma lì c'erano i più piccoli e ormai lei era cresciuta. Spintone dopo spintone, aveva finito per accontentarsi di un posto nella fila dietro.

Bagonghi aveva già iniziato a recitare quando avevano fatto il loro ingresso i Martiroli: padre, madre e la loro mezza dozzina di figli. Fra tutti spiccava il maggiore: un adolescente dal viso delicato che sfiorava il metro e novanta. Radames si guardò intorno. I posti davanti erano tutti occupati e l'unico spazio libero era accanto alla Neve. La riconobbe subito ma, quando le si sedette vicino, non disse una parola, un po' per timidezza, un po' perché sopraffatto dal suo profumo di zucchero caramellato e narcisi.

Bagonghi continuava a raccontare. Era una storia nuova, con dentro parole in francese per darsi un tono raffinato, ma faceva ridere a crepapelle, soprattutto quando interpretava la parte della donna e tirava fuori una vocetta stridula irresistibile. Neve però non riusciva a seguirlo. Si era accorta che la gamba di Radames era attaccata alla sua. Erano in troppi su quella panca, e tutto il corpo del ragazzo era premuto contro il suo fianco. Il cantastorie agitava le mani e offriva al pubblico inchini, balzi a sorpresa, esclamazioni e grida, ma Neve adesso se ne stava rigida, senza più sapere dove mettere le mani e, in quel rimescolio di emozioni, a ogni respiro il petto pareva gonfiarsi di più. Agitata com'era, non resistette e si mise il pollice in bocca. Lui rimase perplesso, ma tanta vicinanza lo emozionò. Sentì un'onda bollente scorrergli nel sangue, una stretta allo stomaco e un turbamento nei pantaloni. A spettacolo finito, Radames Martiroli si era già innamorato.

Tutti iniziarono a uscire. Un volta in cortile, il ragazzo cercò Neve con lo sguardo. Lei stava di spalle e chiacchierava con un paio di amiche. *Conto fino a cinque. Se si gira prima che finisco, sarà la mia morosa*, si convinse. *Uno, due... tre... quattro...* Iniziò a rallentare, interrompendosi al numero quattro timoroso che tutte le speranze crollassero... *cinque.*

Neve era sempre di spalle, e rideva. A Radames sembrò che quella risata fosse rivolta a lui. Poi sua madre lo chiamò. Stava già per raggiungerla, quando ecco Neve girarsi. Fu solo per un secondo, ma gli sorrise.

Il ragazzo era confuso. *Si è voltata solo dopo il cinque... con-*

terà? si chiedeva. Tornò a casa agitato e senza sapere cosa il destino gli stesse riservando.

Nei giorni seguenti, non fece che pensare alla Neve. Passava il tempo studiando le frasi giuste per attaccar bottone quando l'avesse incontrata la sera, a scuola. Nei momenti più audaci, aveva elaborato ardite dichiarazioni d'amore che in cuor suo sapeva non avrebbe mai pronunciato perché, quando poi se la trovava davanti, sentiva la lingua impastata e cominciava a sudare. La trovava bellissima, anche se in verità Neve Casadio era sì graziosa, ma anche piccola e magra, e passava inosservata. Però aveva due occhi neri e profondi, un aroma delizioso, di zucchero caramellato, e l'aria un po' da discola, soprattutto adesso, con quei capelli corti.

I giorni trascorrevano senza che succedesse nulla. In più, c'era sempre di mezzo la Luciana. A scuola, la ragazza sedeva accanto a Neve poi, finite le lezioni, aveva l'abitudine di accompagnarla verso casa. Radames pensava che ci sarebbe voluto un miracolo per smuovere le cose. E alla fine successe.

Una sera, la figlia della bottegaia si presentò a scuola con la faccia deformata da un ascesso. Il dolore era così forte che, dopo un'ora, dovette rientrare.

Adesso, o non capiterà mai più, si ripromise Radames.

Finita la lezione, tutti si alzarono dai banchi, raccolsero le loro cose e uscirono. Rimasti soli, Radames e Neve stavano ancora riponendo fogli e matite con lentezza esasperante. A un certo punto, lui fece per parlare, ma la stessa idea era venuta anche alla ragazza. Balbettarono qualcosa nell'identico istante, per poi ritirarsi di nuovo nel silenzio. Ci fu un penoso momento di attesa.

«Io abito alla Fossa, e tu?» disse Neve alla fine.

«Io al Ponte della Rana.» *Ma sarò idiota!* pensò il ragazzo ancor prima di terminare la frase. E si affrettò ad aggiungere: «Ma se vuoi... voglio dire, se non ti dà fastidio, pensavo... potremmo fare un po' di strada insieme».

«Va bene», tagliò corto lei.

La sera dopo, quando Neve spiegò a Luciana che adesso non serviva più accompagnarla fino a casa, l'altra fece spallucce. In verità, si sentì ferita e, quando vide che Neve e Radames si allontanavano insieme, pensò che quello era un vero tradimento. Da quella sera, cominciò a spiare i loro movimenti. Si accorse subito che cercavano ogni opportunità per stare vicini e che ridacchiavano per niente. Una volta scoprì che addirittura si sfioravano le mani sotto il banco. Ogni sera, Luciana tornava a casa singhiozzando lungo la strada senza capire bene il perché di quel dolore.

◆

Neve e Radames avevano iniziato a vedersi di nascosto anche di giorno. Passavano ore a baciarsi e ogni volta tornavano a casa inquieti, una febbre leggera sulla pelle.

Un pomeriggio di novembre, mentre la gente del paese sonnecchiava davanti al camino, i due corsero verso il bosco di pioppi accanto all'argine, lo stesso dove molti anni prima Edvige s'incontrava con il suo amante. Il sole brillava e l'aria era tiepida, nonostante la stagione. Neve e Radames si sdraiarono al riparo di un cespuglio. Si baciarono a lungo, ansimanti e confusi. Poi lui infilò una mano sotto la maglia della ragazza. La accarezzava, goffo, vergognandosi di non sapere bene cosa fare.

«Il profumo che hai sotto le ascelle mi fa diventare matto...» le sussurrò. Si fece audace, spostò la mano e scivolò sotto la sottana ma, giunto in cima, non trovò il coraggio di proseguire.

Neve, gli occhi lucidi, il respiro affrettato, lo attirò sopra di sé. Lui tremava tanto che fallì più volte nell'impresa di sbottonarsi i pantaloni.

«Boia di un mondo... Porca miseria!» farfugliava. Solo dopo varie imprecazioni, riuscì ad abbassarsi le braghe. Lei lo sentì ansimare come in cerca d'aria. Pareva che sapesse solo imprecare o bisbigliare il suo nome. Poi s'interruppe di colpo e la fissò con un'intensità che la fece emozionare. Neve si morse il labbro, lui scivolò dentro il suo corpo.

1926

A gennaio, l'Armida si stupì che la Neve, di solito mai sazia, non volesse mangiare.

«Ho mal di stomaco», si giustificò la ragazza, nauseata dallo stufato di maiale con in cima un dito d'olio. Subito dopo si alzò e corse in cortile a vomitare.

La madre impallidì. Aveva notato che, da un paio di mesi, Neve non si lavava le pezze del marchese, ma aveva pensato che era molto giovane e che alla sua età capitava. Però poi alla figlia era venuto un seno così grosso e tondo che da un giorno all'altro non riusciva più ad abbottonarsi le camicie. L'Armida iniziò a tremare, anche perché aveva notato quel tipo alto come una pertica che, negli ultimi tempi, sbucava di continuo intorno a casa. La sera in cui Neve scappò in cortile con la nausea, alla madre non restò nemmeno un dubbio. Posò il cucchiaio e la raggiunse a grandi passi.

«Lo so io cosa c'hai nella pancia. Altro che indigestione!» Le disse quella frase, poi tornò in casa, sbattendo la porta.

Neve rimase accanto al pozzo. Tremava dal freddo. Attraverso la finestra, vedeva i genitori discutere. Suo padre di tanto in tanto batteva un pugno sul tavolo, facendo sussultare l'Armida a ogni colpo.

«Se è vero che è incinta, la colpa è tua. Dovevi tenerla d'occhio!» gridava.

« È incinta, Beppe, me lo sento », si lamentava la moglie, e scoppiò a piangere.

« *Signor, dam la pasiensa!* » esclamò lui, spalancando le braccia. Poi le puntò il dito contro. « Sei tu la madre, spettava a te tenere a bada le femmine. E adesso guarda che bei risultati: una che si è rovinata la vita per un uomo sposato e l'altra con un bambino nella pancia, e nemmeno sappiamo di chi è. »

Però anche lui aveva notato quel ragazzo alto, con il naso lungo, e magro come un Cristo in croce. Un pomeriggio, mentre si faceva la barba accanto alla finestra, lo aveva visto che baciava la Neve, tutti e due riflessi nello specchio. Era corso fuori con i mutandoni di lana e la faccia bianca di sapone. Li aveva trovati con i capelli pieni di paglia e gli occhi grandi. Aveva sentito un sudore freddo proprio lì, *sul cupín,* giusto sulla nuca. Aveva afferrato la Neve per un braccio.

« Te va' dentro. E tu... tu vai ad aiutare tuo padre, che hai la bocca ancora sporca di latte. E, se ti vedo di nuovo da queste parti, giuro che ti spacco la testa in due con questo pugno! »

Da quella sera, la Neve, finite le lezioni, aveva trovato suo fratello Nellusco ad aspettarla fuori dalla scuola, ma quella sorveglianza chiaramente non era servita, e adesso lei era incinta. La ragazzina stava ancora accanto al pozzo e batteva i denti per il freddo. L'Armida sedeva in cucina, pallida, senza sapere cosa replicare alle accuse del marito.

Finita la sfuriata, Beppe uscì in cortile. Vide la figlia raggomitolata per terra. Gli sembrò così piccola seduta lì, il dito in bocca. Un robino. Per un momento, pensò che la moglie fosse ammattita e Neve avesse davvero un'indigestione.

« Neve, guardami. Ho detto guardami, perdio! » le ordinò.

Lei alzò gli occhi, ma subito dopo distolse lo sguardo. Beppe alzò una mano per darle un ceffone, ma finì per lasciarla a mezz'aria. Rientrò in casa e non ci furono più parole fra loro.

Beppe lasciò l'intera faccenda nelle mani della moglie.

Una volta che la levatrice ebbe confermato la gravidanza, l'Armida fece ricorso a tutto il suo coraggio e si presentò a casa dei Martiroli.

Diede la notizia seduta in cucina, con davanti il bicchierino di liquore giallo che le avevano offerto, ma che lei non riusciva a mandar giù.

Sofia Martiroli pareva la Vergine di un dipinto antico, con quella pelle chiara, i lineamenti delicati e i capelli biondi tutti un'onda. Era in attesa del settimo figlio e, sentita la notizia, pianse come se avesse appena saputo di una morte. Suo marito Anselmo era sbiancato e dovette mandar giù di colpo il liquore per riprendersi. Passato il primo smarrimento, l'uomo si alzò, inarcò le sopracciglia e iniziò a camminare su e giù per la stanza, tirando in ballo parecchi santi. Ci furono silenzi lunghi, anzi lunghissimi; vuoti in cui nessuno sfiorava nemmeno con il pensiero la parola « matrimonio ». Nessuno, tranne l'Armida.

« Bisognerà fare qualcosa », osò dire.

« Radames ha diciott'anni, è un bambino », balbettò Sofia.

« Però questo suo 'bambino' è stato capace di mettere incinta mia figlia. »

« Se teneva le gambe chiuse, questo non capitava! » replicò l'altra, fulminea.

L'Armida sentì il sangue correrle tutto alla testa, ma il buon senso le suggerì di stare calma. Sì, molto calma doveva restare. Calmissima. *Recita un'Ave Maria, manda giù il rospo,* si ripeteva. Doveva usare le buone maniere e puntare diritto al loro cuore. Quella famiglia non poteva che offrire alla figlia una vita di stenti e di miseria, ma, se i Martiroli s'intestardivano, finiva che la Neve le restava in casa con il suo bastardo.

« Animo, Sofia! Il guaio è fatto... Perché invece di piangere non cerchiamo una soluzione? »

L'altra scuoteva la testa e si lamentava come se fosse sul punto di spirare. Anselmo Martiroli aveva in faccia l'espressione delle disgrazie.

« Sant'Iddio, non è mica morto nessuno! » esclamò l'Armida alla fine.

Anselmo si grattava la testa, Sofia tirava su con il naso, ma la parola « matrimonio » proprio non voleva uscire. L'orologio a cucù scandiva il passare dei secondi. Armida Casadio rigirava il bicchierino di liquore fra le dita e già temeva il peggio. *Tic-toc, tic-toc.* Il pendolo continuava a oscillare dentro il silenzio.

« Vado a parlare con mio figlio », disse a un certo punto Anselmo. Uscì e raggiunse Radames, che intanto aspettava nella stalla. « Sai cos'è venuta qui a fare l'Armida Casadio? » gli chiese.

« Sì, lo so », rispose Radames a occhi bassi.

Il padre lo fissava, e pensò che davvero aveva ancora il viso di un bambino. C'era qualche brufolo qua e là e solo un accenno di barba, che radersi una volta al mese gli bastava. Si schiarì la voce. « E tu, non hai niente da dire? »

« Io alla Neve ci voglio bene. Se è per me, la sposo. »

« Ma cosa vuoi sposare? Cosa ti vuoi sposare, che non sei neanche capace di toglierti le caccole dal naso! » Si levò il cappello e lo sbatté più volte contro il muro, facendo sobbalzare il figlio a ogni colpo. Alla fine, chiuse gli occhi, respirò forte e disse: « Se c'è un bambino in viaggio, bisognerà parlare con il prete. Meglio maritarvi prima che arrivi la primavera che poi c'è da lavorare in campagna».

Rientrò in cucina per annunciare che, giusto il tempo delle pubblicazioni, e quei due somari si sarebbero sposati. Sofia Martiroli iniziò a singhiozzare. Armida Casadio allentò la pressione delle dita sul bicchierino e promise dieci rosari e un cuore d'argento alla Vergine.

Anselmo Martiroli si diresse di nuovo verso la stalla. Si avvicinò al figlio. Gli diede uno schiaffone in piena faccia, poi se lo strinse contro il petto. «Vieni, è tutto sistemato.»

Tornarono insieme dentro casa. L'Anselmo scese in cantina e tornò con una bottiglia impolverata: era di vino buono, vecchio di anni, e messo da parte per le occasioni speciali.

◆

Il matrimonio fu celebrato il 26 gennaio 1926, di mattina presto e in modo sbrigativo, com'era d'uso per le ragazze gravide. Il termometro era sotto lo zero. «*Un fréd esagerà, come quand iè mort li vidi.* Un freddo esagerato, come quando ci sono morte le viti», commentò Beppe. Durante la notte, si erano sentiti dei botti secchi, simili a cannonate: erano le cortecce degli alberi che scoppiavano perché la linfa, gelandosi, si era espansa.

La Neve indossava una camicia di seta chiara, un vestito di panno blu e un cappotto con i bottoni d'oro; più che una sposa pareva una collegiale. Sua madre cercò di aggiustarle i capelli sotto il velo, ma con quel taglio corto c'era poco da sistemare.

Beppe Casadio la sollevò sul carro e notò che non pesava quasi niente. Montò a sua volta sul sedile, ma dovette frustare più volte il cavallo per farlo muovere. Nel carro dietro venivano l'Adele, zia Edvige, e i figli di Alfonso arrivati dalle colline dopo Bologna. I fratelli di Neve si avviarono a piedi dietro la piccola processione. Seduta accanto alla figlia, l'Armida cacciava indietro le lacrime e mugugnava tra sé: «Quella stupida si è rovinata la vita prima di crescere. Sposarsi con uno che non ha più della camicia che indossa. Peggio di così non poteva sceglierselo».

Arrivando in piazza Pepoli, il breve corteo notò alcune persone intente a scrivere in lettere cubitali su un muro: CREDERE, OBBEDIRE, COMBATTERE. Un altro lì vicino dipingeva con un grosso pennello la scritta: ME NE FREGO!

Giunti davanti alla chiesa, legarono i cavalli ed entrarono tutti.

Radames aspettava davanti all'altare, la faccia rossa per il freddo e una macchiolina di sangue sul colletto inamidato, tanto era maldestro nel radersi quel poco di barba.

I due ragazzi si sposarono rispondendo alle domande del prete come fosse un'interrogazione del maestro. Quando il parroco si rivolse a Radames, chiedendogli se volesse prendere come moglie la lì presente Natalia Casadio, lui rispose con gran impeto un: «Sissignore» che fece scoppiare in una risata tutti i presenti.

Quando uscirono, nevicava. Tutto era bianco, proprio come il giorno in cui Neve era nata, di piedi, vispa come una rana. La ragazza salì sul carro della sua nuova famiglia, insieme a Radames e ai suoceri. Guardò verso i genitori. L'Armida aveva gli occhi rossi.

«Be'? Si può sapere cosa c'hai da piangere?» la stava rimproverando Beppe.

«Toccava a Erasmo. Era lui il più grande, doveva esserci lui là, davanti al prete.»

Beppe Casadio girò la testa e si mise a rimuovere con gesti nervosi lo strato di neve fresca sul sedile. Borbottò soltanto: «Per la Madonna, se nevica!»

L'Armida gli fece presente che stavano davanti a un luogo sacro, che per favore non bestemmiasse almeno il giorno del matrimonio di sua figlia. Al che lui rispose con insofferenza: «Ma, Dio fuciliere, cosa sarà mai? Ho detto solo che nevica».

I carri ripresero il cammino, scricchiolando un poco sullo spesso strato di neve fresca. Le strade erano bianche, gli alberi carichi. C'era un silenzio grande intorno.

Sul carro dei Martiroli, Radames prese nella sua mano quella della sposa, ma lo fece piano, senza girare la testa e di nascosto dai suoi.

Beppe e l'Armida non ebbero il tempo di abituarsi all'assenza di Neve che per Adele arrivò il momento di partire. Il 10 marzo 1926, la giovane abbracciò i fratelli, le sorelle e il cognato, lasciando per ultima Edvige. Più che emozionata, si sentiva piena di dubbi e di timori per il suo futuro. La zia lo comprese dal suo sguardo.

«Nella vita quel che conta è il coraggio», le disse.

«Non è coraggio il mio, è solo paura di vivere così, senza speranza.»

«*Chi a ghè sol di gugét e d'la nebia.* Qui ci sono solo maiali e nebbia. *Va', cori, che se no at fè tardi.*»

Zia e nipote si abbracciarono strette, senza altre parole. Poi Adele raggiunse i genitori che aspettavano in cortile. Suo fratello Nellusco accompagnò tutti e tre alla stazione. Beppe e Armida accompagnarono la figlia fino al porto di Genova. Dal Brasile, il fidanzato si era offerto di pagare il passaggio in nave alla futura sposa, ma Beppe, offeso, gli aveva fatto rispondere dalla sorella che Adele la mandava a sue spese, e pure accompagnata dalla dote.

Quel giorno, l'aria era fredda e il cielo aveva lo stesso grigiore dell'acqua. Adele, elegante nel cappotto azzurro che zia Edvige le aveva appena confezionato, la ciocca bianca che spuntava da sotto il cappello, baciò i suoi, pallida, poi si apprestò a salire sulla scaletta del piroscafo *Principessa Mafalda*, diretto a Rio de Janeiro. Si sforzava di sorridere, ma aveva le mani gelate, le gambe rigide. Guardò la nave, intimidita, e pensò che era più alta del campanile di Stellata. Iniziò ad avanzare con passo incerto. A metà della passerella, si girò per rivedere i genitori. Faticò a rintracciarli, poi li scorse di nuovo in mezzo alla folla. Le sembrarono di colpo due vecchi: si sorreggevano a vicenda eppure sorridevano, cercavano di farle coraggio. Adele rimase immobile, la mano aggrappata al corrimano della passerella. La gente spingeva, i corpi le si premevano contro, ma lei non voleva più andare avanti. *Cosa sto facendo?* si ritrovò a pensare. *Come mi è venuto in mente di sposare uno sconosciuto?* L'unica cosa che voleva adesso era scendere dalla nave. *Via, via!* Cominciò a spingere in senso contrario, a farsi largo contro la folla che continuava a salire. Nessuno le faceva caso, e lei iniziò a gridare: « Fatemi passare! Devo scendere... Per l'amor di Dio, fatemi scendere! »

Si trovò davanti un muro di carne, una barriera di corpi sudati, borse, fagotti, giacche e mantelli. La folla di emigranti avanzava verso i ponti della nave a testa bassa, imperturbabile alle sue suppliche. Adele lottò contro quella marea di gente cercando uno spiraglio che le permettesse di raggiungere la terraferma. Spingeva, gridava che doveva tornare indietro, doveva assolutamente scendere! Fu tutto inutile. Uomini, vecchi, donne e bambini continuavano impassibili la loro marcia. Lei si sentì risucchiata, rigirata dalle loro mani, spinta in avanti, circondata da braccia e dita, stretta dentro una morsa di carne finché, senza sapere come, non sfociò insieme a quell'onda umana sul ponte principale del piroscafo.

Si appoggiò al parapetto. Aveva perso il cappello ed era spettinata, il viso imperlato di sudore. Guardò in basso: stavano ritirando le passerelle. Restò aggrappata alla ringhiera circondata da un frastuono di urla e di singhiozzi, di gente che chiamava, bambini che piangevano, fazzoletti che sventolavano, lacrime e grida. Cercava d'individuare i suoi tra la folla. *Forse se ne sono andati*, pensò, ma poi li scorse. Alzò la mano e li salutò per l'ultima volta, certa che non li avrebbe mai più rivisti.

Nei giorni successivi, la giovane trascorse la maggior parte del tempo sul ponte per evitare il tanfo della terza classe. La distanza che avrebbe dovuto farle dimenticare Paolo sembrava aver ottenuto l'effetto contrario, perché adesso non faceva che pensare a lui. La paura era tanta: l'aspettavano un mondo sconosciuto e un marito di cui non sapeva quasi nulla. Con Rodrigo aveva scambiato solo poche lettere in cui si erano dati del voi. Immaginava il Brasile come una terra di selvaggi, con case infestate da insetti enormi e giardini pieni di serpi velenose. «Userò gli stivali e comprerò molto zolfo», si ritrovò a dire a voce alta.

I giorni si ripetevano tutti uguali nella noia della lunga traversata. Il mare era calmo, il cielo senza una nuvola. Poi, a metà dell'oceano, arrivarono le tempeste e durarono quasi una settimana.

A poco a poco, la nave cadde in un silenzio funereo. Il terzo giorno, i passeggeri giacevano senza più forza per lamentarsi. Adele stessa non riusciva a girare la testa o sollevarsi dalla branda per raggiungere il catino e vomitare quel poco di saliva che le era rimasto.

Nonostante le raffiche e la violenza della pioggia, alcuni uomini si trascinavano fino ai ponti, in cerca d'aria fresca. Lividi, la testa avvolta nei fazzoletti e la giacca rovesciata per non sciuparla, se ne stavano a combattere nel vento, gli occhi chiusi, sorreggendosi schiena contro schiena. Finalmente le onde scemarono e il cielo tornò celeste.

La prima notte di quiete passò silenziosa come il sonno di un bambino dopo la febbre. Il mattino seguente, i ponti si riempirono di nuovo, ma di gente pallida e smagrita. Sedevano con gli occhi cerchiati, i vestiti luridi e lo sguardo fisso sull'orizzonte.

La nave attraccò al porto di Rio de Janeiro in un mattino umido, d'aria calda e pesante. Nessuno poteva immaginare che di lì a qualche mese il *Principessa Mafalda* sarebbe affondato su quella stessa rotta, trascinando in fondo all'oceano centinaia di emigranti.

La stazione marittima era caotica e movimentata come un circo. C'era un mucchio di gente che gridava, e c'erano carretti carichi di tabacco, canne da zucchero e frutta sconosciuta. Il porto era pieno di bancarelle di stoffe, cavalli, asini, venditrici di fiori, carrozze antiche e automobili luccicanti; e una moltitudine di bambini, mendicanti, pappagalli, signore a passeggio, suore, cadaveri di animali, ombrellini di seta e nuvole di farfalle.

Adele si guardava intorno, frastornata. Camminava con passo incerto e la paura d'inciampare in qualcosa. Poi, tra la folla in attesa, scorse un uomo alto e ben vestito e accanto a lui un sacerdote. *Sono loro*, concluse, e affrettò il passo.

Quando ebbe davanti la sua promessa sposa, Rodrigo non tradì nessuna emozione. Strinse la mano di Adele con cordialità, ma con distacco, come avrebbe fatto con un nuovo socio in affari.

«Benvenuta in Brasile», si limitò a dire con un marcato accento straniero.

«Piacere, Adele Casadio.» Contraccambiò la stretta di mano, ma si liberò subito da quel contatto.

Celebrò il matrimonio lo zio prete, in una chiesa vicino al porto e con due passanti presi a caso come testimoni. Ugo aveva capelli ispidi, gli occhi neri degli antenati gitani, e una lunga barba. Faceva molto caldo e si asciugava di continuo il sudore dalla fronte.

Terminata la cerimonia, pranzarono in un raffinato ristorante del centro. Adele guardava di sottecchi il marito, rincuorata dal fatto che perlomeno aveva un aspetto piacevole: il viso era regolare, aveva sopracciglia spesse, occhi marroni dall'espressione pacata, e lunghe ciglia. I capelli iniziavano a essere brizzolati, nonostante la giovane età. Ugo raccontò come lo avesse conosciuto.

«Ero il suo insegnante di filosofia al collegio gesuita. È uno dei pochi studenti con cui ho mantenuto i contatti, forse perché di tutti era il più indisciplinato, il peggiore!» disse, ridendo.

Adele notò che il marito toglieva il grasso dalla carne e che beveva il vino a piccoli sorsi dopo averlo fatto ruotare nel calice. *Avrà imparato le maniere eleganti in collegio*, si ritrovò a riflettere. Lei invece in quel luogo si sentiva a disagio. Non sapeva distinguere le posate e si versò l'acqua nel bicchiere sbagliato.

Non appena finito il dolce, gli sposi salutarono lo zio prete, poi si recarono alla stazione per iniziare il lungo viaggio verso casa: la *fazenda* di Cachoeira Grande, un *cafezal* nella valle del Rio Paraíba.

«Sono sicuro che la piantagione ti piacerà. Sono colline

rigogliose. Sulla più alta, c'è anche una grande cascata. *Cachoeira Grande* significa proprio quello. Quand'ero piccolo, io e gli altri bambini andavamo spesso lassù a fare il bagno. È un posto incantevole.»

◆

Il treno attraversò campi che parevano non avere fine. Piantagioni enormi, senza una sola casa, una chiesa, l'ombra di un villaggio; spazi impensabili nel piccolo mondo padano di Adele.

Marito e moglie stettero per la maggior parte del viaggio in silenzio. Di tanto in tanto, Rodrigo provava a iniziare una conversazione, ma ogni discorso cadeva dopo un paio di battute.

Arrivata la notte, si sistemarono ognuno nella propria cuccetta.

«Dormi bene», le augurò lui, e spense la luce.

Adele ricambiò la buonanotte, sollevata dal fatto che il marito non avesse avanzato nessuna richiesta amorosa. Chiuse gli occhi, ma era troppo frastornata da tutti quegli eventi e riuscì a prendere sonno solo dopo molte ore.

Scesero dal treno il pomeriggio del giorno successivo in una piccola stazione sperduta in mezzo alla campagna. Alcuni alberi di eucalipto ombreggiavano la facciata e la piazzuola di terra battuta. Non c'era nessuno, fatta eccezione per un lavoratore della *fazenda* di Rodrigo che li attendeva con il carro. Caricarono il bagaglio della sposa e ripresero il viaggio. Dopo tre ore, e dopo aver attraversato innumerevoli piantagioni di caffè, presero una stradina sterrata in salita. In cima alla collina, Adele scorse una villetta coloniale.

«Quella è la tua nuova casa», le comunicò Rodrigo.

Una volta arrivati, lui aiutò Adele a scendere dal carro e,

nel farlo, la sostenne per la vita un momento più del necessario. Lei restò sospesa a mezz'aria, l'alito del marito sulla guancia, poi si liberò dalla stretta.

La casa era una costruzione di legno dipinta di bianco e con un portico incorniciato da una buganvillea. Tutto era pulito e in ordine. Si percepiva però una mancanza di allegria, di cure amorevoli. Non c'erano che due vecchi quadri alle pareti, nessun tentativo di rendere le stanze accoglienti. Era come se la casa fosse stata abbandonata da anni.

Dalle finestre si vedevano solo colline coperte da file di piante dalle foglie spesse e lucide. Erano cariche di bacche rosse.

« Quello è caffè », le spiegò Rodrigo. « Ora che ci sei tu, voglio comprare altri terreni, piantare nuovi campi. Vieni, voglio che tu conosca tutti. »

La portò al *senzala*, la residenza dei lavoratori. Un paio di generazioni prima, era stato il quartiere degli schiavi, ma quelli erano altri tempi.

Adele avvertì subito un certo distacco. Gli uomini si tolsero il cappello; le donne la fissavano, rimanendo in disparte. Nel brusio che seguì la sua apparizione, Adele notò sui loro visi un'espressione stupita.

« Perché mi guardano in quel modo? »

« Sono solo curiosi », tagliò corto Rodrigo. Quindi, rivolgendosi al gruppo di donne, chiamò: « Núbia, vieni ».

Adele vide avanzare una nera alta e robusta. Aveva un portamento austero e l'incedere di chi non si fa intimidire facilmente. Il viso era senza età. Solo alcuni fili grigi fra i capelli indicavano che non era più giovane.

« *Benvinda, Dona* Adela », disse, storpiando il nome nell'uso locale.

« *Obrigada* », rispose lei, allungando la mano e usando l'unica parola portoghese che aveva imparato.

L'altra non rispose al saluto, ma restò a fissarla con aria sbigottita. Poi si rivolse a Rodrigo con una frase che Adele non capì e, mentre parlava, si passò una mano sui capelli.

« Non ti offendere; non è nelle loro abitudini stringere la mano ai bianchi », spiegò lui. Quindi aggiunse: « Lei è Núbia Vergara. Mi conosce da quando sono nato. Ti aiuterà con i lavori di casa e t'insegnerà tutto quello che c'è da imparare qui intorno. Ha detto che ti trova elegante e che... le piacciono i tuoi capelli ».

Adele ebbe la sensazione che stesse mentendo.

Quella sera, gli sposi cenarono per la prima volta nella loro casa. Bevvero vino e parlarono con maggiore facilità. Eppure Adele sentiva che fra loro c'era un senso di disagio, qualcosa che andava più in là dell'ovvia mancanza di confidenza. Lui volle sapere della famiglia di lei e del paese da cui proveniva. Adele raccontò di Stellata, del Po, e di come più di un secolo prima un suo avo avesse sposato una zingara.

« Guardandoti non si direbbe, però è vero che tuo zio sembra un po' uno zingaro sotto quella tonaca », rimarcò Rodrigo.

« In famiglia siamo metà pallidi e con gli occhi azzurri come i miei, e metà con la pelle scura e gli occhi neri, proprio come Ugo », spiegò Adele.

« Vedremo a quale metà somiglieranno i nostri figli », scherzò Rodrigo, e in quello le sfiorò la mano, ma Adele la ritrasse di scatto. « Non c'è nessuna fretta », aggiunse lui dopo un momento. Le diede la buonanotte e andò a dormire in un'altra stanza.

◆

Nelle settimane che seguirono, Adele dovette imparare ogni cosa sulla vita nella *fazenda*: dov'era il pozzo per l'acqua, il luogo dove riporla, il modo per conservare i cibi e come cucinarli. Faticava a capire il portoghese; faticava ad abituarsi alla nuova dieta di fagioli, riso, carne secca e frutta tropicale. Doveva iniziare tutto da capo: imparare la lingua, conoscere suo marito, vivere in un posto tanto diverso. Núbia Vergara le insegnò a cucinare la *feijoada*, uno stufato di fagioli e maiale che, spiegò la domestica, era il piatto più diffuso in Brasile. La introdusse ad altre ricette creole come le frittelle di manioca, il dolce di *abóbora*, una zucca locale, e il riso cucinato con il cocco. Le mostrò anche come tenere la casa e come comportarsi con i lavoratori della *fazenda*.

Tutte quelle novità facevano sì che Adele arrivasse a sera esausta. Si faceva il bagno per poi sdraiarsi nuda sul letto. Era in Brasile da venti giorni, e lei e Rodrigo ancora dormivano separati. Adele capiva che lui la desiderava. Lo percepiva dal modo in cui la guardava, da come la sfiorava a ogni opportunità. Aspettava un cenno d'incoraggiamento e Adele si sentiva in colpa per non concederglielo. Non riusciva però a fare altrimenti: Paolo era ancora troppo presente nei suoi pensieri. Le sarebbe sembrato di tradirlo.

Stesa sul letto, sentiva la voce del marito che, di là dalla parete di legno, stava dando a Núbia dettagli su un nuovo dipendente. Adele cominciava a cogliere qualche parola, a mettere insieme le prime frasi. C'era qualcosa in lui che trovava attraente: le piacevano il fare deciso, i modi eleganti, la determinazione che mostrava di possedere; ma allo stesso tempo riconosceva nel marito un carattere chiuso e un fare superbo. Quando impartiva ordini o si rivolgeva ai dipendenti, era arrogante. Ma a preoccuparla era altro. Era come se lui la cercasse e, insieme, la respingesse. A volte le parlava con gentilezza, ma altre volte le rispondeva usando un tono sgarbato, e il suo sguardo diventava di colpo crudele. *È perché si sente respinto*, si convinceva.

Le settimane passavano, e Adele ancora dormiva da sola. Non riusciva a togliersi dalla testa il ricordo di Paolo. *Ho sbagliato tutto,* si ripeteva, non sapendo per quanto tempo Rodrigo avrebbe sopportato quella situazione. Ma non era possibile tornare in Italia: aveva fatto una scelta e la sua vita adesso era in quella casa. Doveva dimenticare il passato, e il modo per farlo era affrontare di petto il suo matrimonio. Così, una sera, dopo cena, mentre rammendava una camicia e il marito sedeva al tavolo preso da alcuni conti, Adele si fece coraggio.

«Più tardi ti aspetto», disse, senza alzare gli occhi dal rammendo.

Quella sera, Rodrigo la raggiunse nella stanza. Adele attendeva sotto le lenzuola. Lui si sedette sul bordo del letto e si spogliò dandole le spalle. Poi s'infilò in silenzio accanto a lei. Esplorò il suo corpo a palmo a palmo, senza violenza, ma non mostrando alcuna tenerezza. D'un tratto, Rodrigo le afferrò i capelli sulla nuca e la costrinse a guardarlo: il suo volto era teso, i lineamenti contratti, le labbra tremavano. Le strinse i capelli sino a farle male. Fu solo un attimo, poi lasciò la presa. Lei rimase immobile, impietrita, non riuscendo a togliersi dalla mente quello sguardo carico d'odio. Il marito le salì sopra. Fu come un rito. Fuori la pioggia scrosciava e i cani guaivano in fondo al cortile.

◆

Neve entrò in travaglio alcune settimane prima del previsto. Fu un parto difficile e la giovane età della ragazza non fu d'aiuto. Quando i dolori divennero forti, si fece prendere dal panico. Voleva scappar via e la madre dovette usare tutta la sua forza per impedirglielo. A un certo punto le gridò: «*Du a vèt, cat ghè al putín pront par násar! Vot fáral par strada?* Dove vai, che il bambino è pronto per nascere! Vuoi farlo per strada? »

Ma Neve balbettava frasi senza senso e si divincolava con una tale violenza che l'Armida ebbe bisogno dell'aiuto di Radames per riuscire a tenerla ferma. Solo a mezzanotte, dopo ventitré ore di travaglio, nacque il bambino. Era magro, dalla pelle rugosa e violacea. Non piangeva, ma si guardava intorno con grande curiosità. « Gesù... ha due occhi che pare un adulto! » esclamò spaventata l'ostetrica, senza sapere che, più di un secolo prima, un'altra levatrice aveva usato parole molto simili nella stessa casa, assistendo al parto di Dollaro.

« Da com'era grossa la Neve, ero certa che sarebbe stato almeno quattro chili, invece sarà sì e no la metà », commentò l'Armida, concentrata come sempre sugli aspetti concreti della vita.

« Aspetta... ma qui non abbiamo finito », aggiunse dopo un po' l'ostetrica.

Qualche minuto dopo, nacque un altro maschio, questa volta con la pelle chiara, il viso paffuto, e pesante due volte il gemello.

« Chi direbbe mai che vengono dalla stessa pancia », osservò divertita la comare.

Neve, ormai tranquilla, sorrideva. Un profumo gentile inondava la stanza e cinque api spuntarono da chissà dove.

◆

Quando giunse il momento di scegliere i nomi, Anselmo Martiroli avrebbe voluto continuare la tradizione operistica e chiamare il suo primo nipote « Nabucco » e il gemello « Rodolfo », come l'eroe della *Bohème*.

« Se lo chiamano Nabucco faremo ridere anche i polli », lo avvertì sua moglie Sofia.

« Neve pensava di dargli come nome 'Guido' », suggerì Radames. « Facciamola contenta. E a te, babbo, la scelta per l'altro gemello. »

Si finì per seguire il suo consiglio. Diedero al primo nato il nome di Guido e al fratello quello di Rodolfo anche se, per comodità, fin da subito venne accorciato in « Dolfo ».

Il giorno del battesimo ci fu una gran festa e si svuotarono dozzine di bottiglie di vino. I Martiroli amavano la compagnia e ogni occasione era buona per fare baldoria. Forse per questo loro spirito allegro, Neve si era abituata subito alla nuova famiglia. Se i suoi erano gente dal temperamento schivo e dal carattere severo, i suoceri erano gente d'indole allegra e spensierata. In casa non esistevano molte regole o restrizioni. I figli, semplicemente, mangiavano quando avevano fame e andavano a dormire quando crollavano dal sonno.

Anselmo era un bell'uomo, alto come il figlio maggiore ma robusto, con occhi intelligenti e due baffoni che arricciava di continuo con le dita. Mezzo secolo più tardi, la sua fotografia avrebbe ricordato ai nipoti l'uomo raffigurato sulle bottiglie della birra Moretti. Anselmo Martiroli amava la vita e, sopra ogni altra cosa, amava l'opera, il vino e le gioie del letto. Gran lavoratore, se c'era qualche soldo da guadagnare non si tirava mai indietro, però alle serate al bar lui non rinunciava. Lì giocava a carte, cantava le sue arie preferite, si scolava una bottiglia di vino e pure qualche bicchierino di Vecchia Romagna, che, secondo i consigli di un vecchio guaritore, gli avrebbe curato un problema cardiaco. Tornava a casa dopo la mezzanotte, quando il bar chiudeva e lui veniva quasi buttato in strada. « Eh! Ma che modi! » protestava, barcollando nella piazza deserta. Quindi s'infilava il cappello, si spolverava la giacca e s'incamminava verso casa, cantando il *Ritorna vincitor* dell'*Aida*.

Sofia Martiroli aveva provato di tutto per togliere al marito il vizio del bere. Era passata dalle preghiere alle minacce, dalle sfuriate a un ostinato silenzio che in più di un'occasione era durato anche una settimana. Il suo mutismo era accompagnato dal divieto categorico di fare l'amore. In quei giorni di astinenza, Anselmo le girava intorno, sussurrandole parole dolci e proposte indecenti. Trovava intollerabile il digiuno sessuale che sua moglie gli imponeva nei giorni in cui si davano battaglia, e ogni volta finiva per abbandonare la Vecchia Romagna, giurando solennemente che mai più avrebbe toccato un bicchiere di vino. « Mai più! » E ogni volta Sofia finiva per cedere. Mandava i bambini in cortile e si chiudeva in stanza con il marito a celebrare la fine di una castità che non si addiceva nemmeno al suo carattere. Però la sua disposizione a fare volentieri l'amore le lasciava dentro un dubbio.

« Questo sarà mica peccato? » domandava ogni tanto al marito.

« Ma no, di sicuro anche i preti lo fanno », sghignazzava l'Anselmo.

Eppure a Sofia pareva strano che tanto godere fosse esente dal castigo divino. « Forse sono troppo calda... » insisteva.

Lui le dava grandi pacche sulle natiche e la rassicurava ridendo.

Al senso di colpa per il peccato di lussuria, si aggiungeva quello dell'ingordigia, perché se il vino era la debolezza di Anselmo, la ghiottoneria era quello della moglie. Sofia Martiroli era una cuoca eccellente e adesso che in casa c'era la Neve a darle una mano, aveva cominciato a guadagnare cucinando per la famiglia del dottore. Ah, come amava quei bei prosciutti stagionati, i culatelli e le coppe che pendevano nella dispensa. E che dire delle focacce con la cipolla, dei fichi freschi e della frutta sotto spirito? Nella cucina del dottore, Sofia assaggiava le salse a occhi chiusi, con la stessa espressione di quando riceveva l'ostia.

Una volta, i padroni le avevano regalato dei dolci di mandorle da portare ai bambini. Sofia si era incamminata verso casa decisa a non toccarli, ma poi non aveva resistito. *Solo uno piccolo, tanto per provarli,* si era ripromessa. Mangiane uno, poi un altro, ne erano rimasti talmente pochi che alla fine lei aveva deciso che era meglio finirli, altrimenti i bambini poi avrebbero litigato per dividerseli. Così i dolci alle mandorle se li era mangiati tutti lei, ma quella sera non era riuscita a prendere sonno.

Il mattino dopo era andata a confessarsi con il cuore pesante. « Padre, mi perdoni perché ho peccato », aveva detto al prete, sopraffatta dal rimorso.

« Ah, Sofia! Cos'hai fatto stavolta? »

Lei fece un gran respiro, poi si liberò la coscienza, confessando prima il peccato di lussuria, poi quello dei dolci. Erano sempre le stesse debolezze, e sempre uguali erano le penitenze che il prete le assegnava: tre Ave Maria per rimediare ai peccati della carne, e cinque Padre nostro per i peccati della gola, insieme alla raccomandazione di usare un po' di moderazione sia in cucina sia nel letto.

1927

In pochi mesi, Adele aveva imparato tutto sulla coltivazione del caffè: da come evitare le infestazioni d'insetti a come proteggere le piantine dalla siccità. Ora conosceva i criteri per scegliere le bacche migliori, il colore che indicava la loro maturazione e quali fossero le lune più adatte per la raccolta. Con Rodrigo che spesso viaggiava per affari, ben presto si era dovuta prendere cura di ogni cosa, incluso pagare la mano d'opera e assumere i lavoratori stagionali.

La relazione tra marito e moglie però non era diventata più affettuosa. Rodrigo era cortese, ma freddo. A parte qualche scatto d'impazienza, non la trattava male, però la notte facevano l'amore senza trasporto, come se per entrambi si trattasse di un dovere. Da subito la coppia aveva cercato un figlio ma, dieci mesi dopo, Adele non era ancora incinta.

«Dovremmo vedere uno specialista», disse una sera al marito. Avevano già fissato l'appuntamento, quando si accorse di essere gravida.

Rodrigo versò *caipirinha* a tutti i lavoratori del *senzala* ed era tanto emozionato, che quella notte non riuscì a chiudere occhio. Il suo carattere parve ammorbidirsi. Adele lo sorprese più di una volta mentre la osservava con un'espressione diversa; le sembrò di scorgere nei suoi occhi, se non lo sguardo di un innamorato, almeno dell'affetto. Lui non le chiese mai nulla del suo passato, né le domandava a cosa stesse pensando quando la vedeva malinconica, un'espressione pensierosa sul viso. Adele se ne accorgeva e diventava rossa, perché in quei momenti lei stava pensando a Paolo.

Che stupida! si rimproverava. Era tempo di lasciarsi alle spalle certe fantasie. Il matrimonio era quello: una vita tranquilla, un avvenire da creare lottando uniti per la terra, per una casa e dei figli. Ma Adele aveva ereditato il temperamento dei sognatori e, nonostante la sua buona volontà, non riusciva a scacciare il ricordo del suo amante. Per molto tempo, sperò di trovare nella posta una sua lettera. Volendo, pensava, lui avrebbe potuto ottenere il suo indirizzo. Fantasticava che la sua assenza gli sarebbe risultata intollerabile e che, pur di riaverla, Paolo avrebbe lasciato la moglie e sarebbe venuto a cercarla. Oppure Rodrigo prima o poi avrebbe accettato il fallimento del loro matrimonio e a quel punto lei sarebbe stata libera di tornare in Italia. Si perdeva in tutte quelle supposizioni per pentirsene subito dopo. Aspettava un figlio da Rodrigo, doveva smetterla di sognare. Però, un giorno, rientrando a casa, Núbia le disse che un italiano era venuto a cercarla, e Adele pensò immediatamente a Paolo.

« Ti ha lasciato un nome, un messaggio? »

« No, *senhora*. Parlava solo italiano. »

« Avrà pur cercato di dirti qualcosa. »

« Forse che passa domani, ma non sono sicura... »

« Com'era? Alto, basso? »

« Era... normale. Un bianco con gli occhiali, piuttosto magro. »

Adele sentì le gambe cedere. In un lampo, rivide un gesto di Paolo che le era famigliare: lui che, in un momento di stanchezza, si toglieva gli occhiali e si massaggiava il punto fra le sopracciglia. Ma certo, non poteva che trattarsi di lui.

Passò la notte tormentata dai sensi di colpa, ma incapace d'ignorare l'eccitazione e l'euforia che sentiva crescerle dentro.

Il giorno dopo, mentre pranzava con il marito, era distratta. Rodrigo le parlava, ma lei non riusciva a seguirlo.

« Cosa ne pensi? » le chiese lui.

Adele nemmeno si accorse di essere stata interpellata. Girava il cucchiaio nella minestra, lo sguardo basso.

« Adele! »

« Sì? »

« Ho chiesto la tua opinione. »

« Su cosa?... Perdonami, ero sovrappensiero. »

« Ti succede sempre più spesso. »

Si sentì mortificata. Stava per scusarsi, quando bussarono alla porta. Lei scattò in piedi e fece cadere la sedia. Nemmeno si curò di rimetterla in piedi. « Vado io! » gridò a Núbia. Era elettrica, pronta a tutto.

Spalancò la porta. La delusione fu tale che l'uomo con gli occhiali, un compaesano appena arrivato e in cerca di lavoro, si sentì in dovere di scusarsi. « Se è un momento sbagliato, passo un'altra volta. »

« No, non è niente. Entra », gli rispose lei. Ma era talmente provata da quelle ventiquattro ore di sogni, aspettative e conflitti interiori, che avvertì il bisogno di allontanarsi. « Vado un attimo di là. Siediti, che arrivo subito. »

Dalla stanza da pranzo, Rodrigo aveva osservato il comportamento della moglie: il suo trasalire quando avevano bussato, la sedia rovesciata, poi la sua immobilità una volta aperta la porta. Aveva udito la sua voce farsi grave, invitando quello straniero a entrare. Poi, quando infine si era girata, Rodrigo aveva faticato a riconoscere nel suo viso sconvolto la donna che aveva sposato un anno prima.

Non le chiese spiegazioni. Non era nella sua indole ma, dopo quell'incidente, Rodrigo si allontanò di nuovo. Lo fece con garbo, con una freddezza appena accennata, però indubbiamente fece un passo indietro. Lei se ne accorse, ma non cercò di porvi rimedio.

◆

Adele cercava di capire chi fosse davvero suo marito. Sapeva così poco sul suo conto e, quando gli faceva domande sul passato, lui sviava il discorso. Così, di tanto in tanto, lei chiedeva a Núbia com'erano i genitori, o com'era Rodrigo da bambino.

«Un piccolo demonio, ecco cos'era! Sua madre aveva il suo bel da fare per stargli dietro. Correva tutto il tempo. Non mi ricordo di averlo mai visto camminare, o di averlo visto giocare tranquillo. Quando poi è nato Antonio, di male in peggio. Era geloso. Più di una volta ha provato a rovesciare la culla...»

«Non sapevo che Rodrigo avesse un fratello. Dove sta?»

Núbia si bloccò. Quando rispose, era visibilmente a disagio. «Antonio... è morto.»

«Morto? Ma dov'è sepolto? Nella cappella di famiglia non c'è il suo nome.»

«Vi prego, non dite niente al signore. È meglio per tutti se non gli dite niente.»

«Non ti preoccupare. Se non me ne parla Rodrigo, non sarò certo io a farlo.»

◆

Una volta entrata nel quarto mese, Adele tornò a essere piena di energia. La gravidanza progrediva senza problemi e, con l'aiuto di Núbia, Adele si confezionò un paio di abiti larghi da indossare durante gli ultimi mesi. Cambiò anche un poco la pettinatura, spostando più a sinistra la riga dei capelli in modo da dare maggior risalto alla sua ciocca bianca. Per la prima volta da quand'era arrivata in Brasile, si sentiva, se non proprio felice, perlomeno tranquilla.

Un pomeriggio però iniziò a perdere sangue e quella notte stessa abortì.

Era un maschio. Núbia Vergara prese feto e placenta e, di nascosto dalla padrona, li seppellì in fondo a un campo insieme a un gallo vivo. Poi accese un fuoco e bruciò le lenzuola sporche di sangue con foglie di eucalipto e incenso, così da allontanare gli spiriti cattivi dal ventre della padrona.

Per settimane, marito e moglie si evitarono. Sembrava non avessero più niente da dirsi, nulla che non fosse il ricordo di quel bambino, nulla che potesse allontanarlo, smuoverlo dal luogo buio dove entrambi cercavano di dargli sepoltura. Però la vita nel *cafezal* non poteva aspettare. Si avvicinava il momento del raccolto e non era possibile indugiare sulle proprie disgrazie. Marito e moglie si buttarono a capofitto nel lavoro. Ricominciarono a discutere d'affari, a cenare insieme, a fare di nuovo l'amore senza accarezzarsi, con addosso la paura di lasciarsi andare di nuovo alle illusioni.

Sei mesi dopo l'aborto, Adele era di nuovo incinta. Questa volta nessuno celebrò l'evento e tutti aspettarono la nascita senza quasi accennare al bambino. Quando arrivò il momento del travaglio, fu Núbia Vergara ad assistere la partoriente. Lo aveva fatto tante volte con le donne del *senzala*, per lei era una cosa normale. Avrebbero chiamato il medico solo se si fossero presentati problemi.

Núbia accarezzava la pancia di Adele recitando vecchie nenie che dovevano incoraggiare la creatura a lasciare il corpo materno. Quando Adele fu pronta a spingere, la domestica le chiese di accovacciarsi. Fu Núbia ad accogliere il bambino, che le cadde tra le mani come un frutto maturo.

Al primo vagito, Rodrigo si precipitò nella stanza. «Un maschio!» esclamò, sollevando il neonato ancora sporco di parto. Si avvicinò alla moglie e la baciò teneramente sulla bocca.

Fu uno di quei momenti che non si dimenticano, uno di quei rari momenti benedetti che si ricordano tutta la vita. I giorni successivi, Rodrigo non andò nei campi e ogni dieci minuti si avvicinava alla culla per rimirare il figlio. «Mi vien voglia di svegliarlo solo per poterlo guardare negli occhi.»

«Non pensarci neanche. Ma, tu, non è ora che riprendi il lavoro? È una settimana che non vai nel *cafezal.*»

«Non credo di farcela ancora a stargli lontano.»

Quello stesso pomeriggio, però, Rodrigo le disse: «Ho delle sementi da piantare. Vado un po' nell'orto».

Adele si era appena appisolata quando il marito riapparve nella stanza. Reggeva in mano un serpente con la testa mozzata. «Questo non morsica più nessuno», proclamò soddisfatto.

«Ha la pancia bianca...» mormorò lei.

«Pare di sì, ma che ti succede? Nemmeno avessi visto il diavolo.»

«Niente, cose che raccontavano al mio paese, vecchie superstizioni.»

Quella notte, il bambino morì nel sonno. Era perfetto: aveva una peluria leggera sulla pelle e le palpebre venate d'azzurro.

Adele insistette per andare al funerale. Il sole batteva sulle lapidi e i fiori nei vasi erano secchi. Non c'era quasi nessuno al camposanto: solo lei, Rodrigo, il prete e Núbia. Seppellirono la piccola cassa bianca nella cappella di famiglia. Quando murarono il figlio con il cemento, Adele si sentì mancare e Rodrigo dovette sostenerla. Núbia Vergara pianse come solo si piange il proprio sangue.

◆

Una volta rientrati a casa, Adele annunciò al marito: « Per un po' vorrei dormire da sola ».

« Non è il momento per stare soli. »

« Non posso dormire e finirei per disturbarti. »

Lui la fissò. « Come preferisci. » E non insistette oltre.

Adele accostò le persiane, si mise a letto e rimase chiusa in quella stanza per settimane.

Passava le giornate sepolta nell'ombra, senza quasi toccare cibo e rifiutandosi di aprire le finestre. La notte restava sveglia, ossessionata da un unico pensiero: aveva fallito. Due gravidanze ottenute con fatica, ed entrambe inutili. Non era stata capace di dare un figlio a Rodrigo ed era solo per quello che lui l'aveva sposata.

All'alba, Núbia Vergara le portava il caffè, poi alle nove arrivava il dottore. Le faceva molte domande, ma riceveva solo risposte a monosillabi: sì, no. Uscito dalla stanza, il medico scuoteva la testa. Prescrisse dei farmaci per aiutarla a dormire, ma presto anche i sonniferi si rivelarono inutili. Adele giaceva nel letto a occhi chiusi, senza curarsi di quello che le succedeva intorno. Ogni minuto che passava le era insopportabile. Giunta la sera, pregava di addormentarsi e di non svegliarsi più. Morire sarebbe stato un dono del Cielo, un gesto di misericordia.

In quei giorni, si ritrovò a pensare all'antenato che tanti anni prima si era tolto la vita. Adesso capiva il suo gesto.

Iniziò a riflettere sul modo migliore per farla finita: voleva qualcosa di rapido e doveva farlo di notte, quando non rischiava di essere scoperta.

Il medico si rese conto che la situazione stava precipitando e prese da parte Rodrigo. « È meglio se vostra moglie non la lasciate mai sola. »

« Cosa posso fare? »

« Potremmo ricoverarla in una casa di cura, ma forse non farebbe che peggiorare le cose. Aspettiamo. Nel frattempo, il mio consiglio è di non lasciarla sola. »

Rodrigo ordinò che la porta della camera dove dormiva Adele restasse sempre aperta e la sera iniziò a dormire in una branda nella stanza attigua.

I mesi passavano e Adele non mostrava nessun cenno di miglioramento.

Un pomeriggio di pioggia scrosciante, Núbia si presentò dalla padrona annunciandole in tono eccitato: « *Senhora,* qualcuno è venuto a trovarvi ».

« Digli di tornare quando ci sarà Rodrigo e... » Non ebbe il tempo di terminare la frase perché sentì una voce conosciuta: « Allora, come sta la mia nipote preferita? »

« Zio Ugo... Che ci fai qui? »

« Ti avevo promesso che sarei venuto a trovarti, o per caso mi hai già dimenticato? »

« Te lo ha chiesto Rodrigo. »

Lui le si sedette accanto e le prese la mano. « Sì. Tuo marito è molto preoccupato. Quello che vi è successo è doloroso, Adele, ma devi riprenderti. »

Lei gli strinse la mano, vi si aggrappò come se lui rappresentasse la sua ultima speranza. « Voglio tornare in Italia. Ti prego, zio, aiutami... »

« Che dici? La tua casa è qui. »

« Ho deluso Rodrigo. Tornando in Italia, farei un favore anche a lui. »

« Non dire sciocchezze. Tuo marito ti ama. È che per lui non è facile... Ascolta, Adele: non so se faccio bene a parlartene, ma è necessario che tu sappia. Vedi, in passato, Rodrigo ha sofferto molto. Per lui adesso è difficile aprirsi, dare di nuovo fiducia a una donna. »

« Cosa stai cercando di dirmi? »

« Anni fa, quand'era ancora molto giovane, aveva una fidanzata. Aveva perso la testa per quella ragazza. I suoi erano contrari, correvano troppe voci sul suo conto, ma Rodrigo non aveva voluto dargli ascolto. Dovevano sposarsi, mancava solo una settimana, poi... lei è sparita. Scappata con un altro. »

« Un altro? »

« Sì... con Antonio, il fratello di tuo marito. »

« Pensavo fosse morto. »

« Per Rodrigo è come se lo fosse. Da allora non ha più voluto saperne, di donne. Sono stato io a convincerlo che era tempo di prendere moglie, e a parlargli di te. »

« Questo spiega tutto, la sua freddezza... »

« Forse, all'inizio, ma non più. Lo conosco da quand'era un ragazzino e credimi, Adele: tuo marito ti vuole molto bene. »

« Se resto qui, morirò. »

« Prima pensa a riprenderti, poi vedremo il da farsi. Però, riflettici: la casa non è un luogo, ma un sentimento. Qualcosa che custodiamo dentro di noi, che creiamo giorno dopo giorno con fatica e molta volontà. Ricordi cos'avete promesso quando vi ho sposato? Di essere uniti in salute e malattia, nel bene come nel male. È un giuramento che avete fatto davanti a Dio e dovete impegnarvi, fare di tutto per salvare il vostro matrimonio. Rodrigo è pronto. Adesso tocca a te.»

Ugo rimase a Cachoeira Grande per una settimana. Passava le giornate seduto accanto a Adele. La consolava, le dava consigli e, per distrarla, raccontava episodi divertenti della sua infanzia: di come il padre si dedicasse alle invenzioni più strane e dei suoi folli esperimenti. «Non mi ha mai perdonato per essermi fatto prete. Mamma ha fatto di tutto per fargli accettare la mia vocazione, ma è stato inutile. Avevo deciso di tornare in Italia, di provare a parlargli, ma se n'è andato pochi giorni prima del mio arrivo, mentre ero in viaggio.»

Se Adele si sentiva stanca, Ugo sedeva al suo fianco e leggeva un grosso volume rilegato in pelle, che si era portato dal convento. Ogni tanto lei lo sentiva bisbigliare frasi in latino, o sospirare pieno di ammirazione, scorrendo certi passaggi. Le sere, invece, lo zio le passava in compagnia di Rodrigo. Lei li sentiva parlare fino a tardi, seduti nel portico. Si avvertiva che i due erano legati da un affetto profondo. La presenza di Ugo allevió per qualche giorno la solitudine che regnava in quella casa. Poi lui ripartì, e la coppia tornò a confrontarsi con i problemi di sempre.

◆

Un giorno, Núbia Vergara si presentò da Adele reggendo una tazza. «Bevete, *senhora*, vedrete che dopo starete meglio», la incoraggiò.

«Lascia, non voglio nulla.»

«Tenete, è miracolosa. È una medicina benedetta da Dio. La usiamo in chiesa per parlare con l'anima dei morti.»

«Dalla alla tua gente, non so che farmene.»

« La *senhora* pensa di sapere tutto, invece ha ancora molto da imparare », replicò la donna in tono risentito.

Núbia era la persona che Adele sentiva più vicina, non poteva rischiare di allontanarla. « Scusa, non intendevo essere scortese. Avanti, dammi quella tazza. » Si sollevò contro la spalliera del letto e bevve il contenuto in un solo sorso.

Nel giro di pochi minuti, la bevanda fece effetto. A Adele sembrò di lasciare il proprio corpo. Le percezioni dei rumori, delle forme, dei colori, tutto era sfumato, lieve, evanescente. Non esisteva memoria, solo un grande senso di pace. Nei sogni provocati dalla droga, Adele si sentì trasportare in un luogo abitato da figure strane, eppure famigliari. Fu soccorsa da un uomo alto e magro dal passo dinoccolato e dall'aria malinconica; accanto a lui c'era un bambino chiacchierone che iniziò a saltellarle intorno senza smettere di farle domande. Fra tutti, spiccava una donna con la pelle bruna e gli occhi nerissimi, dello stesso taglio e intensità di quelli di metà della sua famiglia. Portava gonne multicolori e aveva penne di fagiano nei capelli. Adele sapeva chi era. L'immagine era tanto reale che, in alcuni momenti, fu certa di sentire Violica che le stringeva la mano. Una volta credette persino di sentirla sussurrare al suo orecchio: « Non pensare alla morte. Ti aspetta un lungo futuro. Molto dolore, ma anche momenti di grande felicità. Per te ci saranno soldi e vedo tanto successo. Però devi essere forte, avere molto coraggio ».

« Voglio solo che tutto finisca. »

« Non sta a te decidere. È il cammino che ti è stato riservato, e devi percorrerlo sino alla fine. »

« Sono io la donna nella carta del Diavolo, vero? So della tua profezia. Papà l'ha sempre temuta e, appena siamo cresciuti, l'ha raccontata a tutti noi fratelli. Era mio il matrimonio che avrebbe portato solo disgrazie, mio il bambino morto che hai visto nelle carte? »

« Solo il caso si è portato via i tuoi figli, e il tuo matrimonio è migliore di quanto pensi. »

Il vortice di voci e di fantasmi a quel punto sembrò allontanarsi, diluirsi nell'aria.

Adele sentì una voce che la chiamava. Socchiuse gli occhi e mormorò: « Viollca... »

« Cos'hai detto? » Rodrigo era chino su di lei.

« Ho fatto un sogno strano... »

Ma erano davvero sogni? Adele se lo chiedeva ogni volta che risorgeva da quegli stati di torpore. Dopo si sentiva stranamente tranquilla, come se quei personaggi riuscissero a infonderle coraggio, a renderle più sopportabili le giornate. Iniziò a insistere affinché Núbia le procurasse dosi sempre maggiori della bevanda, ma lei si rifiutò. « No, *senhora*. Dio non vuole che gli uomini si avvicinino troppo al mondo degli spiriti. »

« Il mondo degli spiriti è qui, in mezzo a noi », le rispose Adele, ripetendo le parole di suo padre.

Rodrigo si recava dalla moglie di mattina presto e poi la sera, quando rientrava dai campi. Le portava frutta, dolci di cocco, il brodo che Núbia lasciava appositamente in cucina. Le rivolgeva sempre le stesse domande: come stai, hai mangiato, sei riuscita a riposare. Poi, avvilito dal suo mutismo, la lasciava di nuovo sola. Poco dopo, Adele sentiva i suoi stivali battere sul legno del portico. La sua presenza pareva contenuta in quei passi. Qualche volta si fermavano di colpo, come se lui fosse stato colto da un pensiero importante. Più tardi, lo sentiva rientrare, coricarsi nella branda della stanza accanto. La sua lampada si spegneva e la casa piombava nel buio.

Passarono in quel modo il Natale e poi la Pasqua. Adele

era talmente debilitata che per andare in bagno doveva appoggiarsi alla parete e avanzare passo dopo passo, tastando i muri. Smise di lavarsi. Giaceva nella penombra come una pianta tropicale, umida e inerte. Un giorno le sembrò di vedere un'ombra sulla sua pelle, come se una muffa le stesse nascendo sul corpo. Credette d'impazzire e probabilmente sarebbe successo, se un pomeriggio suo marito non fosse intervenuto.

Era tornato al galoppo prima del solito. C'era stato il nitrito del cavallo, poi il rumore della porta d'ingresso che sbatteva. Era rimasto fermo sulla soglia, infine si era avvicinato al letto.

Con un colpo della mano, buttò per terra tutti i medicinali che stavano sul comodino. Lei trasalì, ma rimase a occhi chiusi. Lui andò a spalancare le finestre. Adele si portò le mani agli occhi, ormai disabituati alla luce. Rodrigo le si avvicinò di nuovo. Questa volta la sollevò per le braccia e iniziò a scuoterla. « Adesso basta. Tu ti alzi, inteso? Avremo altri figli, Adele. Vedrai che arriveranno, e se anche non fosse... Ci siamo noi due, tu e io! »

Lei rimaneva inerte, le palpebre abbassate, il corpo molle. Poteva sentire il respiro del marito, immaginare i suoi occhi fissi su di lei. Ci fu un momento di esitazione, un'attesa. Poi Rodrigo l'attirò contro il suo petto. « Ho bisogno di te... dannazione! » La tenne stretta per qualche secondo, poi l'adagiò di nuovo sul letto, con delicatezza.

Adesso se ne va, pensò Adele, e sentì dentro un vuoto, una nostalgia per l'attimo appena vissuto.

Rodrigo invece non si mosse e dopo un po' disse: « Núbia farà le valigie. Domani partiamo ».

Era ancora buio quando, all'alba del giorno successivo, lui sollevò Adele tra le braccia per portarla sul carro. Alle prime luci del mattino, marito e moglie salivano su un treno diretto al Nord del Paese.

◆

Adele passò l'intera giornata in uno stato di dormiveglia. A tratti spiava il marito che le stava seduto davanti: una ruga profonda sulla fronte, i capelli quasi completamente grigi. Lei pensò che, in quei pochi anni trascorsi insieme, Rodrigo si era trasformato in un vecchio.

Arrivata la notte, Adele attese che lui si addormentasse, poi sedette accanto al finestrino. L'aria entrava dal treno in corsa, asciugandole il sudore. Adele fissava i piccoli gruppi di luci in lontananza, l'ombra di alcune case, il profilo nero degli alberi; poi ci furono solo campi, un cielo vuoto e il cigolio monotono della locomotiva. Si ritrovò a pensare a Paolo. Era tanto che non le succedeva e quella notte si accorse di non sentire più niente per lui. Era come se il dolore degli ultimi mesi avesse annullato ogni ricordo, cancellato ogni sentimento che la legava al passato.

Il sole illuminò una terra color ruggine, distese immense, senza alberi e senza erba. Si vedevano solo campi aridi, dune di sabbia e scheletri di animali sulle rive di laghi prosciugati. Poi giunsero di nuovo le foreste, cieli di piombo, gli alberi di caju, le piantagioni di banane, di cocco e di maracuja. L'aria era satura del profumo della melassa e si respirava l'aroma pungente dei fiori tropicali. Poi, là in fondo, apparve la città di Salvador de Bahia.

La prima notte in albergo, Adele dormì poco e male. Il mattino dopo si svegliò di malumore. Voleva solo richiudere gli occhi, ma Rodrigo la obbligò ad alzarsi. « Vieni, un po' d'aria ti farà bene. » La sorresse per la vita fino a raggiungere il terrazzino. Ad aspettarla c'era una tavola imbandita con caffè, uova, pane e frutta.

« Non ho fame. »

Rodrigo ignorò le sue parole. Fece per versarle il caffè, ma Adele lo respinse. Lui non si diede per vinto. Imburrò una fetta di pane, poi iniziò a imboccarla.

Il terrazzino dava su una piazza della città vecchia, circondata da antichi palazzi portoghesi. Nei secoli, questi avevano perso molta della loro gloria, ma trattenevano l'impronta forgiata da anni di sole cocente e di piogge tropicali. I colori erano sbiaditi e l'umidità aveva ricamato sui muri le forme più strane: foglie accartocciate, angeli, animali e stormi di uccelli. Adele fermò lo sguardo su due donne nere che si sporgevano dalle finestre di fronte: ridevano, i turbanti colorati, le belle spalle nude, e la risata dell'una nutriva la risata dell'altra in un gorgheggio contagioso. Più sotto, per strada, alcuni bambini scalzi si rincorrevano. Una donna beveva con le mani a coppa sotto la fontana; accanto a lei, un vecchio rompeva alcune noci di cocco. Rodrigo le sorrise. « È una città magica. Imparerai ad amarla. »

Passarono un paio di settimane e piano piano un sangue nuovo sembrò iniziare a scorrere nelle vene di Adele. Lei ricominciò a dormire e a poco a poco ritrovò l'appetito. Affrontare un nuovo mattino adesso non le faceva più tanta paura. *Un giorno per volta, Adele. Un giorno per volta,* si ripeteva.

Un mese dopo il loro arrivo, Adele riusciva a stare in piedi per l'intera mattinata. Marito e moglie si alzavano presto, facevano colazione, poi, approfittando delle ore più fresche, uscivano per passeggiare lungo le strade della città. Se lei si sentiva stanca, si sedevano all'ombra a sorseggiare il succo della canna da zucchero o la delicata acqua delle noci di cocco.

Sempre a poco a poco, iniziarono a discutere apertamente del dolore per la perdita dei due bambini, ma parlarono anche dei loro sogni, di episodi della loro infanzia e di un futuro insieme. Chiacchieravano per ore, con avidità, scoprendosi come due amanti appena conosciuti. Scherzavano sui loro difetti, si prendevano in giro per le loro piccole manie. Venivano distratti solo dalla bellezza di qualche angolo nascosto, o da una scena che spuntava inattesa dietro l'angolo: bambini neri che ballavano al suono dei tamburi, o un gruppo di donne vestite di bianco che danzavano in cerchio. Adele sembrava assorbire l'energia che le vibrava intorno. Imparava a vivere di nuovo, e a farlo insieme allo sconosciuto che da anni le viveva accanto.

◆

Un mattino, lei si svegliò alla prima luce del giorno. I raggi del sole filtravano attraverso le persiane socchiuse. L'aria era soffice, il ventilatore sul soffitto ronzava lasciando sui loro corpi nudi una piacevole frescura. Adele stirò braccia e gambe. Il profumo del caffè saliva dalla strada insieme al frastuono dei passeri e alle voci in lontananza. Poteva distinguere le conversazioni delle massaie, una cantilena di bambini nel cortile di una scuola. Adele girò la testa e guardò il marito; aveva i capelli arruffati, una mano appoggiata sul suo ventre. Sorrise. La sera prima, erano rimasti fino a tardi sul terrazzino a prendere il fresco. Era stata una serata tranquilla. Giù nella piazza, una donna allattava il figlio seduta sulla soglia di casa; qualcuno cantava. A un certo punto, avevano smesso di parlare e si erano fissati. Poi lui le aveva accarezzato il viso e questa volta Adele non si era scostata. Rodrigo allora si era avvicinato per baciarla.

Avevano fatto l'amore, per la prima volta dopo mesi. Era

stato qualcosa di nuovo, di molto diverso. Era come se Rodrigo fosse un'altra persona, ma Adele aveva pensato che forse era lei a sentirsi diversa. L'aveva baciata senza fretta. Prima la bocca, poi il collo, l'interno delle braccia, ogni parte del corpo. Lei aveva chiuso gli occhi e si era lasciata andare, svuotata da ogni pensiero cattivo. Il piacere era stato così intenso che Rodrigo aveva dovuto tapparle la bocca.

Adele adesso osservava da vicino il viso di lui: il profilo diritto del naso, la bocca socchiusa, la piccola vena che gli batteva sulla tempia. « *Meu marido* », mormorò in portoghese.

Rodrigo aprì gli occhi e sorrise. « Ieri notte hai fatto un bel trambusto. Ho avuto paura che arrivassero i pompieri », le disse, serio.

Lei si scostò, piena d'imbarazzo. Rodrigo scoppiò a ridere attirandola a sé.

◆

Ripresero il viaggio attraverso il Nord del Paese. A Recife, s'imbarcarono su una bananiera e navigarono lungo il Rio delle Amazzoni. Era un mondo nuovo per Adele, e ogni volta rimaneva incantata passando davanti ai villaggi degli indios: gruppi di capanne, donne intente ad accendere il fuoco o a lavare i panni presso la riva, bimbi che si rincorrevano. Al loro passaggio, i ragazzini più grandi si tuffavano in acqua e si avvicinavano al battello con grida e schiamazzi. Rodrigo aveva ragione, rifletteva Adele. Tutto in quel viaggio era miracoloso: la vegetazione rigogliosa, la maestosità del fiume, gli uccelli tropicali, le grida delle scimmie. Le donne erano praticamente nude, ma non avevano l'aria di vergognarsene. Il paradiso terrestre doveva essere stato così.

Manaus apparve all'orizzonte al tramonto, come un miraggio di luci riflesse sull'acqua. Era una piccola città sperduta tra le foreste vergini, ma negli ultimi anni le piantagioni di caucciù avevano cambiato il suo aspetto sonnolento: si era ingrandita e vi avevano persino costruito un teatro dell'opera. L'edificio troneggiava in tutto il suo splendore, testimone della ricchezza accumulata grazie al caucciù, e agli eroici sforzi di alcuni amanti della musica lirica che avevano trasportato ogni pietra attraverso l'intera foresta amazzonica.

All'arrivo in una nuova città, Adele e Rodrigo si recavano all'ufficio postale per ritirare i telegrammi spediti da Núbia. Ogni tanto vi trovavano una cartolina con i saluti dello zio Ugo, che li invitava a continuare quel loro magnifico viaggio. Da Cachoeira Grande, invece, cominciavano a fare pressione affinché rientrassero, ma la *fazenda* sembrava così lontana, adesso. Rodrigo buttava le lettere senza quasi leggerle. Abbracciava la moglie e le sussurrava con malizia che stava mettendo su peso, ma che lui le donne grasse le adorava, gli facevano venire pensieri peccaminosi.

« Il caffè può aspettare », le diceva.

« No, dobbiamo rientrare. Sono incinta », annunciò lei un giorno.

Maria Luz nacque nel novembre del 1930, quando l'ombra di Getúlio Vargas già si stagliava sul futuro del Brasile. Nacque quasi senza dolore all'alba della rivoluzione che doveva cambiare per sempre la vita di Cachoeira Grande e dell'intera nazione.

Erano passati poco più di due anni dalla nascita dei gemelli, e Neve era di nuovo incinta. Questa volta le doglie arrivarono ancora più in anticipo, neanche compiuto il settimo mese, e nacque un bambino tanto minuto da stare quasi nel palmo di una mano. Era un altro maschio, dalla pelle cianotica e dal corpo ricoperto di peluria.

«*Ho fat násar na simia*», esclamò Neve, spaventata.

«Macché scimmia! *Al gà adós al vel ad la Madóna, al sarà un putín fortunà*. Ha addosso il velo della Madonna, sarà un bambino fortunato», la rassicurava l'Armida, ma a lei fu chiaro da subito che il bambino aveva poche possibilità di sopravvivere.

Lo lavarono, lo fasciarono e lo misero in una scatola da scarpe piena di bambagia. La circondarono di bottiglie di acqua calda, che sostituivano non appena si raffreddavano.

Il medico passava a controllare il bambino più volte al giorno, più per dare conforto alla famiglia che per aiutare quel caso disperato. Raccomandava a Neve di farsi coraggio, ma agli altri rivelava la sua impotenza. «I polmoni non sono ancora sviluppati a sufficienza», diceva. «È nelle mani del Signore.»

Beppe si lamentava con l'Armida per la storia delle disgrazie che nella loro famiglia si ripetevano sempre uguali: prima era successo a Adele, che di figli ne aveva persi due, e adesso toccava alla Neve. «La profezia parlava di bambini morti. Il destino non si può cambiare.»

«Ma che destino!» lo interruppe lei. «Conosci anche solo una famiglia che non ha pianto per un bambino morto?»

Sofia suggerì alla nuora di chiamare il prete. Neve le rispose in malo modo che lì nessuno stava morendo e che non si sognasse di farlo. Però, una volta rimasta sola, battezzò lei il bambino e gli diede il nome di Vittorio. Subito dopo, pregò a lungo la Santa di Bologna. L'aveva miracolata da piccola e lei non le aveva mai chiesto niente, però adesso la implorava di salvare suo figlio.

Neve non lasciava mai il neonato, per paura che morisse

da solo. Cercava di allattarlo ma, ogni volta che Vittorio le si attaccava al seno, lui vomitava subito dopo. Piangeva molto e quando dormiva era scosso da continui sussulti.

Il terzo giorno, mangiò più del solito e dopo fissò la madre con un'espressione tranquilla. « Radames, guardalo... vedrai che ce la farà », sussurrò Neve al marito. Non aveva terminato la frase che il piccolo fu preso dalle convulsioni. Radames uscì sulle scale e chiamò a gran voce la madre. Quando Sofia arrivò nella stanza, dalla bocca del neonato uscivano bollicine di saliva. Un ultimo tremito e cessò di respirare. Nemmeno la Santa di Bologna aveva potuto salvarlo.

———— ◆ ————

Subito dopo la nascita del nuovo bambino, avevano portato i gemelli da nonna Armida. Quando, tre giorni più tardi, Radames tornò per dare la notizia della morte del neonato, Dolfo dormiva e Guido stava giocando in cortile. Il babbo gli aveva scompigliato i capelli, poi era entrato in casa senza dire una parola. Di colpo, Guido non aveva più avuto voglia di giocare e lo aveva seguito.

Entrò in cucina, e li trovò che piangevano tutti. Guido si avvicinò al babbo, gli cercò la mano e lui gliela strinse, ma senza guardarlo. I grandi bisbigliavano. Sentì nonna Armida dire: « Era solo questione di tempo. » E una zia aggiunse: « Adesso sta con gli angeli ». A quelle parole, Guido scoppiò a piangere e iniziò a chiamare la mamma. L'Armida lo prese in braccio e gli asciugò il viso, ma non servì a calmarlo. Radames allora decise di ricondurlo a casa.

« Dolfo lascialo dormire; te lo portiamo noi domani », gli suggerì l'Armida.

Padre e figlio presero per i campi, poi imboccarono la

strada sull'argine. Quando giunsero alla piazza, la gente seduta davanti al bar smise di colpo di parlare. Guido notò che li fissavano con un'espressione strana, come vergognandosi. Radames tirò il bambino per un braccio, ma lui inciampava in continuazione, allora se lo caricò sulle spalle.

Arrivati a casa, il bambino corse dalla madre e affondò il viso nel suo petto. Sentì il profumo della sua pelle, e fu sicuro che adesso non poteva più succedergli niente di male. Solo dopo un po' vide il fratello disteso sul tavolo della cucina: aveva gli occhi chiusi ed era vestito di bianco. Si accorse pure che gli occhi della mamma erano gonfi e la voce le usciva a fatica. Si strinse ancora di più contro di lei. Rimase là, il viso sepolto in quell'abbraccio, fino a addormentarsi.

Fu svegliato da alcuni colpi di martello. Sbarrò gli occhi: stava nel letto dei genitori, era solo e fuori era buio. Una striscia di luce scivolava da sotto la porta che dava in cucina. Guido scese, si avvicinò all'uscio e lo socchiuse.

Intorno al tavolo c'erano tutte le persone che conosceva; mancava solo il padre. Le donne pregavano con il rosario tra le dita, gli uomini tenevano la testa bassa e il cappello fra le mani. Un uomo calvo stava dietro una scatola di legno sorretta da lunghe gambe di metallo. Si curvò e mise la testa sotto un panno nero. Guido sentì di nuovo i colpi di martello: provenivano dalla stalla.

Dopo qualche minuto, suo padre entrò in cucina. Teneva sotto il braccio una piccola cassa di legno. A quella vista, Neve scoppiò a piangere. Le donne le si strinsero intorno, gli uomini fissarono il pavimento. Nonna Armida si avvicinò e mise sul fondo della cassetta un cuscino ricamato. La mamma prese fra le braccia il bimbo piccolo e lo baciò sulla fronte. Pareva non voler smettere mai e le mani le tremavano al punto che Guido ebbe paura che potesse far cadere il fratellino per terra. Poi la vide posare il bambino nella cassetta. Anche il padre si chinò su di lui, gli diede un bacio e gli strinse una manina. Quindi chiuse il coperchio della piccola cassa, prese il martello e cominciò a inchiodarla.

Guido si precipitò nella stanza, gridando: « Non c'ha l'aria! Il fratellino non c'ha l'aria! »

Radames rimase con il martello sollevato. La Neve corse verso il bambino, ma per fermarlo ebbe bisogno dell'Armida, perché lui scalciava troppo e non c'era verso di calmarlo.

Il mattino dopo, ancor prima dell'alba, Neve svegliò Guido. La temperatura era sotto lo zero e coni di ghiaccio pendevano lungo il cornicione della finestra. Sui vetri, il gelo aveva formato ventagli, zampe di passero, piccoli ricami.

Guido non voleva lasciare il tepore del letto, ma Neve lo prese in braccio e lo portò davanti al fuoco del camino.

« Dove andiamo? » le chiese lui, stropicciandosi gli occhi.

« A prendere la fotografia di Vittorio. Così potremo guardare il fratellino ogni volta che ci viene voglia. »

Poco dopo uscirono di casa e s'incamminarono verso il bosco di pioppi che portava al fiume. La prima luce del giorno tingeva il mondo di un azzurro pallido. Il ghiaccio aveva ricoperto gli alberi e la terra scricchiolava sotto i loro piedi. Imbacuccati sotto vari strati di maglioni e il cappotto, madre e figlio camminavano veloci. Il loro fiato era l'unica cosa viva nel bosco impietrito dall'inverno. Di tanto in tanto, Guido guardava verso la mamma, ma lei aveva il viso seminascosto da una sciarpa. Riusciva solo a scorgere i suoi occhi neri e un ciuffo ribelle dei capelli corvini. Ci volle una mezz'ora prima di raggiungere l'argine. I due attraversarono il ponte di barche sul Po e si trovarono di colpo nel paese di Ficarolo.

Arrivarono allo studio del fotografo prima delle otto, ma Neve non aveva potuto aspettare, consumata com'era dall'impazienza. Lui li vide attraverso il vetro appannato della finestra. Era ancora in pigiama e teneva in mano una tazza di caffè. Mancava quasi un'ora all'apertura, ma dovettero fargli pena quei due, seduti sul gradino, intirizziti dal freddo. L'uomo si buttò il tabarro sulle spalle e corse ad aprire.

« Mi scusi, l'ho fatta scendere prima del tempo », disse la Neve.

« Ci mancherebbe... Entri, che è pronta. »

La fotografia di Vittorio stava appesa a un filo. L'uomo la prese e porse alla Neve il ritratto di un neonato grinzoso con la cuffia troppo grande e un'ombra intorno agli occhi. Lei l'accolse come fosse stata una reliquia. Nessuno parlava. Guido fissava il viso della mamma e di colpo gli sembrò più luminoso e bello.

Madre e figlio lasciarono il negozio e ripresero il viaggio verso casa ma, appena usciti dal paese, Neve si fermò. Prese la fotografia dalla borsa, la coprì di baci, quindi la rimise via. La scena si ripeté più volte. Camminavano per un poco, si fermavano, Neve prendeva la fotografia dalla borsa per poi accarezzarla e baciarla.

Ci misero un tempo infinito per arrivare a casa. Guido aveva fame ma, prima di farlo mangiare, Neve corse a prendere il suo ritratto di nozze. Aprì la cornice e sostituì la fotografia con quella del figlio morto. Poi la mise sulla credenza e da quel giorno non si separò più da quell'immagine. La sera se la portava in camera da letto e ogni mattina la rimetteva in cucina. Compì quel rituale tutti i giorni, senza mai dimenticarsene, per tutta la vita.

1930

Getúlio Vargas salì al potere nel novembre del 1930, con un colpo di Stato appoggiato dalle forze militari e dagli industriali. Cercò d'ingraziarsi anche le classi popolari, emanando leggi per aiutare i più poveri e promuovendo un modello di sindacato che ricordava quello delle corporazioni fasciste. Adele dichiarò fin da subito: « Quello è un altro Mussolini ».

« Vediamo cosa combina prima di giudicarlo », la riprese Rodrigo. Ancora non sapeva che, nel sogno di modernizzazione del Brasile del governo, non c'era posto per il caffè.

Già diversi mesi prima, i prezzi dei prodotti tropicali, sui quali si reggeva da sempre l'economia del Paese, avevano iniziato a scendere. « È l'effetto della Grande Depressione. Tempo qualche mese e passerà », sosteneva Rodrigo.

« Non credo. Vargas ha detto che vuole trasformare il Brasile in una potenza industriale, e farlo in pochi anni. Cosa vuoi che gliene importi della canna da zucchero o del caffè? » ribatteva la moglie.

In pochi mesi, il caffè divenne un prodotto svalutato, pressoché inutile. Anni prima, aveva rappresentato la forza motrice dell'economia, ora marciva nelle piantagioni di tutto il Sud.

Il nuovo governo fece fronte alla crisi acquistandone dai produttori migliaia di quintali che poi ordinava di bruciare. I *cafezal* di tutto il Brasile iniziarono a riempirsi di enormi falò. Grandi colonne di fumo si alzavano nel cielo, mentre l'odore acre dei chicchi in decomposizione saturava l'aria.

Cachoeira Grande non fu risparmiata. Rodrigo osservava impotente i fuochi giganteschi che in poche ore distruggevano tutto ciò che era stato costruito nel corso di generazioni. Con la crisi del caffè, finiva anche il lavoro per decine di uomini e donne che si erano prodigati tutta la vita per la sua famiglia. Rodrigo fu costretto a licenziare più della metà dei dipendenti, a togliere casa e stipendio a gente che nelle terre di Cachoeira Grande era nata. Lo fece con una freddezza che indignò i lavoratori e scandalizzò anche la moglie.

« Non puoi trattare in questo modo la tua gente. Li conosci da sempre, molti hanno diviso con te i banchi di scuola », lo accusava Adele.

« Cosa pretendi? Non abbiamo più soldi per pagarli. »

« Cerca di spiegarti, usa almeno un po' di sensibilità. »

« Gli tolgo casa e lavoro, come credi possa farlo con sensibilità? »

Adele sapeva che Rodrigo non aveva scelta: interi raccolti erano stati distrutti e i loro risparmi erano finiti. A quei tempi, non c'era spazio per i compromessi. Si stava da una parte o dall'altra e, agli occhi di molti, suo marito era un nemico.

Non passò molto tempo prima che Rodrigo tornasse a casa con il viso sanguinante e i vestiti strappati. Era stato aggredito per strada e solo l'intervento della polizia lo aveva salvato dal linciaggio. Pochi giorni dopo, Adele scoprì che qualcuno aveva distrutto a colpi di martello la cappella di famiglia. Da quel momento, nemmeno lei poté lasciare la *fazenda* per paura di essere oggetto di rappresaglie. Vivevano in uno stato di assedio, come chiusi in una prigione. Fu allora che Adele iniziò la sua campagna per convincere Rodrigo a vendere il *cafezal*.

«Vendi. Dobbiamo portare Maria Luz al sicuro.»

«E per andare dove? A Rio, a São Paulo? E cosa farei là? Io sono cresciuto in mezzo al caffè, non so fare altro.»

«Sei ancora giovane e qualcosa troveremo. Qui non c'è più niente per noi.»

«Non chiedermi questo, Adele. Io qui ci sono nato, questa è la mia vita.»

Quella sera, moglie e marito andarono a letto logorati dalla lunga discussione e si girarono le spalle. Per ore, entrambi non riuscirono a prendere sonno, troppo scossi dalla lunga lite e non ancora pronti per tentare una riappacificazione.

Il mattino dopo, Rodrigo si alzò alla solita ora e fece colazione da solo. S'infilò gli stivali, prese il cappello e uscì.

Adele si alzò che il sole era già alto. Non c'era un filo d'aria. Núbia la aiutò con le faccende domestiche. Cambiarono insieme le lenzuola, lavarono i pavimenti di legno e socchiusero le persiane per rinfrescare le stanze.

A mezzogiorno, Maria Luz giocava sul tappeto e Adele stava cucinando. Dal grammofono giungeva la voce di Beniamino Gigli.

Santa Lucia,
luntano 'a te,
quanta malincunia!
Se gira 'o munno sano,
se va a cercá furtuna,
ma, quanno sponta 'a luna,
luntano 'a Napule
nun se pò staaa!

Qualche anno prima, la donna non avrebbe potuto ascoltare quel disco senza sentire la voglia di piangere. Quant'era diversa adesso la sua vita. In piedi accanto al lavello, Adele pensava a Rodrigo. La notte prima non avevano fatto la pace e, quando il marito si era alzato, lei dormiva ancora. A un tratto, sentì l'urgenza di rivederlo. Voleva abbracciarlo, dirgli che aveva ragione, che le cose prima o poi si sarebbero sistemate. Arrivata l'ora del pranzo, lui non rientrò. Adele sapeva che aveva l'abitudine di fermarsi a mangiare nel *senzala* e non si allarmò.

Verso le due del pomeriggio, mise a dormire la bambina e si stese sull'amaca del patio. Stava per addormentarsi, quando sentì alcuni cavalli al galoppo che si avvicinavano alla casa. Socchiuse gli occhi. Núbia Vergara stava aprendo i cancelli. Il gruppetto di uomini scese di sella, poi iniziò a parlare, concitato, intorno alla domestica. Adele rimase a osservare. Fissava i contadini, i loro volti tesi. L'amaca dondolava piano, l'aria era immobile. Una mosca ronzava intorno al suo viso.

Il silenzio fu rotto dal grido di Núbia Vergara: un urlo che la donna cercò di trattenere, ma che le uscì più eloquente di qualsiasi parola. Adele scattò in piedi e si precipitò in cortile. Núbia fece per andarle incontro ma, più si avvicinava, più il suo passo si faceva incerto. Adele avanzava e Núbia rallentava, finché le due donne non si fermarono l'una di fronte all'altra.

« *Dona* Adela... » La domestica non riuscì a proseguire e si coprì il viso con le mani.

« Dov'è? »

« Lo stanno portando su un carro. Mi hanno detto che... è meglio se non lo vedete, *senhora*. Non ha più la faccia. Lo hanno colpito in pieno viso con una fucilata. »

Quelle parole non avevano senso. Rimbalzavano nell'aria, passavano intorno a Adele senza sfiorarla. Era come se non la riguardassero, come se tutto quello stesse succedendo a un'altra. Rimase ferma in mezzo al cortile, senza espressione, gli occhi fissi su Núbia. Pareva aver smesso di respirare. Poi circondò con un braccio la spalla della domestica, come se fosse lei a doverla confortare, lei a dover alleviare un dolore che ancora non le apparteneva. « Vieni, dobbiamo preparare l'acqua per lavarlo e il vestito da mettergli. »

Più tardi, sedute davanti al feretro di Rodrigo, Adele le disse: « Bisogna trovare Antonio. È il fratello, ha il diritto di sapere. Ci sarà anche da sistemare la divisione del *cafezal*. Tu davvero non sai dove si trova? »

« Aspettate. »

Núbia andò in un'altra stanza e tornò subito dopo con una busta. « Ogni volta che arrivava una sua lettera, Rodrigo mi chiedeva di buttarla. Questa però l'ho conservata e c'è un indirizzo. Tenete, è molto vecchia ma, dopo i primi mesi, non è arrivato più niente. Tutti questi anni senza parlarsi, e abitavano a trenta chilometri l'uno dall'altro. »

« Manda tu il telegramma. Lui non sa chi io sia. »

Due ore dopo, Núbia dettava il messaggio all'impiegato dell'ufficio postale:

> RODRIGO DECEDUTO. FUNERALE VENERDÌ DUE DEL POMERIGGIO. VI ASPETTIAMO. NÚBIA.

Il mattino di venerdì, molte ore prima del servizio funebre, bussarono alla porta. Adele e la domestica si scambiarono un'occhiata, poi Núbia andò ad aprire.

« Heléna! » La domestica abbracciò la donna che le stava davanti. « Entra », continuò. « Questa signora è Adele, la moglie di Rodrigo... Ma Antonio? »

L'altra non rispose. Restò davanti a Adele, muta. Le due si fissavano, affascinate e allo stesso tempo spaventate nello scoprirsi così simili: stessi occhi chiari, stesso corpo snello, persino una ciocca più chiara sulla fronte.

Dopo il primo momento di stupore, Adele reagì. «Scusatemi... Venite, accomodatevi.»

L'altra entrò con passo incerto e si guardò intorno, lentamente, in quella che tanti anni prima sarebbe dovuta diventare la sua casa. Ebbe come un fremito e si girò di nuovo. «Ho pensato di arrivare prima per potervi parlare da sola. Antonio è morto anni fa. Ve l'ho scritto, ma non ho mai ricevuto risposta.»

Nell'udire quelle parole, Núbia dovette sedersi. «Morto... Ma come?»

«Travolto da un'auto.»

«Non sapevamo niente. Rodrigo gettava le vostre lettere senza aprirle.»

«Lo immaginavo. Quando ho ricevuto la notizia di Rodrigo, non sapevo cosa fare; ma alla fine ho deciso che almeno io dovevo esserci per dirgli addio. Posso vederlo?»

«Venite», le rispose Adele.

Giunte davanti al morto, Heléna sembrò vacillare.

«Ha il volto coperto, dopo quello che è successo...» spiegò Núbia.

«Sì, ho saputo.» Lei si avvicinò e sfiorò il panno che copriva il volto di Rodrigo. «Tutti questi anni di silenzio, e il rimorso... mio, di suo fratello.»

Spiegò che Antonio era morto pochi mesi dopo la loro fuga. Dovevano sposarsi ma, una settimana prima, c'era stato l'incidente.

«La sua morte è stata un castigo di Dio. L'ho sempre pensato.»

Adele la fissava e non poteva non sentire pena, ma quello che più la stordiva era constatare la sua straordinaria somiglianza con Heléna... quell'unica ciocca chiara, e gli occhi...

Ora tutto aveva un senso: l'espressione d'imbarazzo di Núbia il giorno del suo arrivo, lo stupore degli altri lavoratori, ma soprattutto l'atteggiamento contradditorio del marito... *È per questa somiglianza che mi ha sposato,* concluse.

Ricordò la sua freddezza all'inizio, la prima volta che avevano fatto l'amore, lo sguardo carico d'odio che per un momento aveva visto sul viso del marito. Rodrigo doveva aver riversato su di lei sia l'odio sia l'amore che ancora sentiva per Heléna. *No, non può essere,* si disse subito dopo. Forse i primi tempi, ma poi le cose fra loro erano cambiate. Rodrigo aveva amato lei, non un fantasma. Ma adesso suo marito non c'era più, non avrebbe potuto rassicurarla, e lei avrebbe dovuto convivere per sempre con quel dubbio. Forse non aveva mai conosciuto Rodrigo, non del tutto. Sino alla fine, era rimasto lo stesso della fotografia spedita in Italia: un uomo con mezza faccia nell'ombra.

Non riuscì a piangere, non fin dopo il funerale. Rispondeva alle domande, organizzava la sepoltura del marito, tutto in modo meccanico, senza rendersi davvero conto di quello che le era successo. Solo quando il prete se ne andò, e il corpo di Rodrigo riposava sotto la terra; solo quando i lavoratori tornarono alle loro case, e giunse la notte e sembrò durare per sempre, Adele liberò il suo dolore. E allora non ci fu più Dio, non ci fu perdono. A nulla le servì sapere che l'assassino di suo marito, un lavoratore licenziato tempo prima, era stato arrestato. In lei si fece strada l'odio. Odiò quell'uomo, odiò Cachoeira Grande, odiò l'intero Paese. Senza Rodrigo, quella non era più la sua casa.

Perse interesse per le sorti del *cafezal* e sembrò perderlo persino per la figlia.

Dopo un paio di settimane, la domestica affrontò la situazione. « La bambina ha bisogno di sua madre, *Dona* Adela, e anche noi abbiamo bisogno di voi. »

«Voglio vendere, Núbia.»

«Ma che dite?»

«Trova qualcuno che compri il *cafezal*. Torno in Italia. Qui non è rimasto più niente per me.»

«Questo non è il momento di vendere nulla; vi daranno una miseria.»

«Mi basta che qualcuno si prenda cura di voi e della *fazenda*.»

Non ci fu modo di dissuaderla. Qualche settimana dopo, Adele accettava l'offerta dei Güiraldes. Erano i loro vicini, gli stessi da cui anni prima Rodrigo aveva comprato i terreni per celebrare l'arrivo della sua sposa italiana. Ora si riprendevano quello che avevano venduto insieme al resto della proprietà, e a metà del prezzo.

Il mese dopo, tutto era pronto. Sull'atto di vendita mancava solo la firma di Julio Güiraldes.

Dopo sei anni dal suo arrivo in Brasile, Adele si ritrovava sulla terrazza della sua casa con le valigie fatte e la bambina in braccio. In tasca aveva due passaggi in nave per l'Europa. Aveva trentasette anni, ma sentiva che la vita, per lei, si era conclusa.

Salutò a uno a uno i lavoratori che erano venuti a dirle addio. In molti avevano le lacrime agli occhi. Núbia Vergara insistette per accompagnare la padrona fino alla stazione, la stessa dove lei era arrivata la prima volta insieme a Rodrigo. Caricarono i bagagli. Núbia schioccò la frusta e incitò la bestia a partire. Il carro si mosse e attraversò lentamente il cortile. I lavoratori stavano ancora ai lati. Qualcuno chiamò Adele, le augurò di nuovo buon viaggio, ma lei non si voltò. Il carro uscì dai cancelli di Cachoeira Grande e sparì dietro una curva.

Adele ripercorreva in senso inverso il viaggio che aveva compiuto sei anni prima per raggiungere la sua nuova casa, ma intorno a lei adesso si estendeva un paesaggio desolato, un mondo morto. Passarono attraverso piantagioni abbandonate, videro i campi vuoti, le montagne di caffè che bruciavano, il fumo nero che si alzava nel cielo. Molte case avevano porte e finestre sprangate. Gli orti erano coperti di paglia, i giardini soffocati dalle erbacce.

Maria Luz sedeva sulle ginocchia della madre. Adele pensò che la bambina era tutto quello che le rimaneva di quegli anni. Pensò anche al periodo della sua lunga malattia, e alle parole che Viollca le aveva detto in sogno. L'aveva avvertita che c'era molto dolore sul suo cammino, e quel dolore adesso era arrivato tutto insieme, un macigno sul petto.

In quell'attimo, Maria Luz girò la testa e sorrise alla madre. Adele sentì il cuore fermarsi. Non aveva mai notato la somiglianza straordinaria fra la bambina e suo padre come in quel momento. Fu un lampo, l'intuizione di un istante. Comprese che non sarebbe servito ripercorrere al contrario sei anni della sua vita sperando di dimenticare, sperando che, una volta in Italia, quello che aveva vissuto sarebbe sparito dalla memoria. Ora aveva una figlia, ed era figlia di Rodrigo. Osservava Maria Luz e, più la guardava, più tutto diventava chiaro e semplice. La bambina apparteneva a Cachoeira Grande ed era nel *cafezal* che avrebbe sentito la presenza del padre. La vita di Rodrigo era nel profumo del caffè steso ad asciugare, nello scrosciare della cascata in cima alla collina, nei racconti di Núbia Vergara e nelle canzoni del *senzala*.

Núbia le sedeva accanto, le briglie del cavallo impugnate strette. Guardava avanti, un'espressione indecifrabile sul viso. « Che ore sono? » le chiese Adele.

« Quasi le sei. »

« Se torniamo indietro, ce la facciamo ad arrivare a casa in tempo? »

La domestica diede uno strattone alle briglie e il cavallo si fermò, nitrendo. Il sole era basso, una luce calda illuminava il suo viso senza età, i grandi occhi dolci e rotondi, i capelli ispidi e brizzolati. « Volete dire a Cachoeira Grande? »

« Sì. Ce la facciamo ad arrivare prima che Julio Güiraldes firmi il contratto? »

E allora Núbia Vergara scoppiò a ridere. Rise a lungo, come qualcuno soddisfatto della propria vita. Poi frustò il cavallo e lo incitò a ripartire. « Sicuro che ce la facciamo, *Dona* Adela, dovessimo arrivarci su una gamba sola! »

1936

Roma, 9 maggio 1936. Già prima del tramonto, piazza Venezia era stracolma. In tutto il Paese, milioni d'italiani aspettavano davanti agli apparecchi radio. Alle dieci meno un quarto, il Duce era apparso sul balcone e aveva declamato davanti alla folla eccitata: « Un grande evento si compie: oggi viene suggellato il destino dell'Etiopia ». Aveva poi aggiunto: « Levate in alto, o legionari, le insegne, il ferro e i cuori a salutare, dopo quindici secoli, la riapparizione dell'Impero sui colli fatali di Roma. Ne sarete voi degni? »

Un boato di voci aveva risposto un unico, gigantesco: « Sì! »

Era durata solo quindici minuti, ma si era rivelata una delle rappresentazioni più felici del Duce.

I più scettici dubitavano che qualcosa di buono potesse nascere dalle stravaganti imprese colonizzatrici dell'Italia. Mussolini osa troppo, si mormorava. La reazione di molti governi stranieri fu invece sorprendente. All'inizio, Francia e Inghilterra si dimostrarono addirittura favorevoli al sogno imperialista del Duce, credendo in quel modo di scongiurare una possibile alleanza di Mussolini con la Germania. Solo in un secondo tempo la Società delle Nazioni impose delle sanzioni all'Italia, e allora il Regime soffiò ancora di più sul fuoco del patriottismo. Gli italiani si mobilitarono e risposero in massa agli appelli di Mussolini, che invitava le donne a offrire alla Patria l'oro delle loro fedi nuziali. La regina Elena fu tra le prime a aderire, e Totò s'imbarcò per l'Abissinia per tenere alto l'umore delle truppe. Per fomentare l'odio popolare contro le sanzioni, il Regime fece esporre nei Comuni italiani lapidi sulle quali c'era scritto A PERENNE INFAMIA A CHI VOLLE E FAVORÌ E CONSUMÒ IL CRIMINE ASSURDO. Fece inoltre distribuire innumerevoli cartoline di propaganda in tutto il Paese. Fra queste, una in cui un sorridente Figlio della Lupa veniva rappresentato seduto su un vasino, con accanto un rotolo di carta igienica su cui c'era scritto LE SANZIONI.

In Abissinia, ci furono migliaia di morti negli scontri e nelle rappresaglie indiscriminate. In migliaia perirono per la fame e le malattie portate dalla guerra. Per sfiancare la resistenza vennero inoltre riversate sul territorio abissino 350 tonnellate di gas tossico, un fatto che il governo italiano ammetterà soltanto sessant'anni dopo.

Nel 1936, Guido e Rodolfo Martiroli frequentavano la quarta elementare. A scuola, il maestro aveva insegnato loro che il saluto fascista era di gran lunga preferibile alla stretta di mano e che Mussolini aveva salvato l'Italia. Nel loro *Libro di lettura* c'era scritto:

> «Sono gli occhi del Duce che vi scrutano. Che cosa sia quello sguardo, nessuno sa dire. È un'aquila cha apre le ali e sale nello spazio. È una fiamma che cerca il vostro cuore per accenderlo d'un fuoco vermiglio. Chi resisterà a quell'occhio ardente, armato di frecce? Rassicuratevi, per voi le frecce si mutano in raggi di gioia».

«Razza d'imbecilli!» sbottò la Neve dopo aver letto. E proseguì, rivolta al marito: «'Un fanciullo che, pur non rifiutandosi d'obbedire, chiede: perché? è come una baionetta di latta... Obbedite perché dovete obbedire... Una fede ha creato l'Impero, questa: Mussolini ha sempre ragione' ».

Radames tirò fuori un insulto che riguardava la madre del Duce ma lo fece sottovoce, così che i bambini non sentissero. Eppure, agli occhi del Fascismo che multava i celibi e la « procurata impotenza alla procreazione », Neve e Radames apparivano come una coppia esemplare. Di Piccoli Italiani loro ne avevano già sette, e Neve non aveva nemmeno trent'anni.

« Devi dirgli di stare più *attento* », le raccomandava l'Armida. « Se no lui lì te ne fa fare altri dieci. »

Enfatizzava quell'*attento*, pieno di particolari troppo intimi per essere discussi tra madre e figlia. Radames ci provava a stare *attento*, ma senza successo, perché ogni anno sua moglie si ritrovava con la pancia grossa.

Per la famiglia erano tempi durissimi. Da anni, Radames aveva perso il lavoro nella bottega del fornaio, il quale poteva permettersi solo un garzone poche ore alla settimana. Per un po' aveva aiutato il padre nella mezzadria, ma con la nascita di tutti quei figli si era dovuto cercare un altro lavoro e un'altra casa. Ne trovò una nella località dei Pilastri: tre stanze malsane con il pavimento di terra battuta, la pompa dell'acqua fuori dalla porta e senza nemmeno un cesso in cortile. Lavorava solo stagionalmente come bracciante e il guadagno era misero. Per trovare un impiego, molti avevano preso la tessera del partito, ma nessun figlio di Anselmo Martiroli avrebbe mai considerato quella possibilità.

Neve, da ragazza sbarazzina e monella, in pochi anni si era trasformata in una donna sciupata, perennemente stanca e sempre più disincantata dalla vita. La sua famiglia, se non ricca, era comunque agiata, e lei aveva sposato un uomo che poteva solo offrirle fame e miseria. Era però orgogliosa e non si lamentava con nessuno, men che meno con i genitori. Loro cercavano di aiutarla per quel che potevano. Quand'era giorno di mercato, l'Armida riempiva due sporte con fagioli secchi, salami e focacce, poi saliva sulla bicicletta e pedalava con il fiato grosso fino alla casa dei Pilastri. I bambini la aspettavano sul ciglio della strada e, quando vedevano la nonna spuntare in lontananza, le correvano incontro con piccole grida di gioia.

In quegli anni, il legame fra le famiglie Martiroli e Casadio si era consolidato attraverso altri due matrimoni. Due sorelle di Radames, Mimì e Violetta, si erano infatti sposate con i due fratelli più grandi di Neve: Nellusco e Pasquino. I Martiroli ne erano stati contenti, perché per loro l'allegria e l'ottimismo erano comunque condizioni naturali; in più le figlie si maritavano con gente che aveva terra e bestie. Beppe e Armida invece si erano stancati di quel continuo mischiare le parentele. I matrimoni erano talmente simili che avevano iniziato a confonderli e a volte chiamavano le nuore con il nome sbagliato.

«Adesso basta», esclamò Beppe rivolto ai propri figli, uscendo di chiesa dopo il terzo matrimonio con i Martiroli. «È ora di guardare più in là del vostro naso.»

Gli sposalizi fra le due famiglie si limitarono a quelle tre unioni, ma i loro destini dovevano intrecciarsi di nuovo negli anni a venire.

Successe infatti che i due fratelli maggiori della Neve ereditarono parecchie biolche di terra dai parenti delle colline bolognesi, i figli del cugino Alfonso, che non avevano eredi diretti. Da un giorno all'altro, il testamento trasformò Pasquino e Nellusco in agiati proprietari. Nonostante quella fortuna, si trattava di due coppie infelici, perché entrambe risultarono sterili. Neve pensava fosse un'ingiustizia: chi i soldi per mantenere i figli li aveva, non riusciva a metterne al mondo nemmeno uno; loro invece battezzavano un bambino nuovo ogni primavera. In casa, non si mangiava che minestra, polenta con il latte e pane. Si erano ridotti che d'inverno Radames andava a rubare la legna per la stufa e i figli più piccoli non giocavano in cortile perché non avevano le scarpe.

Fu in quegli anni di grande miseria che i due fratelli della Neve accennarono per la prima volta alla possibilità di adottare un paio dei suoi bambini. Un giorno, si presentarono alla casa dei Pilastri con le rispettive mogli. Girarono un po' intorno alla cosa e alla fine se ne uscirono con la proposta.

«Voi non ce la fate più», esordì Pasquino. «Se ci date due bambini almeno siete sicuri che avranno il necessario, e un domani tutto quello che abbiamo passerebbe a loro.»

«E poi non vanno mica in mano a degli estranei. Siamo zii di sangue da parte di tutte e due le famiglie», si affrettò ad aggiungere sua moglie Violetta.

«Che state dicendo? State parlando dei miei figli», ribatté Radames, incredulo.

«Non essere egoista, devi pensare al loro bene», lo riprese subito Mimì.

Alla fine Pasquino lo disse chiaramente: «Non si tratta solo dei bambini. Possiamo aiutare anche voi. Vi daremmo soldi, potreste uscire da questo buco».

A quelle parole, Radames li buttò fuori di casa tutti e quattro.

Per mesi i cognati non si rivolsero la parola. Solo Neve riuscì a farli riconciliare. «*Andar in còlara l'è da om, stàragh l'è da bestia*», ripeteva al marito.

«Siamo poveri, ma non al punto di vendere i figli. In qualche modo faremo.»

«Ah, sì? E come, se lavori solo per pagare i debiti dell'anno prima!»

«Piuttosto vado via, in Africa.»

« Ecco, bravo. Va' in Africa, almeno per un po' non mi metterai incinta. »

Lui c'era rimasto male, perché aveva capito che la moglie non stava scherzando.

In quei mesi erano in tanti ad aver firmato per andare a costruire strade nell'Africa Orientale. Radames all'inizio aveva resistito, ma, tra l'essere obbligato a dar via i suoi figli e andare nelle colonie, scelse il male minore e compilò una domanda per lavorare due anni in Abissinia.

Il giorno della partenza aveva gli occhi lucidi. Baciava i figli, commuovendosi al pensiero che i più piccoli non si sarebbero ricordati di lui quando fosse tornato. Neve invece pareva tranquilla. Era stanca dei debiti, stremata per le continue gravidanze. Sentiva che l'amore per Radames era finito per la troppa miseria e per tutti quei bambini da crescere. *L'amore serve solo a rimbambire i giovani,* si diceva. Era successo a sua sorella Adele e poi a lei, quando a sedici anni aveva creduto che Radames fosse l'Arcangelo Gabriele. Suo marito era un buon uomo, e anche un bravo padre, sempre pronto ad abbottonare il cappotto ai bambini nei giorni di galaverna, o ad asciugare con un panno caldo i capelli di chi rientrava dopo un acquazzone. Era un uomo giusto, suo marito. Quello si ripeteva la Neve, ma sentiva che il sentimento per lui si fermava lì. Dieci anni di matrimonio, e guarda come si era ridotta. Si osservava allo specchio e sospirava. A ventisette anni, pareva quasi vecchia, anche se tutti le ripetevano che i suoi occhi erano due pietre preziose e i capelli erano folti e lucenti. Aveva una sua grazia, la Neve, però quando si confrontava con le sorelle, soprattutto con Adele, non poteva fare a meno di chiedersi com'era potuto succederle di venir fuori tanto piccola e secca. Quand'era più giovane emanava un profumo dolcissimo e le api le svolazzavano intorno inebriate. Però questo le capitava se era veramente felice, ed erano anni che lei, la felicità, nemmeno sapeva dove stesse di casa.

Ricevuti i primi compensi dall'Abissinia, Neve pagò parte del debito con la bottega e rifornì la cucina di olio, fagioli secchi, un sacco di riso e due sacchi di farina. Prima dell'inverno, comprò anche scarpe e cappotti ai figli che andavano a scuola.

Ogni settimana scriveva al marito. Erano lettere molto simili, dove parlava dei bambini, dei fatti quotidiani e del tempo. E ogni settimana lui le rispondeva, puntuale.

Cara moglie,

stiamo asfaltando una strada che mi pare non finirà mai, e con il caldo che fa qui, è proprio dura. Lavoro tutto il giorno a torso nudo e sono diventato nero che ormai sembro uno di qui. Ma è sempre lavoro e sono contento lo stesso. Alla sera arrivo in baracca mezzo morto, ché la giornata è lunga. Si lavora bene solo un paio d'ore di mattina presto, ma poi fa un caldo che non si resiste.

Mi manchi. E io manco a te? Ti abbraccia con affetto e con passione,

TUO MARITO RADAMES

A quell'ultima domanda, lei non rispondeva mai.

La famiglia non si aspettava che Radames tornasse prima che si compissero i due anni del contratto, ma lui si ripresentò a casa per una vacanza un anno dopo la partenza. Neve lo accolse come ogni moglie che si rispetti. Preparò il brodo con due capponi e un pezzo di biancostato, poi tirò una sfoglia di otto uova, perfettamente tonda e tanto sottile che ci vedevi attraverso. I bambini fecero gran festa al loro papà. I piccoli litigavano per stare sulle sue ginocchia e la sera erano così eccitati che era sempre una battaglia cercare di mandarli a dormire. Ogni volta volava qualche scapaccione e si versavano un bel po' di lacrime.

Rimasto solo con la moglie, Radames cercava di ritrovare la complicità dei primi tempi. Però gli sembrava che adesso a lei desse fastidio averlo in giro per casa, e ancor di più nel letto. Quando cercava di abbracciarla, Neve si scostava bruscamente, inventando qualche scusa. Si era anche accorto che lei faceva l'amore con gli occhi puntati al soffitto. Dopo, lui avrebbe voluto tenerla vicina, parlarle, ma sentiva che Neve faticava a starsene quieta fra le sue braccia. « Se mi tieni così stretta, non riesco a dormire », gli diceva dopo un po', e si spostava sul bordo del letto.

Per qualche giorno, lui aveva fatto finta di niente, ma una notte si era sfogato. « Ho passato un anno via. Aspettavo solo di vederti, e adesso sembra che ti fa schifo fare l'amore con me... Non avrai mica qualcun altro? »

« Sì, figurati. Con tutto quello che ho da fare. »

« È che stando così lontano a uno gli vengono pensieri, si fa delle domande... Di', Neve: cosa ne dici se, quando torno, ce ne andiamo via, io e te da soli, magari a Venezia? Ma ci pensi: Venezia, in albergo come due signori! Dovremo pur cavarci qualche soddisfazione. Sai, sto facendo degli straordinari e ogni mese metto via dei soldi proprio per quello. Mia madre per qualche giorno potrebbe tenerci i bambini. Sarebbe bello, no? Io e te su una gondola... Neve?... Neve, sei sveglia? »

Lei non rispose. *Si sarà addormentata*, pensò lui. Ma gli rimase dentro un senso di disagio, il timore che, semplicemente, lei non avesse voluto rispondergli.

◆

La domenica, Radames diede una mancia ai gemelli perché andassero al cinematografo.

Era luglio. Fuori dal cinema Cristallo le immagini di Clark Gable e Myrna Loy sbiadivano sotto il sole. La terra era ridotta a polvere e la calura ondeggiava sui campi, densa e lattiginosa che pareva nebbia.

Da dietro una curva spuntò la sagoma di una donna in bicicletta. L'Itala Palula, «*sensa gnanca un dent in boca*», pedalava spedita su un vecchio modello marca Legnano. Appese al manubrio aveva due grosse borse di brustoline, i semi di zucca arrostiti pronti da vendere al cinema. Quando la donna sbucò all'orizzonte, si sentì un gran fischio. L'Itala s'irrigidì. Subito dopo, un gruppo di ragazzini sbucò da chissà dove e con la ferocia di uno sciame d'insetti si mise a correrle dietro. L'Itala cominciò a pedalare più forte, rossa in viso e con il respiro corto. Sobbalzava sulle buche con le borse straripanti di brustoline, mentre dietro il suo culo i bambini gridavano.

«Banca Agricola Mantovana, Banca Agricola Mantovana, l'Itala Palula l'è 'na gran putana!»

«*Disgrasià!*» urlava lei.

Sottanone lungo fino ai piedi e arricciato in vita, fazzoletto nero legato sotto il mento, quando andava in giro a piedi l'Itala zoppicava, ma di lingua era veloce, e aveva grande ingegno nel risparmio. Invece di comprare lo zucchero, la Itala raccoglieva quello rimasto sui tavolini nel bar di Quatrelle, il paesino del Mantovano dove viveva e dove da anni distribuiva il giornale *La Voce di Mantova*.

Ogni tanto qualcuno la stuzzicava: «*Itala, gh'et* La Voce? Hai *La Voce*?»

«Sì», rispondeva lei.

«*Alora siga!* Allora grida!» la scherniva l'altro. Al che, la Itala replicava con varie oscenità.

Era il 1937 e Itala le civetterie se le era lasciate alle spalle da un pezzo. Ora sfoggiava un paio di scarpe da uomo, ereditate da un vicino morto, e dei baffi che la facevano somigliare a una tenera foca. Con gli anni era pure diventata mezza orba e, quando vendeva le brustoline davanti al cinema Cristallo, portava la moneta a cinque centimetri dall'occhio buono per assicurarsi che non fosse una patacca. Da giovane però era stata bella, l'Itala Palula. Bella senza ombra di dubbio, e generosa. In tutti i sensi del termine. In giro se lo ricordavano in parecchi e lei andava fiera del suo glorioso passato. « Gli uomini più belli del paese me li sono cuccati tutti », dichiarava ridacchiando quando aveva in corpo un bicchierino di troppo.

Guido Martiroli ogni tanto andava a casa sua per farsi mostrare la divisa garibaldina appartenuta al padre della donna. La Itala brontolava, ma ogni volta gli faceva trovare i biscotti e la limonata. Finita la merenda, gli ordinava di lavare le mani, poi lo portava nella stanza. Lì apriva l'armadio e con gesto teatrale estraeva la divisa rossa. Guido allora le raccontava che anche suo bisnonno Achille era stato garibaldino, ma che a lui la divisa gliel'avevano crivellata di colpi durante la fucilazione.

« La fucilazione? » chiedeva la Itala, anche se quella storia l'aveva sentita più di una volta.

« Sì, l'avevano preso e poi fucilato, ma lui è sopravvissuto. »

« Te le balle le racconti ben grosse », gli rispondeva lei, senza credere a una parola. Intanto stendeva la divisa del padre sul letto, con una carezza.

« Posso toccarla? » le chiedeva Guido sottovoce.

« Sì, però fai piano che se no si rovina », rispondeva lei ogni volta, sempre sottovoce. Guido non capiva bene il perché di tanti sussurri.

Arrivata davanti al cinema Cristallo, l'Itala scese dalla bicicletta, sudata fradicia e con l'affanno. Guido e Dolfo furono i primi ad avvicinarsi.

« Ciao, Itala. Ci dai un cono di brustoline? »

« A voi due non do un bel niente, che vi ho visto prima, c'eravate anche voi a fare i deficienti sullo stradone. »

« Ma se arriviamo adesso... » rispose Dolfo con un'aria da prendi in giro.

« Sarò vecchia, ma non sono mica scema. Ecco qua. Ma attenti che prima o poi vado a raccontare un paio di cose che so io a vostra madre. »

L'Itala Palula diede ai gemelli Martiroli un cono di carta di giornale colmo di brustoline, poi restò a guardare i due che s'incamminavano verso il cinema. Guido pareva più piccolo dei suoi undici anni. Era scuro e magro come la madre, e di lei aveva anche gli occhi chiari dei sognatori; Dolfo invece aveva preso dalla famiglia del padre: un ragazzino robusto, di almeno una spanna più alto del gemello, con i capelli biondi di sua nonna Sofia e il passo spavaldo di suo nonno Anselmo. A scuola, non sapeva mai dove mettere gli accenti o come fare i conti, però se qualcuno lo importunava, o si permetteva di dare fastidio a Guido, lo sistemava con un paio di cazzotti strepitosi. Arrivato in quinta elementare, nemmeno il maestro s'azzardava più a riprenderlo. Guido invece era timido e, piuttosto che andare a rubare l'uva o a spiare le donne quando si facevano il bagno, preferiva starsene a casa con qualche libro preso in prestito all'oratorio. *La vita dei santi* era il suo preferito e lo aveva già letto tre volte. Il prete aveva cominciato a nutrire speranze che il bambino volesse farsi sacerdote, ma lui era affascinato solo dalle storie avventurose dei martiri, dal loro coraggio e da tutte le morti violente.

Quella domenica di luglio i due ragazzini entrarono nel cinematografo e si sedettero in prima fila. Lo spettacolo era cominciato. Sullo schermo, Vittorio De Sica faceva il giornalaio che cercava di farsi passare per il signor Max, un riccone, ma faceva la corte ad Assia Noris, che ricca non era. I gemelli avevano appena scoperto che i baci i grandi se li davano con la lingua. La cosa gli aveva fatto schifo, ma adesso aspettavano solo di vedere quei due baciarsi sul grande schermo.

«Dolfo, ma te dici che anche gli attori lo fanno con la lingua?»

«Gli americani di sicuro sì, i nostri non lo so», gli rispose il fratello con la bocca piena.

Le brustoline erano quasi finite e il foglio di giornale aperto sulle ginocchia di Dolfo mostrava un VIVA IL DUCE a lettere cubitali. Appena sotto, gli occhi di Benito Mussolini sembravano scrutarli ma i due, ignorando quello sguardo intimidatorio, aspettavano solo i baci di De Sica e Assia Noris, per vedere se erano dati con o senza la lingua.

◆

D'estate, l'attrattiva più grande per i gemelli era andare a nuotare nel Po. Si spogliavano, si tuffavano nel fiume, e via, a dare grandi bracciate, scivolando dentro e fuori l'acqua, sfidando le correnti e i vortici dei mulinelli. Facevano a gara a chi arrivava prima sull'altra sponda. Tornavano sulla riva di Stellata con il fiatone e si buttavano esausti sulla sabbia rovente, spesso addormentandosi al frinire assordante delle cicale. Li svegliava la voce di qualche contadino che passava di lì, o il fischiettare della Nena Casini, in giro come al solito con i suoi tre cani.

Nazzarena Casini: corpo asciutto e camminata maschile, occhi piccoli e infossati però furbi, pieni di vita. Abituata a remare e al lavoro duro, la Nena aveva braccia forti come un uomo. Non si era mai sposata. Da giovane, aveva avuto un figlio e la gente si chiedeva chi fosse stato a metterla incinta, dato che nessuno l'aveva mai vista in compagnia di un uomo. Il bambino era vissuto due anni e poi era morto. Lei non si era sposata né aveva avuto altri figli, ma, forse per il dolore che aveva vissuto, amava i bambini e passava molto tempo con loro. Raccontava favole o leggende del fiume, come quella del *paradís di putìŋangà,* il « paradiso dei bambini annegati », che stava dietro l'ansa dove il Po creava una spiaggia di sabbia fine come borotalco. Era lo stesso luogo in cui erano annegati i figli della Marta, che poi era impazzita.

In paese, la Nena era una leggenda. Si raccontava ridendo che, nell'ultimo censimento, erano andati a casa sua e, alla domanda se i servizi fossero privati o in comune, lei aveva risposto, seria: « *Nuáltar a caghém in comunità* ».

Un pomeriggio, i due gemelli Martiroli la videro mentre lottava con uno storione che sarà stato due quintali. I bambini si stavano riposando sulla riva dopo una nuotata quando la sentirono imprecare: « *A t'al dagh mi! A t'al dagh mi!* Te lo do io! »

Guido e Dolfo si alzarono di scatto e corsero a vedere.

Lo storione era finito nella rete della Nena, ma era talmente grosso che lei non riusciva a trascinarlo verso la riva. In piedi sulla barca, arpione in mano, provava inutilmente a tirarlo. Alla fine, si decise e saltò in acqua, tutta vestita e con tanto di stivali. Afferrò l'enorme bestia e riuscì persino a montarle sopra a cavalcioni. Lo storione si dibatteva, ma lei niente, ferma sulla groppa, arpione in mano. Sembrava una guerriera, una specie di amazzone, pensava Guido, che dei due fratelli era quello che leggeva di più. Durante la lotta, ci fu un momento in cui lo storione sparì sott'acqua. La Nena s'inabissò pure lei.

Dalla riva, i gemelli trattenevano il respiro.

«Sarà mica annegata?» disse Guido dopo un po'.

Dolfo non rispose, preso com'era a scrutare il fiume, i pugni chiusi, il respiro trattenuto. Ma ecco riaffiorare entrambi. La Nena, ancora attaccata alla bestia, la puntò. Stava per colpirla con l'arpione, ma poi la lasciò andare. Rimase a fissare lo storione finché non lo vide scivolar via nella corrente; poi, con un paio di bracciate, raggiunse la barca. Risalì e iniziò a remare tranquilla verso la riva.

I gemelli le corsero incontro. «Nena, ma perché? Con tutta la fatica che hai fatto!»

Mentre legava la barca a un palo, lei rispose: «Mi ha guardato con due occhi... Pareva un cristiano, e non ho avuto il coraggio».

Il fuoco era acceso, i corpi nudi dei bimbi fumavano. Neve aveva lavato i più piccoli dentro la tinozza, sfregando con il sapone le ginocchia, il collo, la piega dietro le orecchie. Aveva lustrato le scarpe, spazzolato le giacche e messo un nastro nei ricci della bambina. Poi era uscita, il più piccolo in braccio, un altro per mano. I figli più grandi seguivano. Camminavano svelti, gli occhi bassi, i corpi stretti dentro i cappotti. Quel mattino, la Neve andava a farsi fare un ritratto: voleva una foto dei figli da mandare al marito.

Il fotografo li compose come un mazzo di fiori. Aveva aggiustato le frange, poi i fiocchi e i colletti. Tutti fermi, sul viso lo stesso stupore. Nella fotografia, ogni cosa è sistemata in un posto preciso: la tenda di damasco, le schiene diritte, la mano di Dolfo posata sulla spalla di Guido. Fissano l'uomo nascosto sotto il nero del panno. Nessuno sorride. Uno ha il cappello calato di sbieco, l'altro indossa un maglione infeltrito. Neve guarda i suoi figli, poi si tocca la pancia: il bambino ha appena scalciato.

Più tardi, seduta in cucina, prenderà carta e matita per scrivere a Radames.

Caro marito,

noi stiamo bene. I bambini crescono e, a parte Noemio che ha avuto la tosse cattiva, non mi lamento. Il più piccolo ha messo due denti, io aspetto i prossimi soldi per comprare dei maglioni pesanti ai gemelli e le maglie di sotto alle femmine. Qui fa molto freddo. Oggi ho fatto fare il ritratto ai bambini. Ci sono tutti e sette e, non appena la fotografia è pronta, te la spedisco.

Non gli dice del ghiaccio sopra i canali, del gelo sui vetri, o della scrofa che ha partorito per poi mangiarsi tutti i maialini. Non racconta dell'ottavo figlio che già sente muoversi dentro la pancia.

È successo quando lui era tornato in vacanza. Solo tre settimane era rimasto, ma erano bastate per metterla incinta. Ogni notte la toccava nel buio con addosso l'odore dell'Africa; sfregarsi con il sapone e il bicarbonato non era servito. Le saliva sopra e Neve gli sussurrava: «Attento a non fare rumore, se no i bambini sentono...» Poi restava in silenzio, gli occhi fissi sul soffitto e la paura che lui le lasciasse nel ventre un altro figlio. E infatti.

Un altro figlio no, non poteva. Neve si confidò con alcune vicine e queste le dissero di una donna che viveva nel Mantovano e poteva aiutarla. Così una mattina lei preparò i bambini più grandi per la scuola e portò i piccoli dalla suocera.

«Sofia, me li può tenere per qualche ora? Ho un dolore qui, nello stomaco. Vorrei andare dal dottore.»

« Vai, allora; i bambini te li guardo io. »

Lei invece dal medico non c'era andata. Era uscita dal paese in bicicletta. Aveva percorso i dieci chilometri sullo stradone dell'argine fino a raggiungere quel paesino del Mantovano dove viveva la donna che poteva aiutarla.

Non le ci volle molto per trovare la casa, un'abitazione malandata costruita in una golena. Neve scese tra i filari di pioppi e appoggiò la bicicletta contro il muro. Notò che alle persiane mancava qualche stecca e che dentro la radio era accesa.

Quando tutto tace
e su nel ciel la luna appar,
col mio più dolce e chiaro miao,
chiamo Maramao...

Bussò. Pochi secondi e venne ad aprire una donna. Aveva molte rughe e le mancava un dente davanti, ma i capelli erano scuri e la postura diritta. Dalla radio continuavano a uscire i gorgheggi del Trio Lescano.

Maramao perché sei morto,
pan e vin non ti mancava,
l'insalata era nell'orto
e una casa avevi tuuuu...

« Sì? »

« Sono venuta... sono venuta perché ho bisogno... » farfugliò la Neve.

« Di cosa? »

Le micine innamorate
fanno ancor per te le fusa,

ma la porta è sempre chiusa
e tu non ritorni più...

«Sono incinta, a casa ne ho altri sette e sa, con mio marito che lavora in Africa, io... No, guardi, non è come sembra. È successo l'ultima volta che lui è venuto a casa e...»

«Vieni, non son cose da discutere qui fuori.» La fece entrare e chiuse la porta a chiave.

Maramao, Maramao,
fanno i mici in coro.
Maramao, Maramao,
mao mao mao mao...

La donna spense la radio. «Di quanto sei?»

«Di tre mesi. Io... non l'ho mai fatto. Ho molta paura, ché ogni tanto si sente di qualche donna... Sa, un'emorragia, qualche infezione...»

«Di questo non ti devi preoccupare. Sono infermiera da vent'anni.»

«Quanto vuole per... aiutarmi?»

«Ne parliamo dopo. Ora levati il cappotto, togliti le mutande e stenditi sul tavolo.»

«Sul tavolo?»

«Devo pur vedere di quanto sei.»

Neve si chiese perché continuasse a darle del lei, visto che l'altra usava il tu, ma aveva ben altro di cui preoccuparsi. Si levò il cappotto, si sfilò la gonna e le mutande e poggiò tutto su una sedia in maniera ordinata.

La donna intanto aveva tolto qualche cianfrusaglia dal tavolo e ci aveva steso sopra un asciugamano. La cucina era buia, ma pulita. C'era odore di cavolo. Un minestrone bolliva sul fuoco.

Neve aspettava. L'altra si lavò le mani, poi si rimboccò le maniche, accese la luce e si avvicinò. Neve lasciò che la lampadina appesa al soffitto le illuminasse il sesso. Sentì che la donna la esaminava con un dito nella vagina e l'altra mano sul ventre. Trattenne il respiro. L'altra stette qualche secondo in silenzio, e alla fine disse: «Sei troppo avanti, almeno di quattro, forse cinque mesi. Non posso più fare niente».

«Non sono più di tre», cercò di convincerla la Neve.

«Sei almeno alla fine del quarto. Il rischio è troppo, mi dispiace.»

«Per favore, ho già sette bambini...»

L'altra la fissava in silenzio e si vedeva che sentiva pena. «Quando vai a casa, prova a stare con i piedi nell'acqua. Devi farlo da mattina fino a sera, se ci riesci anche tutta la notte. Però, se cominci a sanguinare, va' subito all'ospedale perché dopo i tre mesi è pericoloso.»

Neve s'infilò le mutande, la gonna, sistemò le calze sulle cosce con gli elastici, tutto senza dire nulla, ma faticava a trattenere le lacrime.

«Se non funziona, rassegnati. Una volta che nasce gli vorrai bene come agli altri.»

Neve non rispose. Disse «grazie» sottovoce e uscì. Salì in bicicletta e pedalò fino a casa spingendo forte sui pedali. Pedalò con rabbia, senza smettere mai, superando le biciclette che incontrava nel cammino. Aveva il fiato corto e il sudore le scendeva a rivoli dalla fronte.

Andò a prendere i bambini da Sofia poi tornò a casa. Lasciò i piccoli in cortile e si chiuse a chiave in cucina. Lì si accasciò su una sedia, i gomiti sul tavolo, il viso fra le mani. Solo allora scoppiò a piangere. Singhiozzava senza freni, ignorando i bambini che da fuori la chiamavano spaventati e tiravano calci contro la porta. Lei non si mosse. Li lasciò gridare finché non si stancarono e smisero di fare baccano.

Rimase tutta la notte con i piedi a bagno in un catino. Ogni tanto le palpebre le si chiudevano, la testa ciondolava. C'erano momenti in cui le pareva di sognare, poi si svegliava di colpo sul punto di cadere. Dalla finestra vide arrivare la prima luce del giorno: una striscia biancastra contro l'orizzonte grigio dei campi. Lei stava ancora con i piedi a mollo, ma non sentiva nulla di diverso: nessun crampo, nemmeno un piccolo dolore.

Nei giorni che seguirono provò a scendere una scala a pioli in senso inverso, con la schiena appoggiata ai gradini. Si sforzò di mangiare molto prezzemolo, e compì tutte le altre stranezze che le vicine le suggerirono, ma niente le fu d'aiuto. Cinque mesi dopo, partoriva altri due gemelli: Vasco e Clara. Nacquero tre mesi prima del rientro definitivo del marito dall'Abissinia.

1938

Radames tornò dall'Africa dieci chili più magro, la pelle cotta dal sole e i capelli tagliati a spazzola. Riprese i chili persi, la pelle tornò del suo colore solito, ma i capelli a spazzola non li abbandonò per il resto della vita.

Con i risparmi messi da parte, comprò un carro e un cavallo e cominciò a raccogliere ferro vecchio da rivendere a Ferrara. Recuperava ogni tipo di metallo: rame, stagno, tubature in disuso, pentole bucate, ruote arrugginite, tutto quello che la gente scartava. A quei tempi, in verità, si buttava via poco, ma a lui quel lavoro piaceva e non doveva dipendere dai favori dei fascisti che aiutavano solo quelli che avevano la tessera del partito. Il problema era che spesso si affezionava a certi oscuri marchingegni pieni di Storia, e finiva per tenerli. In poco tempo collezionò un antico macinino da caffè, un'enorme voliera, la macchina per la pasta di un'industria napoletana e un baule dell'epoca napoleonica. Neve si lamentava che avevano bisogno di soldi, non di roba vecchia. Un giorno, però, Radames si presentò con una bellissima culla in ferro battuto. Sembrava antica e doveva essere appartenuta a qualche famiglia nobile. Quella volta, pure Neve si fece prendere dall'entusiasmo e decise di aiutare il marito a ripulirla. Mentre la lustrava, scoprì delle incisioni strane. Lucida e sfrega, alla donna sembrò di scorgere l'immagine del diavolo.

« Io lì dentro mio figlio non ce lo metto. Buttala che porta male », finì con il dire, ripensando alla profezia che da generazioni perseguitava la famiglia.

L'immagine del diavolo su una culla impressionò pure Radames, che acconsentì a liberarsene senza discutere.

Avendo finito la quinta elementare, Dolfo iniziò ad aiutare con i lavori in campagna, mentre Guido seguì il padre nel commercio del ferro vecchio, che cominciava a dare i suoi frutti. Finalmente in casa si vedeva qualche soldo ma, proprio quando le cose stavano prendendo una buona piega, un incidente mandò all'aria ogni progetto.

Padre e figlio stavano rientrando dopo una giornata di lavoro. Il cavallo trottava tranquillo, quando un camion si schiantò contro la fiancata del carro. Guido fu lanciato per aria, ma finì in un prato e se la cavò con qualche escoriazione. Suo padre invece fu scaraventato in strada e subito dopo venne investito da un camion. Lo portarono in ospedale, convinti che sarebbe spirato durante il tragitto. Invece si salvò, e per puro miracolo, a detta dei dottori.

« Le uniche parti del corpo che suo marito non si è rotto sono la testa e la spina dorsale. Può accendere un cero alla Madonna », disse uno di loro alla Neve.

Non c'è niente per cui dover ringraziare la Madonna, pensò lei. Erano alla rovina: il marito in fin di vita, il carro ridotto a un mucchio di assi e il cavallo abbattuto perché nell'incidente si era rotto una zampa.

Radames passò mesi in ospedale e toccò alla Neve mandare avanti la casa. Ci riuscì grazie all'aiuto dei genitori e al buon cuore dei vicini che ogni tanto le portavano una pentola di minestra.

Un giorno, Beppe venne a trovarla, trascinandosi appresso, legata a una corda, una vacca gravida.

« Una volta che partorisce, la tieni per il latte, e il vitello è un mio regalo. »

Tre settimane dopo nacque una femmina, cui diedero il nome di Serafina. Neve la curò con la stessa dedizione che riservava ai figli, affezionandosi al punto che cominciò a parlarle. Le raccontava sospirando dei suoi sogni di ragazza, e di tutte le sventure che le erano capitate.

Dopo tante disgrazie, l'arrivo della vacca e la nascita della Fina erano le uniche cose buone che le erano capitate. Adesso aveva latte per tutta la famiglia. Quello che le rimaneva lo portava a un caseificio vicino a Bondeno. Ogni sera saliva in bicicletta e, il bidone in bilico fra le gambe, scendeva per il campo di erba medica pedalando verso il Ponte della Rana con il suo prezioso carico. Faceva quel giro ogni giorno, anche se pioveva o se tirava vento. Il sabato, quando al caseificio la pagavano, rientrava contenta con in tasca i soldi per la spesa.

Per quanto difficile, quel periodo restituì a Neve la spavalderia che da piccola l'aveva fatta dialogare con la Santa, lo stesso spirito indipendente che da ragazza l'aveva spinta a tagliarsi i capelli alla maschietta. Nonostante le disgrazie, si accorse che era in grado di tirare avanti da sola: sfamava la famiglia senza l'aiuto del marito, trattava i prezzi con il casaro e guadagnava i suoi bei soldini con la vendita del latte. Neve pensava che era caduta in piedi: ce l'aveva fatta, e con le sue forze. In certi giorni d'estate, i campi rigogliosi di grano e di papaveri, si ritrovò persino a canticchiare, con le api ubriache che, dopo tanto tempo, la seguivano di nuovo.

◆

Radames rientrò dall'ospedale alcuni mesi dopo l'incidente. Aveva poco più di trent'anni e, per il resto della vita, dovette camminare aiutandosi con il bastone, sopportò dolori costanti alla gamba sinistra e non fu più in grado di piegarla.

« Almeno, se c'è una guerra, con 'sta gamba sifulina di sicuro mi scartano », scherzava.

Qualche mese dopo, l'Italia fece il suo ingresso nel secondo conflitto mondiale.

Fu in quel periodo che la Neve ricominciò ad avere sogni premonitori. Da piccola, per lei era stato normale prevedere gli eventi. Ancor prima di andare a scuola, aveva intuito di essere diversa, di poter fare cose che gli altri consideravano bizzarre o impossibili, come leggere i pensieri della gente o indovinare chi bussava alla porta. Crescendo, sembrava aver perso quelle strane doti, ma da un giorno all'altro iniziò a sognare le persone giusto prima che morissero. Successe con Cicci il veneto, il venditore di angurie, poi con Giovanni, il cordaio. Gente che mai le era passata per la mente, ma giusto il tempo di sognarla e girava voce che era morta. Neve comunque si abituò in fretta e, con tutti i pensieri che aveva, non ci badò più di tanto.

Dopo l'incidente di Radames, Pasquino e Nellusco tornarono all'attacco con l'idea dell'adozione e stavolta nessuno corse il rischio di essere buttato fuori.

Neve mandò i figli in cortile e si sedette in cucina insieme al marito, ai due fratelli e alle cognate. Radames teneva gli occhi bassi. Lei ogni tanto si soffiava il naso, poi spingeva il fazzoletto su per la manica.

Pasquino iniziò il discorso: « Potete vederli quando vi viene voglia. Lo sapranno sempre che i genitori siete voi ».

« Però, se vengono da noi, è per sempre », aggiunse subito la moglie. « Andiamo dall'avvocato e mettiamo tutto per iscritto: dev'essere un'adozione vera e propria. Per le spese non dovete pensarci, e vi diamo anche abbastanza per tirarvi fuori da questo pollaio. »

Prima dell'incidente, Radames non avrebbe sopportato quella sfacciataggine, ma quel giorno si limitò ad abbassare la testa. Neve gli strinse la mano. Era pallida, ma composta.

« Chi avete in mente? »

« I gemellini. Vasco a noi, e a loro la Clara », rispose Nellusco.

« Sono troppo piccoli, prendono ancora il mio latte. »

Radames stringeva un bicchiere fra le dita. Senza alzare la testa disse: « Chi, allora? Quale dei tuoi figli sei pronta a dar via? »

Neve non rispose, ma diventò rossa.

« Qui non si dà via nessuno. I bambini restano in famiglia », intervenne Mimì.

« I figli sono tanti, vi muoiono sotto gli occhi », aggiunse il marito.

Neve e Radames tacevano. Alla fine, lei capitolò. « Va bene. Vi diamo i gemellini, ma non subito. »

« Quando? »

« Fra un anno, non appena smettono di prendere il mio latte. »

« Ma se già parlano! »

« Un anno o niente. »

« E soldi da voi non ne vogliamo », puntualizzò Radames.

Si accordarono per aspettare un altro anno, ma la guerra non permise di attendere tanto. La zona lungo il Po era troppo pericolosa per i bombardamenti, e i cognati finirono per convincere Radames che sulle colline dove loro vivevano era più sicuro.

« Hanno ragione. Meglio sistemare subito le cose », ammise la Neve.

Due settimane dopo, genitori naturali e adottivi s'incontrarono in uno studio legale di Ferrara. Furono letti a voce alta gli accordi e firmate molte carte. Alla fine, l'avvocato estrasse una grossa busta dal cassetto. «Questi sono per voi.»

«Ho detto che soldi non ne voglio», obiettò Radames.

«Prendili, ne avete così bisogno», insistette sua sorella Violetta.

Lui stava per ripetere di no, ma Neve gli strinse la mano e con l'altra prese la busta. Era di nuovo incinta e non poteva permettersi di essere orgogliosa. Era la fine del 1940. Pochi giorni dopo, i gemellini andarono a vivere con gli zii nella casa dei bachi, sulle colline dell'Appennino bolognese.

Con il denaro ricevuto, Neve e Radames riuscirono a comprarsi una casa, approfittando anche del fatto che, con la guerra in corso, i prezzi erano dimezzati. Ne trovarono una in paese, attaccata all'argine. Era molto ampia e senza segni d'umidità; un vero affare, se non fosse stato che, adiacente al ponte sul Po, era un facile bersaglio per le bombe.

«E se poi ce la buttano giù?» ripeteva Neve al marito.

«Se aspettiamo a guerra finita non avremo soldi per comprare niente», le diceva Radames. Così alla fine decisero di rischiare.

La casa era su due piani. Faceva parte di un complesso di edifici a schiera che un secolo prima erano serviti come magazzini per il grano. Per raggiungere l'entrata del pian terreno si dovevano scendere piccole scale di mattoni poste in fila lungo la fiancata dell'argine; per le stanze al piano superiore, si passava su una serie di ponticelli che partivano direttamente dallo stradone in cima. Le stanze avevano soffitti altissimi e dimensioni esagerate. Si trattava di luoghi più idonei a stiparci montagne di grano che a contenere i pochi mobili della famiglia. La camera da letto della Neve era talmente enorme che il suo letto là dentro pareva un giocattolo. Per raggiungere le finestre, avevano dovuto costruirci sotto dei gradini. Se volevano guardar fuori, bisognava prima salire i gradini, poi alzarsi in punta di piedi.

Traslocare in una casa sana, con i pavimenti in cotto e le mura asciutte, non aiutò la coppia a sopportare meglio la separazione dai gemellini. Nei primi mesi, Neve e Radames andavano a trovarli ogni due settimane. In qualche modo, riuscivano a mettere insieme i soldi per il viaggio; anche a costo di saltare i pasti, ma andavano. Però ogni volta, quand'era tempo di ripartire, dovevano scappare via con i bambini che si aggrappavano ai pantaloni del padre, o correvano dietro alla madre, implorandola tra i singhiozzi di riportarli a casa. Dovevano lottare per staccarseli di dosso; una volta, Radames arrivò a dare uno schiaffo al maschio per farlo smettere.

Nel 1941, quando venne al mondo il decimo figlio, lo chiamarono Decimo: dopo tanti figli, erano rimasti a corto di nomi. Dopo il battesimo, la Neve disse al marito: « Adesso che è nato tu vai a dormire nell'altra stanza ».

Radames pensava che stesse scherzando ma, prima di sera, lei gli preparò un letto nella camera dei figli maschi e da allora prese l'abitudine di chiudersi dentro a chiave.

Lui la pregò, la supplicò, giunse persino a minacciarla che si sarebbe preso un'amante, ma Neve gli rispose con calma: « Se capita, non ne farò una tragedia ».

Radames rimase a corto di parole, però qualche giorno dopo riprese la battaglia e avvertì la moglie che, se quella storia non finiva, lui l'avrebbe denunciata. « È un dovere dormire con tuo marito: lo dice lo Stato e anche la Chiesa. »

Lei però non cedeva.

Per un po', continuarono ad andare dai gemellini ogni due settimane ma, con il passare del tempo, notarono che i bambini si stavano abituando alla nuova vita. Adesso, quando li vedevano ripartire, non piangevano più. Arrivò il giorno in cui Vasco si rifiutò di andare in braccio a Neve, e il momento in cui sentirono Clara rivolgersi alla zia usando « mamma ».

« Da quanto tempo ti chiama così? » chiese Neve alla cognata.

« Adesso va all'asilo, vede gli altri che chiamano la mamma e sai come sono i bambini », rispose Violetta.

Quella sera, Neve pianse durante tutto il viaggio di ritorno a casa. Riprese a singhiozzare anche quando andò a dormire, sola, la porta chiusa a chiave. Il letto non le era mai sembrato tanto freddo. Sentiva il respiro farsi rapido, un dolore secco crescerle a dismisura nel cuore. Non ce la faceva a sopportare tanta solitudine, non quella notte.

Buttò giù le gambe dal letto e si avvicinò alla porta della stanza dei figli maschi. Girò la chiave ed entrò, il cuore che le batteva forte, come quand'era ragazza. Voleva svegliare il marito con un bacio, ma si fermò di colpo, disorientata: il letto di Radames era vuoto. Guardò fuori, pensando che il marito fosse uscito per urinare, ma non lo vide.

Tornò a letto, sbigottita. Rimase sveglia finché, alle prime luci dell'alba, non lo sentì rientrare.

Si alzò di nuovo. Con cautela, si avvicinò alla porta e la socchiuse. Vide Radames camminare in punta di piedi, le scarpe in mano per non far rumore.

In fondo, Neve sapeva che prima o poi sarebbe successo. Tornò nella sua stanza e richiuse la porta a chiave, e continuò a farlo tutte le notti.

Dal giorno in cui Clara aveva chiamato « mamma » la zia, Neve e Radames erano giunti alla conclusione che dai gemellini era meglio non andarci. Era troppo doloroso vedere come i figli preferissero giocare in cortile piuttosto che stare con loro; faceva troppo male capire come gli zii stessero prendendo il loro posto nel cuore dei bambini.

Decisero che sarebbero andati a trovarli solo una volta all'anno, a Natale, per portar loro un regalino. Ma anche così a Radames sembrava d'importunare, di essere di troppo.

« È una tua impressione », lo rassicurava la Neve, però anche lei sentiva che erano diventati presenze ingombranti.

Radames non perdonò mai ai cognati di avergli portato via i gemellini, né digeriva il fatto che quei due avessero tanti soldi. « Tuo fratello Nellusco ha il braccino corto, e l'altro è un invertito. Lo sanno tutti che ha un amante a Bologna, e lo mantiene. »

Ma la Neve non gli dava ascolto.

Fu quando gli zii ricchi si portarono via i gemellini che Radames divenne comunista. Lui, che fino a quel momento non si era interessato veramente alla politica, cominciò a odiare prima il Fascismo poi, a guerra finita, i democristiani. Più che fervore ideologico, il suo era uno sfogo dettato dal rancore verso i cognati ricchi. Neve non provava risentimento verso nessuno, ma non si perdonò mai di aver rinunciato a quei figli. Passò il resto della vita convivendo con il fantasma dei gemellini. La seguivano dappertutto, rifiutandosi di crescere e sempre attaccati alle sue sottane. Per lei restarono sempre piccoli. Continuarono a viverle accanto strillando per essere presi in braccio e tormentandola con le loro richieste d'amore.

Se il marito riversò quella mancanza nel fervore politico, Neve trovò conforto nella religione. In chiesa si era sempre limitata ad andarci per ringraziare la Santa del miracolo, al massimo a Natale e a Pasqua, ma adesso cominciò a non saltare una messa. Si recava alla prima funzione, quando il sole non era ancora sorto e ci trovavi solo qualche vecchio che soffriva d'insonnia. Prese anche l'abitudine di recitare il rosario prima di dormire. Ogni sera, Radames che, essendo comunista, detestava i preti, borbottava infastidito: « Prega, prega. Tanto lassù non c'è nessuno che ti ascolta. Lassù non c'è un bel niente! »

1941

Quando in Europa era scoppiata la guerra, Getúlio Vargas aveva cercato di mantenersi neutrale, vacillando ora verso l'Asse ora verso gli Alleati anche dopo l'attacco di Pearl Harbor, il 7 dicembre 1941. Fu solo nell'agosto del 1942 che Vargas decise di schierarsi a fianco degli Stati Uniti, ma questa mossa fu dettata più che altro da interessi economici e il coinvolgimento del Brasile nel conflitto fu comunque limitato.

L'alleanza con gli Stati Uniti contribuì però a un rilancio del caffè, prodotto che iniziò a essere esportato in quantità massicce verso il Nord America. Ciò contribuì a risollevare le sorti di molti produttori, inclusa Adele che, grazie all'esperienza acquisita e alla nuova alleanza americana, in quegli anni divenne un'imprenditrice di successo.

In molti sarebbero stati felici di sposarla. La stessa Núbia incoraggiava Adele a guardarsi intorno. « A quarantasei anni, siete troppo giovane per restare sola », diceva.

« Il mio tempo è passato, e poi non ho bisogno di un uomo. »

Lei aveva attraversato il mondo pur di non rimanere sola, ma adesso non aveva più la forza per rimettersi in gioco. Pensava a zia Edvige, alla tragedia che, per colpa dell'amore, aveva distrutto tante vite. Però lei aveva imparato la lezione. *Ho mia figlia, non mi serve un marito,* si ripeteva. Ma, in una parte di sé, in una zona d'ombra che tendeva a nascondere persino a se stessa, Adele sentiva che l'amore per Maria Luz era imperfetto. Certo, era sua figlia e le voleva bene. Eppure c'erano momenti in cui stentava a riconoscere nella bambina il proprio sangue.

Si era accorta subito della sua difficoltà a relazionarsi a lei. Dopo la nascita del primo figlio, vissuto solo una settimana, Adele si era sentita appagata, ma con Maria Luz le cose erano state difficili. La bambina non aveva mai voluto attaccarsi al suo seno. Ogni volta che Adele provava ad allattarla, lei s'irrigidiva, iniziava a strillare e diventava tutta rossa. Dopo due giorni d'inutili tentativi, avevano finito per ricorrere a una balia. Crescendo, la situazione non era migliorata. A volte si soffermava sui suoi difetti: le labbra sottili, quelle spalle troppo esili... Soprattutto, Adele notava nella bambina un'indole apatica, la mancanza dello spirito appassionato che aveva caratterizzato sia lei che il marito. Se solo si fosse riconosciuta di più nella bambina - si ritrovava a pensare - forse questo le avrebbe permesso di amarla. Subito dopo, veniva sopraffatta dalla vergogna. Si alzava di scatto, correva dalla figlia e se la stringeva al petto, cercando di cancellare il suo senso di colpa. In verità, Adele sentiva che l'aveva voluta soprattutto per compiacere il marito. Aveva fatto quello che tutti si aspettavano da lei, ma Adele non si ricordava di aver mai sentito in lei il bisogno di maternità. Forse curare Neve quand'era piccola era stata la cosa più vicina all'istinto materno che avesse provato. Aveva sicuramente sofferto per la morte del primo bambino, e per l'aborto. Maria Luz era sopravvissuta eppure lei la guardava, e la sentiva estranea. Viveva questa mancanza come un'aberrazione che nessun'altra donna, ne era certa, poteva provare. Del resto, ogni suo sforzo per avvicinarsi alla bambina risultava inutile. « Vieni dalla mamma », le diceva, sforzandosi di essere affettuosa. Se abbracciava la figlia, lei si divincolava; se cercava di sorriderle, la bambina scoppiava a piangere.

Una volta rimasta vedova, Adele aveva finito per rivolgere ogni energia alla gestione di Cachoeira Grande, lasciando le cure della figlia nelle mani di Núbia. Ma poi provava invidia quando le vedeva insieme, che cantavano qualche filastrocca o scoppiavano a ridere per niente. Núbia sollevava Maria Luz, la copriva di baci, e a Adele sembrava che il suo affetto fosse di lunga più forte dell'amore di cui lei era capace. Si sentiva una cattiva madre, e fece fronte ai sensi di colpa colmando la bimba di regali, oppure organizzando per lei festicciole in cui poi si annoiava.

Da parte sua, Maria Luz aveva cercato, con l'ostinazione propria dell'infanzia, l'affetto della madre, ma da piccola, se insisteva per essere presa in braccio, Adele la allontanava, dicendo che aveva da fare; se cercava di sedersi sulle sue ginocchia, la madre la spingeva via, rimproverandola che le avrebbe stropicciato il vestito. A poco a poco, le sue richieste si erano fatte meno frequenti, fino a cessare del tutto.

Un episodio in particolare le era rimasto impresso. All'età di quattro anni, era stata ricoverata perché si era reso necessario toglierle le tonsille. La madre l'aveva portata in ospedale, ma era stata Núbia ad assisterla perché, proprio quel giorno, bisognava organizzare una spedizione di caffè e la sua presenza era indispensabile. Maria Luz non avrebbe mai dimenticato il momento in cui la mamma si era liberata del suo abbraccio e l'aveva passata alla domestica. La madre si era allontanata lungo la corsia dell'ospedale. Era di spalle e camminava veloce, ignorando gli strilli e le sue suppliche. Non si era girata nemmeno una volta.

◆

Maria Luz sentiva che la vita le aveva negato l'amore della madre, così, crescendo, cercò in tutti i modi l'amore del mondo. Era determinata a suscitare l'ammirazione di tutti e decise che un giorno sarebbe stata famosa. Il talento non le mancava: era intelligente e aveva un temperamento artistico, però non aveva fiducia in se stessa e questo la portava a non perseverare, quindi a non raggiungere i suoi obiettivi. Poi, a ogni fallimento, accusava la madre di essere la causa di tutti i suoi problemi.

Ogni volta, Núbia Vergara prendeva le parti di Adele. «Non si merita di essere trattata così. Tutto quello che ha fatto è stato per te.»

«E dov'era quand'ero piccola? Lei e il suo lavoro! Sono cresciuta senza padre e pure senza madre.»

«Ma se ti ha accontentata in tutto!»

«Ah! Cosa capisci, tu. Come se coprirmi di regali fosse abbastanza!» concludeva spazientita la ragazza.

Maria Luz frequentò corsi di recitazione e danza, poi un'accademia musicale e infine si dedicò alla scultura. Sebbene non portasse mai nulla a termine, riuscì a convincere la madre e s'iscrisse a una costosa scuola d'arte di Rio, ma anche lì con scarsi risultati.

Una volta accantonate le ambizioni artistiche, si mise a frequentare i caffè più eleganti di Rio, decisa a farsi accettare dai circoli esclusivi della città. Non era bella, ma aveva ereditato i modi eleganti del padre e i capelli folti e mossi della madre. Soprattutto aveva ricchezza sufficiente per compensare ciò che le mancava.

Fu in uno di questi incontri mondani che la ragazza avrebbe trovato il giusto candidato per il matrimonio. Era un giovane attraente. Non aveva interessi culturali, non apprezzava la musica e d'arte non capiva nulla, ma era innamorato e aveva origini aristocratiche. Sposandolo, Maria Luz pensava che avrebbe acquisito un cognome nobile.

Quando incontrò il fidanzato di Maria Luz per una cena,

Adele si rese subito conto dei suoi limiti. «Prima, lui chiacchierava e tu eri annoiata. Ti si leggeva in faccia», disse alla figlia.

«È mai possibile che tu non possa approvare mai niente di quello che faccio?»

«Dico solo che non mi pare adatto. Come farete a stare insieme per tutta la vita se non lo sopporti neanche per una cena?»

«Ma quanto ti preoccupi per me, tutto d'un tratto!»

«Certo che mi preoccupo. Sono tua madre e ho più esperienza.»

«E con che esperienza ti sei sposata, tu?»

«Che c'entra. Non voglio che tu faccia errori.»

«Consigli da te non ne accetto. Sono maggiorenne e mi sposerò con o senza il tuo consenso.»

Adele finì per arrendersi alla volontà della figlia. Intimidita dallo status sociale del futuro genero, spese una fortuna per quelle nozze. Infine, sebbene Núbia cercasse in tutti i modi di farla desistere, come regalo di matrimonio intestò a Maria Luz metà delle terre di Cachoeira Grande.

«È per costruirti un futuro. Ne hai bisogno adesso, non quando sarò sotto terra. Sono certa che tuo padre ne sarebbe contento», spiegò alla figlia.

Voleva responsabilizzarla, dimostrarle la sua fiducia, ma Maria Luz non capiva nulla di caffè, e men che meno ne capiva il marito. In pochi anni, il patrimonio ereditato scomparve, prosciugato dall'alto tenore di vita della coppia e dai loro investimenti bizzarri: allevamenti di gatti pregiati, l'apertura di una galleria d'arte, corsi di equitazione. Iniziative che fallirono tutte.

Per far fronte ai debiti, Maria Luz fu costretta a vendere, ettaro dopo ettaro, la sua porzione di Cachoeira Grande. Adele, disperata, vedeva andare in fumo le ricchezze di famiglia, ma non poteva accettare che Cachoeira Grande finisse in mano a estranei. Per anni, corse dietro ai nuovi proprietari, ricomprando, l'uno dopo l'altro, i terreni che la figlia aveva appena ceduto. Lo faceva di nascosto, per non ferire il suo amor proprio, e pagando due volte il prezzo cui i terreni erano stati venduti.

Núbia temeva che il *cafezal* avrebbe avuto la meglio sulla salute della padrona. Questa volta fu lei a consigliare a Adele di vendere: se voleva salvare se stessa, doveva liberarsi di Cachoeira Grande.

« Non potete continuare questa guerra da sola », la esortava.

Adele stava alla finestra. Continuò a fissare le sue terre mentre le rispondeva: « Devo farlo per lui. I morti hanno più potere di chi rimane sulla Terra, molta più forza di quanta ne abbiamo noi ».

1942

In tempo di guerra, abitare in un punto strategico come un ponte sul Po era troppo rischioso. Così, dopo la nascita di Decimo, Neve e il marito rinunciarono alla nuova casa e si trasferirono con i figli da Beppe e Armida, nella speranza che il conflitto si risolvesse in pochi mesi.

Anche nella casa della Fossa, Neve si assicurò che lei e il marito continuassero a dormire separati. Armida se ne accorse quasi subito e le chiese spiegazioni.

« Russa. Non posso star sveglia tutta la notte », si limitò a risponderle la figlia.

Poco convinta, Armida ne discusse con il marito, ma Beppe le fece notare che Neve era grande e lei non aveva diritto di mettere il naso nelle sue faccende.

Non potendo lavorare per via dell'incidente, negli ultimi tempi Radames aveva ideato un sistema per portare a casa qualche soldo: ammazzava gatti per poi venderli come conigli ai ristoranti di Mantova e Verona. Andava a caccia di notte, attirando le bestiole con qualche carezza o con piccoli pesci di fiume. I gatti poi venivano ficcati in un sacco per essere uccisi il mattino dopo nel cortile di casa. Quando arrivava il momento, i bambini si nascondevano sotto i letti e Neve correva via, tappandosi le orecchie. Qualche animale veniva cucinato in famiglia, ma la maggior parte era destinata ai ristoranti.

In quel periodo, Armida Casadio iniziò a soffrire di attacchi di panico e paure incontrollabili. Lei, che aveva sempre dimostrato coraggio e senso pratico, si trasformò in una creatura timorosa e tormentata. Del resto, le bombe non si potevano fronteggiare con il buon senso e l'Armida sentiva che stava perdendo il controllo. Le sue paure non si limitarono alle bombe, ma si estesero ai terremoti, ai fulmini, alle grandinate e alle inondazioni. Sviluppò anche un vero terrore per le malattie, i ladri e i forestieri. Si mise in testa che prima o poi qualcuno l'avrebbe uccisa, così un giorno si appropriò del fucile da caccia del marito e lo nascose in cucina. Se rimaneva da sola in casa, si chiudeva dentro con tre giri di chiave e non apriva a nessuno. Se bussavano, lei rispondeva contro ogni logica che lì non c'era anima viva.

« *Andè a ca' vostra, che chi an' ghè nisún!* » gridava, il fucile puntato verso la porta.

Beppe pensava che, una volta finita la guerra, sua moglie sarebbe tornata quella di prima, ma l'Armida non aspettò così a lungo. Morì durante un attacco aereo, il cuore spaccato a metà da un infarto. Stavano tutti nel rifugio. Al fragore di una bomba caduta poco lontano, Neve vide la madre sbiancare e le strinse un braccio per farle coraggio. Lei, senza aprire gli occhi, fece cenno di tacere, poi appoggiò la testa alla parete e sembrò calmarsi. Tutti pensarono si fosse addormentata. Si accorsero che era morta solo quando fu ora di tornare a casa.

La scomparsa dell'Armida fu una perdita dolorosa per tutta la famiglia, ma per Beppe rappresentò un dolore irreparabile. Senza la moglie accanto, divenne più scontroso e solitario di prima. Nei mesi che seguirono il funerale, divenne anche più eccentrico. Trovava consolazione nel parlare con una gallina che aveva curato sin da quand'era nata; la chiamava con teneri nomignoli e la nutriva con crusca, latte e farina di granturco. La gallina gli si era talmente affezionata che aveva preso a seguirlo per casa; quando Beppe si sedeva, gli si accovacciava accanto. Quando andava a passeggiare lungo il fiume, Beppe se la portava appresso. Camminava a testa bassa, le mani intrecciate dietro la schiena, com'era solito fare suo nonno Dollaro e prima di lui suo bisnonno Giacomo. Somigliava a entrambi nel modo di camminare e nell'abitudine - da poco acquisita - di parlare da solo. La gente che lo vedeva passare gli augurava il buongiorno, ma Beppe rispondeva di rado. Continuava il suo monologo a voce alta, senza curarsi degli sguardi stupiti dei paesani. Ogni tanto s'interrompeva, poi lo si sentiva esclamare: «Già, già...» Lui, che nella vita raramente aveva litigato, adesso s'indisponeva per i motivi più banali.

«Ha bisogno di un po' d'acqua, quel cane. Non vedete che sta morendo di sete?» esclamava. Se il padrone dell'animale non reagiva, lo incalzava: «Cos'è, hai paura a dargli un sorso d'acqua? Nemmeno ti costasse dei soldi!» Se ancora non gli dava retta, Beppe affrettava il passo fino a raggiungere l'uomo, e lì iniziava una discussione infinita su come si dovevano trattare le bestie, che a volte erano meglio dei cristiani e sicuramente quel cane era meglio di lui.

«*Va', Bepe, va' a ca' toa cl'è mèi.* Va' a casa tua che è meglio», gli rispondeva l'altro.

Beppe Casadio allora si sistemava il cappello sulla testa, prendeva in braccio la gallina e si allontanava borbottando: «Già, già...»

Ricordando la storia che raccontavano in famiglia sull'impiccagione di Giacomo, Neve cominciò a temere per il padre. «Speriamo di non trovare anche lui appeso a una trave», diceva ogni tanto al marito.

Era soprattutto preoccupata per quei sogni strambi che ultimamente le preannunciavano la morte di qualcuno. Finché si trattava di paesani, poteva passarci sopra, ma era successo anche la notte prima che morisse la madre e, ogni sera, Neve andava a letto con il terrore di sognare la morte del babbo.

Visto che le riusciva di leggere i pensieri degli altri, decise che avrebbe provato a farlo con il padre. Un pomeriggio, quando lui prese il cappello e fece per incamminarsi per la solita passeggiata, Neve gli corse dietro. « Aspetta, che vengo anch'io. »

« A far cosa? »

« Niente, mi è venuta voglia di camminare. »

« Mi stai tenendo d'occhio? » le chiese Beppe, guardandola con sospetto.

« Ma no, è che pure a me ogni tanto vien voglia di un po' di pace. »

« Fa' come vuoi », si rassegnò lui alla fine. Camminarono sì e no per duecento metri, poi Beppe si fermò, prese in braccio la sua gallina e iniziò ad accarezzarla. « Non ho nessuna intenzione d'impiccarmi, se è questo che ti preoccupa. »

« Ma, babbo... »

« Cosa credi, di essere la sola a leggere i pensieri degli altri? »

« Allora... anche tu? Se non hai mai detto niente! »

« Non son mica robe da strombazzare al mercato. »

Padre e figlia si fissarono. Neve vide negli occhi del padre una tristezza inconsolabile e più di una punta di pazzia, ma non vi trovò segni che preannunciassero il suicidio.

« Sei proprio mia figlia », disse lui dopo un po', poi aggiunse: « Lo so, non è facile vivere sapendo che, prima o poi, succederà la disgrazia che Viollca aveva visto nelle carte. Chi non ha il nostro dono, a queste cose non ci crede, ma per noi è diverso, perché sappiamo che è vero. Nessuno può fermare il destino, Neve, ma possiamo insegnare ai nostri figli a star lontano dai sogni e dai pericoli ».

« Stai tranquillo, babbo. Lo farò. »

Ripresero la passeggiata lungo il fiume, confondendo i pensieri dell'uno con quelli dell'altra, in un silenzio leggero e perfetto. Tornarono all'ora di cena. E, finalmente, quella notte la Neve dormì tranquilla.

◆

Fu nel 1942, lo stesso anno in cui morì l'Armida, che Luciana, amica di Neve dai tempi della scuola serale, prese marito. Un tipo di Ferrara, con le mani curate, i capelli impomatati e il pettine che sbucava dal taschino. Luciana non ne era innamorata, ma aveva superato i trent'anni e aveva finito per cedere alle pressioni della madre che ogni santo giorno le ripeteva: « Alla tua età non puoi essere difficile, e uno così non lo trovi più: è ricco, bello e tanto fine ».

Lui si chiamava Attilio Coppi, era diplomato e figlio di un podestà. Sicuramente un uomo dai modi eleganti e abituato alla vita cittadina: scarpe acquistate in negozi di classe, camicie inglesi e maglioni di cashmere; aperitivi nei bar più in vista e cene nei migliori ristoranti.

Fu un matrimonio fra ricchi, con auto infiocchettata, pranzo in albergo, torta nuziale a tre piani e tovaglioli bianchi. La sposa era in abito lungo, cosa rara negli anni del conflitto. Agli ospiti furono dati i confetti, si svuotarono botti di vino e si ballò fino all'alba. A Stellata, quel giorno, si scordarono che c'era la guerra.

L'unico dettaglio che stupì gli invitati fu l'assenza della famiglia più ricca del paese. Tra i tavoli imbanditi e i camerieri che portavano piatti di faraona arrosto e ricche pietanze, si rumoreggiava che Samuele Modena avesse declinato l'invito alle nozze, e senza degnarsi di dare spiegazioni.

« È un ebreo insolente, come tutti quelli della sua razza », sbottò Attilio con Luciana. «Ma ha poco da fare lo schizzinoso. Ci sono dei begli alberghi che lo aspettano lassù, in Germania.»

«Sono sempre stati i nostri migliori clienti», li difendeva lei.

«La colpa è tua. Non avrei dovuto darti ascolto e invitarli, ma stai certa che prima o poi questo sgarbo me lo pagano.»

«Come se non avessero già pagato! Le leggi razziali gli hanno legato le mani e pure i piedi. Hanno dovuto vendere i mobili e l'oro, licenziare tutti i domestici, perché non gli è permesso assumere gli ariani. Suo figlio maggiore ha perso il posto all'università, soltanto perché è ebreo. Non abbiamo tutti lo stesso sangue e lo stesso cuore?»

«Cos'è, ho sposato una sovversiva?»

«Io di politica non ci capisco niente, ma vedere separare i bambini in scuole diverse fa male. Che colpe hanno i bambini?»

«Lo hai detto tu: di politica non ci capisci niente, quindi è meglio se stai zitta.»

Ben presto, Luciana e la madre si accorsero che il carattere autoritario non era l'unico difetto di Attilio. Il giovane amava il gioco d'azzardo: scommesse all'ippodromo, poker, corse di cani, di tutto. Quando aveva conosciuto la salumaia - grossa come un armadio, ma proprietaria di un negozio ben avviato nel centro del paese - aveva subito capito di non dover cercare oltre. Ne aveva sposato la figlia senza rinunciare alle sue amanti e, nel giro di un paio d'anni, avrebbe portato la bottega sulla soglia della rovina.

Il vizio del gioco e le infedeltà coniugali non si rivelarono nemmeno i suoi lati peggiori. Fin da subito, Luciana iniziò ad arrivare in negozio coperta di lividi o con un occhio gonfio.

« Devi fare qualcosa. Non puoi subire per tutta la vita », le ripeteva Neve.

« Come faccio? E in più con un bambino in viaggio. »

« Se ti mette le mani addosso, tu chiama le guardie. »

« Figurati. Suo padre è podestà. Chi lo tocca, quello? »

La madre di Luciana si ammalò di cuore. Il medico diede la colpa alla sua mole ormai gigantesca ma, in realtà, a rovinarle la salute fu il dolore di vedere il negozio in rovina e la figlia distrutta da un matrimonio che lei stessa aveva incoraggiato.

Con la malattia della madre, Luciana si ritrovò a gestire la bottega da sola e a combattere contro le angherie del marito. Attilio del resto pareva incattivirsi solo con lei. In paese lo consideravano un uomo gentile; in piazza scambiava due parole con tutti e dava passaggi in auto a chi aveva bisogno di andare in città. Il prete, poi, lo portava come esempio: diceva che nessuno era tanto generoso verso i poveri e i vecchi dell'ospizio. Era in casa che Attilio mostrava il suo lato peggiore. Una volta sposato, aveva offerto il suo aiuto alla moglie nella gestione del negozio, sostenendo che avrebbe potuto tenere la contabilità. In più, lui aveva grandi ambizioni, come importare merci dall'estero, o magari aprire un piccolo ristorante in piazza. Pensava a qualcosa di chic: pochi tavoli ma una bella atmosfera, musica in sottofondo, massima attenzione alla qualità e ai dettagli. Luciana però non si faceva incantare.

« *I è bon tuti a ser bondant coi besi ad la mujér*. Facile essere generosi con il denaro della moglie », lo rimproverava. E poi, troppe idee sofisticate per un paesino di provincia.

Attilio la accusava di essere una bottegaia, un'ignorante. Lei ribatteva che era meglio essere una bottegaia poco istruita che un gradasso capace solo di sperperare i suoi guadagni.

« Il negozio è mio e faccio da sola », concluse.

Rifiutò ogni proposta del marito, e lui, umiliato da tanto disprezzo, reagì infierendo su di lei. Nei momenti di rabbia, arrivava a chiuderla nel porcile con i maiali. Luciana non aveva il coraggio di raccontarlo a nessuno, nemmeno alla Neve. Fu Radames a scoprirlo. Successe per caso, un giorno in cui era andato a casa sua per venderle delle uova.

In cucina non c'era nessuno. Lui stava per andarsene, quando sentì un lamento. Non capiva da che parte arrivasse. Chiamò a voce alta, ma non ci fu risposta. Si fermò nel centro della corte e lì si rese conto che il pianto veniva dal porcile. Trascinandosi dietro la gamba rovinata, corse da quella parte, tolse la sbarra che bloccava la porta dall'esterno e là trovò Luciana: stava rannicchiata fra le scrofe, coperta di lividi e merda.

« Dov'è? »

« Lascia perdere, se no ti metti nei guai. »

« Dov'è? »

« Per favore... che dopo se la prende con me. »

« So io dove trovarlo. »

Radames prese il bastone e s'incamminò zoppicando verso la piazza. Entrò nel bar e trovò Attilio che giocava a carte con tre ufficiali fascisti. Gli si avventò contro e lo colpì senza dire una parola. Dopo il primo momento di sorpresa, i tre soldati lo afferrarono e lo trascinarono fuori. Finì steso in mezzo alla polvere. I fascisti stavano per infierire, quando sopraggiunse Attilio.

« Lasciatelo. A questo ci penso io. »

Radames cercò di rialzarsi, ma con la gamba rovinata faceva fatica. Non era ancora in piedi che un pugno lo fece cadere di nuovo. Subito dopo Attilio iniziò a dargli calci, gridando: « Brutto zoppo, figlio d'un cane, comunista di merda! »

La gente si era riunita intorno a loro. Guardavano il marito della Luciana mentre prendeva a calci il figlio di Anselmo Martiroli, ma non potevano far niente: i tre ufficiali, con i fucili spianati, si assicuravano che nessuno interrompesse lo spettacolo. Solo quando Radames rimase inerte sotto i colpi, Attilio si stancò d'infierire. Si fermò, fissando come ipnotizzato il sangue che usciva dal naso e dalle labbra dell'uomo. Radames non si muoveva. Attilio iniziò a temere che fosse svenuto, magari morto. Impaurito, si chinò e gli prese un braccio. « Oh, rispondi... rispondi, Dio buono... »

Dopo un po', Radames socchiuse un occhio.

« Be', cosa ti aspettavi? Te la sei cercata », gli disse l'altro, sollevato. Si spolverò la giacca e rivolgendosi al padrone del bar, ordinò: « Dagli un bicchier d'acqua e riportatelo a casa. Se c'è da pagare, metti sul mio conto ».

Radames stava a terra, la faccia impastata di polvere e sangue. Attilio si spolverava ancora il vestito, quando vide la Bugatti rossa di Samuele Modena ferma al lato della piazza. Il ricco ebreo lo fissava.

« Be', che fa lì? Lo spettacolo è finito. Via, aria, aria! »

Samuele Modena riaccese il motore dell'auto, ma, prima di mettere in marcia, sputò per terra. Poi la Bugatti sparì dietro la curva.

Attilio rimase nel centro della piazza. « Giuro su Dio che te ne pentirai », mormorò fra sé.

La notte seguente, una decina di fascisti, capitanati da Attilio Coppi, entrò nell'elegante villa della famiglia Modena. Le donne e i bambini furono chiusi in una stanza. Subito dopo iniziarono a sballottare Samuele e i due figli maschi dalle braccia di un fascista a quelle di un altro. Se li passavano l'un l'altro tra risa di scherno, insulti e frasi umilianti. Passarono poi ai manganelli, e fu allora che persero il controllo. Quella che doveva limitarsi a una bravata punitiva degenerò in una violenza senza freni. Attilio e altri due iniziarono a infierire su Samuele Modena. L'anziano si accasciò subito per terra. Se ne stava rannicchiato sul pavimento, quando i tre notarono che un copioso rivolo di sangue aveva iniziato a uscirgli dalla testa. Fissavano storditi la macchia di sangue che si allargava con allarmante velocità sul tappeto. Per un attimo nessuno si mosse.

« Via, subito! » gridò infine Attilio.

Giunto a casa, il marito della Luciana cercò di scivolare nel letto senza svegliare la moglie, ma lei aveva il sonno leggero e accese la luce. Si accorse subito del suo viso sconvolto. Attilio le andò vicino. « Se domani ti chiedono, io stanotte ero a casa, non mi sono mosso da qui. Hai capito? »

Lei sentì subito odore d'alcol. « Perché, dove sei stato?... Per l'amor di Dio, cos'è sucesso? »

Lui non rispose e le girò la schiena.

Il giorno dopo, in paese si sparse la notizia che Samuele Modena era morto.

Radames Martiroli immaginò subito chi ci fosse dietro quell'omicidio, ma sapeva che il colpevole aveva le spalle coperte e in qualche modo l'avrebbe fatta franca.

« Quei malviventi prima o poi dovranno pagare per i loro peccati! » dichiarò con rabbia alla Neve, dopo averle raccontato i fatti. Lei girava la polenta e ogni tanto scuoteva la testa. I figli più piccoli giocavano senza capire le parole del padre, ma i primogeniti erano due adolescenti e sentivano la rabbia montargli dentro, frase dopo frase.

« Se nessuno gliela farà pagare, a quello ci penso io », disse Dolfo in tono risoluto.

Neve si girò di scatto verso di lui. « Sono faccende da uomini e te ne devi stare fuori. Hai capito? Non impicciarti in politica, Dolfo, altrimenti dovrai fare prima i conti con me! »

Ma il figlio la fissò di rimando, sostenendo il suo sguardo senza scomporsi.

◆

Nell'aia, il grammofono tenuto a tutto volume, la Irma dava lezioni di ballo a un gruppetto di ragazzi di Stellata. In quel momento faceva coppia con Dolfo, il più portato ad apprezzare quegli *swing* moderni.

Oh, mamma, mi ci vuol la fidanzata.
Uh, mamma, mi ci vuol la fidanzata.
Io vorrei quella cosa tanto cara, deliziosa,
che fa il cuore sospiroso,
che fa il cuore palpitaaar...

I due battevano i piedi, piccoli passi, a tempo, i corpi vicini più del necessario. Guido li osservava, un'aria infastidita sul viso. Suo fratello la stringeva troppo, e gli sguardi che quei due si scambiavano! La gente non era mica scema. Irma aveva il marito in guerra e suo fratello avrebbe dovuto essere meno sfacciato. Ma, chiaramente, a quello non poteva fregargliene di meno e, a quanto pareva, a lei neppure.

Il ritmo andava via via accelerando.

Mamma non son più quel capriccioso ragazzino
che sgridavi sempre pel suo fare birichino.
Ora son cresciuto e sento un fremito nel cuore,
oh, mamma, è il segnale dell'amore!

Dolfo fece piroettare la Irma, poi la riprese fra le braccia ridendo, le strinse la vita e, piano piano, scese con le mani sino ai fianchi. Rimasero l'uno di fronte all'altra, le ginocchia leggermente abbassate, i piedi che battevano il ritmo. Gli occhi incollati negli occhi, si muovevano sensualmente. Dolfo la guidava, tenendola sempre per i fianchi. Infine la attirò contro di sé. I due girarono veloci, i corpi avvinghiati. Qualcuno fece un commento sarcastico. Guido si sentì avvampare.

Tutti ormai sapevano che, da qualche tempo, Dolfo Martiroli e la Irma erano amanti. Lui aveva sedici anni, lei dieci di più, ma doveva aver deciso che Dolfo era un bel ragazzo e comunque sembrava più grande.

Per una innamorata della vita come la Irma, avere il marito in guerra era una sofferenza insostenibile. Si era sposata troppo presto. Che ne sapeva lei del matrimonio, a diciassette anni? Tre mesi dopo, se n'era già pentita. E poi sapeva di essere bella e aveva grandi ambizioni: sognava di diventare un'artista del cinema, lei. Conosceva tutti i nomi degli attori e dei cantanti, le storie delle loro carriere e dei vari amori, pubblici o segreti. Riusciva a malapena a firmare, ma la cosa non sembrava preoccuparla. Nell'attesa di diventare famosa, prendeva ogni precauzione per conservare il suo fascino. Pur di non scurire la pelle, lavorava in campagna indossando maniche lunghe e guanti, persino in agosto; prima di uscire per una passeggiata, raccoglieva la polvere in fondo ai sacchetti del riso e la usava come cipria.

Un giorno, era andata dal fotografo e si era fatta fare vari ritratti con le spalle nude e lo sguardo sensuale. Aveva quindi spedito le fotografie a Cinecittà, baciando prima la busta. Tre settimane dopo, era arrivata la risposta: da Roma la invitavano per un provino. La ragazza quasi si era sentita male per l'emozione. Già si vedeva sul grande schermo come Assia Noris in *Una storia d'amore*, o come Alida Valli in *Noi vivi*. Determinata a presentarsi all'appuntamento, aveva deciso di non dire niente al marito soldato e messo a tacere le proteste della famiglia, che aveva cercato di farla desistere.

« *Li dòni dal cinema iè tuti putani* », insisteva la madre. Ma Irma sentiva che la vita non era tutta lì, in quel paese di maiali e galaverna: lei era nata per seguire un destino più grande e sentiva che un giorno sarebbe diventata famosa.

La settimana successiva, era partita per Roma con i capelli tinti di biondo e grandi speranze per il futuro. Era tornata tre giorni dopo, gli occhi gonfi per il gran piangere. Non aveva dato nessuna spiegazione. Si era chiusa in camera e aveva passato intere giornate a letto in uno stato di prostrazione tale che la madre aveva finito per chiamare il dottore.

« Vostra figlia ha solo un animo troppo romantico e un marito lontano », aveva decretato il medico dopo averla visitata.

Irma non aveva mai raccontato a nessuno cosa fosse successo a Roma però, dopo quel viaggio, aveva abbandonato ogni aspirazione cinematografica. Era stato allora che aveva deciso di dare lezioni di ballo, visto che, oltre a essere molto bella, era anche un'ottima ballerina. Aveva insegnato la mazurca, la polka e il valzer a tutti i ragazzi di Stellata. A volte, però, le sue lezioni non si limitavano ai passi del tango o del fox trot. E proprio quello era successo con Dolfo Martiroli. All'inizio lei non voleva, ma Dolfo aveva tanto insistito che una sera i due erano finiti a letto. Il ragazzo era diventato il suo amante e tale doveva rimanere fino al ritorno dalla guerra del marito.

Per Guido, l'occasione di conoscere i misteri del sesso arrivò solo due anni dopo. Era la primavera del '44. Lei si chiamava Marilena: un occhio che guardava storto, ma un corpo armonioso e la pelle che splendeva. Disse al ragazzo di avere ventisette anni, però girava voce che fosse un bel po' oltre i trenta.

Un sabato sera, Guido la invitò al cinema. Nel buio della sala, le stringeva la mano e lei lo lasciò fare. Finita la proiezione, lui le chiese se poteva accompagnarla a casa. Camminavano lungo una strada di campagna quando, senza preavviso, lei si fermò, si sollevò in punta di piedi e lo baciò in bocca.

Finirono dietro il muro di una stalla. Dopo un po', lei gli prese la mano e la infilò nella scollatura. Guido toccava deliziato il seno soffice, la pelle tiepida, ma non osava andare oltre. Marilena gli si stringeva addosso, gli stuzzicava il lobo dell'orecchio, e lui niente. *Maledetta guerra!* pensava la donna. In giro rimanevano solo vecchi o ragazzini come quello, che bisognava insegnargli tutto. Guido la baciava maldestro e pareva non cogliere i suoi inviti. Dopo un po', Marilena perse la pazienza.

«Lasciamo perdere», sbottò e, riabbottonata di fretta la blusa, lo salutò già di spalle con un gesto secco della mano.

Il ragazzo si asciugò la fronte. Non era sicuro che quel bacio gli fosse piaciuto. Nella strada verso casa, si fermò alla fontana e si risciacquò più volte la bocca.

Il giorno dopo raccontò la vicenda a Dolfo.

«Ma sarai coglione! Trovi una che si fa toccare le tette così, senza fatica, e non fai niente?»

«Cosa dovevo fare?»

«Te non sei mica mio parente! La prossima volta, se lei non ti ferma, continui. Ti devo fare il disegno?»

Guido si era ripromesso che il sabato dopo avrebbe cercato di nuovo Marilena, e quella volta non avrebbe fatto la figura del coglione, ma il martedì arrivò una raccomandata da Ferrara: da lì a tre giorni Guido doveva presentarsi al distretto militare.

Per Dolfo, il problema non esisteva perché, mesi prima, era stato scartato alla visita di leva per via degli occhi deboli. Quando aveva tredici anni, un oculista gli aveva diagnosticato una gravissima miopia. Ai tempi, Neve e Radames avevano pianto, senza sapere che qualche anno dopo quella si sarebbe rivelata la sua fortuna. Invece Guido lo avevano preso, e adesso doveva presentarsi.

Il ragazzo parlò prima con il padre, poi con Anselmo.

« Se devi usare il fucile, meglio farlo per i partigiani », gli consigliò il nonno.

Guido scappò di casa la notte stessa. Rimase nascosto per quattro giorni in un campo di granturco a patire il caldo e l'afa. Quando faceva buio, alcuni contadini gli portavano un po' di pane e una fetta di formaggio. Una sera scoppiò il temporale e lui, timoroso di muoversi, si mise semplicemente la giacca in testa e restò là, seduto in mezzo al granturco e fradicio sino nelle mutande.

In quei giorni di attesa, il ragazzo s'inventava modi per combattere la noia, primo fra tutti quello di passare in rassegna le arie più famose delle opere. Aveva scoperto la passione per il Bel Canto non appena aveva cambiato voce. Aveva imparato le romanze di Verdi e di Puccini prima ascoltando suo nonno Anselmo, poi grazie ai dischi del figlio del macellaio, un vero fanatico dell'opera. Apprendeva in fretta e senza sforzo, con l'orecchio di un talento naturale. Però Guido era timido e si vergognava a cantare, tanto che nemmeno i fratelli sapevano di quella sua passione. Questo fino al giorno in cui, mentre si trovava nel bar della piazza, suo nonno Anselmo gli aveva fatto bere un bianchino di troppo. A un certo punto, il nonno aveva intonato l'*Addio alla madre* dalla *Cavalleria Rusticana.* I presenti avevano cominciato a prenderlo in giro.

« *Tási,* Anselmo, ché se ti sente Mascagni finisce che ti denuncia! » aveva detto uno.

L'intero bar era scoppiato in una risata. Guido, già un po' brillo, non era riuscito a sopportare quegli insulti. Abbandonata la sua proverbiale timidezza, aveva chiuso gli occhi, stretto i pugni e infine aveva intonato:

O Lola ch'ai di latti la cammisa
si bianca e russa comu la cirasa,
quannu t'affacci fai la vucca a risa,
biato cui ti dà lu primu vasu!

L'intero bar si era zittito. Se ne stavano immobili, chi con le carte in mano, chi con la tazzina del caffè o con il giornale a mezz'aria. Avevano la pelle d'oca, tutti incantati da quella voce purissima. Il nonno stava ad ascoltarlo a bocca aperta, il corpo di marmo.

'Ntra la porta tua lu sangu è sparsu,
e nun me mporta si ce muoru accisu...
E s'iddu muoru e vaju mparadisu
Si nun ce truovo a ttia, mancu ce trasu.
Ah, ah; ah, ah...

Finita la romanza, Anselmo Martiroli aveva il viso rigato di lacrime.

« Suo nonno sputato! » aveva esclamato, abbracciandolo.

Così, sebbene la famiglia Martiroli fosse tutt'altro che religiosa, era stato deciso che Guido si sarebbe unito al coro della chiesa. « Almeno quel prete a qualcosa servirà », aveva decretato Anselmo.

Il ragazzo aveva fatto subito grandi progressi, tanto che presto avevano cominciato a chiamarlo per cantare ai matrimoni, dove si esibiva con successo nell'*Ave Maria* di Schubert. Il suo cavallo di battaglia restava comunque *Una furtiva lagrima.* L'aveva cantata anche in teatro, a Legnago, un giorno che il macellaio aveva portato lui e il figlio a un concerto in quella cittadina. Si era esibito davanti a centinaia di persone e, finita la romanza, si erano alzati tutti in piedi ad applaudirlo. Un tenore professionista gli aveva stretto la mano, dicendogli che lui, così bene, quell'aria non riusciva a cantarla dopo anni di studio.

Il sogno del ragazzo era studiare canto, diventare un vero tenore. La voce c'era, la passione pure. Però la Neve, spaventata nello scorgere in lui il marchio dei sognatori, aveva cercato di farlo desistere. «Se non li tieni a freno, i sogni ti rovinano. Sono sempre stati la nostra maledizione», gli ripeteva. «Ci mancavi solo tu: diventare il nuovo Caruso, studiare musica! Cose da ricchi, robe campate per aria», si lamentava. «Lo so che a certe cose non ci credi, ma guarda cos'è successo ai nostri parenti: prima Giacomo e le sue manie, che alla fine si è appeso a una trave; poi Achille, che voleva fare l'eroe, e solo per miracolo non è morto fucilato. E tua zia Edvige? Da sola ha rovinato due famiglie; e poi mia sorella Adele, che per delle fantasie d'amore è finita dall'altra parte del mondo ed è rimasta quasi subito vedova. Ricordati che, se non li teniamo a freno, i sogni finiranno per portarci una tragedia peggiore di tutte le disgrazie che ci sono capitate. Lo ha visto nelle carte quella nostra antenata, la zingara, e lei non si sbagliava mai.»

«Dai, mamma. La profezia, le carte della zingara... davvero ci credi?»

«Certo! E dovresti farlo anche tu. Cantare in chiesa non

può che farti del bene, ma devi lasciar perdere quelle tue idee sconclusionate.»

Dopo quattro giorni passati in mezzo al granturco, ad ammazzare il tempo ripassando nella mente le arie delle opere, o le scale e i solfeggi che gli aveva insegnato il prete, due uomini arrivarono a prendere Guido per portarlo dai partigiani. Finì insieme ad altri tre ragazzi di leva in uno scantinato vicino a Sermide, dove stette chiuso per giorni senza che succedesse nulla. Finalmente, una sera, i partigiani se lo portarono appresso.

«Stanotte si va a fare la spesa», annunciarono.

«Dove?»

«Di sicuro non in bottega», gli risposero ridendo.

Uscirono in quattro. Era tardi e in giro non c'era nessuno. Camminarono attraverso i campi fino a raggiungere una frazione di Sermide chiamata Caposotto. Quando arrivarono in vista di una casa colonica gialla, con due torrette ai lati, si coprirono il viso con dei fazzoletti. Avevano chi un fucile chi una pistola.

«Solo la mia arma è carica e in nessun caso dovete usare violenza», disse il più vecchio. «È chiaro? Prendiamo da mangiare, diciamo grazie e ce ne andiamo.»

Gli altri fecero cenno di sì.

Sulla porta della fattoria, trovarono la figlia del mezzadro e il suo fidanzatino.

«Aprite la porta e dentro. Ho detto dentro, muovetevi!» intimarono.

I due obbedirono, mezzi morti per lo spavento. Una volta in casa, l'ultimo dei partigiani si chiuse dietro la porta con un calcio. In cucina, trovarono i genitori della giovane e parecchi bambini.

«Non c'è da aver paura. Abbiamo solo bisogno di fare provviste», annunciò il più vecchio.

Guido era di fianco alla ragazza che aveva appena spinto in casa. Pensò che era proprio carina: occhi grandi, capelli ricci e una bocca ben disegnata. Si soffermò su tre piccole cicatrici rotonde che aveva sulla fronte. *È stata la varicella,* pensò. Anche lui ne aveva un paio proprio uguali sul collo.

Il mezzadro era rimasto incollato alla sedia, il viso cadaverico. «Qui non abbiamo niente. Il padrone porta tutto a Mantova», riuscì a dire.

«Il maiale però ce l'avete.»

«Macché. Con la guerra ci è morto di fame prima ancora di crescere.» L'uomo cercò di accendersi una sigaretta, ma tremava così tanto che non ci riuscì.

«Non raccontare balle, hanno visto il maiale in cortile due giorni fa», gli disse Guido, venendogli in aiuto con un fiammifero acceso.

«Giuro che è morto!» rispose l'altro, allargando gli occhi.

Mentiva. In quel momento, il maiale stava con il figlio di tredici anni, al quale un'ora prima avevano chiesto di rimanere fuori per tener d'occhio la sorella e il suo fidanzato. Nascosto nell'ombra, il ragazzino aveva visto arrivare i quattro uomini con le facce coperte. Aveva capito subito cosa stavano cercando. Non appena i partigiani erano spariti dentro casa, era corso a slegare la scrofa. Adesso la tirava verso la vigna, incitandola e pregando la Madonna che la bestia non si mettesse a grugnire.

La prima spedizione cui Guido partecipò come partigiano si risolse in un fiasco. Non trovarono nulla, men che meno la scrofa.

Il ragazzo rimase nascosto nello scantinato di Sermide un'altra settimana, poi qualcuno venne a prelevare lui e gli altri tre giovani. Li fecero salire su un camion e li portarono sulle colline sopra Brescia, dove un battaglione delle Brigate Garibaldi li avrebbe addestrati a combattere. Guido non si fermò molto nemmeno lassù: pochi giorni dopo il suo arrivo, ci fu una soffiata e l'intero gruppo di partigiani fu arrestato delle guardie fasciste. Finirono tutti nella prigione di Brescia, sezione prigionieri politici.

1944

Le pulci, pronte a scattare, spingevano contro il vetro dei bicchieri capovolti.

«Se vinco, mi dà due pacchetti di Nazionali; se perdo, le do il mio pane per una settimana», promise Guido.

L'uomo che gli stava di fronte lo guardò di sottecchi: quel ragazzo sapeva che il pane buono lui lo riceveva da casa, però era sicuro che la sua razione gliel'avrebbe ceduta davvero, sebbene i segni della fame fossero chiari sulla sua faccia.

Nell'ultimo attacco aereo, le bombe avevano fatto saltare le porte dell'Ala Est, quella dei prigionieri politici, e nessuno si era preso la briga di ripararle. Le ante erano rimaste là, scardinate, quasi tutte aperte sui ballatoi. Da quel giorno, i prigionieri avevano potuto muoversi liberamente da cella a cella ed era stato così che quel professore di mezza età e Guido erano diventati amici.

« Altro che riparare le porte. Quelli hanno ben altro di cui preoccuparsi. La Repubblica di Salò ha i giorni contati! » ripeteva il professore.

Però le bombe non smettevano di cadere e il ricordo dell'ultimo attacco aereo faceva ancora star male i prigionieri. Quel giorno, erano rimasti accovacciati, la testa fra le mani, rigidi, la bocca senza saliva, nell'attesa che una bomba li facesse saltare per aria; poi il botto, le pareti che tremavano, mattoni che cedevano, frammenti di vetro scagliati ovunque. Erano volati schegge, pezzi di cemento e intonaco. E loro là, le ginocchia contro il mento e l'urina che scendeva lungo i pantaloni. Erano rimasti immobili, tremando di terrore, finché non avevano sentito il ronzio degli aerei allontanarsi, poi l'ululato delle sirene e per ultimo il silenzio.

Nessuno si era mosso: le mani ancora intorno alla testa, le gambe incapaci di sorreggerli. Solo dopo qualche minuto si erano rialzati ed erano usciti sui pianerottoli.

Il mondo galleggiava in una nuvola di calcina che copriva le celle, le scale, i ballatoi. Coperti di bianco dalla testa ai piedi, gli uomini si muovevano fra muri che sembravano fluttuare. Avanzavano lenti, simili a creature di un altro mondo: i visi sotto un dito di polvere, gli occhi rossi. C'era polvere sui capelli, sui vestiti, sulle ciglia, e dentro le narici, sulle labbra, nei polmoni. Camminavano come sonnambuli, resi sordi dalle bombe, persi in mezzo a tutto quel bianco. Quando si trovavano davanti un altro prigioniero, si fissavano, muti, con addosso una strana paura a toccarsi o a parlare.

A Guido c'era voluta una settimana per riuscire a dormire senza svegliarsi ogni ora, di botto, sopraffatto dalla paura. Quando non riusciva a riprendere sonno, passava davanti alla cella del professore e spesso lo trovava sveglio. I due allora trascorrevano il resto della notte parlando di politica, fumando o giocando a carte. Si grattavano testa e ascelle e conservavano in un barattolo le pulci per le corse.

Con la possibilità di muoversi più liberamente, a Guido era tornata la voglia di cantare. Si era creato una certa fama persino là dentro e spesso i prigionieri lo incitavano a esibirsi.

« Dai, qualcosa dal *Rigoletto* », chiedeva uno, e un altro domandava: « La sai *Un dì, felice, eterea*? »

Finita la romanza, applaudivano con entusiasmo e ogni volta il professore esclamava: « Non si può avere una voce così e sprecarla! Tu, caro mio, devi studiare canto. Quando usciamo, ti cerco io un buon maestro. Per i soldi, in qualche modo li troveremo; ma tu devi cantare, perdio. Sei nato per quello! »

Guido rideva e gli spiegava che aveva imparato soprattutto per far felice suo nonno Anselmo, che aveva battezzato tutti i figli con nomi operistici e gli aveva trasmesso quella passione.

Se il professore era entusiasta della sua voce, Guido lo ammirava per tutto ciò che in quei mesi lui gli stava insegnando. Quell'uomo, dal carattere tenace e dallo spirito solare, gli aveva svelato un mondo nuovo. Aveva fatto capire a Guido la forza delle idee, l'arte della parola; tutte cose che fino ad allora lui aveva solo percepito da lontano, come attraverso una nebbia. Quando il professore gli parlava di storia, di dialettica o di poesia, lui sarebbe stato ad ascoltarlo per ore. I due chiacchieravano comunque anche dell'orto dietro casa, delle zucchine che l'anno prima erano cresciute grosse come il suo braccio, e della Fedra. « Già, la Fedra », sospirava il professore. Sei gravidanze mai portate a termine e un dolore che si ficcava dentro gli occhi ogni volta che si guardavano. Lui diceva che un figlio lo avrebbe anche adottato, ma la Fedra no: insisteva che di tempo ce n'era e prima bisognava provare a farlo loro, un bambino. Lo voleva del suo sangue, sentirlo scalciare nel ventre sino a farglielo diventare blu. Invece erano diventati vecchi e i figli non erano arrivati. Il professore di colpo ammutoliva, poi cambiava discorso.

Di tanto in tanto Guido riceveva pacchi da casa: un salame all'aglio da sua nonna Sofia, il sapone per lavarsi e il DDT per le pulci dalla madre. Neve aggiungeva anche i maglioni pesanti fatti con le sue mani e le calze di lana confezionate dalle sue sorelle. Insieme alla roba, c'era sempre una lettera. Nell'ultima, la madre gli aveva scritto:

Noi stiamo tutti bene. Aspettiamo solo che questa guerra finisca, perché siamo sempre più stanchi e diventa difficile mantenere la fiducia. Però, caro figlio, io prego sempre la Madonna e le chiedo di aiutarti, che pure lei è madre e ha sofferto per il figlio. Domenica scorsa sono anche andata a Bologna in pellegrinaggio dalla Santa. Ho acceso due ceri e le ho parlato di te e di come sei messo. Volevo sapesse che mai la disturberei per cose da poco.

Il periodo di quiete successivo al bombardamento che aveva scardinato quasi tutte le porte della prigione non durò a lungo. Nel dicembre del '44, si presentarono alcuni militari della Repubblica di Salò. Avevano con sé una lista di nomi, tutti di prigionieri politici. Chiamarono quindici uomini. Li radunarono in cortile e li caricarono su un camion. Spalancarono i portoni e il camion sparì nelle strade di Brescia. Lo stesso successe la settimana dopo, e quella dopo ancora. Venivano, chiamavano i nomi e portavano la gente chissà dove. Di loro non si seppe più nulla. Ogni volta toccava all'amico, al compagno di cella, a quello che da poco gli era nato un figlio e nemmeno lo aveva visto. Infine il militare ripiegava il foglio. Chi non era stato chiamato sentiva il cuore gonfiarsi, il respiro riprendere. Si accasciava sulla sedia e chiudeva gli occhi per nascondere la contentezza, ché uno si vergognava a sentirsi felice in momenti come quelli. I prigionieri poi correvano alle finestre per vedere i compagni un'ultima volta. Restavano in silenzio, i nasi tra le sbarre. Però quelli che erano stati presi non si voltavano mai. Salivano sul camion l'uno dopo l'altro con una calma che spaventava.

Il mese di gennaio del '45 passò senza retate. I prigionieri iniziarono a sperare che quell'incubo fosse finito ma poi, all'inizio di febbraio, i militari della Repubblica di Salò si ripresentarono. Questa volta la lista dei nomi sembrava non avere fine. Chiamarono dozzine di uomini, quel giorno. Venne il turno del professore, e poi anche quello di Guido. Ne chiamarono quasi cento, di nomi: era l'intera sezione dei politici.

Vennero portati in cortile e messi in fila. Un capitano in camicia nera uscì dagli uffici ripiegando alcuni documenti. Furono dati ordini e le guardie aprirono i portoni. Non c'erano camion, quel giorno. I prigionieri uscirono a piedi e camminarono per le strade di Brescia sotto i fucili puntati delle milizie fasciste.

Guido e il professore stavano vicini. Sfilavano insieme agli altri in un silenzio che impressionava. Le donne ferme sui marciapiedi li guardavano sgomente, i vecchi si toglievano il cappello.

«Qui ci ammazzano tutti», bisbigliò qualcuno.

Il professore era debole e aveva il respiro corto. «Dove ci portate?» chiese a uno dei militari.

«Zitto e cammina più in fretta che puoi», gli rispose quello. Intorno si sentiva solo il rumore dei loro passi. Era come se ogni altra cosa al mondo si fosse fermata.

Lasciarono il centro della città e raggiunsero una strada di terra battuta che conduceva ai campi. Guido non capiva: perché a piedi? Avevano radunato l'intera sezione politica della prigione, ma dove intendevano portarli? Forse volevano fucilarli senza testimoni, seppellirli in qualche posto isolato per non dare nell'occhio, ma allora perché farli marciare in pieno giorno per le vie della città? Camminavano da quasi un'ora e intorno non si vedevano più case. Ai lati della strada, solo campi coperti di brina, ruscelli, cespugli di biancospino. Il cielo era pulito, l'aria gelida pungeva il viso. Dopo tanti mesi chiusi in una prigione, quegli spazi aperti, pieni d'aria frizzante e di luce, quasi intimidivano.

Una volta lasciata Brescia, i militari si erano messi i fucili a tracolla. Un biondino con gli occhiali tirò fuori un pacchetto di sigarette e ne offrì anche a Guido: « Tieni. Tranquillo, va tutto bene ».

Giunti alla strada per Nave, trovarono una colonna di veicoli ad aspettarli. Il professore e Guido finirono in camion diversi. Prima di salire, si abbracciarono.

« Buona fortuna. A guerra finita vieni a trovarmi e mi raccomando: non abbandonare il canto! »

Guido promise, poi saltò su un altro veicolo e i loro camion presero direzioni diverse.

Quel mattino, quasi cento prigionieri politici erano stati liberati da un gruppo di partigiani dotati di documenti falsi e con addosso la divisa fascista. Quando le guardie della prigione avevano scoperto la verità, gli uomini erano già sulle montagne, pronti a unirsi alle Brigate Garibaldi.

Guido fu portato sui monti di Botticino San Gallo, dove gli diedero cibo, lo spulciarono e lo rimisero in sesto. I partigiani poi gli consegnarono un fucile. La guerra stava per finire e c'erano in giro parecchi tedeschi sbandati. A Guido toccò l'incarico di perlustrare le zone intorno a Serle e al monte Maddalena. Dal paese, arrivavano notizie di scontri armati, partigiani impiccati e molti morti. Eppure dove stava lui non succedeva mai niente. La mattina usciva a perlustrare i boschi. La primavera cominciava a sentirsi. Gli alberi erano coperti di gemme, macchie di primule e violette sbocciavano lungo i sentieri. Lui si addestrava con il fucile, mirando a qualche lepre e, quand'era fortunato, rientrava con un paio sulle spalle. Di tedeschi sbandati nessuna traccia.

Guido aveva in tasca l'indirizzo del professore. Si chiedeva se lo avrebbe mai rivisto, ma sentiva che a guerra finita il mondo sarebbe tornato quello di prima e loro non avrebbero avuto più niente da dirsi. Camminava riflettendo su tutto questo, quando di colpo se lo trovò davanti: un tedesco magro, con l'uniforme lacera, il viso da affamato.

« Altolà! » gli intimò, puntandogli contro il fucile.

Il tedesco sbarrò gli occhi, poi gli girò le spalle e si mise a correre.

« Fermati o sparo! » gridò Guido. Ma non aveva il coraggio di premere il grilletto.

Successe tutto rapidamente, come una sequenza d'immagini sfocate. Il tedesco correva e lui era rimasto con il fucile puntato. La porta di un casolare si aprì e un contadino si scagliò contro il fuggiasco. Doveva avere più di settant'anni, quell'uomo, ma si buttò senza esitazione sul soldato, immobilizzandolo al suolo. Guido si era messo a correre verso di loro, quando vide il tedesco estrarre un coltello e ficcarlo nel ventre del vecchio. Una volta, due volte, sino in fondo. Il viso del contadino si contrasse, poi il suo corpo si rovesciò sull'erba: gli occhi spalancati, la bocca aperta. Guido sentì la rabbia montargli dentro, riempirgli la bocca di saliva.

« Era solo un vecchio! » gridò.

Il soldato lo fissava, atterrito. Guido pensò che doveva avere la sua età. Il tedesco indietreggiò, cadde, si rialzò per tentare di nuovo la fuga. Guido puntò verso di lui. Un colpo. Due colpi. Tre colpi. Vide il ragazzo spalancare le braccia. Rimase immobile, come crocifisso; poi cadde a terra bocconi. Guido lo fissava, l'arma fumante fra le mani.

Corse prima dal vecchio. S'inginocchiò e gli toccò la gola: era morto. Si avvicinò al tedesco. Il ragazzo bisbigliava qualcosa: forse chiamava la madre o pregava. Una pozza di sangue gli si allargava appena sotto la spalla e aveva una ferita alla coscia. Guido se lo caricò sulle spalle. Quasi cadde sotto quel peso.

« Non potevi arrenderti, eh? Cosa ti costava? » E imprecò.

Sistemato alla meglio il corpo sulla schiena, prese la strada del ritorno. C'erano quattro chilometri per arrivare al rifugio dei partigiani, quasi tutti in discesa; pensò che ce l'avrebbero fatta. Camminava a fatica e intanto il soldato gemeva. Forse stava piangendo, e di piangere ne aveva voglia anche lui. Dopo qualche minuto, i lamenti del tedesco si fecero più deboli. Poi più nulla.

È morto, pensò Guido, ma un attimo dopo lo sentì lamentarsi di nuovo. Cominciò a parlare per fargli coraggio, o forse per far coraggio a se stesso. « Forza che fra un po' arriviamo. Là c'è un dottore. Qualche mese in prigione e ti rimandano a casa... Cosa diavolo dici? Non ti capisco... E poi ti ho preso una spalla, una gamba... non son cose che uno ci lascia la pelle. »

Parlava per non sentire rimbombare nelle orecchie i lamenti di quel ragazzo. Avanzava lungo il sentiero di sassi, ma spesso scivolava, perdeva l'equilibrio. Sentiva il sangue del tedesco colargli sul collo, bagnargli il maglione e la schiena. « Non morire, ti prego... » mormorava. Cadde due volte. Si rialzò, controllò che l'altro fosse ancora vivo, poi se lo caricò di nuovo sulle spalle e riprese il cammino giù per le montagne.

Era passata mezz'ora. Guido non sentiva più il proprio corpo; non capiva dove finiva lui e dove cominciava la pelle dell'altro. Il tedesco aveva smesso di lamentarsi. *Forse è svenuto*, pensò. Mancava poco: una discesa, una curva, e sarebbero arrivati. « Resisti, ci siamo quasi », gli ripeteva.

Il gruppo dei partigiani li vide spuntare dal bosco: quello

che camminava era coperto di sangue, irriconoscibile, e aveva sulle spalle il corpo di un soldato tedesco. Gli corsero incontro. Guido crollò a terra. Un partigiano rovesciò il soldato sull'erba e gli tastò l'arteria del collo.

« È morto », disse.

1945

Mussolini fugge da Milano la sera del 25 aprile 1945, dopo l'ordine d'insurrezione generale emesso dal Comitato di Liberazione Nazionale dell'Alta Italia; ci tornerà, cadavere, il 29, e verrà appeso a testa in giù alla pensilina di un distributore di benzina in piazzale Loreto, là dove, il 10 agosto 1944, erano stati fucilati quindici partigiani. Accanto a lui, esposti all'ira di una folla scatenata, i corpi di Nicola Bombacci, Alessandro Pavolini, Achille Starace e Claretta Petacci, cui una mano pietosa ha fissato con una spilla la gonna intorno alle gambe. Il 1° maggio, tutta l'Italia settentrionale viene liberata, mettendo fine al ventennio di dittatura fascista e a cinque anni di guerra.

Furono giorni di grande entusiasmo popolare, ma anche di violenze e confusione. Non si contarono le esecuzioni sommarie, le vendette, le ritorsioni. A Stellata, il marito di Luciana si sentì perduto. Da un giorno all'altro, tutti erano diventati oppositori del Regime. Persino gente che aveva partecipato alle parate fasciste, facendo con orgoglio il saluto romano, ora cantava *L'Internazionale* in piazza Pepoli, sventolando le bandiere rosse. Attilio non poteva più fare affidamento sul padre podestà, che si era dato alla fuga senza nemmeno avvertirlo. Attilio Coppi sapeva bene che in paese aveva più di un nemico. Nel novembre del 1943, l'intera famiglia Modena era stata arrestata. Prima era stata chiusa nel carcere di via Piangipane, a Ferrara, poi era finita in Germania. In paese, era corsa voce che la loro deportazione fosse stata voluta da Attilio in persona. E adesso lui aveva paura: bisognava cambiare aria, subito.

Corse a casa e chiese alla moglie di preparare i figli e di fare le valigie.

«Vai tu, se vuoi. Io e i bambini non ci muoviamo. Devo pensare alla bottega; e poi io qui non ho nemici.»

Attilio nemmeno cercò di convincerla. «Meglio così. Mi sarà più facile muovermi da solo. Dammi dei soldi, ne avrò bisogno.»

Luciana gliene diede più di quelli che lui aveva sperato di ottenere. Nonostante le angherie cui l'aveva sottoposta, Attilio rimaneva il padre dei suoi figli e non poteva augurarsi che lo appendessero a qualche pioppo a testa in giù, com'era appena accaduto al Duce.

«Sta' attento...» bisbigliò la donna, passandogli la mazzetta di denaro. Lo disse senza ombra di rancore, forse presagendo che sarebbero state le ultime parole che gli rivolgeva.

L'automobile di Attilio venne fermata appena fuori Bondeno, al posto di blocco di un gruppo di partigiani. Due erano di Stellata e lo riconobbero subito. «È Attilio Coppi, quello che ha ammazzato di botte Samuele Modena», disse il più giovane.

Lo trascinarono fuori dall'auto. Attilio riusciva solo a balbettare parole sconnesse. I capelli, che aveva sempre portato perfettamente pettinati all'indietro, ora gli ricadevano sugli occhi. I partigiani parlarono tra loro per qualche minuto. Poi lo informarono della sua condanna a morte e lo spinsero contro un muro di cinta. A quel punto, successe una cosa strana: Attilio Coppi smise di gemere e di tremare. Pareva calmo, come se la paura di morire, il terrore di sapere che fra un minuto lo avrebbero crivellato di colpi, ogni sentimento terreno lo avessero già lasciato. In tono pacato, disse: « Io non ho ammazzato nessuno. Quella notte, volevamo solo spaventare il Modena, ma lui, cadendo, ha sbattuto la testa ».

Non gli risposero. Qualcuno diede l'ordine di far fuoco. Attilio Coppi fu come scaraventato dai colpi contro il muro, poi scivolò lentamente a terra, lasciando sulla calce lunghe strisce di sangue.

I cinque del plotone rimasero a fissarlo, i fucili abbassati. Fra questi, un diciannovenne alto e robusto, dai capelli biondi e dal fare spavaldo: Dolfo Martiroli.

Dopo la Liberazione, Dolfo si schierò con chi incitava i partigiani a non deporre le armi. Era il momento di combattere, insisteva. Il popolo stava dalla loro parte e le cose erano mature per la Rivoluzione. Ci fu un momento in cui persino il partito Comunista vacillò, poi si decise in favore della restituzione delle armi all'esercito di liberazione, cioè agli americani.

Dolfo non raccontò mai a nessuno della fucilazione cui aveva preso parte nei giorni della Liberazione, né di come, nel tempo, avere sulla coscienza la morte di un uomo avesse finito per pesare come piombo.

◆

Il 9 maggio, qualche giorno dopo la Liberazione, una camionetta dell'esercito, con due bandiere tricolori ai lati, si fermò in piazza Pepoli. Il postino vide scendere due ragazzi: uno era Guido Martiroli. Allora salì di slancio in bicicletta e pedalò forte sino ad arrivare alla Fossa, perché sapeva che la famiglia del ragazzo viveva ancora nella casa di Beppe. Faceva un caldo che pareva già estate. I campi di grano erano quasi maturi e pieni di papaveri. L'uomo arrivò alla casa di Beppe coperto di sudore. Lo trovò in cortile, intento ad aggiustare una sedia di paglia. Ancor prima di raggiungerlo iniziò a gridare: « Beppe, corri, c'è tuo nipote! »

« Chi? »

« Guido! »

« Come... ma dove? »

« Lo hanno portato quelli dell'esercito. L'ho visto in piazza Pepoli, ma di sicuro sta venendo qui. »

Beppe Casadio rovesciò la sedia, urtò un secchio, poi si mise a correre. Indossava un cappello di paglia, una canottiera e le ciabatte. Prese il sentiero che portava al paese. Diede un calcio al cane che lo seguiva abbaiando, continuò a correre verso la strada principale, senza sapere da dove arrivasse tutto quel fiato e passò accanto a Guido senza riconoscerlo. Quello che un anno prima era un ragazzo dall'aria infantile, si era trasformato in un uomo magro, con il viso segnato dagli stenti e dai mesi passati in prigione.

Fu Guido ad afferrargli un braccio. « Nonno, dove corri? »

Per un attimo, Beppe lo guardò, confuso, infine se lo strinse contro il petto, senza nemmeno la voce per piangere.

« La mamma, e il babbo? »

« Sono andati a riaprire casa vostra. Qualcuno li avrà avvisati. Vieni, torniamo a casa. »

Seduti davanti a un bicchiere di vino, nonno e nipote parlarono a lungo di tutte le cose successe in quell'anno di separazione. In paese tanti erano morti e molti altri non erano tornati.

« Uccisi o dispersi in Russia », spiegò Beppe. Poi aggiunse: « Ma la guera l'angà mai una sola divisa ».

Raccontò che, negli ultimi tempi, aveva visto i tedeschi scappare, buttarsi nel fiume cercando di attraversarlo attaccati a graticci, porte e barili. Fuggivano su zattere improvvisate o barche di fortuna che spesso si capovolgevano. In parecchi erano morti perché non sapevano nuotare. «*I paréa balár in mêz a tuta cl'acqua*», diceva Beppe, scuotendo la testa. Li aveva sentiti gridare, quindi erano spariti: prima i corpi, poi gli occhi, i capelli, le dita.

In quei giorni, la Nena Casini non era andata a caccia di storioni, ma era salita in barca per recuperare le salme. Remando nella corrente, scorgeva una testa che usciva dall'acqua, una mano che oscillava in mezzo al fiume, quasi stesse salutando, un corpo gonfio impigliato negli arbusti. La Nena allora remava verso i cadaveri, li agganciava e li trascinava verso l'argine per dar loro sepoltura nella golena, dove la terra era più tenera e cedeva più facilmente al suo badile. Quando riusciva a rintracciare i nomi, li incideva con un piccolo coltello sulle croci, così che i parenti potessero ritrovarne i resti, come infatti sarebbe accaduto negli anni a venire.

Ma non era quello il momento di parlare di cose tristi. Ci sarebbe stato tempo per raccontare, tempo per piangerli tutti, i morti della guerra.

«Tieni, un altro goccio, hai bisogno di riprendere forza», diceva Beppe al suo primo nipote, rovesciando un po' di vino sulla tovaglia per l'emozione.

◆

In quel momento, Neve e il marito stavano rientrando nella loro casa sull'argine. L'edificio era rimasto miracolosamente in piedi durante gli anni della guerra ma, da quando avevano traslocato alla Fossa, non ci erano più tornati. Inondazioni in quegli anni non se n'erano viste, tuttavia erano passati inverni di pioggia, gelo e umidità.

Neve e Radames socchiusero la porta. Si fermarono sulla soglia per abituarsi al buio, poi dalla penombra iniziò a emergere lo spettro dell'abbandono. Per terra, stagnava un dito d'acqua, probabile risultato di una tubatura scoppiata nei mesi invernali. La cucina si era trasformata in un acquitrino, dove le rane gracidavano e le libellule riempivano l'aria. Le ragnatele si tendevano da un angolo all'altro del soffitto e, là dove l'acqua non era arrivata, cresceva una rigogliosa vegetazione di funghi. I chiodi degli infissi erano coperti di ruggine e l'odore di muffa riempiva le narici.

Moglie e marito entrarono con passo incerto. D'un tratto, l'uccellino dell'orologio a cucù sbucò fuori, annunciando l'ora. Neve e il marito si guardarono: aveva una carica manuale, come faceva a funzionare ancora? Avanzarono, trascinando i piedi nell'acqua. Radames si fermò nel centro della stanza. Un grosso topo gli guizzò accanto, corse verso la parete, sparì dentro un buco. Lui nemmeno si mosse. Rimase a fissare quello scempio in silenzio, le braccia lungo i fianchi.

Fu Neve la prima a reagire. Raggiunse la finestra, si mise a lottare contro le ragnatele, spinse e tirò fino ad aprire i vetri. Spalancò le persiane e infine, girandosi verso il marito, disse, risoluta: « Be', cosa fai lì? Avanti, ché qui c'è da fare ».

◆

La sera dopo, Guido e Dolfo andarono a ballare in una sala appena aperta a Sermide. Indossavano camicie bianche, stirate dalla Neve, e i loro capelli erano fissati con la brillantina.

Non appena entrati, notarono subito due ragazze sedute a un tavolino: una era piccola e brunetta, con i ricci e la bocca piena; l'altra era più alta, con i capelli rossi e uno sguardo un po' sfrontato che attirò subito l'attenzione di Dolfo.

« Io la rossa e tu la morettina. Ti va bene? » suggerì.

«Più che bene», rispose l'altro.

Si avvicinarono. La morettina aveva tre piccole cicatrici rotonde sulla fronte. *Allora è proprio lei,* pensò Guido.

L'orchestra iniziò a suonare una canzone melodica. I due fratelli pensarono che fosse perfetta per conquistare le due ragazze.

Tornerai da me
perché l'unico sogno sei del mio cuor,
tornerai, tu, perché,
senza i tuoi baci languidi, non vivrò.
Ho qui dentro ancor la tua voce
che dice tremando «amor»,
tornerò perché tuo è il mio cuoooor...

Dolfo teneva stretta la ragazza dai capelli rossi, ma senza esagerare. Gli piaceva davvero e non voleva passare per sfacciato. Quando la prese fra le braccia, lo fece con delicatezza, e sentì un brivido, un rimescolio che non aveva mai provato prima. Danzando, chiuse gli occhi, e pensò che i suoi capelli profumavano di buono: di talco e di lavanda. Alla fine del ballo, la rossa stava per tornare al tavolino, ma Dolfo le prese un braccio.

«Dove vai? Non ti lascio scappar via.»

«Mi hai pestato i piedi tre volte. Per stasera basta e avanza.»

«A dire il vero, i piedi sei stata tu a pestarmeli.»

«Ah, sì? Allora invita una che sa ballare meglio.»

«È che mi piaci, anche se come ballerina sei una schiappa.»

«Ma sarai sfacciato!»

«Come ti chiami?»

«A te che importa?»

« Se dobbiamo sposarci e fare almeno quattro bambini, dovrò pur sapere il tuo nome. »

« Sì, proprio te aspettavo. »

« Facciamo una cosa: con te non ballo più ma, se proprio insisti, mi puoi pagare da bere. Mi chiamo Dolfo », le disse, allungandole la mano.

« E io Zena », replicò lei, ridendo. « Però da bere me lo paghi tu. »

Finito il ballo, anche la brunetta con cui danzava Guido stava per tornare a sedersi.

« Non mi ha detto come si chiama », la apostrofò Guido.

« Elsa. »

« Io a lei la conosco. »

« Non credo. »

« Non è di Caposotto? »

« Sì... »

« Per caso vive nella casa colonica dietro la chiesina, quella gialla, con le due torrette? »

« Come fa a saperlo? »

« Sono venuto a casa sua in tempo di guerra... »

« A casa mia? »

« Sì, volevamo portar via il maiale. »

Lì per lì la ragazza non la prese bene, ma alla fine dovette passarci sopra, perché l'anno dopo si sposava con quel ladro mancato di porci.

Fu una sera fortunata per i gemelli, perché non solo Guido trovò moglie, ma anche Dolfo, a due mesi dal matrimonio del fratello, si sposò con Zena.

Entrambi andarono ad abitare a Caposotto, il paese delle loro mogli e, nell'ottobre del '47, a Guido ed Elsa nacque una bambina. Nonno Anselmo propose subito di chiamarla Aida, storcendo il naso davanti alle proteste della Elsa, che voleva un nome più moderno. Alla fine scesero al compromesso di Norma, che era pur sempre operistico, ma anche quello della nonna materna.

Anche la moglie di Dolfo era rimasta incinta e ormai era prossima a partorire. La sua era stata una gravidanza strana. Negli ultimi mesi di gestazione, Zena non avvertiva i calci del bambino. La pancia aumentava, le nausee non le davano tregua, ma lei non sentiva nessun movimento. Temeva che il figlio le fosse morto dentro ma, ogni volta che si faceva controllare, il dottore la rassicurava.

«Il suo cuore batte e la tua pancia cresce. Deve solo trattarsi di un gran dormiglione.»

Però Zena non era tranquilla. Sapeva delle voglie che venivano alle donne incinte, ma le sue erano davvero strambe. Per esempio, aveva provato un irresistibile desiderio di mangiare porcospino, insieme a un impulso irrefrenabile di bollire certe strane radici che trovava nel campo. Più si avvicinava il momento del parto, più alla Zena succedevano fatti bizzarri. Un giorno, mentre se ne stava seduta in cortile, spennando una gallina, si era alzata una folata di vento e lei era stata sommersa da un vortice di piume. Aveva annaspato in cerca d'aria poi, al placarsi della raffica, si era messa a togliersi le penne dai capelli e aveva scoperto che, oltre a quelle bianche della gallina, ce n'erano di più grandi e colorate. Parevano di fagiano.

Una notte, Dolfo fece un sogno strano. Era inverno ed era buio. Si trovava sul ciglio di una strada e, d'un tratto, aveva visto sopraggiungere un carro di zingari. Il carrozzone avanzava, inclinandosi a destra e a sinistra, ed era strapieno di ragazzini che saltavano. Pentole e padelle finivano per terra e, di tanto in tanto, rotolava fuori anche qualche bambino. Non sarebbe stato così terribile di giorno, quando lo zingaro che guidava il carro si sarebbe potuto fermare a raccogliere pentole e marmocchi, ma così, di notte, tutto si perdeva nel buio. A una curva, il carro aveva oscillato pericolosamente e un fagotto era caduto ai piedi di Dolfo, che lo aveva raccolto. Nella luce della luna, sbucata all'improvviso all'aprirsi delle nuvole, gli era apparsa una neonata bellissima: era nuda e paffuta, con gli occhi neri e una massa di capelli corvini. Dolfo aveva sentito una vampata d'amore e l'aveva messa sotto il tabarro, deciso a portarsela a casa.

Il sogno fu interrotto dalla Zena che si era svegliata tra le lenzuola fradicie. « È iniziato il travaglio! » disse al marito. Qualche ora dopo, nacque una bambina con gli occhi di un celeste profondo e una massa di capelli corvini. Dolfo la guardò, stupito. Che lui sapesse, fino ad allora nessuno della sua famiglia aveva mischiato i caratteri dei due rami di origine: tutti quelli che erano nati si dividevano in maniera inconfondibile tra i sognatori con gli occhi azzurri e la pelle chiara, e i sensitivi del ramo zingaro, con gli occhi neri e i capelli corvini. Gli parve un buon segno che finalmente le due razze si fossero mischiate. Accarezzò il viso della figlia, e ripensò allo strano sogno appena fatto, alla neonata che gli era ruzzolata giusto davanti ai piedi e che somigliava in tutto e per tutto alla sua bambina. Ci rifletté un poco, poi annunciò: « La chiameremo Donata, perché l'abbiamo ricevuta in dono ».

◆

Anche Neve rimase perplessa davanti al miscuglio di caratteristiche di Donata. Più la guardava, più si ritrovava a pensare: *Strano, fino a oggi i due rami non si erano mai mischiati. Cosa mai vorrà dire?*

La figlia di Dolfo crebbe da subito forte e spigliata. Ai giochi delle bambine preferiva quelli dei maschi: giocare con le biglie, o fare a gara a chi correva più forte sullo stradone dell'argine. A quattro anni, passava molto tempo con Melampo, la cui officina stava giusto nel loro cortile di Caposotto. Donata aveva imparato i nomi di alcune parti del motore e, ogni volta che tornava a casa, imbrattata d'olio nero, affermava che lei, da grande, voleva fare il meccanico come Melampo. Dolfo rideva, mentre la Zena aveva il suo bel da fare per convincerla che quello non era un mestiere da femmine e che lei non riusciva a tirar puliti i vestiti imbrattati d'olio. Ogni Natale, regalavano alla bambina una bambola, ma Donata nemmeno la guardava.

A Neve, quella nipote ricordava un poco lei da piccola, quando insisteva per andare a nuotare nel Po con i maschi. Era una bambina coraggiosa, e questo le piaceva, ma allo stesso tempo pensava che, prima o poi, Donata avrebbe finito per mettersi nei guai.

Alla Neve, invece, fu chiaro fin da subito che Norma apparteneva al ramo dei sognatori. Non le era sfuggito che quella sua nipote, ancor prima di parlare, seguiva con i grandi occhi celesti le ombre sul soffitto e rideva, e batteva le mani.

« Stacci attenta, falla crescere senza troppe fantasie », disse un giorno alla nuora.

« Che male possono farle le fantasie? »

« I bambini poi crescono e i sogni diventano grandi insieme a loro. Alla nostra razza hanno solo portato guai », tagliò corto la Neve.

Quando Norma compì tre anni, Guido le comprò un album e delle matite colorate. Norma iniziò a disegnare e non si fermò più. Finite le matite, lui le comprò una scatola di pastelli. La bambina non smetteva di riempire d'immagini e di colori vivaci ogni cosa che le capitava a tiro: fogli, quaderni, le pagine di giornale; poi, con grande sconforto della madre, passò al muro della cucina e a quello della stanza da letto.

Le maestre dell'asilo si accorsero subito del suo talento e lo incoraggiarono. Guido ne fu contento, ma Neve, quando si rese conto di quella passione, la giudicò pericolosa: « Se non la fermi adesso, tua figlia finisce male », ripeteva al figlio. Tuttavia Norma continuò a disegnare e a colorare ogni spazio disponibile, e ai genitori non restò che adeguarsi.

Iniziarono a vivere come dentro un sogno, circondati da immagini fantasiose e spesso inquietanti. Mangiavano la minestra in compagnia di draghi e fate; dormivano accanto a vulcani e tramonti in fiamme; camminavano per casa fra stelle e comete incandescenti. Vivevano come in un dormiveglia, circondati da scenari surreali, muovendosi lungo corridoi decorati da graffiti, alfabeti misteriosi e spettacolari paesaggi di montagna, nel basso Mantovano, dove la vetta più alta erano i pochi metri dell'argine.

« Da dove avrà copiato? » si chiedeva la Elsa. Provarono in tutti i modi a contenere la creatività dirompente della bambina. Le comprarono dei quaderni avvertendola che, d'ora in poi, solo quelli poteva colorare. Però, tempo qualche giorno, Norma già aveva terminato i fogli e ricominciava a coprire di colori porte, pareti, ogni cosa che le capitava a tiro. Da grande voleva fare la pittrice, ripeteva. Finite le matite colorate e i pastelli, Norma iniziò a portare a casa quelli delle amiche, causando continui litigi con i vicini.

« Che facciamo? Abbiamo provato di tutto », si lamentava la madre. Poi sospirava: « Avesse almeno Donata con cui giocare ».

Tre mesi prima, Dolfo e la famiglia si erano trasferiti a Viggiù, un paesino del Varesotto al confine con la Svizzera. Là c'era lavoro per tutti e Dolfo aveva trovato subito un posto come manovale in un cantiere edile ticinese, mentre Zena lavorava in una fabbrica di camicie a Mendrisio.

In tanti se n'erano andati. La fine della guerra aveva sì portato la pace, ma i paesi della Bassa si dibattevano ancora nella miseria. Una volta sposato, Guido era stato assunto come stagionale nello zuccherificio di Sermide; Elsa lavorava in campagna, ma solo nei mesi delle raccolte. D'inverno, nessuno dei due guadagnava un soldo ed era arrivato il momento in cui la bottega si era rifiutata di far loro credito. Da Viggiù, invece, Dolfo scriveva che le cose gli andavano bene. Portavano a casa franchi svizzeri e, abitando in Italia, riuscivano a vivere tranquilli e a mettere via qualche risparmio.

Venite su, qui è un'altra vita, li esortava in ogni lettera.

Però Guido ed Elsa resistevano all'idea di andare tanto lontano. « Anche se è ancora Italia, vivere lassù è come stare all'estero, e allora tanto vale. Vedrai, Elsa, le cose prima o poi andranno meglio », ripeteva Guido ogni volta che la moglie si lamentava della loro miseria, ma era il primo a non crederci.

1951

Pioveva da giorni. Il livello del fiume diventava via via più allarmante. Il 13 novembre, da in cima all'argine, si poteva toccare l'acqua con la mano. I campi erano stati sommersi, così pure le golene, da dove la gente era già stata evacuata. Il Po trascinava nella corrente tumultuosa tronchi di alberi, rami, carogne di animali.

«*Al Po al cres dimondi*», dicevano allarmati in paese. Gli uomini del Genio Civile impilavano sacchi di sabbia nei punti più a rischio. Persino il prete era venuto ad aiutare. La radio era tenuta sempre accesa. E, quel giorno, il *Gazzettino padano* avvertì che l'onda della piena si avvicinava alle province di Mantova e Rovigo.

Spaventati, Elsa e Guido correvano su e giù per le scale, trasportando verso le camere da letto e il solaio tavoli, sedie, biciclette, scatole di piatti, calendari, caffettiere, grattugie, sacchetti di riso e di farina. La credenza, troppo ingombrante per farla salire per gli stretti gradini, era stata legata con delle corde e tirata su lungo il muro esterno.

«Non chiudere le finestre e lascia spalancata anche la porta, ché se il Po rompe, passa attraverso e fa meno danni», raccomandava Guido.

Norma, che aveva quattro anni, se ne stava in cortile con il naso per aria a fissare con i grandi occhi celesti il mobile che dondolava arrampicandosi lungo la facciata di mattoni. La credenza doveva restare sospesa per giorni contro il muro del secondo piano, coperta da un telo impermeabile e legata con un intreccio di corde.

La bambina assisteva al via vai concitato dei grandi senza sapere dove mettersi o cosa fare. Sembrava di troppo ovunque, così finiva sempre per andare a giocare in cortile. Di tanto in tanto, vedeva la madre apparire sulla soglia della cucina, rossa in viso, le calze di lana arrotolate alle caviglie e i capelli tenuti a bada da un elastico.

Il 14 novembre, sull'argine di Caposotto, che pareva più sicuro di quello di Revere o di Moglia, iniziarono ad arrivare decine di persone, chi con una mucca o con un maiale, chi con le gabbie piene di polli. Alcuni trascinavano carretti con ammassato sopra tutto ciò che erano riusciti a farci stare. Gli uomini lavoravano senza sosta di vanga e di badile; i vecchi fissavano il cielo, chiedendosi dove sarebbe finita tutta quell'acqua, perché la terra, ormai, non ne assorbiva più nemmeno un bicchiere. Tutti aspettavano che, da un momento all'altro, il Po rompesse. La tensione era palpabile e i bambini la percepivano. Molti scoppiavano a piangere e le madri se li stringevano al petto, scrutando il fiume con la paura negli occhi.

Ed ecco un boato che sembrava giungere da sotto la terra. Tutti zittirono. Restarono immobili, in attesa. Finché, dalla strada, qualcuno non gridò da un megafono: «Ha rotto! Il Po ha rotto a Occhiobello!»

◆

Il mattino dopo, Elsa stava in cucina a preparare il caffellatte, e apprese dalla radio la dimensione della tragedia avvenuta a pochi chilometri da casa sua. La donna si fermò nel centro della stanza, il pentolino in mano. Una voce impersonale raccontava che gli argini di Occhiobello e di Canaro avevano ceduto e due terzi della portata fluviale si erano riversati su campagne e paesi. Una volta libera, la valanga d'acqua aveva invaso case coloniche, distrutto stalle e fienili, ucciso migliaia di bestie e un centinaio di cristiani. Ben ottantanove persone erano morte dentro un camion, sorpreso dall'alluvione mentre cercava di portarle in salvo. Nei giorni che seguirono, cadaveri di adulti e di bambini risalirono a galla, fluttuando accanto a carcasse di vacche e di maiali.

Anselmo Martiroli, nato in uno dei paesi alluvionati, venne a sapere di un suo cugino morto insieme alla moglie e al figlio di sette anni. Un'altra sua compaesana aveva partorito su una barca, di notte, mentre il marito la portava in salvo.

Elsa pregò sia per i morti che per i vivi lasciati nel lutto e nella miseria, ma non poté fare a meno di provare sollievo: l'attesa era terminata, ora potevano riprendere la vita di sempre.

Una volta schivato il pericolo, i pacchi messi in solaio vennero riportati di sotto e anche la credenza fu fatta scendere e riprese il suo posto in cucina. Elsa era decisa a lasciarsi quel brutto momento alle spalle. Per Guido, però, era diverso. Era sempre nervoso, spesso scuoteva la testa. Non voleva lasciare il paese, ma allo stesso tempo i soldi non erano mai abbastanza e in più c'era l'umiliazione della bottega che aveva smesso di fargli credito. L'alluvione del '51 fu il punto di svolta.

Un giorno, seduto a tavola per il pranzo, Guido chiese dove fosse il pane.

« Non ho i soldi per comprarlo », gli rispose la Elsa.

Lui fissò la moglie. « Basta. Noi da qui ce ne andiamo. »

« Dove? » chiese lei, mentre gli versava la minestra.

« Da Dolfo, a Viggiù. »

« Hai sempre detto che là non ci volevi andare. »

« Il fiume prima o poi ci sotterra tutti e, se non lo fa lui, lo farà la fame. Oggi scrivo a mio fratello. Passate le feste, si va via. »

Volevano partire subito dopo Natale, però in quei giorni la madre di Elsa si ammalò e la partenza fu rimandata di un paio d'anni, finché la donna non morì. Una volta seppellita la suocera, però, Guido fu irremovibile.

Era l'inizio del 1954. Norma faceva la prima elementare e fu deciso di lasciarla da nonna Neve sino alla fine dell'anno scolastico, finché Guido e la moglie non si sistemavano a Viggiù. La coppia partì ai primi di febbraio, in un giorno gelido ma soleggiato.

Il camion aspettava davanti alla porta di casa. I mobili erano già stati caricati e si stavano riempiendo gli spazi vuoti con scatoloni di biancheria e pentole, ma Elsa ancora resisteva all'idea di partire. Erano solo trecento chilometri, però lei s'immaginava quel paese di montagna come fosse dall'altra parte del mondo. Il successo del film con Totò sui pompieri di Viggiù non le aveva fatto cambiare idea. Già odiava quel posto dove le case, scriveva la Zena, erano di sassi anziché di mattoni, e dove per farsi capire si doveva per forza parlare in italiano. Pur di far fronte ai debiti, Elsa era arrivata a vendere parte del corredo, ma alla fine aveva dovuto arrendersi e cedere alla volontà del marito. Così aveva impacchettato le sue quattro cose e adesso se ne stava a fissare, piena di rancore, quel camion che inghiottiva pezzi della sua vita per portarli in un paese che, nella sua fantasia, era un lager, come quelli del tempo di guerra di cui parlavano tanto i giornali.

Senza nessun preavviso, la donna salì sul camion e iniziò a scaricare gli scatoloni che il marito aveva appena sistemato. Guido caricava, ed Elsa tirava giù tutto, imperterrita, ignorando le imprecazioni del marito. Lui riportava su, lei rimetteva giù, caparbia, in una battaglia che rasentava il ridicolo. L'autista assisteva alla scena senza sapere se intervenire o ridere.

D'un tratto, Elsa si mise a gridare: «Io lassù non ci vengo, in fabbrica io non ci vado! Voglio morire dove sono nata e tirando su bietole. Ho tutta la mia famiglia, qui. E mia madre? Come faccio a portarle i fiori, come gliela pulisco la tomba se adesso vado via?»

A quelle parole, la rabbia di Guido sembrò placarsi. Abbracciò la moglie, le sussurrò qualcosa all'orecchio e le diede piccoli baci sui segni della varicella che aveva sulla fronte. Norma fissava la mamma che ancora singhiozzava, poi vide il padre prenderla sotto braccio e portarla nell'orto dietro casa.

La bambina rimase sola con l'autista. Se ne stavano seduti vicini. Lei pettinava la bambola, lui fumava una sigaretta. Era nervoso e batteva un piede per terra, *tap-tap*, tanti piccoli colpi ritmati. Infine i suoi tornarono. Sua mamma adesso era calma, ma aveva un'espressione cupa. Moglie e marito finirono di caricare senza dirsi una parola e, un'ora dopo, il camion partiva per Viggiù.

Era arrivato il momento di portare Norma da nonna Neve. Salirono tutti e tre sulla Lambretta presa in prestito da Melampo, il vicino meccanico: la bambina davanti, in piedi, poi Guido e, sul sellino dietro, l'Elsa seduta di fianco, la valigia della bambina in bilico sulle cosce.

Neve li vide arrivare dalla finestra. Salì i gradini dell'argine con passi veloci. «Norma, vieni e dammi un bacio», disse, allungando le braccia verso la nipote. Quindi scambiò qualche parola con il figlio e la nuora che dovevano ripartire subito.

Elsa salutò la bambina. «Obbedisci ai nonni e non farli

tribolare, hai capito? Torno presto e ti porto una bambola grande così, tutta nuova.»

Anche il padre la baciò. Ferma sulla strada dell'argine, vide i genitori dirigersi con passo incerto verso la Lambretta. Guido diede un colpo secco sul pedale, poi partì. Una nuvola di polvere coprì lo stradone di ghiaia.

«Torniamo presto. Fai la braaavaaa!» gridò la madre. Indossava un cappotto grigio e aveva un foulard a fiori rosa e azzurri allacciato sotto il mento. La bambina pensò che era bellissima. Se ne stava andando, però. Aveva detto che sarebbe venuta a riprenderla, ma Norma non sapeva se crederle. Le mandava tanti baci con la mano. Li faceva volare verso di lei, ma quei baci la tradivano, come la stava tradendo il suo papà. Norma guardò i genitori che sparivano in fondo alla strada e pensò sarebbe stato per sempre.

Quella sera, mangiò la minestra, fece i compiti e poi si mise a disegnare. Andò avanti, concentrata, persa nelle sue fantasticherie, finché la nonna non le tolse i fogli dalle mani. «Basta. È ora di andare a letto», disse Neve in tono brusco.

Adesso che Norma era da lei, era determinata a riportarla nel mondo della realtà. Voleva fare la pittrice... *Sì, per morir di fame!* si diceva. Per questo, la prima sera le tolse da sotto il naso l'album e i colori, incitandola invece a recitare una preghiera insieme a lei.

Radames se ne stava seduto al tavolo a leggere *l'Unità*, ma di tanto in tanto borbottava che non era giusto indottrinare una bambina, che quelle erano parole senza senso e che la lasciasse in pace. Neve non gli diede retta. Portò Norma nella camera da letto e iniziò a recitare l'Angelo di Dio, ma la bambina, invece di pregare, s'infilò sotto le coperte poi, risentita, girò la faccia dall'altra parte. Neve le baciò i capelli e uscì dalla stanza.

Tornata in cucina, notò che il marito la fissava, contrariato. Decise d'ignorarlo, ma Radames la apostrofò: « È stato un giorno difficile. Non c'era bisogno di portarle via i colori ».

« È per il suo bene. »

« Balle! La verità è che con il tempo ti sei incattivita. »

Neve sentì una stretta allo stomaco. « Non mi hai mai perdonato che non dormiamo più insieme. » Lui non disse niente e lei continuò: « Tu hai un'amante. Lo so da anni ».

« Sei te che l'hai voluto. »

Per un lungo momento nessuno parlò. Neve alla fine aggiunse: « Te lo chiedo adesso, poi più: pensi di andare a vivere con lei? »

Radames abbassò la testa. Sembrò cercare da qualche parte la forza per rispondere.

« No », si limitò a dire alla fine. E, da quella sera, Neve non toccò più l'argomento.

Rannicchiata nel letto, Norma non riusciva a prendere sonno. Strinse a sé le ginocchia, decisa a cacciare indietro le lacrime. Sentiva freddo. Non pianse, ma restò sveglia fino a sentire la campana della chiesa battere due colpi.

Quando riaprì gli occhi, era mattino. Ci mise un po' a capire dove si trovasse. Rimase nel letto rigida, respirando appena. Sentiva la pioggia battere sui vetri della finestra, sulla ghiaia della strada, sul mondo intero. Abbassò le palpebre, cercando di tornare al sogno che aveva appena abbandonato. La pioggia continuava a cadere. Lei pensò che sarebbe continuata per sempre.

1954

Elsa e Guido arrivarono a Viggiù che era buio. Aveva nevicato e il villaggio risplendeva sotto uno strato bianco. I rami degli abeti erano bianchi, e bianchi erano i giardini delle ville, le pietre dei selciati, la statua di Garibaldi; bianchi il piazzale della chiesa e le colline che circondavano il villaggio.

Era un paese di tremila anime, un agglomerato di vecchie costruzioni in pietra, vicoli angusti e cortili in penombra. Un luogo di gente chiusa, abituata a lavorare una terra povera e a parlare lo stretto necessario. All'inizio del Novecento, l'aria buona e i bei paesaggi di collina avevano attirato la borghesia di Milano, che a Viggiù aveva preso a trascorrervi le estati e a costruirvi eleganti ville Liberty. Dopo la guerra, però, i milanesi avevano iniziato a prediligere le vacanze in Riviera e il paese si era tramutato in un punto di riferimento per emigranti che cercavano lavoro nella vicinissima Svizzera. Ed ecco che braccianti e contadini provenienti dalle regioni più povere del Paese da un giorno all'altro si erano messi a lavorare nei cantieri edili del Ticino, ad asfaltare strade, a cucire camicie nelle fabbriche di Stabio, di Arzo e di Mendrisio. Vivevano in bilico fra due mondi e due monete, guadagnando in franchi e spendendo in lire. Al lavoro, gli uomini ci andavano sulle Lambrette e sulle Vespe; le donne raggiungevano la Svizzera a piedi, percorrendo i tre chilometri in salita che da Viggiù portavano al confine. Passata la frontiera, si disperdevano all'interno delle fabbriche, trasformandosi in operaie, imparando a cucire colli e polsini, ad attaccare fodere di giacche, ad assemblare orologi o vari ingranaggi per un'industria in piena espansione.

Per Guido ed Elsa, i primi tempi a Viggiù non furono facili. Zena gli aveva trovato due stanze dove furono sistemati alla meglio i mobili arrivati con il camion.

« Non è granché, ma c'è gente che arriva tutti i giorni e trovare case è sempre più difficile », spiegò, notando l'espressione di sconforto di Elsa.

Erano due camere anguste in una vecchia casa di ringhiera. La stanza al piano terra fungeva da cucina, ma dentro c'erano solo un lavandino in pietra e un rubinetto con l'acqua fredda. Le pareti erano umide e l'unica finestra dava su un cortile quasi sempre in ombra. La stanza da letto si trovava al piano di sopra; anche in questa la luce era scarsa, con due finestre minuscole attraverso cui il sole riusciva a filtrare solo un paio di ore al giorno. Il gabinetto era esterno: uno stanzino maleodorante usato da tutte le famiglie del cortile. Da grande, Norma avrebbe ricordato come talvolta trattenesse la pipì fino a scoppiare, disgustata dai vermi che salivano dal buco e che nemmeno le secchiate di varechina della madre riuscivano a fermare. Era una casa povera persino per loro che venivano da una zona misera, ma Guido ed Elsa erano giovani e determinati a crearsi un futuro migliore.

« Lavoro ce n'è finché volete. Tempo una settimana e sarete sistemati », disse Zena alla cognata, cercando di rincuorarla.

Guido e la Elsa passarono la prima notte in casa sua, arrangiandosi su due materassi stesi in cucina. Faceva molto freddo e, prima di andare a letto, Zena infilò tra le lenzuola il prete, il baldacchino di legno contenente la padella con le braci, che si erano portati da Caposotto. Elsa aveva mal di denti e quella notte non chiuse occhio. Al mattino, spese le uniche diecimila lire che avevano per farsi togliere il molare guasto. Però, come aveva previsto la Zena, tempo una settimana ed Elsa lavorava in una fabbrica di giacche di renna ad Arzo, mentre Guido era stato assunto come manovale nella ditta di costruzioni dove lavorava Dolfo.

Alla giovane coppia non sembrava vero ricevere non uno, ma due stipendi, e regolarmente. Pochi mesi a Viggiù, e furono in grado di saldare i debiti con la bottega di Caposotto. Toltosi quel peso, Guido firmò le cambiali per l'acquisto di una Vespa 125 color banana.

A giugno, terminata la scuola, andarono a riprendersi la figlia a Stellata. Comprarono un divano letto e sistemarono la bambina in cucina. A Norma ci volle un po' di tempo per scordarsi il dolore che aveva provato quando i suoi l'avevano lasciata sull'argine. Ancora non sapeva se poteva fidarsi di loro. Impiegò parecchio anche per abituarsi a tutte le novità di quel paesino di montagna, così diverso dal mondo piatto cui era abituata. La Vespa color banana l'aiutò a farle accettare la nuova situazione. Ogni domenica, la famiglia partiva per raggiungere le spiaggette di Porto Ceresio, o per andare a Lugano, o per fare un picnic sulle sponde del lago Maggiore. Con loro c'erano anche Dolfo, Zena e la figlia Donata, tutti e tre pigiati sul sedile di una roboante Gilera rossa.

Mentre Elsa sedeva con modi eleganti sulla Vespa, di lato, indossando i vestiti a tubo o quelli gonfi con la sottogonna, Zena era stata tra le prime a adottare la moda dei pantaloni e a sedersi a cavalcioni in sella alla Gilera. Sulle spiaggette del lago, le piaceva scandalizzare i benpensanti sfoderando costumi a due pezzi, proprio come Lucia Bosè e Sophia Loren nei primi concorsi di Miss Italia. Se ne infischiava di chi diceva che era una madre e doveva dare il buon esempio; lei era sempre fuori dal coro, un tipo vistoso e piuttosto eccentrico. Mentre Elsa si limitava a passarsi il rossetto e un velo di cipria, lei usava ombretti a tinte sgargianti, verdi o turchesi. Diceva che mettevano in risalto i suoi capelli rossi, che lasciava lunghi e senza permanente. L'esatto contrario di come si usava a quei tempi.

Ricalcando la storia dei loro padri, anche Norma e Donata finirono per diventare inseparabili. La prima, con i capelli chiari e gli occhi azzurri dei sognatori, era magra e aveva il carattere timido di Guido. Anche Donata aveva gli occhi azzurri, ma pure i capelli neri degli avi zingari. Era alta e atletica come Dolfo e, fin da piccolissima, aveva mostrato il carattere spavaldo di entrambi i genitori. Non aveva paura di niente e non stava ferma un minuto, sempre affaccendata a giocare, a correre a destra e a sinistra, a inventarsi qualcosa di eccitante che regolarmente la metteva nei guai. A dire il vero, nei guai ci finivano entrambe, quando non facevano i compiti o non s'impegnavano nei piccoli lavori domestici che i genitori pretendevano da loro. Preferivano passare i pomeriggi pavoneggiandosi davanti allo specchio, indossando gli abiti delle madri, le loro scarpe con il tacco, il cappello con la veletta di Elsa e i rossetti sgargianti della Zena. Donata non era granché attratta dai trucchi e dai vestiti eleganti, ma le due mettevano in scena piccole rappresentazioni teatrali, atteggiandosi un giorno a contesse, un altro a signore di città, e queste recite improvvisate piacevano un sacco a entrambe. Oppure le due giocavano a Campana con Marcellino, Salvatore e gli altri bambini del cortile. Ogni pomeriggio, se ne andavano tutti insieme nel piazzale della chiesa: « Uno, due, tre... Stella! » E di colpo fermi, paralizzati nelle posizioni più ridicole, il fiato trattenuto e la fronte imperlata di sudore. Le ore volavano, ed ecco che il campanile rintoccava sei volte. Già sera! E loro ancora non avevano rifatto i letti né messo su l'acqua per la pasta. Allora si precipitavano a casa per mettere a posto le scarpe con il tacco, le collane e i cappelli, e poi di corsa in cucina ad apparecchiare la tavola e ad accendere il fornello sotto la pentola. Spesso l'arrivo delle loro mamme le coglieva impreparate; allora erano tragedie e volava pure qualche scappellotto.

Ma la passione più grande delle due cugine Martiroli era arrampicarsi su per i boschi che portavano al colle Sant'Elia. Si avventuravano lungo i sentieri ripidi, fra gli alberi di castagno, le macchie di robinie e le pinete. Un'ora di cammino, fino a raggiungere la chiesetta di sasso che sovrastava la montagna. Lassù attraversavano il tratto ombreggiato dagli abeti sino a un piccolo spiazzo che dava sullo strapiombo, una scarpata di roccia alta centinaia di metri. All'orizzonte, si stagliavano le catene innevate delle Alpi e più sotto, serpeggiando fra valli e declivi, ecco il blu cobalto del lago di Lugano. Norma e Donata si fermavano a pochi passi dal precipizio. Davanti a loro c'era un grande buco seminascosto tra le foglie dei castagni. La gente diceva fosse la bocca di un tunnel che, dalla cima del monte, portava direttamente al lago. In tempo di guerra, si sussurrava, avevano gettato parecchie persone laggiù. Le bambine immaginavano gli scheletri ammassati in fondo e facevano un passo indietro, timorose di scivolare sulle foglie e caderci dentro. Se le loro madri avessero saputo che si erano spinte fin là, si sarebbero trovate in un grosso guaio. Era stata Elsa a ordinare a Norma, che pareva quella con più giudizio, di tenersi lontano da Sant'Elia.

«Ci sono vipere dappertutto e, con quel dirupo, è un attimo mettere un piede nel posto sbagliato. Non sognatevi di andarci. Hai capito?»

Norma diceva di sì, giurava che mai ci sarebbe andata.

Sarebbe rimasta a casa con le sue matite e i colori. Se voleva diventare pittrice, doveva esercitarsi. Però alla fine vinceva l'irresistibile richiamo della trasgressione. L'estate era lunga, il sole scottava, e su in montagna c'erano posti misteriosi, come le grotte del monte Orsa, con le trincee della Grande Guerra. Così Norma lasciava fogli e pennelli e passava i lunghi pomeriggi estivi a camminare insieme a Donata tra le felci e l'edera, respirando l'odore delle foglie macere, calpestando il tappeto di terra, resa soffice dopo i frequenti acquazzoni. Raggiungevano le fortezze dei soldati, con ancora i bossoli sotto le feritoie. Da lassù potevano scorgere i monti della Svizzera verso il nord, e a sud chilometri e chilometri di campagna. Nei giorni più limpidi, intravedevano persino le guglie del Duomo di Milano.

L'ultima tappa di quel magnifico vagabondare era la casa del Belón, un vecchio che viveva in una casupola sui monti. Conduceva un'esistenza misteriosa, emarginato dal paese e con l'unica compagnia di una mezza dozzina di cani. Belón scendeva in paese solo nei giorni di mercato per comprare un po' d'olio, del sale o della farina gialla. Si trascinava per le strade, sporco, la barba lunga e i vestiti a brandelli, sempre seguito dal corteo dei suoi cani. Girava voce che ogni tanto ne ammazzasse qualcuno per poi cucinarlo. Forse erano solo dicerie ma, per le cugine Martiroli, Belón rappresentava un richiamo irresistibile. Non c'era avventura più eccitante che avvicinarsi alla sua casa e spiarlo, cercando qualche prova dei suoi terribili pasti.

L'estate in cui avevano otto anni, le due bambine si spinsero fino alla sua finestra.

« Torniamo indietro... » bisbigliò Norma.

« Dai, vieni. Guardiamo, poi andiamo via subito », la rassicurò Donata.

Giunte alla casupola, lanciarono un'occhiata all'interno,

il naso appiccicato al vetro. Belón era seduto, intento a intagliare qualcosa, forse un ramo o un palo. Ma la prima cosa che videro fu che era nudo. Il vecchio sembrò fiutare la loro presenza. Alzò lo sguardo e di colpo lui e Norma si fissarono. Un attimo di panico, poi via!

Le bambine corsero attraverso il prato per poi precipitarsi lungo il sentiero. A entrambe sembrava di sentire sul collo il fiato del Belón, ma non avevano il coraggio di voltarsi per capire se fosse vero o solo uno scherzo della paura. Si aspettavano che, da un momento all'altro, una mano le afferrasse per i capelli, o che un cane mordesse loro un polpaccio. Continuarono senza voltarsi, a perdifiato, fino a raggiungere il paese.

Arrivate in piazza Albinola, crollarono sulle panchine ai piedi della statua di Garibaldi. Si guardarono, poi scoppiarono a ridere: anche stavolta erano salve.

◆

Ogni tanto, Donata conosceva qualche nuova amichetta e spariva per giorni, escludendo dai giochi la cugina. Norma ci rimaneva male, ma poi tirava fuori la cassetta dei colori e dipingeva: uccelli del paradiso, tigri, torri con tante file di finestre. Era ancora convinta che da grande avrebbe fatto la pittrice. Donata facesse pure la parrucchiera, come diceva in giro ultimamente, solo per convincere le amiche a farsi tagliare la frangia. Diventare una pittrice era molto, ma molto meglio. Poi, tempo una settimana, Donata litigava con la sua nuova amica e tornava da Norma.

Fra le cose che entrambe amavano di più c'era la panetteria del signor Pippo. L'entrata era sulla piazzetta della Madonnina, ma i forni e i laboratori davano sul retro, direttamente nel cortile dove abitava Norma, e ogni mattina lei si svegliava con il profumo di lievito, di vaniglia o di torta al limone. Ogni venerdì, poi, il signor Pippo preparava la pizza, una cosa buonissima, che le due cuginette non avevano mai mangiato prima: solo a sentirne il profumo veniva l'acquolina in bocca.

«Qui al Nord è una cosa nuova, ma a *Nuova Yorke* con la pizza i miei compari ci hanno fatto una fortuna. Miii... là dovevo andare!»

Il signor Pippo veniva da Bompietro, un paese vicino a Palermo, e vendeva un pane talmente buono che in pochi anni aveva guadagnato a sufficienza per comprarsi un'auto: una Fiat Topolino 500C, nera, brillante, bellissima. Passava ore a lucidarla con dedizione e tenerezza. A volte ci caricava i bambini del cortile e li portava a mangiare il gelato a Varese o a Porto Ceresio. Guidava impettito, orgoglioso di mostrare la sua Topolino e in barba a tutti quelli che gli davano del *terún*. In fondo, che gliene importava? L'auto l'aveva lui, la sua bella figura la faceva. Durante il tragitto, al signor Pippo piaceva intonare vecchie canzoni siciliane. Ben presto, anche Norma, Donata e gli altri bambini del cortile le cantavano con lui, ma a squarciagola, senza nessuna grazia:

Tira mureddu miu, tira e camiiina,
cu st'aria frisca e duci di la chianaaaa,
lu scrusciu di la rota e la catina,
ti cantu sta canzuna paisanaaa...

«Miii! Peggio delle galline siete! Non *currite*... Piano, e a tempo!»

Amuri, amuri miu, ppì ttia cantu,
lu cori nun mi duna cchiù avventuu!

«*Ragghiu di sceccu nunn'arriva 'n cielu*... Il raglio dell'asino non arriva in cielo», sospirava il signor Pippo, e scuoteva la testa.

Con il miscuglio d'immigrati provenienti da tante regioni, a Viggiù coesistevano abitudini e tradizioni lontanissime tra loro. Mentre emiliani e mantovani si riunivano nelle sedi del partito Comunista per organizzare grandiose Feste dell'Unità a base di comizi, ballo liscio e cappelletti, la nutrita comunità di siciliani allestiva fantasiose e coloratissime processioni religiose o al limite del sacrilegio, come la Festa dei Giudei, che si teneva da tempo immemorabile a San Fratello, un paese in provincia di Messina. I numerosi emigranti di quella zona avevano infatti deciso di continuare a Viggiù la tradizione che, durante la Settimana Santa, li vedeva impegnati ad andare in giro abbigliati con costumi rossi e gialli e festeggiare, come «giudei», la morte di Gesù. Nel giro di un decennio, l'enorme ondata di forestieri era riuscita a cambiare il volto del paese più di quanto non avessero fatto secoli di Storia. I viggiutesi avevano cercato di resistere, ma alla fine si erano arresi alla supremazia numerica dei nuovi arrivati.

Anche le famiglie Martiroli avevano appreso cose nuove. Zena, per esempio, aveva imparato da una compagna di lavoro siciliana a mangiare le fette di limone spolverate con il sale. La Elsa, a preparare *olivi cunzati*, cioè le «olive schiacciate», condite con peperoncino piccante, origano e aglio. L'amica che le aveva insegnato quella ricetta si chiamava Carmelina Premilcuore. Era una lavoratrice instancabile, tanto veloce con le mani quanto con la lingua. Passò la vita in fabbrica e riuscì a mandare tre figli all'università. Quando capitava d'incontrarla, Norma e Donata le si sedevano accanto, affascinate dal suo colorito vocabolario pieno di frasi in dialetto, come «*Sciatara e matara*», che poteva significare ammirazione o disprezzo, oppure «*Buttana è!*» Ogni volta che Carmelina intendeva esprimere meraviglia esclamava: «*Miu Gesù di tern'amuri!*» Se invece discuteva con Zena di qualche episodio di favoritismo sul lavoro, storceva la bocca e finiva per dire: «*Idda è bedda pumata pi li caddi*». Le bambine non capivano il significato di quella frase, ma s'immaginavano, piene di stupore, una donna che, invece di lavorare curva sulla macchina da cucire, passava il tempo in fabbrica a spalmarsi la pomata sui calli.

Pareva un miracolo: la gente arrivava a Viggiù con le valigie di cartone e in poco tempo si faceva l'auto, la domenica mangiava in trattoria, e in qualche anno riusciva a comprarsi una casa. La prosperità dei viggiutesi non si doveva solo al guadagno in franchi svizzeri, ma a un'attività notturna e segreta: in paese c'era un rigoglioso contrabbando di sigarette. Ogni maschio sotto i quarant'anni, con gambe forti e polmoni sani, guadagnava caricandosi sulle spalle sacchi di Muratti e di Marlboro da trasportare attraverso le montagne dalla Svizzera all'Italia. Venivano chiamati «spalloni» e «bricolle» erano i sacchi di sigarette di contrabbando. Ogni bricolla conteneva 749 pacchetti. Non uno di più, perché se si veniva scoperti con 750 scattava l'arresto, mentre al di sotto si rischiava al massimo una multa.

I contrabbandieri venivano considerati personaggi romantici, un po' perché durante la guerra avevano aiutato i partigiani nella lotta per la Liberazione, un po' perché non pochi ebrei e perseguitati politici erano riusciti a fuggire in Svizzera grazie al loro aiuto. Si trattava in fondo di un'attività tollerata, un modo, per così dire, tradizionale, di arrotondare il salario. Sovente i contrabbandieri e le guardie di confine si trovavano nella stessa osteria a bersi un bianchino prima di « andare al lavoro ». Poteva anche capitare che i finanzieri, quando scoprivano gli spalloni, chiudessero un occhio, lasciandoli scappare e limitandosi a sequestrare la merce. Tra Fiamme Gialle e spalloni esisteva in ogni caso un tacito accordo: entrambe le parti uscivano a lavorare di notte lasciando a casa le pistole. Nel caso di uno scontro in montagna, si ricorreva al massimo al bastone. Si trattava, insomma, di un mondo con una propria etica.

Gaggiolo, Saltrio, Viggiù, Clivio: paesi di confine dove tutti facevano il contrabbando. La maggioranza delle case costruite nella zona in quei decenni era il frutto di quel secondo lavoro. In quel periodo, c'erano inseguimenti funamboleschi, appostamenti notturni, trucchi e tranelli per far passare indisturbate le bricolle di sigarette attraverso la rete di confine. Persino un prete fu arrestato perché, alla dogana, avevano scoperto che nascondeva stecche di sigarette sotto la tonaca. Esistevano metodi molto ingegnosi per far passare i carichi di Marlboro persino sott'acqua, attraverso il lago Ceresio. Abbandonate le semplici imbarcazioni, che lasciavano una scia sulla superficie e potevano essere avvistate anche nel buio, si era optato per sistemi subacquei più difficili da intercettare, come il « maialino » o il « sigaro », veri minisommergibili creati nei garage di qualche spirito avventuroso della zona.

Guido fu uno dei pochi che non volle mai avere a che fare con il contrabbando. Sebbene Dolfo gli assicurasse che il rischio di finire in galera non esisteva, Guido era solito ripetere che lui preferiva dormire con il cuore tranquillo. In verità, nemmeno la carriera di spallone di Dolfo fu lunga. Nonostante la sua forza fisica, che suscitava ammirazione anche fra i ragazzi più giovani, la sua vista non faceva che peggiorare.

Una notte, mentre marciava sui monti con la bricolla in spalla, un fascio di luce lo colpì dritto in faccia.

« Altolà! » intimò la guardia.

Lui si liberò della bricolla e si mise a correre giù per i sentieri ma, nella fuga, gli caddero gli occhiali. Capì di non avere scampo, alzò le braccia e disse: « Sono vostro. Ma cercatemi gli occhiali, se no in paese dovrete portarmici in braccio ».

Un sabato pomeriggio, Norma lasciò la madre in cucina che stirava e corse in strada per una partita a pallone con gli altri bambini. Qualcuno diede un calcio alla palla. Lei scattò per prenderla. Ci fu uno stridio di ruote sull'asfalto e il muso di una macchina si fermò a pochi centimetri dal suo viso.

L'uomo scese, la faccia bianca. Le andò vicino, le prese un braccio e lo strinse sino a farle male. « Dov'è tua madre? » gridò.

Norma indicò la sua casa.

L'uomo la trascinò verso la porta. Era chiusa a chiave. L'uomo la prese a pugni. Batteva e batteva.

Si sentì la voce infastidita di Elsa: « Arrivo... un momento! »

Venne ad aprire. Era rossa in viso, tutta spettinata. Dietro di lei spuntò zio Dolfo.

L'uomo dell'auto le gridò che i figli non si lasciavano per strada, che per poco non la uccideva. Elsa tremava, Dolfo teneva gli occhi bassi, si passava una mano fra i capelli. Nessuno dei due parlava.

A un certo punto, l'uomo esclamò: « Fate almeno sedere la bambina, datele un bicchiere d'acqua! »

I due cercarono la bottiglia dell'acqua, ma era vuota.

Nella confusione, trovarono solo il fiasco di vino. Ne versarono un poco nel bicchiere e lo passarono a Norma, ma lei tremava tanto che la maggior parte le finì sul vestito.

L'uomo uscì, sbattendo la porta.

Norma restò sulla sedia, le mani che tremavano, il vestito macchiato. Nessuno parlava.

Dopo un po', la madre le andò vicino e le accarezzò la testa. «Non dire niente a papà. Va bene?»

«Va bene», rispose lei, senza essere certa di cosa, esattamente, dovesse nascondere al padre.

◆

Quella sera, Norma salì le scale fino al piano alto dove viveva Linda, la padrona di casa. Da quando il marito era morto, la donna aveva paura a dormire sola e spesso chiedeva alla bambina di farle compagnia.

Linda aveva più di cinquant'anni, ed era sempre truccata e vestita proprio come le foto delle riviste. Indossava pantaloni attillati che arrivavano fino al polpaccio, «alla Capri», si diceva allora. Viveva in un appartamento con i pavimenti di legno lucido e un orologio antico appeso sopra un mobile di noce, con su un vaso di cristallo e rose sempre fresche. Portava tacchi alti e vistosi orecchini. Si tingeva i capelli biondo cenere, e usciva di casa perfettamente in ordine anche solo per comprare il pane. Elsa diceva che era una vergogna comportarsi come una ragazza, alla sua età. Una volta, Norma l'aveva sentita sussurrare a Carmelina Premilcuore: «Sicuro che l'affitto a lui non lo chiede». E, in quello, aveva alzato il mento verso un ragazzo sui vent'anni venuto su dal Meridione e che viveva nel cortile.

Invece, alla bambina, Linda era simpatica e andare a dormire da lei era sempre una festa. Le piaceva quell'appartamento elegante e il fatto che ci fossero sempre delle rose. Linda amava i fiori. Diceva che la bellezza faceva bene allo spirito. Avrebbe rinunciato al cibo, ma alle sue rose, mai. E poi, appese alle pareti, c'erano belle riproduzioni di Matisse e di van Gogh. Norma le adorava e a volte provava a copiarle.

Quella sera, la bambina s'infilò subito sotto le lenzuola. Guardava Linda mentre lei, seduta davanti alla specchiera, si toglieva il rosso dalle labbra, poi in silenzio si struccava gli occhi. Era un rito lento e meticoloso che Norma osservava, affascinata. Alla fine, la donna si alzò e la raggiunse. Aveva il viso pallido, le guance vuote. Di colpo, era diventata vecchia.

S'infilò la camicia di chiffon sul corpo ossuto, scivolò sotto le lenzuola e sospirò: «Senti come grida il vento...» La voce sembrò morirle in bocca. Dopo un po' aggiunse: «Quando sei grande, va' via. Studia, Norma. Va' a Milano, o all'estero. La gente qui è cattiva».

Le diede la buonanotte e spense la luce. La bambina restò sveglia.

Qualcuno rideva giù in strada. La musica usciva dal juke-box del bar di fronte.

È giunta mezzanotte,
si spengono i rumori,
si spegne anche l'insegna
di quell'ultimo caffè.
Le strade son deserte,
deserte e silenziose,
un'ultima carrozza
cigolando se ne va...

Quella canzone la cantava sempre suo padre. Prima. Quand'erano ancora una famiglia felice. Ma, da un po', l'atmosfera in casa sua era cambiata. I genitori erano sempre nervosi e a tavola non si scambiavano neanche una parola. Parlava solo Norma, ma nessuno pareva darle retta.

Dolfo non veniva quasi più a trovarli, e a volte sua madre spariva per ore. Poi, quando tornava, lei le chiedeva dove fosse andata, ma Elsa rispondeva sempre in modo evasivo.

«Ma dov'eri?» insisteva Norma.

«Ho diritto anch'io a un po' di felicità!» ribatté Elsa un giorno, con stizza. Poi si sedette su una sedia e aggiunse: «Norma, scusa. Prima non... Sono cose difficili da capire alla tua età».

«Sono grande, ho dieci anni.»

Lei sorrise. «Sì, è vero, sei grande, ormai... e io fra un po' sarò vecchia.»

Da quel giorno, la bambina non le fece più domande.

Alcuni mesi dopo, le sparizioni improvvise della madre cessarono. Però Norma notava che spesso lei aveva gli occhi rossi. Non ascoltava più la radio, nemmeno le serate di Sanremo, che prima la tenevano ore incollata all'apparecchio.

Continuò in quel modo per molto tempo. Finché non arrivò il momento in cui tutto sembrò sul punto di sgretolarsi.

Norma aveva undici anni. Aveva trascorso l'intero pomeriggio a dipingere gatti alati e sirene con flauti e chitarre. Quando sua madre era rientrata dal lavoro, non aveva ancora rifatto i letti né aveva apparecchiato la tavola. Elsa aprì la porta e Norma si accorse subito che era molto pallida. Di solito, la madre le rinfacciava che lei tornava dalla fabbrica stanca morta ed era stufa di non poter mai contare sul suo aiuto. Invece quella sera non disse nulla. Si tolse il soprabito, appoggiò la borsa e si sedette. Se ne stava lì senza fare niente. *Ora si alza e me le dà,* pensava Norma. Cercava una scusa per togliersi dai pasticci, quando Elsa scoppiò a piangere.

« Ora riordino, ci metto un minuto... » si affrettò a dire la bambina.

« Non è niente, adesso passa. »

« Stai male? »

La madre non rispose. Si asciugò gli occhi, poi si alzò, si mise il grembiule e iniziò a tagliuzzare le cipolle.

« Devi prepararti, perché fra un po' saremo solo io e te », aggiunse, dopo un po'.

« E papà? »

« Tuo padre va ad abitare per conto suo, poi si vedrà. »

In quel momento, Guido rientrò. Non appena mise piede in casa, Elsa prese il soprabito e uscì, con la scusa di dover comprare la conserva.

Padre e figlia rimasero soli.

Fu Norma la prima a parlare. « La mamma prima piangeva. »

Lui non rispose. Si accese una sigaretta e andò a sedersi accanto alla finestra.

Di quella sera, Norma avrebbe ricordato l'odore del soffritto e un silenzio pesante, rotto solo dal *tic-tic* del rubinetto che perdeva. Più nitido di ogni altra cosa, però, le rimase impresso il profilo del padre accanto alla finestra. Guardava fuori e fumava nervosamente, senza dire una parola. Norma ebbe la sensazione che lui stesse pensando a un'altra donna.

Seguì un periodo di tempeste sotterranee e verità nascoste. Lei sentiva i genitori litigare ma, se entrava in casa, loro tacevano di colpo. Meglio così perché, se si lanciavano accuse e recriminazioni varie, lei non lo sopportava e usciva a giocare con i figli del signor Pippo.

Le mancava più di tutto l'affetto di suo padre. Da quand'erano cominciati i litigi in casa, lui era sempre di cattivo umore, non sembrava avere più tempo per lei. Norma sentiva nostalgia di quand'era piccola. Soprattutto di quando, ancora nel cortile di Caposotto, suo padre la prendeva in braccio e poi, per farla divertire, cantava:

« Signorina Maccabei,
venga fuori, dica lei,
dove sono i Pirenei? »
« Professore, io non lo so, lo dica lei. »
« E sentiamo Mancinelli,
il mio re degli asinelli,
dove sono i Dardanelli? »

Lei lo ascoltava e rideva, la testa appoggiata al suo petto, e gli tirava piano i peli del braccio. Era sempre stato suo papà a passare più tempo con lei, lui il genitore più affettuoso. La madre era troppo affaccendata a mandare avanti la casa, a far quadrare i conti. Poi, da quando i problemi erano peggiorati, a cercare di tenere insieme la famiglia.

Nei ricordi della sua infanzia, il padre cantava sempre. Dopo la guerra, aveva dovuto abbandonare del tutto il sogno di diventare tenore, anche se il professore era stato di parola e si era rifatto vivo. Il suo vecchio compagno di prigionia voleva aiutarlo a fargli ottenere una borsa di studio. Nel frattempo, si era offerto di pagargli delle lezioni di canto presso un insegnante di Ferrara, amico di un suo amico. Ma, pochi mesi dopo il suo ritorno a casa, Elsa era rimasta incinta e, con una moglie e un figlio in arrivo, Guido si era reso conto che per lui era tardi. Sua madre aveva ragione: i sogni erano per i ricchi. Meglio lasciarli perdere e affrontare la realtà. Faceva comunque parte del coro della chiesa e, per qualche anno, aveva continuato a cantare con la passione di sempre. Non appena si era trasferito a Viggiù, aveva chiesto di unirsi al coro della parrocchia e, con la voce che si ritrovava, il prete lo aveva accolto immediatamente. Poi, con l'aggravarsi della situazione in casa, Guido aveva lasciato perdere del tutto il canto. Il prete aveva più volte cercato di convincerlo a tornare, ma non c'era stato verso.

Guido non aveva neppure più ascoltato i suoi dischi d'opera lirica, una collezione che aveva cominciato una volta trovato lavoro in Svizzera. Le registrazioni di Giuseppe di Stefano, Mario del Monaco e Renata Tebaldi erano finite in fondo all'armadio.

Alla fine, non abbandonò la famiglia, ma divenne un uomo taciturno. Un padre che, finito di mangiare, se ne andava in camera a leggere o a fare le parole incrociate. Il dio muto di Norma. Uno che per la famiglia aveva rinunciato ai sogni e che, per senso di responsabilità, si era arreso.

Una fotografia ritrae Norma insieme al padre. È inverno, in un giorno di neve. I due sono sulla strada che porta al monte Orsa. Lui ha un giubbotto sportivo e fuma la pipa. Somiglia a John Kennedy, anche se è più magro e ha gli occhi più chiari. Norma indossa un cappottino scuro e un berretto con il pompon. Gli stringe la mano e sorride, gli occhi chiusi per proteggersi dal sole. Quella foto era stata scattata da Dolfo nel primo inverno a Viggiù della bambina. Sui volti si vede solo felicità.

Pochi anni dopo, era un'altra vita. Tiravano avanti un giorno per volta senza lamentarsi, come fanno in tanti: per abitudine, per mancanza di alternative, per un senso del dovere. Tiravano avanti insieme per la paura di rimanere soli. Per far tacere la coscienza, per il timore di quello che dirà la gente.

1958

Ogni estate, le famiglie Martiroli lasciavano Viggiù e tornavano a Stellata a passarvi le ferie. Le vacanze dai nonni trascorrevano più che altro all'insegna dell'ozio. La mattina, le due cugine gironzolavano per casa, frugando nei cassetti della credenza o in quelli del comò nella stanza della nonna. Osservavano con curiosità le fotografie dei parenti morti. Fra queste, la foto di un neonato con la cuffia troppo grande e il viso magro, e la foto di un soldato con addosso una divisa della prima guerra mondiale.

Dopo pranzo, nonno Radames le portava a pescare i pesci gatto nel Po. Giunti a una spiaggetta, infilava un verme all'amo e gettava il filo della canna nella corrente. Le bimbe sedevano vicine, attente a non fare rumore altrimenti i pesci scappavano. La domenica invece andavano al cinema Cristallo a vedere i film di Totò o di qualche eroe forzuto, come *Le fatiche di Ercole*. Al rientro, le bambine aiutavano la Neve a sgranare i fagioli o a pulire i cornetti per la cena.

«Nonna, raccontaci di quand'eri povera», insistevano. Ai loro occhi, la povertà che lei aveva patito durante gran parte della sua vita aveva un fascino straordinario. Quelle storie di stenti, di pane che mancava, del figlio morto in fasce, erano molto meglio delle trasmissioni che si vedevano nel televisore del signor Pippo. Quando Neve raccontava episodi allegri – come per esempio di cos'avesse escogitato da ragazza per tagliarsi i capelli alla maschietta – rideva di gusto, ed ecco che arrivavano le api a svolazzarle intorno. Le bambine sapevano che succedeva perché da piccola era stata miracolata dalla Santa e non se ne stupivano più.

Con i figli grandi e senza affitto da pagare, le cose per Neve e Radames ora andavano meglio. Lui si era comprato un frutteto di pere Williams appena fuori del paese. Era stato messo in vendita dopo la morte del proprietario e gli eredi, ormai, vivevano in città e non avevano interesse a conservarlo. Si trattava di un vero affare, così Radames aveva messo insieme i suoi pochi risparmi e, per quello che mancava, aveva chiesto un prestito ai gemelli che vivevano a Viggiù. Neve invece aveva preso un lavoro in casa: rifiniva a mano i polsi e i colli di maglie e maglioni che una ditta di Mirandola faceva arrivare ogni settimana a lei e a molte altre donne del paese.

Adesso che le preoccupazioni economiche erano diminuite, Neve era tornata a essere un po' vanitosa. Ai capelli ci aveva sempre tenuto e, dato che ora erano grigi, ogni mese andava dalla parrucchiera per farseli tingere. «*Vecia sì, ma anca bruta no!*» diceva. Era sempre stata un po' invidiosa sia della bellezza di Adele che dell'avvenenza della suocera. Sofia Martiroli, con quella chioma bionda e il viso da Madonna, aveva attirato le attenzioni degli uomini ben oltre i cinquant'anni, ma poi era molto ingrassata e aveva dovuto arrendersi. Neve, ancora piuttosto snella nonostante le molte gravidanze, adesso si prendeva la rivincita. Alle riunioni famigliari arrivava sempre con la permanente appena fatta e, se qualcuno commentava: «Ma diventi sempre più giovane!» lei rispondeva ridendo: «Sarà un altro miracolo della Santa».

Quando i figli erano piccoli, Neve non aveva avuto il tempo di coccolarli o di viziarli, però adesso poteva permettersi di farlo con i nipoti, soprattutto con Norma e Donata, che vedeva così poco. Nei giorni di mercato, se le portava in corriera a Bondeno. Durante il viaggio, raccontava barzellette, a volte anche un po' spinte. Una volta arrivate, si fermavano al bar e lei comprava alle nipoti la Coca-Cola o la Fanta, cose nuove che solo a ordinarle la facevano sentire alla moda.

Nei pomeriggi le bimbe tendevano ad annoiarsi. A volte ascoltavano alla radio i programmi con gli ultimi successi: *Nel blu dipinto di blu* era la loro favorita, ma trovavano divertente Tony Dallara, che cantava con il singhiozzo: *Co-o-me prima, più di prima, t'amerò...*

Neve si sottometteva con grande pazienza ai loro giochi. Donata le faceva « la maschera », un impiastro di latte mescolato con la farina che, una volta spalmato sul viso, induriva fino a trasformarlo in una specie di mummia. Lei si sarebbe voluta lavare la faccia, ma la bambina insisteva: « Devi tenerla, nonna, così poi ti vanno via le rughe ».

« Be', certo, chi bella vuole apparire... » replicava lei.

La domenica mattina, maniche tirate su fino ai gomiti, Neve si apprestava a fare la sfoglia. Preparava il vulcano di farina, poi ci rompeva dentro le uova. Parlava, e parlava, e intanto lavorava l'impasto. Quand'era pronto, ripuliva l'asse di legno e, con un gesto che pareva di benedizione, vi spargeva sopra un lieve strato di farina. Quindi veniva la fase più entusiasmante: lei prendeva il mattarello e in pochi minuti la pasta si allargava e assottigliava fino a diventare un cerchio perfetto, giallo e luminoso come un sole. Bisognava poi preparare il brodo. Neve chiedeva alle nipoti di acchiappare una gallina, pur sapendo che alla fine non ne sarebbero state capaci.

« *Gnanca boni ad ciapár 'na galina!* » esclamava. Lei invece la catturava senza problemi. Poi un colpo di coltello e *zac!* tagliava la testa.

Una gallina, dopo essere stata decapitata, le era sfuggita

e si era messa a saltellare in giro senza testa, un fiotto di sangue che spillava dal collo reciso. «*Ciapèla, ciapèla!*» gridava la Neve, e le bambine, sebbene spaventate da quello spettacolo terrificante, correvano a zig-zag per il cortile cercando di afferrarla.

Quand'erano a corto d'idee, Norma e Donata prendevano il sentiero che portava alla casa della Fossa, dove ancora viveva Edvige. Ancora a quei tempi, la donna aveva un aspetto eccentrico: capelli grigi lasciati crescere selvaggi e abito rigorosamente nero: «Modello *Belle Époque*», sottolineava lei. Aveva uno sguardo che intimoriva la gente e, da sopra gli occhiali, scrutava il mondo con disdegno. La prozia accoglieva sempre le bambine con qualche frase scorbutica: «To', chi si vede... le due cugine svizzere! *Via, andé a zugar in tal curtìl, c'an gò mia temp da pèrdar*». I primi tempi, Norma e Donata ci rimanevano male, ma poi si erano accorte che, dopo una decina di minuti, Edvige le raggiungeva con biscotti e caramelle, si sedeva sotto la pergola e insegnava loro a giocare a briscola o a scopa.

Un giorno, Donata le disse che le sarebbe piaciuto imparare a farsi i vestiti con la sua vecchia macchina da cucire.

«Sarai mica matta! La mia Singer è delicata e non si tocca», ribatté subito la zia, ma poi cedette, brontolando però che, se Donata avesse rotto qualcosa, avrebbe dovuto farla riparare con i suoi risparmi. Si armò di forbici, gessi, spilli e cartamodelli, e le insegnò a confezionare una gonna a campana e anche una blusa alla marinara.

Un pomeriggio, curiosando in fondo all'armadio della prozia, le bambine scoprirono una scatola di legno con il bordo d'argento. Norma cercò di aprirla: «Non si riesce», sbuffò dopo vari tentativi.

«Fammi vedere», le disse Donata, prendendogliela dalle mani, e la aprì senza nessun sforzo.

« Ma come hai fatto? » chiese Norma, stupita.

« Boh! Mi si è aperta subito. »

La scatola era foderata con un velluto rosso, vecchio e consunto. Conteneva una bambola di pezza senza un occhio, un paio di orecchini di turchese, una coda di volpe, vari semi, e un antico mazzo di tarocchi.

« Cosa sono? » esclamò Donata. Tolse il nastro che teneva unite le carte e iniziò a spargerle all'intorno.

« Che strane... Chissà a cosa servono », commentò Norma.

« Boh, ma guarda come sono belle. »

Passarono il tempo inventando piccole storie legate alle figure rappresentate, finché Edvige non le chiamò dalla cucina. Le due risistemarono tutto nella scatola, ma Donata mise da parte i tarocchi.

« Che fai? » le chiese Norma.

« Le carte le tengo un po', per giocare. »

Mentre le metteva in tasca, una carta le cadde per terra. Donata si chinò a prenderla. Sopra c'era disegnato il diavolo: al centro della sua pancia, c'era una piccola faccia; sui lati, stavano un uomo e una donna incatenati. Donata sentì una folata arruffarle i capelli e un vento gelido scenderle lungo la schiena. « Che freddo... » esclamò.

« Ma se si muore dal caldo! »

« Chissà cosa vuol dire... »

Edvige le chiamò di nuovo. Donata infilò in tasca anche quella carta e le due corsero ridendo in cucina.

Donata passò il resto delle vacanze giocando con i tarocchi. Arrivato il giorno di tornare a casa, li nascose nella valigia e non se ne separò più.

Già da un po' si era accorta di riuscire a leggere i pensieri della gente. A scuola, per esempio, quando la maestra scrutava gli alunni per decidere chi chiamare alla lavagna, indovinava immancabilmente il nome prima che lei lo pronunciasse. Oppure, nel momento in cui la madre pensava che avrebbe cucinato riso e piselli, lei se ne usciva con frasi che ogni volta facevano trasalire la Zena: « I piselli no, mamma. Li hai già fatti ieri ».

Le sue facoltà divinatorie erano state notate in famiglia anche in occasione del Natale, quando si riunivano parenti e amici per giocare alla tombola. La Zena teneva il tabellone e chiamava con diligenza: « 77, le gambe delle donne; 88, gli occhiali del vescovo; 47, morto che parla... » Un attimo prima che il numero venisse estratto, Donata lo annunciava ad alta voce, ed era sempre esatto.

« Ci deve essere un trucco », protestava ogni volta qualche giocatore.

Dolfo intimava a Donata di tenere la bocca chiusa, se no a tombola lei non ci giocava più.

« Ha preso dagli zingari », diceva poi alla moglie, e non poteva non ripensare al sogno della notte in cui sua figlia era nata, quando il destino l'aveva fatta cadere dal carrozzone gitano lasciandola in dono ai suoi piedi.

◆

« Hai messo dentro la somarina? »

« Che somarina? Non abbiamo mai tenuto asini. »

« E i vitelli, gli hai dato da mangiare? »

« Sì, Anselmo, hanno mangiato. »

« Mia mamma dov'è? »

« È morta che saranno trent'anni. »

« Ah... »

« Vado a fare la spesa. Tu stai buono che fra un po' torno. Prometti di star buono? »

« Non prometto un bel niente. Sofia, senti... ma tuo marito ti picchia? »

« Cosa dici! Sei tu mio marito, e non mi hai mai messo un dito addosso. »

Sofia si abituò talmente a quei vuoti di memoria che nemmeno ci faceva più caso. Del resto anche lei, con l'avanzare dell'età, a volte scordava i nomi dei nipoti o delle nuore. In più aveva già i suoi, di problemi. Oltre a ingrassare, dopo la menopausa aveva anche iniziato a soffrire d'insonnia. Passava la vita sonnecchiando tutto il santo giorno, ma poi la notte viveva a pieno ritmo. Se andavi a casa sua a mezzogiorno, era facile trovarla addormentata sul divano; invece, ore prima dell'alba, Sofia già stava nel porcile a dare da mangiare ai maiali, oppure era in cucina, intenta a cuocere la conserva o a sbattere le uova per una ciambella.

Abituata a essere tra le più belle donne del paese, Sofia non si rassegnava alla sua obesità e ogni tanto iniziava una dieta. Perdeva un paio di chili, ma poi ne rimetteva tre in una settimana. Era anche perennemente afflitta dalle scalmane. Estate e inverno, si faceva aria con un ventaglio che aveva comprato alla fiera del paese e su cui c'erano geishe e ciliegi in fiore. In poche parole, Sofia Martiroli era troppo presa dai suoi problemi per accorgersi dell'aggravarsi delle condizioni del marito.

Fu in quell'estate del '58 che Guido e Dolfo si resero conto della serietà del suo stato. Quando andarono a fargli visita, trovarono il nonno seduto sotto la pergola, la schiena ancora dritta, i baffi candidi. Lo sguardo vispo, però, non c'era più. Anselmo sembrò fissarli come da lontano. Solo dopo un po' abbracciò i gemelli e pure la Zena, ma guardava la Elsa con sospetto. Quando lei fece per avvicinarsi, lui si tirò indietro.

« E lei chi è? »

« Come chi sono? Ma la moglie di Guido... »

« Guido chi? »

« Lui, suo nipote. »

« Ah... Vi siete appena sposati? » continuò l'Anselmo, sempre più confuso.

Sofia spiegò che, da qualche tempo, il marito scordava i nomi dei figli, o come fare per arrivare al bar di piazza Pepoli. « Una volta me l'hanno riportato i carabinieri. Girava per Bondeno da ore senza trovare la strada di casa. »

Convinsero la donna che bisognava rivolgersi a un dottore e fu allora che all'Anselmo fu diagnosticato l'Alzheimer o, come si diceva a quei tempi, l'arteriosclerosi.

Quando cercarono di spiegargli la malattia, lo avvisarono che avrebbe perso completamente la memoria, ma lui non sembrò preoccuparsi. « I ricordi che contano non sono nella testa, *ma chì, in'tal cor* », diceva con convinzione.

Nei momenti di lucidità, Anselmo cercò tuttavia di sistemare le faccende in sospeso. Fece pace con le persone con cui aveva litigato, andò a trovare i fratelli che non vedeva da anni e pagò da bere persino al prete. Saputo dell'arteriosclerosi, Anselmo Martiroli non smise comunque di bere, persuaso che « *La più bèla mort l'è murir pin ad vin* ».

Decise pure che era tempo di realizzare qualche suo vecchio sogno; per esempio, quello di vedere il mare. Sebbene avesse vissuto tutta la vita a cinquanta chilometri dalla costa, non si era mai spinto fin là. Ora insisteva che voleva andarci e quel pensiero sembrava riempirgli la testa. Ne parlava con tutti, a casa e al bar di piazza Pepoli.

« *L'è pran bèl al mar! Na roba che luccica e si muove tutta. L'an finís mai*», gli assicurava il suo amico Nanni, che invece c'era stato.

L'idea che, oltre al cielo, ci fosse qualcosa al mondo che non aveva fine, emozionò l'Anselmo. Da allora decise che voleva metterci i piedi dentro, a quella grande distesa luccicante, e vedere se era vero che dall'altra parte dell'acqua non c'era niente.

«L'estate prossima ti ci porto io, nonno», gli promise Dolfo, salutandolo alla fine di quella vacanza. Ma non ce ne fu il tempo, perché, tre settimane dopo, Anselmo ebbe un colpo apoplettico e morì, senza essere riuscito a vedere il suo mare scintillante e infinito.

Spirò il 7 settembre, il giorno precedente la festa della Natività della Beata Vergine Maria.

A Stellata era arrivato il luna park e piazza Pepoli era decorata con ghirlande e file di palloncini colorati. Avevano anche allestito lunghi tavoli di legno e una cucina da campo. Il brodo dei cappelletti bolliva dentro i pentoloni e nell'aria si sentiva profumo di soffritto e salamelle alla brace.

Al funerale di Anselmo Martiroli, la chiesa era stracolma. Erano accorsi tutti i parenti e Guido, in onore del nonno, aveva intonato commosso il *Miserere nobis*.

Finita la cerimonia, i figli maschi si caricarono la bara sulle spalle; il primo a farlo fu Radames, nonostante la gamba rovinata. Il corteo si avviò verso il cimitero, superò la piazza inghirlandata e passò davanti al luna park. I bambini stavano in fila davanti al banco dello zucchero filato e le macchinine a scontro volteggiavano sulla pista, lasciandosi dietro una coda di scintille. Il corteo funebre ci sfilò davanti in composto silenzio. Dagli altoparlanti, la voce di Paul Anka cantava *Diana*. Anselmo Martiroli fu seppellito sulle note di quella canzone. Fu una giornata strana; l'amarezza del funerale confusa con l'allegria della festa, gioia e tristezza mischiate insieme.

Quel giorno se lo sarebbe ricordato per sempre anche la vecchia amica di Neve, la Luciana. Ormai vedova di Attilio da tredici anni, e con due figli adolescenti, durante le celebrazioni del patrono finalmente conobbe l'amore. Perse la testa per un'insegnante di ballo di Ferrara, una donna dall'aspetto androgino che, al suo apparire, aveva suscitato sospetti e pettegolezzi. Luciana la vide mentre ballava una milonga e se ne innamorò all'istante. Fu un colpo di fulmine o, secondo il giudizio della madre, un colpo di testa che le mise fuori uso il cervello. Quando l'insegnante di ballo incrociò il suo sguardo, Luciana diventò tutta rossa e cominciò a sudare. L'altra si avvicinò per invitarla a bere un bicchierino, e la bottegaia la seguì con le ginocchia molli.

«Mi piacerebbe tanto imparare a ballare il tango...» le disse poco dopo, emozionata.

«Si può fare», replicò l'altra, strizzandole l'occhio.

Fu una passione che scandalizzò l'intero paese, ma le malelingue non riuscirono a intaccare la felicità di Luciana. Questa volta nemmeno la madre la fece desistere. Pesava ormai più di centoventi chili ed era su una sedia a rotelle, ma la donna fece appello a tutte le sue risorse drammatiche per convincere la figlia ad allontanare quella che, secondo lei, era una donnaccia senza vergogna. Passò dalle preghiere agli insulti, dalle suppliche alle minacce, dai voti alla Madonna al ricatto morale. «Tu mi farai morire! C'hai dei figli ancora da maritare... e fosse almeno bella; ma perdere la testa per una così, senza tette, che porta le scarpe basse e che quando non balla cammina come un contadino!»

Luciana se ne fregò di tutti, iniziando una storia d'amore che doveva durare fino alla sua morte. Sistemò la madre in una casa di riposo, diede in affitto la bottega e si trasferì con i figli a casa dell'amante. Quando i ragazzi si resero indipendenti, Luciana vendette il negozio, diede loro metà del ricavato e spese quello che le restava in crociere di lusso. Passò i suoi ultimi anni bevendo champagne e facendo l'amore nelle cabine di prima classe. Morì d'infarto fra le braccia della sua amante, mentre la nave attraccava nel porto di Alessandria d'Egitto. Aveva dissipato una fortuna e non aveva mai imparato a ballare il tango.

1962

L'antipatia di Radames per i preti toccò l'apice nell'ondata di fervore tecnologico che caratterizzò gli anni '60, quando il parroco di Stellata decise d'installare un impianto acustico per diffondere i suoi sermoni in tutto il paese. Un bel giorno, don Romano si mise in contatto con una ditta di strumenti musicali di Ferrara e, due settimane dopo, l'intero borgo si ritrovò invaso dai megafoni. Ce n'erano quattro solo in piazza Pepoli, uno a ogni angolo; altri furono installati sul campanile, altri ancora sopra il portone della chiesa e sulla facciata della scuola. Ogni domenica, la voce del parroco risuonava per il paese, accompagnata da cori gregoriani e inni in latino. Don Romano ne era assai soddisfatto, anche perché ormai era praticamente sordo, cosa che rendeva problematiche pure le confessioni: se i parrocchiani volevano essere assolti, dovevano urlare i loro peccati, con grande diletto dei presenti.

La diffusione stereofonica delle prediche di don Romano non fece che aumentare l'irritazione dei comunisti e tolse parecchi voti anche ai democristiani. L'episodio però non scalfì il sentimento religioso della Neve, che continuò ad andare a messa ogni mattina e a recitare il rosario prima di dormire. Radames tentò invano di convincerla che le storie dell'inferno e del paradiso erano fandonie inventate per intimorire la povera gente.

« L'inferno è questo. Lo viviamo qui, ogni giorno! » le ripeteva.

Lui aveva ancora l'amante, sempre la stessa, anche se, con il passare degli anni, la vedeva meno. I primi tempi, Neve aveva più che altro paura che il marito facesse qualche bambino anche con l'altra ma, per ragioni che lei non si spiegava, non era successo. Forse l'amante era più scaltra, o forse non poteva averne, rifletteva. Perché - di questo era sicura - il fatto di non restare incinta non era da attribuire a suo marito.

Radames aveva anche tentato qualche sporadico riavvicinamento con la moglie, ma i due si erano talmente abituati all'assenza d'intimità, che alla fine la cosa aveva finito per sembrare strana pure a lui. L'ultima volta che ci aveva provato, aveva raggiunto Neve di spalle, mentre lei lavava i piatti. L'aveva abbracciata da dietro, senza dire nulla, ma appoggiandosi per bene, così che lei potesse sentire il suo desiderio. Neve era rimasta immobile, poi aveva sollevato una mano dal lavello e, senza girarsi, aveva stretto quella del marito. « *A sem vec, ormai* », gli aveva detto.

E da quel giorno lui aveva lasciato perdere.

Nel 1959, cinque anni dopo l'arrivo a Viggiù, Guido e Dolfo avevano iniziato la costruzione della nuova casa. Prima di emigrare, non avevano mai messo insieme due mattoni, però ormai avevano imparato il mestiere e si sentivano pronti. Acquistarono un pezzo di terra verso il confine con la Svizzera. Era un piccolo bosco di betulle e dovettero tagliarle tutte per scavare le fondamenta di un modesto edificio di due piani: un appartamento per fratello.

Lavorarono alla costruzione della casa ogni fine settimana per tre anni filati. Quando c'era da cementare le solette, o fare qualche altro grosso lavoro, chiamavano i compaesani, tanto prima o poi il favore veniva ricambiato. Anche Elsa e la Zena davano una mano: reggevano la canna dell'acqua per mischiare cemento e sabbia, trasportavano mattoni nella carriola, correvano a comprare i chiodi o quello che mancava.

Nelle case dei fratelli Martiroli adesso non si parlava che dei lavori in corso. Si discuteva dei pavimenti o delle piastrelle del bagno o di quale tipo di lavello mettere in cucina. Donata, cui era venuta la fissa dei tarocchi, passava il tempo chiedendo responsi per qualsiasi cosa, grande o piccola che fosse. Quando la casa era in costruzione, consultò le carte che due secoli prima erano appartenute a Viollca e se ne uscì con uno strano discorso.

« In questa casa ci vivremo solo qualche anno. Io sarò la prima ad andar via, poi toccherà a te. Ma le carte dicono che alla fine ce ne andremo tutti. »

« Figurati, con la fatica che hanno fatto i nostri per costruirla », replicò Norma.

« Ti dico che ce ne andremo. Vedo un cerchio, qualcosa che gira, gira, e torna al suo principio. »

« Saranno le rotelle del tuo cervello », le rispose la cugina, ridendo.

Nel gennaio del 1962, dopo tre anni di sacrifici, finalmente arrivò il giorno del trasloco. Alle ragazze, ormai quattordicenni, non pareva vero di avere un bagno con l'acqua calda, le piastrelle, un water e il bidet. Il tutto in ceramica rosa, all'ultima moda. Niente più vermi che uscivano dal buco, niente più pentoloni a bollire sui fornelli per farsi il bagno. Le due famiglie Martiroli si sentivano ricche, anche se l'impianto del riscaldamento ancora non c'era e, fuori dalla porta, sembrava di stare in un cantiere.

Dopo la costruzione della casa, apparvero i primi segni del benessere. Un sabato, rientrando da scuola, Norma sentì la voce eccitata di sua madre che la chiamava dal bagno. Là ci trovò la lavatrice appena arrivata e, davanti, stavano sedute sua madre e la Zena. Concentrate e silenziose come se fossero al cinema, assistevano allo straordinario spettacolo del ciclo LAVAGGIO PER IL COTONE. Seguivano con il fiato sospeso le rotazioni improvvise, i silenzi e i borbottii. L'inizio della centrifuga le fece sobbalzare, poi strappò loro un: « Oh! » di meraviglia.

« Ma le laverà poi bene, le braghe del lavoro? » si chiedeva la Zena. Le due cognate si sentivano due donnette pigre a star lì, sedute per un'ora a far niente, e in loro si mescolavano un po' di eccitazione infantile, di diffidenza popolare e anche un tantino di rimorso.

Norma e Donata frequentavano le superiori a Varese. Le famiglie volevano un futuro migliore per le figlie però, giunto il momento di scegliere, le avevano spinte a iscriversi a scuole che le preparassero al più presto al mondo del lavoro. Con la sua passione per la pittura, Norma avrebbe voluto studiare arte, magari a Milano, ma i suoi si erano opposti con energia.

« È troppo lontano. E poi, quando finisci? Devi imparare un mestiere, poterti guadagnare da vivere. Meglio se fai una scuola professionale, così puoi trovare lavoro in qualche ufficio. »

Norma aveva cercato di convincerli che dipingere era l'unica cosa che voleva fare nella vita.

Guido la capiva. Nella figlia vedeva riflessa la sua passione giovanile per il canto, ma aveva capito che i sogni erano un lusso che solo i ricchi si potevano permettere, e anche la figlia, prima o poi, doveva accettarlo.

« Che futuro ti dà studiare l'arte? » le ripeteva.

« Perlomeno non diventerei una persona scontenta e frustrata come te! »

Guido aveva abbassato gli occhi ed era uscito dalla stanza senza replicare. Non c'era stato verso di convincerlo per la scuola d'arte, ma alla fine aveva permesso alla figlia di fare le scuole medie e poi le magistrali. Donata, invece, tanto aveva insistito che era riuscita a iscriversi al liceo classico.

Ogni mattina, le due cugine prendevano la corriera delle sette per Varese poi, dopo la scuola, si fermavano in città a mangiare un panino sotto i portici. A volte passavano il pomeriggio in uno dei tanti bar frequentati dagli studenti. Lì giocavano a flipper, flirtavano con questo o con quell'altro, inserivano nel juke-box le cento lire per ascoltare l'ultimo successo di Sam Cooke, dei Beatles e dei Rolling Stones. A casa, poi, rimettevano senza sosta gli stessi 45 giri.

She loves you, yeah, yeah, yeah!
She loves you, yeah yeah yeah!
With a love like that,
you know you should be glaaad oh oh!

Le loro madri urlavano a turno di abbassare la musica, ma loro facevano finta di niente. Detestavano i gusti musicali dei genitori. Tony Dallara, che a loro aveva sempre fatto ridere, e poi erano ancora fermi a Domenico Modugno e Bobby Solo: tutta roba da matusa.

Erano anni di grandi cambiamenti sociali. I figli adesso si vestivano in maniera completamente diversa dai genitori e anche le cugine Martiroli iniziavano a mostrare insofferenza verso la vecchia generazione. Negli ultimi anni delle superiori, le scarpe eleganti furono accantonate e le gonne gonfie divennero cimeli. Non cotonavano più i capelli, ma li lasciavano liberi sulle spalle. I ragazzi pure. Ora Norma e Donata indossavano minigonne, cappelli a larga falda, collane di vetro colorato e jeans così attillati che, quando le due andavano a Stellata, i nonni ne erano scandalizzati.

« Una donna in pantaloni ha l'eleganza di un asino che piscia », borbottava Radames, vedendole andare in giro conciate in quel modo.

Era anche il periodo delle prime contestazioni studentesche. Le due cugine facevano parte della FGCI, l'organizzazione dei giovani comunisti italiani. La sera si riunivano nella sezione del partito Comunista di via Roma per discutere sulla politica estera americana, o per organizzare la Festa dell'Unità. Con loro c'era anche Dolfo. Dopo la Liberazione, aveva accettato a malincuore la decisione del partito di cedere le armi e di sostenere sistemi democratici. Presto, però, si era reso conto che, con le elezioni, i comunisti al governo non ci sarebbero mai arrivati. Ogni volta che uscivano i risultati delle politiche, Dolfo Martiroli sospirava: « Aspetta e spera! Era allora che si doveva prendere il potere ».

Dopo l'invasione russa dell'Ungheria, Guido si era allontanato da qualsiasi forma di attivismo politico. Aveva continuato a votare prima Togliatti e poi Berlinguer, ma più che altro per tradizione. Dolfo invece trovò scuse per giustificare sia l'invasione dell'Ungheria nel '56 che i fatti di Praga del '68. Continuò a essere fedele al PCI e fu anche eletto segretario del partito Comunista della sezione di Viggiù. Grazie a quella carica, andò a Mosca e pure a Cuba. Tornava a casa rifocillato di fervore politico, raccontando di come, nell'Unione Sovietica, ogni cosa funzionasse alla perfezione, di come là tutti avessero una casa, un lavoro e l'assistenza sanitaria. Gli asili non costavano niente e gli autobus erano praticamente gratis.

« Tu l'hai mai preso l'autobus? » gli chiedeva Guido.

«No, ma che c'entra, a noi ci portavano in giro con il pulmino.»

A Cuba, poi, c'erano i migliori medici del mondo e in pochi anni Fidel – lo chiamava per nome come fossero cresciuti insieme – aveva eliminato la corruzione e l'analfabetismo.

«E com'è che allora scappano in tanti?» si ostinava a chiedergli il fratello.

«Non devi credere alla televisione. È solo propaganda capitalista.»

«Sarà, ma le foto sui giornali, tutte quelle barche che scappano?»

«Quelli sono traditori, i latifondisti di prima di Fidel!»

Il fervore politico di Dolfo contribuì a radicalizzare le idee di Donata che, in pochi anni, finì per spingersi molto più a sinistra del padre. Già dagli ultimi tempi del liceo, la ragazza condannava il PCI, definendolo un partito revisionista; poi, una volta iniziata l'università a Milano, si aggregò a un partito che inneggiava alla rivoluzione proletaria.

Anche le differenze tra Donata e Norma in quegli anni si fecero più evidenti. Mentre Norma non mostrava interesse per la politica e passava il tempo libero a dipingere, o ad ascoltare la musica dei cantautori genovesi, Donata leggeva *Il secondo sesso*, *I dieci giorni che sconvolsero il mondo*, e *Che fare?* di Lenin. *L'Unità* finì nella spazzatura, Sam Cooke e i Beatles cedettero il posto alle canzoni di protesta di Bob Dylan e Joan Baez. L'intervento americano in Vietnam si era trasformato in una guerra sanguinaria e aveva suscitato le ire dei giovani di tutto il mondo. Si respirava aria di rivoluzione.

1968

11 marzo 1968. Una catena di studenti bloccava l'entrata dell'Università Statale di Milano e, al primo piano, qualcuno aveva esposto uno striscione con la scritta: UNIVERSITÀ OCCUPATA. L'atmosfera era elettrica. La polizia, pronta a intervenire alla prima scintilla di disordine, formava due cordoni ai lati della facoltà.

Donata Martiroli stava con il gruppo di studenti che impediva l'accesso all'edificio. Discutevano i programmi del giorno. C'era l'intervista da rilasciare ad *Avanguardia operaia* e bisognava ignorare quelli della RAI. L'ultima volta, erano riusciti a modificare il messaggio, travisando senza nessuna vergogna quello che loro avevano detto. La cosa più importante era portare cibo agli studenti accampati nelle aule. Soprattutto bisognava mostrare al Potere che la situazione era sotto controllo.

« Un tentennamento e siamo fregati. Dobbiamo stare calmi. Deve essere chiaro che non cederemo », si raccomandava un compagno.

Stavano discutendo, quando una voce si alzò dal brusio che li circondava: « Avanti, ragazzi, stamattina la lezione si fa qui ».

Donata girò la testa. Stefano Lorenzi, il giovane assistente volontario a uno dei corsi frequentati da Donata, raggruppava intorno a sé un timido gruppo di crumiri. La ragazza lasciò la sua postazione e gli si mise davanti: mani sui fianchi, gonna lunga multicolore, una massa di capelli nerissimi fino alla schiena. « Professor Lorenzi, non sa leggere? » lo apostrofò, guardandolo con aria battagliera.

Nonostante quell'atteggiamento strafottente, lui non poté ignorare il fatto che lei, quel mattino, fosse assolutamente irresistibile. « L'università è occupata, ma l'esterno appartiene a tutti », rispose con calma.

La ragazza fece un passo avanti. « Il cortile appartiene al popolo. E lei? »

« È sicura di sapere quello che il popolo vuole? »

« Meglio di voi docenti, senza ombra di dubbio. »

A quel punto, Stefano Lorenzi sorrise, ma appena appena, con un'espressione che fece infuriare Donata. Poi girò la testa verso il gruppo degli studenti. « Venite, non perdiamo altro tempo. »

Lei si sentì ribollire. Con che faccia il Lorenzi si permetteva di parlare in quel tono? « Non perdiamo altro tempo », aveva detto. Come se lei fosse una poveretta da non prendere in considerazione. Fece un altro passo avanti, decisa a strappargli i fogli dalle mani, ma un compagno la afferrò per un braccio. « Smettila. Stanno aspettando solo quello. » Accompagnò le parole con un'occhiata in direzione della polizia. Lei notò come gli agenti fossero già in posizione d'attacco: rigidi, gli scudi sollevati, le visiere abbassate.

« Okay », capitolò.

Il 25 marzo, di fronte all'ingresso dell'Università Cattolica, ventimila universitari sfilarono in un corteo di protesta. Erano guidati da Mario Capanna, espulso da quella stessa università. Tre giorni prima, le forze dell'ordine avevano sgomberato la Cattolica, la Statale di via Festa del Perdono e il Politecnico. Tutte e tre le università erano temporaneamente chiuse.

Quel pomeriggio, megafono in mano, Capanna avvisò il

rettore che aveva un quarto d'ora per riaprire l'università. « Altrimenti provvediamo noi », aggiunse. Trascorso inutilmente il quarto d'ora, i dimostranti cercarono di sfondare i cancelli. La polizia intervenne e ci furono scontri durissimi, al termine dei quali rimasero feriti ottantasei agenti e trenta studenti. Capanna e altri compagni vennero fermati e portati in questura. Tra loro, c'era Donata Martiroli. Il fermo comunque durò solo poche ore: alle due di notte, tutti furono rimessi in libertà.

La mattina dopo, ci fu un'altra grande manifestazione studentesca in piazza Duomo. Poi, piano piano, le lezioni ripresero, anche se a singhiozzo.

Fra le cose più difficili che Donata dovette sopportare, ci fu ritrovarsi a faccia a faccia con il Lorenzi. Fece di tutto per non incrociarlo. Se lui rivolgeva qualche domanda in aula, lei si guardava bene dal rispondere; se lo incontrava in qualche corridoio, evitava il suo sguardo.

« Buongiorno, Martiroli », la salutava lui ogni volta.

Donata tirava dritto.

« Martiroli, non manchi la lezione pure oggi. Ultimamente non è stata molto presente. »

Cos'è, mi controlla adesso? pensava lei, e sbuffava.

« Martiroli, tenga », le disse un giorno il Lorenzi, restituendole un saggio.

Donata lo prese e se ne andò senza ringraziare.

Seduta alla mensa, scorse velocemente i fogli spillati per arrivare al commento finale:

Un buon lavoro. Però, Martiroli, non faccia anche lei come tutti quelli che, in questo periodo, riducono Marx a una serie di slogan, annullando non solo la complessità del suo pensiero, ma rendendone anche un profilo storicamente fallace, dato che ingabbiano la figura di questo grande pensatore in schemi rigidi e inadeguati. Oltre la dittatura del proletariato, *oltre* proletari di tutti i Paesi, unitevi! *c'è un filosofo geniale e talvolta profondamente contraddittorio, che ha saputo combinare storia, sociologia, economia e antropologia in un* opus *in continua evoluzione. Non mi riduca Marx a una manciata di formule semplicistiche. Se le fa piacere, potremmo discutere di tutto questo e del suo saggio davanti a una tazza di caffè.*

Lei afferrò la borsa e, il saggio stretto nell'altra mano, si diresse alla biblioteca della facoltà, sicura di trovarci Lorenzi. E infatti era lì, immerso nella lettura.

«Cosa significa che riduco Marx a uno slogan? Dove avrei usato delle 'formule semplicistiche'? Ecco, me lo mostri!» lo aggredì lei, sventolandogli i fogli davanti al naso.

Un paio di ragazze che passavano di lì si scambiarono un'occhiata stupita.

Lui non si scompose. «Sstt... Siamo in una biblioteca. Il suo è un buon saggio», mormorò.

«E allora?»

«Era una provocazione, l'unico modo per riuscire a parlarle.»

Donata restò a fissarlo, disorientata. «Ma che stronzo!» disse alla fine, e se ne andò.

Un'ora dopo, era in strada che aspettava il tram ed era ancora talmente indignata, e offesa, e piena di rabbia che, quando il tram le si fermò davanti lei non salì, accorgendosi che era il suo soltanto quando lo vide allontanarsi.

Una volta arrivata a casa, cercò di distrarsi. Si cucinò due spaghetti, poi accese la radio per spegnerla di nuovo dopo cinque minuti. Lavò i piatti imprecando a voce alta prima contro il Lorenzi, poi contro le coinquiline perché quelle mai che si degnassero di pulire.

Finito con i piatti, si sedette sul divano. Telefonò a un paio di amici e poi chiamò Norma.

« Cos'hai? Mi sembri stressata », le disse subito la cugina.

« Niente, un idiota all'università, un assistente. »

« Carino? »

« Ma figurati. »

« Come mai ce l'hai tanto con lui? »

Donata fece un breve resoconto dell'accaduto, alla fine del quale Norma decretò: « Be', è chiaro che ha una cotta per te ».

Quando Donata mise giù il telefono era più agitata di prima. Cotto di lei, Stefano Lorenzi, con quell'aria da borghese, da figlio di papà che mira soltanto alla carriera di docente! Figurati, cotto di lei. E poi manco fosse stato un bell'uomo. Com'era? Nemmeno riusciva a ricordarselo. Quanti anni avrà avuto? Trenta? No, meno. *Ma chissenefrega*. Ne avesse avuti venti o settanta non faceva differenza. Cotto di lei. *Ma dai!*

Stette un po' sul divano a tamburellare con le dita. Accavallò la gamba sinistra sulla destra, poi la destra sulla sinistra. Si accese una sigaretta, fece qualche tiro e la spense.

Si alzò, estrasse dalla borsa in tessuto peruviano il saggio e rilesse il commento. Terminò sbattendolo con insofferenza sul tavolo, si mise la giacca e uscì. Alle nove, aveva una riunione con quelli del partito. Mancava ancora molto, ma lei chiusa in casa non poteva più starci. Meglio vedersi un film o camminare per strada. Un po' d'aria. Ecco di cos'aveva bisogno.

Tornò dopo la riunione del partito, a mezzanotte passata. Era sfinita. Si mise subito a letto ma, non appena chiudeva gli occhi, le appariva davanti l'immagine del Lorenzi. Si rigirò a lungo fra le lenzuola, cercando di scacciare quel pensiero. Non servì.

Passata l'una, si alzò e si diresse verso la cassettiera.

Rovistò in un groviglio di collane, calzini, mutande, fotografie, bollette della luce e del gas. Infine, eccoli. Donata prese i tarocchi e si sedette al tavolo.

Iniziò a tagliare il mazzo e, quando si sentì pronta, cominciò a girare le carte. Dapprima restò perplessa. Continuò a girarle, mentre il suo viso assumeva via via un'espressione di sorpresa, poi d'incredulità. Arrivò il momento di scoprire la carta più importante, quella del responso finale.

«Mamma mia...» sussurrò.

La mattina dopo, Donata s'imbatté nell'assistente che sistemava un annuncio nella bacheca.

«Professore, è ancora valida l'offerta del caffè?» gli chiese senza preamboli.

«Certo», rispose lui, sorpreso.

Andarono nel bar dietro l'angolo. Parlarono del saggio sì e no dieci minuti, poi chiacchierarono di tutt'altro. Bastò quel pomeriggio, qualche ora seduti l'uno di fronte all'altra, per farli innamorare.

Si lasciarono che era quasi sera.

«Ti piace il jazz?» le chiese lui.

«Così così.»

«Troppo... borghese?»

«No, è che non lo conosco molto.»

«C'è un posto sul Naviglio, Il Capolinea. Fanno ottima musica e si mangia bene. Hai da fare stasera?»

«No, completamente libera.»

Stefano passò a prenderla alle otto con una Due Cavalli gialla. Era allegro e gli occhi gli brillavano. Notò che lei si era truccata, cosa insolita per le ragazze dei gruppi militanti. Notò pure che aveva messo una certa cura nello scegliere l'abbigliamento: indossava una gonna nera e una blusa a fiori che le lasciava le spalle nude.

« Sei elegantissima. »

« Figurati, ho messo la prima cosa che mi sono ritrovata fra le dita », mentì lei.

Al Capolinea, parlarono tutto il tempo e nemmeno si accorsero del jazz. Bevvero una bottiglia di vino e, quando uscirono, erano ancora un po' brilli. Decisero di fare quattro passi con la scusa di smaltire l'alcol, ma in verità nessuno dei due aveva voglia di separarsi dall'altra. Finirono per camminare per ore lungo il Naviglio, e una valanga di parole, di risate, discussioni di politica, di musica e letteratura. Non riuscivano più a fermarsi.

« Che ore sono? » chiese lei a un certo punto.

« Vediamo... Le tre passate. »

« Gesù! Meglio se mi riporti a casa. »

Prima di scendere dall'auto, Donata disse: « Ti va di venire a cena da me? Domani sera, oppure... »

« Domani sera va benissimo. »

Lei sorrise e gli diede un bacio sulla guancia, ma finì per sfiorargli la bocca.

« Allora a domani, dormi bene. »

Guidando verso casa, Stefano Lorenzi pensava a quel quasi bacio e al tono soffice che Donata aveva quando lo aveva salutato. E sorrise, con quel sorriso inconfondibile, un po' svanito, che hanno gli innamorati.

◆

Viveva all'ultimo piano di un grattacielo di periferia chiuso tra due file di edifici coperti dalla fuliggine. Non c'era l'ombra di una pianta sui balconi, neppure un geranio, ma a Donata non importava: salivi fin quasi alle nuvole e ti lasciavi dietro tutti i rumori della città. L'abitazione era semplice, ma aveva grandi finestre che la inondavano di luce. La cucina, di formica azzurro pallido, sembrava uscita da un film degli anni '50; in sala c'erano solo un grande divano, un tappeto, e scaffali pieni di libri. Sulle pareti, un poster di Lenin e vari manifesti che inneggiavano alla Rivoluzione Culturale.

Stefano arrivò con un mazzo di fiori e una bottiglia di vino. « È bello, qui », disse, guardandosi in giro.

« Accomodati. Torno subito. » Donata andò in cucina a buttare gli spaghetti. Stefano si avvicinò alla finestra. « Vivere qui deve essere un po' come stare in cima a una montagna. »

« Sul tetto ci sono due nidi di cicogne; da non crederci », rispose lei, tornando con due calici.

Mangiarono seduti sul tappeto: spaghetti all'amatriciana, insalata e gelato. Parlarono di loro, dei progetti futuri, dell'università e di poesia. A dire il vero, a parlare fu soprattutto Donata. Stefano la ascoltava, incantato dalla sua vitalità.

Dopo cena, si sistemarono sul divano. Lui prese un libro e iniziò a leggere ad alta voce:

Per tutti la morte ha uno sguardo.
Verrà la morte e avrà i tuoi occhi.
Sarà come smettere un vizio,
come vedere nello specchio
riemergere un viso morto,
come ascoltare un labbro chiuso.
Scenderemo nel gorgo muti.

« 'Verrà la morte e avrà i tuoi occhi...' » ripeté Donata, e di colpo sentì un dolore allo stomaco, un senso di nausea.

« Cosa c'è? »

« Niente, è passato. Continua, leggi così bene. »

Stefano riprese la lettura. Lei lo stava a sentire, ma era ancora turbata. Perché quelle parole l'avevano colpita al punto da farla star male? Stefano leggeva e, lentamente, Donata si calmò.

Lo osservava. Com'era possibile che, prima di quel caffè insieme, non lo avesse notato? Era alto come lei ed era troppo magro. Però aveva una voce calda, occhi grandi, un viso allungato con un qualcosa di romantico. I capelli erano chiari e mossi, piuttosto lunghi. Le ricordava le stampe dell'Ottocento, certi eroi del Risorgimento. Mentre leggeva, Donata gli accarezzò la nuca. Stefano tacque. Girò la testa, avvicinò le labbra alle labbra di lei e la baciò. Sentì calore, il sapore del vino, la sua saliva dolce. Lei spense la luce. Il blu entrò nella stanza come un mare notturno. Scivolarono sul pavimento e fecero l'amore tra fogli di giornale e libri di poesia, i corpi allacciati in mezzo a pagine scarabocchiate e pezzi di carta tinti d'inchiostro.

Più tardi, rimasero a lungo svegli nel letto, stretti in un abbraccio. Lei parlava a voce bassa. Era una voce nuova, più melodiosa e pacata. Gli raccontò che, di notte, scriveva poesie o un romanzo che si trascinava dietro da anni, e sentiva rumori provenire dal soffitto; forse una piccola mandria di topi, fantasmi, oppure un angelo che stringeva nel pugno il ritmo segreto dei nomi e dei suoni.

« Un angelo? » rimarcò lui.

« Ci sono momenti, soprattutto quando scrivo poesie, in cui sono totalmente concentrata, talmente immersa nella scrittura, che mi isolo da tutto... ed ecco che arriva l'immagine perfetta, il verso che mai avrei pensato di poter inventare. Non so spiegarti. È come se qualcuno impugnasse la penna e guidasse la mia mano. Sono attimi così intensi, talmente profondi, che quasi mi spavento. Accadono di rado, però... Ora penserai che sono pazza.»

«No, anzi mi piacerebbe leggere qualcosa di tuo.»

«Manco morta. Poi mi accuseresti di 'semplicismo'.»

Lui rise e la strinse a sé. Era l'alba. La prima luce saliva dall'altra parte del mondo. Sentivano gli uccelli chiamarsi, correre lungo i bordi della notte. Un cielo bianco si scioglieva intorno ai palazzi, alle strade deserte, alle distese d'erba della periferia. Lei dormiva al suo fianco. Stefano pensò che era come se lo avesse fatto da sempre.

◆

Non riuscivano più a fare a meno l'uno dell'altra. Di solito dormivano nell'appartamento di Stefano, tutta la notte abbracciati e, se nel sonno uno si allontanava, l'altra lo riportava subito contro il proprio corpo. Donata era incapace di studiare. Lui lavorava male, andava all'università senza entusiasmo, aspettando solo il momento in cui l'avrebbe rivista. Passavano interi pomeriggi a fare l'amore, o si accoccolavano sul divano a parlare senza sosta. Ciò che Donata più amava di lui era anche quello che detestava maggiormente: la sua calma quando discutevano di politica, quella capacità di analizzare ogni cosa, di esaminare un problema in tutte le sue sfaccettature. Mentre lei tendeva a essere categorica, Stefano considerava sempre i diversi punti di vista, e ogni volta riusciva a irritarla.

«Non è che tutti gli artisti siano di sinistra», sottolineava.

«Certo che lo sono. Se non sono progressisti, la loro non è arte.»

«Eliot lavorava in banca, ed era tutto tranne che un uomo di sinistra, eppure è stato fra i più grandi poeti di questo secolo. E Borges? Pensavo lo adorassi.»

«Che c'entra Borges?»

«Era un elitista, esplicito nella sua diffidenza verso la democrazia di massa.»

«Non lo sapevo.»

«E adesso che lo sai? Hai deciso di non leggerlo più?»

«Non posso ammirare uno di destra, nemmeno se si chiama Borges.»

«Non puoi giudicare le persone basandoti solo sulle loro idee politiche.»

«Certo che posso! Gli uomini sono il risultato della politica. L'egoismo, la diseguaglianza sociale, la mancanza di empatia per il prossimo sono tutti prodotti della politica. Solo cambiando la società elimineremo i suoi mali.»

«Con la rivoluzione?»

«Sì, con la rivoluzione. È l'unico strumento per cambiare il sistema.»

«Molti operai la rifiutano.»

«Quando sarà il momento, verranno educati e capiranno. Ora la gente è rimbambita dalla televisione. Compra un'auto con vent'anni di cambiali e si crede ricca.»

«Ammetterai che in passato gli operai stavano molto peggio.»

«E tu pensi che i quattro soldi che si ritrovano in tasca li abbiano salvati? È solo elemosina, Stefano. Il materialismo storico punta in un'unica direzione: la rivoluzione del proletariato.»

«Che ne sarà di chi è contro la violenza, contro la presa armata del potere?»

«Avranno una scelta: aderire alla rivoluzione del popolo, oppure pagare le conseguenze del loro riformismo.»

«Le persone sono creature complesse, Donata. Per esempio, tu mi piaci anche con le idee bolsceviche che hai in testa. E poi, vedi? Anche tu ami me, e nemmeno hai chiesto per chi voto.»

«Me lo posso immaginare, però conto di educarti. Sarai la mia cavia», concludeva lei, arruffandogli i capelli. In quei momenti, però, sentiva come una premonizione, la nascita di una paura. Allora lo stringeva, lo baciava sul viso e gli diceva: «Giurami che nessuno si metterà tra noi».

«Lo giuro. Nemmeno Mao in persona!» scherzava lui.

La domenica, facevano l'amore immersi nella luce del mattino. Amavano restare nel letto senza toccarsi. Senza fiato, dopo essersi baciati per un tempo sospeso e lunghissimo. Lottare contro il desiderio. Due pesci sul fondo di un mare leggero come una seconda pelle. A occhi chiusi. Finché il respiro dell'altro non prendeva forma, entrava dentro; finché fare l'amore non diventava una riva da raggiungere, l'unica salvezza.

«Raccontami della tua prima volta», le chiese Stefano più tardi, mentre fumava al suo fianco.

«Lo conoscevo appena. Avevo diciassette anni e lui era più grande. Ci eravamo incontrati a Varese, in un bar sotto i portici. Era timido, gli ci volle un lungo discorso prima di trovare il coraggio di chiedermi di uscire.»

Mentre pensava a quel ragazzo, si rese conto che le risultava difficile ricomporre i tratti del suo viso. Ricordava a malapena il nome, i suoi capelli lisci, quel modo strano di trascinare i suoni quando parlava. Ricordava la sua pelle sudata, il collo teso, la mano che scivolava dentro i suoi jeans. La resa silenziosa del pudore. Stavano in una pineta fuori Viggiù ed era inverno. Un giorno di sole, ma per terra c'era la neve. Il fiato si alzava nell'aria in piccoli fiotti. Intorno a loro solo alberi e neve. La pineta era vasta e silenziosa. Nemmeno il cinguettio di un uccello o l'orma di una volpe interrompevano lo strato di neve intatta. Avevano steso un plaid sotto un pino e acceso un fuoco. Si erano baciati a lungo, poi lei aveva abbassato i pantaloni. Gli occhi di lui, come sottili ferite nel momento del piacere. Ricordava bene solo questo, ma con esattezza, come se fosse appena successo.

Erano andati via che il cielo scuriva. Il ragazzo aveva lasciato nel bosco un odore di legna bruciata e qualche mozzicone di Marlboro. Lei una smorfia di dolore, l'aroma dolciastro del patchouli.

Si erano incamminati verso il paese. Era quasi buio. Di tanto in tanto, lui la stringeva a sé, le dava piccoli baci sulla fronte, sulle guance. Illuminati dalla luce rotonda dei fari della corriera, si erano stretti in un abbraccio. Poi lui era salito, si era seduto accanto a un finestrino e con il gomito aveva pulito il vetro appannato.

Donata gli aveva fatto ciao con la mano.

La corriera era sparita dietro una curva.

Lei non aveva più voluto rivederlo.

« A quell'età, si può ferire qualcuno in questo modo, anche senza volerlo. »

« Succede a qualsiasi età », replicò Stefano, e la abbracciò più stretta.

◆

« Adesso però basta. Capisco che sei innamorata, ma non tormentarmi di nuovo con la lista di tutte le sue qualità », protestava Norma ogni volta che la cugina iniziava a parlarle di Stefano.

« Però qualche difetto ce l'ha. »

« E meno male! »

« È troppo convenzionale e poi... tutto sempre ordinato, è così perfettino. Pensa che la mattina rifà il letto e la sera non riesce a dormire se prima non laviamo i piatti. »

« Dicono che gli opposti si attraggano. »

« Non è nemmeno quello. È la politica che ci divide. »

« Appartiene a una classe diversa, Donata. Non può pensarla come un operaio. »

« Non è vero. Nel mio partito c'è gente che insegna all'università, ci sono intellettuali, giornalisti. È questione di pensiero, di crescita politica. Invece quando io e Stefano discutiamo, finiamo sempre per litigare. Lui odia il mio partito. »

Donata aveva ragione: Stefano Lorenzi detestava il partito di estrema sinistra cui lei aveva aderito. Si definivano « partito », ma i suoi membri erano schedati dalla polizia e i loro nomi apparivano sui giornali in occasione di scontri armati o di attentati terroristici. Alcuni erano finiti dentro. Con il passare dei mesi, Stefano aveva notato che lei era piena di segreti. Spariva a tutte le ore senza dare spiegazioni. « Vedo i compagni », diceva, senza entrare nei dettagli.

Solo all'inizio del loro rapporto aveva nominato qualcuno. « Mi devo incontrare con Giovanni », gli aveva detto una sera.

« E chi sarebbe? »

« È uno dei fondatori, ma è basso e pelato, puoi stare tranquillo », aveva scherzato lei, poi aveva sceso di corsa le scale.

Giovanni Scuderi non era né basso, né pelato. In verità, le ragazze del partito erano tutte innamorate di lui e commentavano quanto fosse carismatico. Donata invece pensava fosse un narcisista. « È uno che vuole stare sempre al centro dell'attenzione; adora essere venerato. E voi, signorine, non fate che dargli corda », le sfidava. Ma, se Donata ne vedeva tutte le pecche, rispettava le sue qualità di leader.

Un compagno con cui si sentiva invece in sintonia era Gino Taxi. Lo chiamavano così per il lavoro che faceva, e per distinguerlo da un altro Gino del partito. Se usciva di notte, Donata rassicurava Stefano facendo il suo nome: « Non preoccuparti, mi riporta a casa Gino Taxi ».

Tuttavia, più passava il tempo più lei diventava misteriosa. Quando Stefano chiedeva con chi s'incontrasse, non faceva più nomi. Se usciva alle tre di notte, si limitava a dire: « Devo fare attacchinaggio ».

« Ma li leggi i giornali? Quelli di destra non scherzano, Donata. Se ti prendono di notte ne esci con le gambe spezzate o una pallottola in testa. »

Anche Dolfo e Zena erano preoccupati per le scelte politiche della figlia. Quando li andava a trovare, lei finiva sempre per litigare con il padre.

« Non è così che farete la rivoluzione. Non ti rendi conto che siete sempre più soli, che gli operai non vi vengono più dietro? » insisteva Dolfo.

« Già. La rivoluzione la farete voi del PCI. Sono quasi vent'anni che ci provate, papà, e ancora non hai capito che con i voti non si arriva da nessuna parte. »

« Siete dei pazzi. Pazzi e in più criminali! » gridava Dolfo. « Non si risolve niente ammazzando la gente. »

« Se quella vita viene sacrificata per migliorare la vita di tutti, a volte diventa necessario. »

« Taci! Ma tu hai idea di cosa significa togliere la vita a un uomo? » ribatteva allora Dolfo. E, in quei momenti, non poteva non pensare ad Attilio Coppi e alla sua morte.

Padre e figlia continuavano ad attaccarsi, tanto che Zena doveva intervenire per cercare di calmarli.

Dopo qualche mese insieme, Donata aveva portato Stefano a Viggiù a conoscere i suoi. Lui si era trovato subito a suo agio. Era un buon conversatore, capace di trovare argomenti in comune con chiunque. Zena e Dolfo gli si erano affezionati subito.

« È un bravo ragazzo, tienilo da conto », le diceva sua madre, mentre lei lavava i piatti.

Chi non era affezionato a Stefano Lorenzi era il partito di Donata. I compagni non erano d'accordo che lei portasse avanti quella relazione. Fu persino programmata una riunione politica per convincerla a chiudere con lui e vi partecipò Giovanni Scuderi in persona.

« Non si può essere rivoluzionari e andare a letto con il nemico », esordì.

« Stefano non la pensa come noi, ma non è mica un poliziotto, o un fascista », lo difese Donata.

« Ti rendi conto di chi è? »

« Cosa vuoi dire? »

« È il figlio del giudice Lorenzi. »

« ... di *quel* Lorenzi? »

« Sì, proprio di *quel* Lorenzi: Alessandro Maria Lorenzi, il figlio di puttana che ha messo in galera Gigi, e che all'Agnese ha dato otto anni, con una bambina piccola che quando sua madre esce di prigione nemmeno si ricorderà chi sia. »

Lei non ci aveva mai pensato, o forse aveva semplicemente rimosso l'idea di una possibile parentela fra l'uomo che amava e il giudice. In fondo, Lorenzi era un cognome diffuso. Pensò che forse era per quello che Stefano non le parlava mai della sua famiglia.

Gino Taxi le andò vicino e le sfiorò il viso quando disse: « E tu vai a letto con il figlio, pensi pure di sposarlo ».

« E poi, che farai? Organizzi la rivoluzione dal tuo appartamento di lusso, servirai il popolo dalla tua casetta nel verde? » la incalzò Giovanni.

« Ma che male vi ha fatto? »

« Non capisci che stando con lui ci metti in pericolo tutti? » sbottò Gino Taxi.

« È una storia che non può continuare, Donata. Se credi

nella rivoluzione proletaria, allora stai con i proletari, non con chi ci fa la guerra», concluse Giovanni con uno scatto d'impazienza.

Donata era confusa. Talvolta si diceva che quelli del partito avevano ragione: non era possibile separare vita privata e impegno politico. E poi doveva ammettere che stare con Stefano diventava ogni giorno più difficile. Tutte quelle domande: dove vai, chi c'è con te stasera... Non ne poteva più. Senza contare che rischiava di dirgli cose che lui non doveva sapere.

Ci provò, a lasciare Stefano Lorenzi, più di una volta. Ma le mancò sempre il coraggio. C'erano momenti in cui diceva basta, quella relazione doveva finire, però subito dopo si convinceva che l'unica colpa di Stefano era essere nato nella famiglia sbagliata. Lei ci aveva provato, a lasciarlo, ma non sapeva quando, non sapeva come. Non sapeva come andare avanti senza averlo accanto.

◆

«Domani ti porto al mare», annunciò Stefano un giorno.

«Di questa stagione?»

«A Santa Margherita l'autunno è il periodo più bello. Poca gente, e si prevede bel tempo. Facciamo il ponte e stiamo via quattro giorni. Voglio farti vedere la casa dove ho passato tutte le estati, fin da bambino. Che ne dici?»

Partirono che ancora era buio. Era l'inizio di novembre, ma la giornata si rivelò magnifica, con il sole che brillava e un'aria luminosa, ancora calda. Donata era di buon umore, decisa a scordarsi le pressioni del partito, le richieste di Giovanni Scuderi, di Gino Taxi e di chiunque altro. Voleva rilassarsi, godersi quella piccola vacanza con Stefano senza pensieri negativi.

Mangiarono in auto i panini che lei si era portata dietro. Ogni tanto cantavano sopra le canzoni della radio; quando ascoltavano Tenco e Bruno Lauzi, lei taceva, e accarezzava la nuca di Stefano.

«Lo sai, vero, che non posso più fare a meno di te?»

«Mi sa che siamo rovinati. Prima o poi ci toccherà sposarci», rispondeva lui, ridendo.

Arrivarono a Santa Margherita a metà mattina. Attraversarono il lungomare, il viale di palme e la fila compatta di alberghi. Presero una piccola strada laterale.

«Ecco, è quella», annunciò Stefano passando davanti a una villa bianca con una torretta.

«Perché non ti sei fermato?»

«Meglio entrare dal retro. È un'abitudine che abbiamo preso ultimamente. Sai, per la sicurezza.»

Posteggiarono in una stradina deserta. La villa era una costruzione elegante di fine secolo, circondata da un muro molto alto. Entrarono dal giardino della casa accanto, usando un passaggio nascosto nella siepe. Stefano spiegò che avevano preso accordi con il vicino per usarlo. «È l'unico modo che ha mio padre per entrare e uscire dalla villa senza bisogno della scorta. È per non esporlo ai pericoli.»

«I pericoli tuo padre se li è scelti, li ha cercati lui.»

«Donata, per favore...»

«Okay. D'ora in poi niente politica.»

Era una casa accogliente, arredata in modo sobrio e raffinato. In sala c'era un grande camino e, fin dalla prima sera, accesero il fuoco.

La mattina seguente salirono a fare colazione sul piccolo terrazzo della torretta. Da lì ammirarono il golfo, le rocce che scendevano a picco nel mare, la baia di Portofino. Fecero la spesa al mercato, comprando pesce, insalata e vino delle Cinque Terre. Il pomeriggio lo passarono in spiaggia con un libro e la sera andarono a mangiare in una trattoria.

In quei giorni lessero molto, fecero lunghe passeggiate e, quando andavano a letto, parlavano fino a notte inoltrata.

Il pomeriggio del terzo giorno, mentre sedevano in spiaggia, Stefano le disse: « La prossima estate ti porto a nuotare là, dietro quello scoglio. È un posto davvero speciale ».

« Non so nuotare. Ho un vero terrore dell'acqua. »

« Ma dai, t'insegno io. »

« No, mi spiace. Non appena l'acqua mi arriva al ginocchio, mi sento soffocare. So che è stupido, ma non riesco a superare la paura. »

« Vedrai che con me impari. »

« Oh, smettila. Senti chi parla... »

« Cosa vuoi dire? »

« Sei uno che evita ogni minimo rischio. Ti lavi le mani venti volte al giorno per paura dei microbi, e metti il pigiama anche d'estate, se no prendi freddo. Figuriamoci se faresti qualcosa fuori della norma, che so, un viaggio in India. Ma che dico: nemmeno la Grecia, o il Marocco. Troppi germi, e il rischio d'infezioni intestinali o di essere derubati... E poi fai tante storie perché io ho una piccola fobia. »

« Ah! È così che mi vedi? Un tipo noioso, senza nessuno spirito d'avventura... » Iniziò a togliersi le scarpe, i calzini, poi si sfilò il maglione.

« Che fai? »

« Uno che si mette il pigiama anche d'estate, che non oserebbe mai andare in Marocco, eh? »

Donata lo prese per un braccio: « Non fare lo scemo... Dai, Stefano! Siamo in novembre... »

Lui si liberò e corse in acqua. Si tuffò senza esitazione, per poi risalire poco dopo in superficie, gridando per quell'impatto con l'acqua fredda. Quindi scoppiò a ridere. « Avanti, signorina, qui di squali non ne vedo! »

« Vieni fuori! Stefano, smettila! »

« Devi ancora imparare un po' di cose sul mio conto », rispose lui, e prese a nuotare con bracciate vigorose.

Quel lungo fine settimana passò in un attimo. Per quattro giorni si dimenticarono di Milano, del partito, del padre di Stefano. Solo un piccolo episodio turbò la vacanza. Poche ore prima di ripartire per Milano, Stefano notò nell'erba una serpe e la uccise. Quando Donata lo vide attraversare il giardino con la serpe ancora sospesa al forcone, pensò alle storie di sua nonna Neve e di colpo sentì paura.

« Cos'hai? » le chiese Stefano, notando il suo turbamento.

« Mi sono appena ricordata di una cosa che mia nonna Neve mi raccontava tanti anni fa, una profezia che riguardava la famiglia... qualcosa che aveva a che fare con una disgrazia, e la storia del serpente... Com'era?... Ah, sì. Gli zingari dicono che in ogni casa c'è un serpente buono che protegge la famiglia e che ucciderlo porta sventura. »

« L'unica sventura che ci poteva capitare è che ci mordesse », rispose lui, ridendo. Seppellì il serpente e subito dopo si apprestarono a ripartire.

Prima che lui avviasse la macchina, lei gli accarezzò un braccio. « Sono stata troppo bene. Andiamocene via ogni tanto. Io e te, soli. »

« Prima di Natale ho una conferenza a Firenze. Che ne dici se ti porto con me? »

« E Firenze sia! » rispose lei, felice come non le capitava di esserlo da molto tempo.

1969

Il pomeriggio del 12 dicembre, Donata si trovava nella biblioteca dell'università. Doveva fare ricerche per un esame, ma era distratta, aveva la testa altrove. La settimana dopo, doveva partire con Stefano per Firenze e così, invece di studiare, stava consultando la *Guida alle bellezze d'Italia,* decidendo quali luoghi dovevano assolutamente visitare.

Guardò l'orologio: le quattro e mezzo e lei aveva ancora un mucchio di lavoro da fare. *Meglio lasciare da parte gli itinerari turistici e concentrarsi su Schopenhauer,* pensò. Tirò un sospiro e aprì il volume. Aveva appena iniziato a prendere appunti, quando un boato rimbombò nel salone. Donata si portò d'istinto le mani alla testa. Qualcuno gridò, altri scattarono in piedi. Si guardarono l'un l'altro, spaventati. Dopo il primo momento di panico, corsero tutti verso le finestre del corridoio.

«Si vede qualcosa?» chiese Donata, premuta contro il gruppo di ragazzi che si accalcava davanti ai vetri.

«Solo gente che corre.»

«Forse è scoppiata una bombola del gas», azzardò qualcuno.

«Non avrebbe fatto un boato simile», replicò un altro. Poi aprì i vetri e, rivolto a un ragazzo che correva, gridò: «Ehi, tu, che diavolo è successo?»

Quel giorno a Milano c'era una gran nebbia. Del ragazzo,

potevano solo scorgere la sagoma rossa della giacca e il blu stinto dei jeans. Però, quando rispose, fu chiaro a tutti che era sotto shock. « In piazza Fontana... una bomba nella banca... piena di gente! » Poi riprese a correre.

Donata tornò al suo tavolo. Afferrò giacca e borsa e corse verso la piccola stanza che era stata concessa a Stefano per svolgere il suo lavoro di assistente.

Stava per bussare quando si fermò, la mano a mezz'aria. Rimase davanti alla porta, incerta sul da farsi. Poi si girò e uscì dall'università.

Cercò una cabina telefonica, ma ci mise un po' per trovarne una libera. Quando ci riuscì, fece il numero di Giovanni, ma era sempre occupato. Provò quello di Gino Taxi e lui rispose.

« Pronto, Gino? Sì, l'ho sentita anch'io... Giovanni ti raggiunge a casa tua?... Va bene, vengo subito. » Uscì dalla cabina, mentre ambulanze e auto della polizia sfrecciavano a gran velocità lungo la strada, a sirene spiegate. A Milano sembrava scoppiata la guerra.

A casa di Gino Taxi, Donata e gli altri compagni appresero dal telegiornale che, alle 16.37, un ordigno imbottito con otto chili di tritolo era esploso nella Sala Contrattazioni della Banca Nazionale dell'Agricoltura in piazza Fontana. Diciassette persone erano state uccise, e ottantotto erano rimaste ferite. Una seconda bomba, inesplosa, era stata trovata poco distante, accanto a un ingresso laterale della Banca Commerciale Italiana, in piazza della Scala. Altre tre bombe erano esplose a Roma, causando sedici feriti. Sempre secondo il telegiornale, al momento gli attentati non erano stati rivendicati. L'MSI parlava di « dilagante sovversivismo di sinistra », il PCI di « provocazioni e tentativi eversivi di gruppi fascisti e reazionari italiani e stranieri », ma era presto per formulare ipotesi.

« Sono stati i fascisti », affermò subito Donata.

Giovanni Scuderi spense la TV, poi si girò verso il gruppetto di compagni. « Adesso basta con le parole, qui siamo in guerra. Chi non ci sta, è meglio che lo dica adesso. »

Donata fu la prima a rispondere.

« Io ci sono. » La sua voce era calma, libera da ogni incertezza.

La sera stessa, scrisse a Stefano un biglietto d'addio. Non c'era modo di fargli capire il perché di quella scelta, così spiegò soltanto di aver raggiunto la conclusione che una vita insieme era impossibile. Aveva scritto altro, ma poi lo aveva cancellato con un tratto nervoso di penna. Prese il biglietto, andò a casa di Stefano e lo infilò nella cassetta delle lettere.

Il telefono di Donata squillò a lungo, quella sera, ma lei non voleva correre il rischio di parlare con Stefano, e lo staccò.

Il mattino dopo, letto il biglietto, Stefano la chiamò di nuovo, con insistenza. Più tardi si recò al suo appartamento. Venne a sapere da una delle coinquiline che Donata era andata via. Aveva lasciato i soldi per le bollette ed era sparita così, senza nemmeno salutare. Non avevano idea di dove fosse.

Stefano attese inutilmente un segno, una telefonata. La cercò dagli amici comuni e il fine settimana andò anche a Viggiù, ma nemmeno i genitori avevano notizie.

« Dove sarà? » mormorava spaventata la Zena.

« Me lo aspettavo. Sapevo che prima o poi sarebbe finita così », ripeteva Dolfo.

« Finita così? Cosa vuoi dire? E adesso? Che facciamo, denunciamo la scomparsa? »

« No. È stata una sua scelta e avvisare la polizia potrebbe danneggiarla », consigliò Stefano.

Poi tornò a Milano e cominciò la sua lunga attesa. Iniziò a scorrere il giornale o a guardare le notizie in TV con la paura di sentir pronunciare il nome di Donata, o di doverla riconoscere sullo schermo con le manette ai polsi, oppure stesa per terra con un buco in testa.

Fu Norma la prima a risentirla. Successe a giugno, sei mesi dopo. Insegnava in un paesino della Brianza e, un giorno, trovò Donata ad aspettarla fuori dalla scuola.

« Dove diavolo eri finita? » le chiese, abbracciandola.

« Mi sei mancata... Mi siete mancati tutti », mormorò sua cugina.

Andarono a casa di Norma. Non appena entrate, Donata notò che le pareti erano coperte di quadri. « Li hai fatti tu? Ma... sono stupendi, dico davvero! Questi colori, ci hai messo dentro così tanta forza... Li hai mostrati a qualche critico d'arte? »

« Figurati, è un passatempo. »

« Scherzi? Hai un grande talento. Sono così... pieni di energia, incredibili. »

« Proprio tu parli. Hai abbandonato gli studi, tutti i tuoi sogni. »

« Non li ho abbandonati. È che il mio sogno adesso è diverso, ho fatto una scelta. Ma tu... Ah, Norma! Non avresti dovuto dar ascolto ai tuoi. Ti ci voleva l'accademia di Brera. »

« È acqua sotto i ponti. Dai, facciamo due spaghetti. Ho del pesto in frigo. »

Poco dopo, sedute al tavolo, Norma fissò la cugina. Era sciupata, molto magra, e i suoi bellissimi occhi azzurri avevano perso ogni luce. « Dove abiti adesso, cosa fai? » le chiese, evitando ogni commento.

« A Sesto San Giovanni. Lavoro lì vicino in una delle fabbriche più importanti, un punto strategico. Stiamo tentando di fondare una nuova cellula al suo interno. »

« Stefano ti ha cercato dappertutto. »

Lei si fece seria. « Non voglio parlare di lui... Ah! Vuoi sapere la novità? Mi sono sposata! » E le mostrò la fede all'anulare sinistro.

« Dai! E con chi? »

« Lo conosci, è Gino Taxi. »

Quella che seguì fu una conversazione strana, spesso faticosa. A Norma sembrava tutto surreale. Donata parlava di voler servire il popolo, di essere determinata a lottare fino alla conquista finale. Definì la sua unione « un matrimonio comunista ».

« Un che? » la interruppe Norma.

« Un matrimonio che prima viene celebrato con un discorso ufficiale del partito, poi in Comune, con una normale cerimonia. » Spiegò che i testimoni erano stati due compagni. Niente fiori, niente confetti. « Ci mancherebbe », commentò con un sorriso ironico.

« Aspetta: vuoi dire che ti sei sposata per far contento il partito? »

« Non soltanto. So che ho fatto la cosa giusta. È un legame che rinforza il nostro spirito rivoluzionario. »

« No, dico, sei ammattita? E poi, Gino Taxi! »

Norma lo aveva incontrato un paio di volte. Una sera lei

e la cugina erano andate in una trattoria sui Navigli insieme a gente del partito. Lo ricordava perché, fra tutti, Gino Taxi era il più silenzioso. Se ne stava seduto lì, gli occhi bassi, e giocherellava con la forchetta. Quando si rivolgevano a lui, rispondeva a malapena e senza alzare lo sguardo. Mangiava concentrato, come se fosse l'unica cosa in grado di toglierlo da una situazione difficile.

«Come ti è saltato in mente di sposarlo?»

«Gino è uno dei compagni più stimati», lo difese Donata.

«E di cosa parlate? Non l'ho mai sentito pronunciare una frase che non fosse uno slogan politico. Gino Taxi, ma dai!»

«Ecco, sei come gli altri: piena di preconcetti. Gino è un brav'uomo, un ottimo compagno. Darebbe la vita per le sue idee e per me questo ha più valore di una laurea.»

«Un brav'uomo... e ti basta? Hai saputo di Stefano?»

«Cosa?»

«A settembre va a Londra con una borsa di studio. Ogni tanto mi chiama, chiede di te.»

Lei si limitò a un mezzo sorriso, ma cattivo. Come a dire: *Tanto, ormai...* «La famiglia, l'amore, bla bla bla... Tutti concetti borghesi, favole di Hollywood per riempirti la testa di fandonie. Prima nessuno si sposava per amore. Lo si faceva per interesse economico o per la sopravvivenza.»

«Sarà, ma da che mondo è mondo la gente s'innamora. Come va con Gino?»

Donata la fissò. In quel momento, Norma fu certa che si stesse preparando a mentire.

«Bene... Certo, stiamo ancora cercando un nostro equilibrio, dobbiamo lavorare sulla relazione; ma funzionerà. Adesso Gino è in Calabria, a un corso del partito.»

«Che corso?»

«Scuola Formazione Quadri. Si tengono per i membri delle nuove cellule.»

« Sembra una cosa militare. »

« No, è diverso. Si discute di tutto. Parliamo del nostro passato, delle nostre contraddizioni: l'infanzia, i nostri punti più deboli. Ci viene chiesto di rivelare anche dettagli intimi, voglio dire, particolari della nostra vita sessuale. »

« Dimmi che non è vero... »

« Lo so, a uno di fuori può sembrare strano. Anche per me è stato un punto difficile da superare, ma alla fine ho capito che avevano ragione. Solo abbattendo tutte le barriere del privato si rinforza il legame con il partito; solo avendo fiducia completa in chi ci dirige ci si può dedicare alla causa. »

« Non ti rendi conto di quello che dici. »

« Per te è difficile capire, ma la nostra è come una famiglia. Anzi è un legame più profondo. Ma basta parlare di me. Tu che mi racconti? E i miei? »

« Io sto bene, e anche loro, ma sono preoccupati. Perché non ti fai più sentire? »

« Ho passato un periodo faticoso. Sai, il matrimonio, cambiare vita... ma presto li chiamo. »

Passarono il resto del pomeriggio a chiacchierare e ricordando i tempi dell'infanzia: le scorribande a Sant'Elia, l'avventura alla casa del Belón, le canzoni del signor Pippo. Si misero a canticchiare.

Tira mureddu miu,
tira e camiiina,
cu st'aria frisca e duci di la chianaaa,
lu scrusciu di la rota e la catina,
ti cantu sta canzuna paisanaaaa...

« Miii...! Peggio delle galline siete! » terminò Norma, imitando l'accento siculo del panettiere. Scoppiarono a ridere, la complicità del passato di nuovo tra loro.

L'atmosfera si era fatta più distesa, ma, se Norma chiedeva a Donata dettagli sulla sua nuova vita, lei sviava il discorso.

Verso sera, accompagnò la cugina alla stazione.

« Perché non vieni a trovarmi? Adesso che Gino è via, sono sempre sola », le disse Donata, già sul treno.

« Certo, se vuoi anche questo sabato. »

« Davvero? Aspetta, ti do l'indirizzo... »

« Posso dirlo ai tuoi che ci siamo incontrate? »

« Sì, però... senti: è meglio se loro non sanno dove sto, o cosa faccio. Questo è il mio indirizzo, ma non devi darlo ai miei. Finirebbero per passarlo a Stefano e non voglio. Giuri che non gli dirai dove abito? »

« Te lo giuro, non lo dirò a nessuno. »

Il sabato successivo, Norma andò come promesso a Sesto San Giovanni. Donata adesso viveva al secondo piano di un palazzo popolare, costruito dopo la guerra. Era un appartamento piccolo, spoglio, con dentro il minimo necessario. Due stanze tristi, che non mostravano nessun tentativo di renderle accoglienti.

La sera cucinarono insieme, poi andarono al cinema. Era un film polacco e si rivelò una barba solenne. Tornarono a casa a braccetto, ridendo di certe scene e commentandole con ironia. Poi chiacchierarono fino a tardi, bevendo una bottiglia di vino. A un certo punto, Norma disse: « Sai quel tipo di cui parlavo prima, quello che mi piace? »

« Sono sicura che anche tu piaci a lui. »

« Non ne sono così convinta. »

« Il tuo problema è che hai sempre avuto paura degli uomini. Devi fidarti, lasciarti andare. »

« Mi fai i tarocchi? »

« Ma dai! Sono scemate di quand'ero giovane. »

« Hai ventitré anni! »

« A volte l'età non conta. »

Andarono a letto tardissimo e il vino bevuto le fece addormentare subito.

A Norma sembrava di aver appena chiuso gli occhi, quando sentì trillare il campanello della porta. Un trillo prolungato, insistente. Fuori a malapena albeggiava. Donata mormorò qualcosa con la voce impastata, poi si alzò. Norma ripiombò nel sonno.

Subito dopo, un botto, ordini, voci concitate. La porta della stanza venne spalancata con un calcio.

« Ferma o sparo! »

Norma si trovò davanti quattro uomini armati, le barbe lunghe, le giacche cachi. Le puntavano contro le mitragliatrici, le canne a pochi centimetri dal suo viso. Lei sentì freddo, sentì puro terrore. Era come se il sangue si fosse fermato e il cuore, i polmoni, ogni organo del suo corpo si fosse congelato.

« Polizia! Mani in alto e niente scherzi. Ora alzati, con molta calma. Un movimento brusco e spariamo. »

Norma alzò le braccia, tremando, poi scoppiò in lacrime. Non sapeva se fosse per la paura o per il sollievo di aver appena sentito la parola « polizia ». I quattro erano della Squadra Speciale, ma erano in borghese e lei, al principio, aveva creduto si trattasse di una vendetta di qualche gruppo di estrema destra. Fece per mettere giù le gambe con calma, come i poliziotti le avevano ordinato, quando Donata si aprì uno spazio e, ignorando le armi puntate, si sedette accanto a lei. L'abbracciò, quindi, rivolgendosi ai quattro, disse, in tono sdegnato: « Basta! Non vedete che siamo due donne sole? Abbiate almeno la decenza di farci vestire ».

I quattro abbassarono le armi. « Mettetevi qualcosa. Vi aspettiamo in cucina. » Poi uscirono dalla stanza e chiusero la porta, piano, quasi a volersi scusare.

Donata fece cenno alla cugina di non fiatare, quindi si avvicinò all'armadio. Lo aprì ed estrasse un paio di parrucche, due bottiglie Molotov e una pistola. Nascose tutto in una borsa di plastica, aprì la finestra e appese la borsa al gancio della persiana. Richiuse i vetri e si girò. « Dai, vestiti. »

S'infilarono pantaloni e maglietta e raggiunsero i poliziotti.

Questi stavano perquisendo la casa, mettendo a soqquadro gli armadietti, i mobili e la libreria. Sfogliavano libri, riviste, fogli ciclostilati. Ogni tanto buttavano qualcosa dentro una grossa scatola. Non appena apparvero le ragazze, uno dei poliziotti ordinò ai colleghi: « Tu e tu, cercate nella stanza da letto. Qui andiamo avanti noi ».

L'uomo poi fece sedere le cugine e iniziò a interrogarle. Per Norma fu una cosa veloce. Le chiese i documenti, fece qualche domanda sul suo lavoro, dove abitava, cosa ci facesse lì e che rapporti avesse con Donata Martiroli. Un paio di telefonate e appurarono che era pulita.

« Lei può andare, signorina. »

Norma guardò Donata. Fumava, non sembrava nervosa.

« Vai, ti chiamo più tardi », le disse, abbozzando un sorriso.

Norma uscì per strada e, prima di andare, diede un'occhiata al secondo piano: nessuna borsa appesa al gancio delle persiane. Per fortuna, la camera da letto dava sul retro. Si augurò che a quei poliziotti non venisse l'idea di aprire la finestra, poi prese la strada verso la stazione.

Nei due anni successivi, Dolfo e Zena rividero Donata solo sporadicamente. Impararono ad accoglierla evitando di lamentarsi e senza farle troppe domande. Lei restava per l'intera giornata, ma era silenziosa, non mostrava più l'esuberanza di un tempo. I genitori le raccontavano delle ultime novità della famiglia: le nascite e le morti, chi si era sposato e chi invece aspettava il divorzio grazie alla nuova legge. Di tanto in tanto, le chiedevano del marito. Donata aveva portato Gino a Viggiù solo una volta e non era stata una giornata memorabile. Lui aveva spiccicato sì e no tre parole e aveva trasmesso il suo disagio agli altri. Da allora, non era più tornato. Zena e Dolfo avevano imparato a limitarsi a qualche domanda formale sul genero.

«Sta bene», tagliava corto Donata.

«Ma lavorate? Avete bisogno di soldi?»

«Non abbiamo bisogno di niente.»

«Ci sono qui delle lettere per te. Sono di Stefano», le comunicava ogni tanto la madre.

«Buttale.»

«Non vuoi aprirle?»

«A che scopo?» Poi cambiava discorso: «E nonna Neve?»

«Un po' invecchiata, ovvio, ma sta bene. Va in chiesa tutti i giorni e tuo nonno sempre lì, a cercare di convincerla che lassù non c'è niente», le diceva il padre.

Fin dalle prime elezioni dell'Italia libera, il 2 giugno del 1946, Radames aveva dato il suo voto al Partito Comunista Italiano. Per la prima volta nel Paese, quel giorno avevano votato anche le donne. Nonostante le insistenze del marito affinché desse il suo voto al PCI, Neve aveva prestato ascolto a don Romano, che nelle confessioni si era raccomandato di scegliere la Democrazia Cristiana. «Votate come vi dico io, altrimenti farete piangere la Madonna!» aveva esortato i fedeli.

Erano passati più di vent'anni da quelle prime elezioni e, in tutto quel tempo, in casa di Radames Martiroli due visioni opposte del mondo avevano pacificamente convissuto sotto lo stesso tetto. Ogni domenica mattina, lui usciva per distribuire le copie dell'*Unità*; alla stessa ora, Neve iniziava il suo giro con il pacco di *Famiglia Cristiana* da recapitare agli abbonati. Si ritrovavano all'ora di pranzo. Radames leggeva il giornale, imprecando ora contro il governo ora contro le mosche o il gelo, a seconda della stagione. Neve metteva su il brodo – ché la domenica quello c'era, anche con quaranta gradi – poi sintonizzava la radio sul *Gazzettino padano.* A mezzogiorno, si sentiva il cinguettio di un uccellino e, subito dopo, una voce suadente annunciava: « Sono le ore dodici ». In quel preciso momento, Radames chiudeva *l'Unità,* si sedeva al tavolo e si sistemava il tovagliolo intorno al collo, poi Neve arrivava con la pentola di tagliatelle in brodo. Dopo le notizie del giornale radio, c'era un programma di canzonette.

Norma si ricordava di un giorno, quando la voce di Marisa Sannia aveva intonato *Casa bianca.*

... tutti i bimbi come me
hanno qualche cosa che di terror li fa tremar,
è la casa bianca che...

« È chiaro come il sole », aveva proclamato nonno Radames. « Quello è un messaggio anti americano: la Casa Bianca è quella di Nixon, e chi li fa tremare è la guerra in Vietnam, altro che balle! »

Il 21 luglio del 1969, Radames Martiroli fu certo che la scienza avesse finalmente dimostrato ciò che lui sosteneva da una vita. Lui e la moglie stavano seguendo in televisione la telecronaca del primo sbarco dell'uomo sulla Luna. Neil Armstrong posò il piede sul suolo lunare, mosse con cautela i primi passi e infine iniziò a saltellare in quella distesa desertica. A quel punto, Radames si girò verso la Neve, gli occhi pieni di stupore.

« Tu vedi la Madonna o qualche santo lassù? Ci sono solo dei gran mucchi di polvere, altro che Dio! »

Erano anni che Donata non andava a trovare i nonni, ma Norma qualche scappata la faceva ancora. Nel suo ultimo viaggio, nonna Neve le aveva raccontato di uno strano sogno. Era un giorno di tempesta e il vento la trascinava via. Provava ad afferrarsi agli alberi e alle palizzate, eppure lei si sentiva risucchiare verso le nuvole. Intorno, tutto confuso. Mischiati alle raffiche di vento c'erano sussurri, grida. Poi, sopra tutte le altre, la voce di una donna che gridava: « Quello è un matrimonio maledetto! »

« Non vorrei mai dormire perché ho paura dei sogni che faccio », aveva detto, finito il resoconto. « Spero solo che non sia stato un modo per farmi capire che la profezia sta per succedere. »

« Nonna, che dici? Sono superstizioni », le aveva risposto Norma.

Lei l'aveva fissata, poco convinta, e subito dopo aveva cambiato discorso. « Come sta Donata? »

« La vedo poco, ma sta bene. »

« Te lo ricordi quando mi preparava 'la maschera'? E quando voi due facevate i profumi? »

« Sì, quegli intrugli con l'acqua, i fiori e il sapone grattato. Poi lei mi convinceva a venderli per il paese. E che parlantina aveva, quando cercava di rifilarli a qualcuno. »

Ridevano, ricordando la sfacciataggine di Donata, ma era come ricordare qualcuno che era morto: con affetto, con nostalgia, ma come da molto lontano. Quasi che le memorie fossero l'unica cosa rimasta.

1973

Arrestarono Gino Taxi all'inizio di febbraio, durante un'incursione della polizia in una casa a Lambrate. Con lui c'erano due latitanti, soldi, armi e munizioni. Ci fu uno scontro a fuoco e uno dei terroristi morì. Gino Taxi rimase ferito, ma non prima di aver sparato a un poliziotto.

« A Gino, la pallottola ha attraversato la coscia senza fare grossi danni », spiegò più tardi Donata alla cugina. « Il problema è che lui ha sparato a un uomo in divisa. Solo un graffio a una spalla, ma l'avvocato dice che rischia fino a quindici anni. »

« Quando ci sarà il processo? »

« Si va a giugno. »

Le due si erano incontrate a Milano, in una pasticceria vicino a Porta Garibaldi. Norma notò che Donata aveva una macchia di sugo sul vestito e i capelli sporchi. A preoccuparla erano soprattutto il suo pallore, gli occhi cerchiati.

« Che farai adesso? » le chiese.

L'altra sembrò andare a pezzi. « Non lo so, non lo so... non riesco più a pensare. » Si teneva la testa fra le mani e Norma notò che tremava.

« Non fare così. Magari Gino uscirà prima di quanto credi. »

« Non capisci... » diceva l'altra, scuotendo la testa. « La

vita con Gino è stata un inferno, fin dal primo giorno. Ci abbiamo provato davvero: noi, il partito. Abbiamo fatto di tutto per salvare questo matrimonio maledetto, ma è stato inutile. »

« Cos'hai detto? » la interruppe Norma, trasalendo, ma l'altra continuò: « Avevi ragione, non ci saremmo mai dovuti sposare. Quando litigavamo, lo zittivo con due frasi. Lo mortificavo, pur sapendo che non aveva nessuna possibilità di difendersi. Mi vergogno a dirlo, ma l'ho distrutto, gli sono passata sopra neanche fossi stata un bulldozer. Lui non voleva sposarmi, ma tutti a convincerlo che era per la causa, che con il tempo le cose si sarebbero sistemate... »

« Al diavolo il partito! Non c'è niente che v'impedisca di separarvi. »

« Sono incinta. »

« Un bambino... Ma dai... Di quanto sei? »

« Al terzo mese, ma non è nemmeno quello. Avevamo deciso di separarci ugualmente, ne avevamo discusso anche con il partito... Ma adesso? Mi dici come faccio ad abbandonarlo ora che sta in prigione? Gino non ha famiglia; ha solo me. »

« Non puoi stare legata a lui solo perché ti fa pena. »

« Gli giro le spalle in un momento come questo? Quando esce sarà vecchio. »

« Gino in galera ci starà in ogni caso, e tu puoi sempre andare a trovarlo come amica. Non puoi sacrificarti, Donata. Hai tutta la vita davanti. »

« Tutta la vita davanti... » ripeté quella frase con un sorriso strano, come se non ci credesse affatto.

Il processo a Gino si celebrò a giugno. Venne condannato per associazione a banda armata, detenzione abusiva di armi, resistenza a pubblico ufficiale e tentato omicidio. La sentenza fu durissima: quattordici anni e sei mesi.

Il giudice: Alessandro Maria Lorenzi.

◆

Era l'ultima settimana di giugno. Un giorno torrido con un cielo basso, di un bianco sporco, l'aria umida e appiccicosa.

Donata cucinava qualcosa di fretta dato che di lì a poco doveva uscire. Aggiungeva i pelati al soffritto quando sentì suonare alla porta. Si pulì le mani e andò ad aprire.

« Ciao. »

Stefano Lorenzi le stava davanti.

Lei rimase immobile, muta.

« Posso entrare? »

« Vieni », gli disse, spostandosi di lato per farlo passare. Poi chiese: « Vuoi un caffè? »

« No, grazie. L'ho appena preso. Come stai? »

« È una domanda alquanto superflua. »

« Sì, hai ragione. » Si guardò in giro, più che altro per evitare il viso di lei. Era sciupata, quasi irriconoscibile; ma era sempre lei, dopo tanto tempo, e a Stefano sembrava che il proprio cuore rimbombasse nella stanza. Lei teneva gli occhi bassi. Sembrava distante, come se la sua presenza le fosse indifferente.

Si sedettero al tavolo.

« Ho rintracciato il tuo indirizzo attraverso i documenti del processo. Mi è bastato andare nell'ufficio di mio padre, cercare il domicilio di tuo marito. »

« Complimenti. Immagino tu sappia che quello che hai fatto è illegale. »

« Era l'unico modo per rintracciarti. »

« E adesso? Ti senti meglio? »

« Aspettavo questo momento dal giorno in cui sei sparita. »

Lei lo fissava senza sapere come nascondergli quello che sentiva dentro: un'onda di calore, qualcosa che bruciava, che partiva dallo stomaco e saliva, ingigantendosi. « Non saresti dovuto venire. Non siamo più le stesse persone », disse infine, ma le tremava la voce.

« Io sono lo stesso. Per me non è cambiato niente. »

Donata aveva la gola secca, le mani sudate. Non riusciva a reggere il suo sguardo. Si alzò di scatto. Gli girò le spalle e andò a controllare il sugo. « Ho sentito che adesso vivi all'estero. »

« Sì, a Londra, con una borsa di studio. Sono qui per passare l'estate con i miei. Domani partiamo per Santa Margherita. »

« Cosa sei venuto a cercare, Stefano? »

« Te. Sono venuto a cercare te. Perché non hai mai risposto alle mie lettere? »

« A che scopo? »

« A che scopo? Posso pensarne a dozzine! Per esempio, spiegarmi perché te ne sei andata in quel modo, con tre righe su un foglio, senza nemmeno la decenza di dirmelo in faccia. »

« Dovevo. Era troppo difficile vederti, e poi non avresti capito. »

« E invece? Pensi che abbia capito, così? »

Donata guardò fuori dalla finestra per nascondere le lacrime.

« Non hai proprio niente da dirmi? » insistette lui.

« È passato tanto di quel tempo. Non c'è molto che possiamo dirci... »

« Smettila, Donata! Sono tre anni, tre maledetti anni che aspetto di parlarti. Ti conosco. So quanto tu sia testarda e orgogliosa. Sono qui per me, ma anche per te. »

Lei si girò verso di lui, lentamente, una mano appoggiata sul ventre. « Non te ne sei accorto? »

« Certo, non sono mica cieco. » Aspettò un poco, poi aggiunse: « Se riavere te significa averti con il bambino, va bene. Per me va bene ».

« Non dire assurdità », replicò lei con insofferenza.

« Sto dicendo che, se lo vuoi, quel bambino sarà tanto mio quanto gli altri figli che avremo. »

« Smettila. Non mi conosci; ho fatto cose che nemmeno immagini. »

« Ti conosco, altrimenti adesso non sarei qui. Vieni a Londra con me. Cosa aspetti, di finire dentro anche tu? »

E allora lei gli si sedette di fronte. Gli prese le mani e gliele strinse, come se quel contatto fosse necessario per arrivare a lui, per fargli capire che adesso era sincera. « Ascoltami bene: la ragazza con cui stavi non esiste più. Per noi è tardi, Stefano, lo capisci? Come puoi pensare di tirare su questo bambino insieme? Con tuo padre che... »

« Non sono mio padre, cazzo! Io non ho condannato nessuno. Non sono io ad averti lasciato con tre righe su un foglio, non devo pagare per il mio nome, per i tuoi sbagli, o per gli sbagli di tuo marito! »

Lei si mise a piangere, ma senza rumore, senza mai togliere lo sguardo dal viso di lui. Continuava a stringergli le mani in silenzio, e lui stringeva quelle di lei. Restarono così a lungo, a fissarsi, occhi negli occhi, le mani strette.

« È meglio se adesso vai », mormorò lei dopo un po'.

« Perché piangi, se di me non te ne importa più niente? »

« Vattene, Stefano. » E ritrasse le mani.

« Perché piangi? »

Lei abbassò lo sguardo, ma non rispose.

La fissava, esausto. Lasciò passare quasi un minuto. « Va bene, hai vinto », disse alla fine. Si alzò ma, prima di andare, prese il giornale che stava sul tavolo, tolse dalla tasca una penna e vi scrisse sopra qualcosa. « È il numero di telefono di Santa Margherita. Staremo lì per un mese. Non ti chiedo di prendere nessuna decisione. Ma se senti il bisogno anche solo di parlarmi... »

Fece scivolare il giornale verso di lei, poi si avvicinò alla porta e uscì.

◆

Il telefono nella casa di Santa Margherita squillò tre giorni dopo. Fu Alessandro Maria Lorenzi a rispondere.

« Pronto? »

« Buongiorno, potrei parlare con Stefano? »

« Chi lo vuole? »

« ... Un'amica. »

« Attenda. »

Dopo qualche secondo, lui era al telefono e la sua voce era quella di sempre: bassa, rassicurante, armoniosa. « Pronto... »

« Sono io, Donata. »

« Non ci speravo più... Come stai? »

« Bene, sto bene... Senti, ho pensato a quello che mi hai detto l'altro giorno, che se volevo parlarti... Non posso prometterti niente, ma anch'io ho bisogno di spiegarti molte cose. Se ti fa piacere, potrei venire a Santa Margherita, magari per il fine settimana. »

« Certo che mi fa piacere! E non ti devi preoccupare, non mi aspetto niente da te. Voglio solo passare un po' di tempo insieme. »

« Chiaro che non posso stare a casa tua... Siete lì tutti, tuo padre, tua madre. »

« Siamo solo io e mio padre. Mia madre non ci sarà fino

alla settimana prossima. Ti prenoto una stanza in albergo. Quando pensi di venire? »

« Venerdì sera, dopo il lavoro. C'è un treno che arriva a Genova alle 22.35. Mi verresti a prendere? »

« Ti aspetto in stazione. »

« Porta Principe, 22.35. Sicuro che verrai? »

« Certo. »

« Stefano... »

« Dimmi. »

« Niente. Solo... Devo andare, adesso. A venerdì sera, allora. »

« Sì, ti aspetto. »

« Non dimenticarti. »

« Tranquilla, non me ne dimentico », rispose lui ridendo.

« Ciao. »

« Ciao, a presto. »

◆

Donata mise giù la cornetta, poi si girò verso i tre uomini seduti dietro di lei.

« Si fa venerdì sera. Sarà solo. »

« Sicuro? »

« Sì. La madre è rimasta a Milano e il figlio sarà a Genova. Bisogna farlo venerdì. »

« Mostraci di nuovo la cartina. »

Donata cercò nella borsa ed estrasse un paio di fogli. « Ecco l'indirizzo, e questo è il disegno della piantina. La casa è qui, al numero 79. Davanti ci sarà sicuramente qualcuno della scorta. Dovete salire per questa viuzza dietro. La villa del Lorenzi è bianca, con una torretta, non potete sbagliarvi. È circondata da un muro, ma una volta sul retro voi entrate attraverso il giardino dei vicini, al numero 77. Sulla sinistra, c'è una siepe e lì troverete il passaggio che dà sul retro della casa del Lorenzi. La porta che va in cantina ci vuole una spallata a forzarla. »

« Va bene. »

« Alle dieci e mezzo v'infilate il passamontagna, entrate e da lì salite per la scala interna. A quell'ora il giudice sarà sicuramente nel salone. Sparate alle gambe, un solo colpo con il silenziatore e via subito. Domani andate a Santa Margherita per controllare con cura tutto quanto. Poi venerdì io aspetto che mi chiamiate qui. A casa mia, il telefono è sorvegliato. Quand'è tutto fatto, lasciate Genova. Senza correre, mi raccomando, altrimenti date nell'occhio. Telefonate dall'autogrill di Ovada, non prima. Dovete allontanarvi dalla città prima che inizino i posti di blocco. »

« Okay, tutto chiaro. »

« Rivediamo l'azione più volte, finché non sarete sicuri. Sparategli solo alle gambe. Intesi, Mario? Deve essere una lezione, un avvertimento per il futuro. Niente morti, capito? »

« Sì, sì, ho capito. »

Il venerdì sera, dopo il lavoro, Donata tornò in quell'appartamento. Era un posto sicuro. Ci abitava una coppia, nuove reclute non schedate dalla polizia.

Alle undici, nessuno aveva chiamato.

Le undici e mezzo. Ancora silenzio. Donata iniziò a essere nervosa. « Avrebbero già dovuto telefonare. »

« Adesso lo faranno. »

I minuti passavano e il telefono taceva.

« Qualcosa è andato storto. »

« Stai calma, vedrai che chiamano. »

« No, me lo sento. È successo qualcosa. »

Il telefono squillò. Lei si precipitò a rispondere. « Pronto, Mario? »

«Cazzo! Avevi detto che sarebbe stato solo!»

«Non era solo?... Cos'è successo?»

«Un casino è successo! Per entrare, nessun problema, e il giudice era seduto davanti alla TV, manco si era accorto di noi. Un colpo alle gambe, tutto come avevamo deciso. Stavamo già per andarcene e ce lo siamo trovati davanti.»

«Chi?»

«Uno giovane, forse il figlio. Che ne so... Pronto? Pronto... Donata!»

«... Mario, cos'è successo?»

«Gli ho sparato, cazzo! Cosa potevo fare? Mi ha colto di sorpresa. Poteva essere armato, ho avuto paura... Donata?... Pronto!»

«Ascoltami: a che ora siete entrati in casa?»

«Alle dieci e mezzo, come avevi detto. Sono sicuro perché abbiamo controllato.»

«Allora non era il figlio, il figlio no, non può essere. Sarà stato un vicino, un amico. Il figlio a quell'ora era di sicuro alla stazione di Genova.»

«Dio! Questa non ci voleva... Donata?... Donata!»

Lei aveva lasciato la cornetta e si era precipitata verso la radio. Gridava all'altra donna: «Accendi, cerca un notiziario. Che ore sono? Dai, dai...»

Un mescolarsi di canzonette, pezzi di pubblicità, lo spezzone di un'intervista, infine: «... la polizia non ha ancora rilasciato dichiarazioni ma, considerato il ruolo del giudice Lorenzi nella lotta contro il terrorismo, l'ipotesi al momento è di un attentato. Nessun gruppo ha ancora rivendicato l'attacco. E ora le previsioni del tempo per...»

«Gira, avanti, gira!» Qualche secondo e riuscirono a sintonizzarsi su un altro notiziario. «... Solo ferito alle gambe. Il figlio Stefano, di trent'anni, è deceduto durante il tragitto verso l'ospedale.»

Non sentì più i rumori. Non sentì la voce alla radio, né quella della donna al suo fianco che la chiamava, la scuoteva, ripeteva il suo nome.

La portarono nell'altra stanza e la fecero sedere sul letto. La donna le stringeva le mani e ripeteva: « Respira piano; avanti, respira... pensa al bambino ». Ma lei non la sentiva, né sentiva il ronzio del ventilatore, il rumore del traffico giù in strada, o la voce della donna che ripeteva al marito di fare qualcosa, di portarle un po' d'acqua.

Perse il senso del tempo, il senso dell'udito, del tatto. Rimase seduta dove l'avevano messa: rigida, respirando a fatica, per parecchi minuti. Poi, piano piano, sembrò ritornare nel mondo. Le labbra ripresero colore, il respiro si fece più regolare.

Non pianse, non disse nulla. Gli altri due la fecero stendere e dopo un po' tornarono in cucina, lasciando la porta socchiusa. Donata li sentì discutere, chiedersi se era il caso di chiamare un medico, o di portarla all'ospedale. Lei rimase in quel letto per più di un'ora. Poi si alzò, in silenzio s'infilò le scarpe. Scivolò fuori dalla stanza e uscì di casa.

Scese in strada così com'era, lasciando dietro la borsa, i soldi, le chiavi dell'auto. Camminò per ore lungo le strade di Milano, confusa, in uno stato di semicoscienza. A poco a poco, i palazzi si spensero. Solo poche finestre restarono accese, qua e là, a illuminare l'insonnia di qualche sconosciuto.

Piano piano la realtà degli ultimi eventi iniziò a prendere di nuovo forma. Donata cercava di comprendere: perché Stefano era in casa a quell'ora? Perché non si trovava a Genova? Forse aveva sospettato qualcosa; doveva aver intuito che la sua telefonata era stata strana. Certo, doveva essere andata così... E adesso lui non avrebbe mai saputo quanto le era costato mentirgli. Voleva proteggerlo, e non era una bugia avergli detto che desiderava vederlo, che aveva bisogno di lui. Aveva sempre avuto bisogno di lui, ogni giorno, ogni giorno... Ma il dovere politico veniva prima di tutto, prima di ogni sentimento. E adesso lui era morto e per colpa sua. Una colpa che avrebbe dovuto sopportare finché era in vita.

Vagabondò per ore nella notte, sopraffatta dal dolore. Camminava come un automa, cercando di comprendere ciò che le era incomprensibile.

« Donata... »

« Stefano! » Si era girata di scatto al suono di quella voce limpida, famigliare, ma la strada era vuota. Uno stormo di uccelli si alzò da un albero, facendo gazzarra in cielo. Poi di nuovo il silenzio.

Donata rimase con lo sguardo verso l'alto. Chiuse gli occhi, certa che il dolore l'avrebbe fatta morire.

Un'ora dopo, raggiunse il Naviglio. Ripercorse la strada dove aveva camminato con Stefano la sera del loro primo appuntamento. Al Capolinea, le luci erano spente. Si fermò accanto alla riva e guardò in basso, verso l'acqua nera, immobile, appena sotto di lei. Aveva sempre avuto terrore dell'acqua, ma solo adesso comprendeva perché.

Rimase a lungo accanto alla riva. Fissava il canale come ipnotizzata, in testa soltanto le parole di Mario, poi l'annuncio della radio. Le luci dei lampioni si riflettevano sul canale. Sentì un richiamo, una musica struggente provenire dall'acqua. Donata si toccò la pancia, fece un passo verso la riva. Chiuse gli occhi. Un altro passo, si lasciò cadere in avanti.

Sentì freddo, risalì per un momento, ma la corrente la trascinò di nuovo sotto. Chiuse d'istinto la bocca. Agitò braccia e gambe, e l'aria nei polmoni la fece riaffiorare di nuovo. Prese fiato, ma non gridò. Si mosse convulsamente, tuttavia, dopo pochi secondi, sparì di nuovo.

Teneva la bocca chiusa, le mascelle contratte. Intorno tutto era nero. Cercò di risalire, ma non ci riuscì. Si sentiva soffocare, la testa le scoppiava. Poi, nel buio, una scintilla. La luce si fece più vicina e, nella luce, Donata vide delinearsi una figura femminile. Le veniva incontro ed era sempre più nitida. Donata riconobbe quella donna che si avvicinava e le tendeva le mani... E di colpo tutto le fu chiaro: ma certo! Nella carta del Diavolo c'era la sua vita... Erano lei e Gino l'uomo e la donna incatenati, e il bambino nella pancia del diavolo era il suo!

Smise di lottare e si abbandonò alla corrente. Fluttuò, leggera, come per magia, verso le braccia protratte di Viollca. Allungò le mani e afferrò quelle della zingara. Si fissarono.

Lei spalancò la bocca in cerca d'aria.

Tutto finì.

◆

« Donata... »

All'alba di sabato 30 giugno 1973, Neve si svegliò di soprassalto, chiamando la nipote. Respirava con affanno, soggiogata dalla paura. Per un po', rimase a letto cercando di calmarsi. « Maledetti sogni! » esclamò, rabbiosa. Poi buttò giù le gambe dal letto.

Andò in cucina e si fece il caffè, ma lasciò i biscotti sul tavolo perché non le andava giù niente. Continuava a ripensare a quell'incubo.

« Ma sì, che sarà mai », sbottò alla fine.

Cercò nel cassetto della credenza il quaderno con i numeri di telefono. Ne ricopiò uno su un foglio, se lo mise in tasca e uscì come sempre per andare a messa.

Finita la funzione, s'inginocchiò davanti alla statua della Vergine. Accese una candela e lì rimase a lungo, in preghiera.

Alle nove, entrò nel bar di piazza Pepoli.

« Berta, per favore, puoi chiamarmi mio figlio? Ecco il numero », chiese alla donna dietro il banco.

Poco dopo, il telefono squillò in casa di Dolfo. Lui si rese subito conto che la madre era ansiosa. Gli pareva che stesse girando e rigirando intorno a qualcosa senza arrivare al dunque.

Poi lei chiese: « E Donata? »

« Sta bene. È andata a un controllo e hanno detto che tutto è a posto. »

« Quando l'hai sentita l'ultima volta? »

« La settimana scorsa, è lì che mi ha detto... »

« Chiamala, per favore. Fallo adesso, poi mi fai sapere. Sono al bar della Berta, io aspetto. »

« Cosa c'è, mamma? »

« Niente. Solo che mi sento più tranquilla se la chiami. »

« Sai che a noi il suo numero non lo vuol dare. Devo prima telefonare a Norma. »

« Va bene, fallo subito. »

Dolfo mise giù la cornetta e si apprestò a comporre il numero della nipote. Non ebbe il tempo di finire che sentì Zena dall'altra stanza. « Oh, Dio santo... No, no! »

Si precipitò dalla moglie. Zena, in piedi davanti al televisore, pareva un fantasma.

« Hanno ammazzato Stefano. »

« Chi? »

« Stefano, della Donata. Gli hanno sparato ieri sera. »

Telefonarono immediatamente a Norma. Lei disse che non aveva sentito Donata, ma avrebbe provato subito a contattarla. Richiamò a casa di Dolfo due minuti dopo.

« Non risponde. Ho lasciato un messaggio sulla segreteria telefonica. Magari è andata da qualche parte. »

« Avrebbe saputo in ogni caso di Stefano, ci avrebbe chiamato. No, è successo qualcosa di brutto. »

« Aspettiamo lunedì. Forse è via per il fine settimana. »

Norma richiamò la cugina sia domenica sia lunedì dopo l'orario di lavoro.

Quella stessa sera, Dolfo denunciava la scomparsa della figlia. Diede all'agente tutte le indicazioni. Quando l'ufficiale arrivò alla voce SEGNI PARTICOLARI, rispose: « È incinta di sette mesi ».

Non fu difficile rintracciare la salma. Nell'obitorio dell'ospedale di Niguarda c'erano solo due cadaveri non identificati: quello di un anziano e quello di una giovane donna annegata e in avanzato stato di gravidanza. Quando la polizia informò Dolfo, lui si lasciò cadere su una sedia e iniziò a dondolarsi avanti e indietro, la testa fra le mani.

« *L'è lé, Zena, l'è la nostra putina!* » ripeteva.

Fu Norma ad accompagnare lo zio per il riconoscimento, Zena non ne aveva il coraggio.

A Niguarda li condussero in una stanza senza finestre, dipinta di un verde pallido. C'era un forte odore di disinfettante e gli zoccoli degli infermieri battevano sul pavimento. Gli addetti lasciarono i due in compagnia di un poliziotto. Pochi minuti dopo tornarono, spingendo un carrello di metallo con sopra un cadavere chiuso in un sacco di plastica.

« Se per favore... » disse a voce bassa il poliziotto.

Dolfo Martiroli fece un passo avanti. Quando l'addetto abbassò la cerniera, emise un gemito che poco aveva di umano. Ci mise qualche momento prima di riuscire a dire: « Sì, è mia figlia ».

Una settimana dopo, Norma e la Zena aprivano l'appartamento di Sesto San Giovanni. Volevano raccogliere alcuni oggetti prima che la ditta ingaggiata per lo sgombero portasse via il resto.

Si guardarono intorno, spaesate, senza il coraggio d'infilare nelle buste di plastica le cose appartenute a Donata. Passarono in rassegna gli armadi, sfiorando le giacche, le camicette a fiori, accarezzando le gonne a balze e i vestiti sgargianti. Misero in una scatola le collane, gli orecchini, i bracciali indiani; poi le agende, i diari, le fotografie. In molte, Donata era con Stefano. Fra quelle più vecchie, Norma trovò una foto in bianco e nero che ritraeva lei e la cugina da bambine. Stavano sull'argine di Stellata. Era estate e indossavano pantaloncini e sandali di plastica. Norma aveva il broncio; non le era mai piaciuto farsi fotografare. Donata invece fissava l'obiettivo con aria di sfida: un piede avanti, le mani sui fianchi, e la linguaccia al fotografo. I capelli sembravano una criniera intorno al suo viso.

« Zia, questa la posso tenere? »

« Certo, prendi quello che vuoi. »

Passarono in rassegna l'intero appartamento, baciando gli oggetti, accarezzando il letto sfatto, annusando la maglietta lasciata sulla sedia, l'asciugamano, il sapone con cui Donata si era lavata. Cercavano il suo odore, ogni piccola traccia della sua presenza.

Volevano salvare le cose che lei avrebbe conservato, quelle che immaginavano avrebbe portato con sé prima d'intraprendere un lungo viaggio. Nel primo cassetto del comò, trovarono i vestitini da neonato: la coperta all'uncinetto, le babbucce e i berretti che Zena aveva realizzato.

Mentre stavano in cucina, un barattolo di vetro pieno di riso cadde e si frantumò per terra. I chicchi saltellarono intorno ai loro piedi.

« Ma come ha fatto a cadere, che nessuno gli è andato vicino? » esclamò la Zena.

L'aria all'improvviso si era riempita di un forte aroma di patchouli.

« Il profumo di Donata... » sussurrò Norma con un filo di voce, timorosa che il minimo rumore potesse interrompere quel momento.

Zena le strinse la mano. Restarono in silenzio, sopraffatte dall'emozione, in attesa di un segno, di qualcosa che lenisse quel terribile senso di mancanza.

Già si apprestavano ad andare via, quando Zena notò la spia rossa della segreteria telefonica.

« Aspetta. È meglio se prima controlliamo. »

Si avvicinò all'apparecchio e premette il tasto. C'erano cinque messaggi non ascoltati. Tre erano di Norma; il quarto, con la data di venerdì 29 giugno, ore 17.32, apparteneva a un uomo.

« Donata, ciao. Sono Stefano. Spero che passi da casa prima di partire per Genova. Volevo dirti che c'è stato un problema. Mio padre, stamattina, ha avuto un malore. Il medico che lo ha visitato dice che non è niente di grave, ma stasera non me la sento di lasciarlo solo. Non ti preoccupare, ho già prenotato un taxi che ti verrà a prendere a Porta Principe. L'autista sarà al binario d'arrivo con un cartello e il... »

La voce s'interruppe. C'era un ultimo messaggio. Zena schiacciò di nuovo il pulsante.

« Accidenti, questi arnesi non ti danno mai il tempo di finire. Dicevo... mi spiace di non poter venire a prenderti, ma, se anche non dovessi sentire questo messaggio, troverai l'autista ad aspettarti. E volevo anche dirti... ti amo, Donata. Ecco. Avevo solo bisogno di dirtelo. »

1974

Adele si svegliò di malumore. Rimase a letto, il viso ancora bello, ma il corpo secco e le mani macchiate dalla vecchiaia. Sentiva freddo e rifletteva sugli acciacchi dell'età. Le passò per la mente che a quasi ottant'anni non le restava molto da vivere. La sua salute era buona e lei ancora lavorava, ma doveva arrendersi al fatto che la morte avrebbe potuto sorprenderla in ogni momento.

C'è una piccola parte dentro di noi che vive al di là del tempo. Ci rendiamo conto del passare degli anni solo in occasioni eccezionali ma, per il resto della vita, ci sentiamo gli stessi, non abbiamo età. Per Adele Casadio quell'occasione era arrivata un anno prima, quando aveva ricevuto la notizia della morte di Donata. Non aveva sentito dolore, visto che non conosceva la pronipote, ma una stretta allo stomaco, un senso di sbigottimento. Era pronta a ricevere la notizia della morte di un fratello, di un amico, ma non si era mai soffermata a pensare alla propria, di morte, né tantomeno a quella tanto tragica di una persona così giovane, e per di più incinta. Nel momento in cui aveva saputo di Donata, Adele aveva avuto la sensazione che il tessuto che per generazioni aveva unito la famiglia si stesse disfacendo, come se il filo che sino ad allora aveva legato tante vite di colpo si fosse lacerato.

I suoi genitori erano morti da tempo: Armida durante la guerra e Beppe qualche anno dopo. Le avevano scritto che, una domenica sera, suo padre era andato a letto e non si era più alzato. Lo avevano trovato il mattino seguente di traverso sul lenzuolo, una sola gamba per terra. Forse la morte lo aveva colto nell'atto di chiamare aiuto o forse, all'ultimo momento, Beppe Casadio aveva pensato che morire era la cosa più facile, e si era fermato.

Adele fece mentalmente i conti: di quella generazione era sopravvissuta solo la sorella più piccola di suo padre, zia Edvige. Quanti anni avrà avuto? Se la memoria non la tradiva... era quasi centenaria. Neve scriveva che viveva ancora sola nella casa della Fossa e non ne voleva sapere di traslocare. « Vado da lei due o tre volte alla settimana per controllare che sia ancora in vita. Le faccio la spesa e le pulisco in giro, ma ogni volta che entro ho paura di trovarla morta. »

Ogni tanto, Neve mandava in Brasile le fotografie di qualche matrimonio o dei battesimi dei nipoti. In quelle foto, Edvige spiccava sul resto dei parenti: sempre vestita di nero, con abiti di un'altra epoca, il corpo via via più asciutto e una massa di capelli bianchi che teneva sciolti e non si curava più di tagliare o spazzolare. Le circondavano il viso come una grande aureola. Adele sorrise e pensò che quella zia le aveva cambiato la vita, più lei di ogni altra persona al mondo. Se voleva rivedere almeno Edvige, doveva farlo subito.

Poco dopo, seduta davanti a una tazza di caffè, annunciò a Núbia Vergara: « Oggi vado in città e compro un biglietto per l'Italia ».

« E quando partite? » rispose Núbia, che aveva superato da un bel po' i novant'anni, era praticamente cieca, ma aveva la mente lucida come quand'era giovane.

« Non appena trovo un volo. Questa volta niente nave, prendo l'aereo. »

Una volta acquistato il biglietto, Adele scrisse a Neve i particolari del viaggio.

Il 17 agosto sarò in Italia. Volo da San Paolo a Malpensa e arrivo a mezzogiorno. Visto che il tuo Guido non vive lontano, forse potrei incontrare prima lui. Stavolta vengo in aereo. Dicono che ti addormenti, riapri gli occhi e sei dall'altra parte della Terra. Non come quando sono venuta in Brasile, che quasi morivo dal gran vomitare che ho fatto su quella nave.

◆

A prenderla a Malpensa ci andò Guido con la Fiat 127 che da un paio d'anni aveva sostituito una vecchia 500 e ancor prima la Vespa color banana. All'aeroporto incontrarono anche Norma, arrivata direttamente dal suo paese in Brianza. Raggiunsero insieme la piccola folla che aspettava davanti agli arrivi internazionali.

I viaggiatori da San Paolo iniziarono a uscire.

« Eccola! » esclamò Guido, riconoscendo tra la piccola folla sua zia Adele. Non l'aveva mai vista perché era partita dall'Italia che lui ancora doveva nascere ma, quando apparve insieme agli altri viaggiatori, non ebbe dubbi: aveva stampati in viso i tratti di una metà della famiglia e gli occhi erano chiari, identici ai suoi e a quelli della figlia.

Norma si aspettava d'incontrare una donna alta, con una grande presenza e un fare autoritario. In fondo, quella prozia era una proprietaria terriera, e in Brasile aveva accumulato una fortuna. Invece si ritrovò davanti una signora piuttosto bassa, con i capelli bianchi e i modi semplici. La prima cosa che notò fu la sua malinconia, un modo di sorridere dolce, ma senza luce. Si abbracciarono tutti poi, caricate le valigie, uscirono dall'aeroporto.

In macchina, Adele parlava un dialetto strano, saltando le « r » come si usava in Brasile. C'erano parecchie inflessioni straniere e qualche spazio vuoto quando la memoria la tradiva. Era comunque molto stanca e decisero di non farle troppe domande.

Percorsero in silenzio la tangenziale. La periferia si estendeva per chilometri come un solo, grande cantiere. C'erano palazzi e grattacieli costruiti l'uno accanto all'altro e fra gli scheletri delle nuove costruzioni si ergevano molte gru. Uscendo dall'autostrada, videro enormi manifesti che imbrattavano i lati della statale, pubblicizzando dentifrici, amari medicinali, l'ultimo modello di giradischi stereo. I muri erano coperti da grosse scritte: VIVA MARX, VIVA LENIN, VIVA MAO TSE TUNG! Oppure: POTERE OPERAIO! E più in là: FASCISTI, CAROGNE, TORNATE NELLE FOGNE!

Poche ore dopo, quando l'auto arrivò sull'argine di Stellata, Neve stava dando l'acqua alle peonie. Con i figli sposati e con poco da fare in casa, passava il tempo dedicandosi ai fiori: annaffiava i tulipani, toglieva le foglie secche ai gerani, concimava le ortensie. Pareva che l'amore che si era tenuta dentro per tanti anni, quell'amore morto il giorno in cui aveva obbligato Radames a dormire in un'altra stanza, lei adesso lo riversasse nella cura minuziosa delle rose, nell'impegno che metteva nel coltivare le viole e i gelsomini.

Mentre badava ai fiori, Neve rifletteva su quello che Radames le aveva detto: che, con gli anni, si era incattivita. Forse aveva ragione. Lei aveva sempre pensato di essere uguale alla madre; però sua mamma aveva più cuore. I ragni li metteva in salvo in cortile e le formiche le scopava via senza usare il veleno. Non avrebbe mai fatto del male a nessuno, tantomeno al marito. Invece Neve si chiedeva se era stato solo per evitare altre gravidanze che un giorno si era rifiutata di dormire con Radames. Qualcosa le si era rotto dentro tanti anni prima, e lei non era più riuscita a rimetterlo insieme. Eppure sapeva amare. Voleva bene ai figli, ai nipoti, e anche alle bestie. Pochi giorni prima, le era toccato seppellire un gatto che le aveva fatto compagnia per vent'anni. Radames voleva che ne prendesse un altro, anche solo per i topi, ma Neve sapeva che poi, quando moriva, lei avrebbe sofferto. Così, invece di un nuovo gatto, aveva chiesto a Radames di comprarle del veleno per i topi.

Ogni sera, dopo aver spostato come sempre la fotografia del piccolo Vittorio dalla cucina alla camera da letto, la donna andava in processione, lasciando negli angoli delle stanze tanti mucchietti di granelli rossi. La mattina trovava in giro i piccoli cadaveri, rigidi, la schiuma alla bocca e le zampette per aria. Neve li prendeva per la coda e andava a seppellirli accanto alle rose. In quei momenti si sentiva triste e si rendeva conto che era diventata vecchia da sola. Negli anni, lei e Radames si erano trasformati in semplici conviventi. Eppure, adesso, come avrebbe voluto ricevere anche solo una carezza, un bacio sulla fronte! Ma per certe cose era tardi. Troppi anni divisi, troppo silenzio accumulato in quel letto mezzo vuoto.

Non appena vide la 127 sull'argine, Neve appoggiò il secchio per terra e salì la scaletta della fiancata. Una volta faceva i gradini a due per volta, ma adesso le veniva subito il fiatone. Arrivata in cima, si fermò davanti a Adele.

« *Sinquant'an...* » sussurrò, poi troppe emozioni le tolsero la voce. Le due sorelle si abbracciarono, quindi entrarono tutti in cucina.

La stanza era in penombra e le persiane erano socchiuse.

« Papà dov'è? » chiese Guido.

« Dove vuoi che sia? È andato al Po in cerca di qualche tesoro nascosto, *cum al fa sémpar* », rispose Neve, scuotendo la testa.

Negli anni della vecchiaia, a Radames era tornata l'antica passione per gli oggetti antichi. Ora la schiena curva lo faceva camminare con gli occhi fissi al suolo, ed era stato grazie a quello che, un giorno, aveva visto luccicare qualcosa nella polvere. Si era chinato e, seminascosta nella terra, aveva scorto una moneta d'argento. Aveva poi scoperto che si trattava di un ducato della Repubblica di Venezia risalente al XV secolo.

Dal giorno di quella fortunata scoperta, Radames aveva sviluppato l'ossessione per i tesori sepolti. Aveva persino acquistato per posta un metal detector inglese e, senza dar ascolto a chi lo avvertiva che la legge non permetteva di andare a caccia d'oro e di antichità senza una licenza, si era trasformato in una specie di archeologo padano.

«Sul giornale dicono che hanno trovato l'oro nell'Adda, perché io non posso trovarlo nel Po?» rispondeva agli scettici.

Adesso passava intere mattinate a camminare lungo le rive del fiume, a setacciare con la sua macchina-trova-tesori i campi di frumento, le vigne e gli orti dei vicini. Lo si vedeva lungo certe stradine di campagna intento a perlustrare il suolo, la schiena curva, trascinandosi dietro la gamba rovinata. D'estate, il sudore gli scendeva a rivoli sul viso e, dopo un temporale, le lumache scricchiolavano sotto le sue scarpe. Ogni tanto la sua macchina gemeva lungo i fossi. Per lo più si trattava di forchette o di qualche chiodo arrugginito, ma alla fine la sua costanza fu premiata. Seppellite nella melma del fiume, Radames trovò alcune monete medievali, poi - prodigiosa scoperta di cui per prudenza non parlò nemmeno alla moglie - recuperò un'antica collana d'oro perfettamente conservata. Parecchi anni dopo la sua morte, Norma la fece esaminare dal British Museum di Londra e scoprì che si trattava di un esemplare risalente all'epoca romana.

Neve e i nuovi arrivati erano seduti da un'ora a chiacchierare in cucina, quando Radames rientrò.

« Ciao, papà, guarda chi ti ho portato », lo salutò Guido.

« L'ultima volta che ti ho visto, nemmeno ti cresceva la barba », scherzò Adele, abbracciandolo.

« Hai trovato qualcosa? » gli chiese Neve.

« Macché. Ma poi, quando meno te lo aspetti, succede. »

« Sì, che ti mettono in galera! » rispose lei, asciutta.

In quel momento, l'uccellino dell'orologio a cucù annunciò l'ora. Era da prima della guerra che non lo caricavano, ma funzionava ugualmente, e da tempo Neve e il marito avevano smesso di stupirsi. Accanto all'orologio, stava appeso un ritratto color seppia di Beppe e Armida: lui con la camicia abbottonata fino al collo, la giacca e il cappello in testa, l'Armida con i capelli bianchi e un vestito scuro dalla scollatura quadrata. Fissavano l'obiettivo con un'espressione seria, intimiditi da quella macchina che sapeva cogliere con tanta precisione anche i sentimenti della gente.

Chiacchierarono ancora un po', quindi Adele chiese: « E Dolfo? »

« Dopo la disgrazia, non è più stato lo stesso », sospirò Elsa. « La Zena, poi. Come si fa a rassegnarsi a una tragedia simile? L'unica figlia, e con il bambino quasi pronto per nascere. »

« Ci vorrà del tempo, e poi chissà. Non si torna più quelli di prima », disse Neve, gli occhi lucidi.

Si zittirono tutti. Il ricordo di Donata aveva riempito la stanza.

« E zia Edvige? » chiese Adele, cercando di cambiare discorso.

« È molto vecchia, non ci sta più con la testa. Parla da sola e, quando si ricorda di mangiare, apparecchia per due o per tre. Dice che ha ospiti, anche se sono anni che vede solo noi. Adesso la andiamo a trovare.»

«Vi porto in macchina», propose Guido, e si diressero insieme verso la casa della Fossa.

◆

Da almeno due decenni, Edvige aveva smesso di cucire abiti da sposa, perché l'artrite non le dava tregua ed era quasi cieca, però si rifiutava di traslocare. Viveva come un'eremita, chiusa fra le mura della casa della Fossa e andando da Neve solo un paio di domeniche al mese, quando i nipoti venivano e la portavano via quasi di forza. A parte quelle sporadiche uscite, i suoi giorni erano tutti uguali. La mattina si alzava, si lavava, poi andava in cucina dove trovava la colazione pronta: la tovaglia sul tavolo, il pane fresco, la tazza con accanto lo zucchero e il cucchiaio. Sul fornello c'erano già la moka del caffè e il pentolino con il latte che schiumava.

«Grazie, mamma», diceva Edvige.

Per lei, tutto quello era normale. Stava con una gamba in questo mondo e con l'altra in quello dei morti. Ogni pomeriggio, giocava a carte insieme a Giacomo, che si presentava con attaccata al collo la corda dell'impiccagione. Bisnonno e pronipote si sedevano l'uno davanti all'altra, e Edvige divideva con lui una tazza di caffè, i biscotti, e anche qualche bicchierino d'anice. Quando poi lei aggiungeva una bottiglia del liquore alla lista della spesa, Neve protestava: «Ma se te l'ho comprato che sarà una settimana!»

«Mica l'ho bevuto tutto io», si giustificava. Più tardi, però, diceva a Giacomo che ci andasse piano con l'anice, che poi la colpa la davano a lei.

Era come se una parte di Edvige avesse già raggiunto il mondo dei morti. Ogni tanto tornava fra i vivi, quando i dolori dell'artrite si facevano più forti, o se qualche testimone di Geova veniva a bussare alla sua porta; ma sempre più spesso trascorreva il tempo litigando con il padre Achille e la mamma Angelica, come faceva da ragazza, quando la chiudevano a chiave, o giocando a briscola con suo bisnonno Giacomo. Sempre più spesso le succedeva di chiedersi se la bevanda per il mal di stomaco gliel'avesse prescritta il medico, o se fosse una ricetta di Viollca; altre volte non ricordava se certe frasi le aveva sentite da Dollaro o alla radio. In ogni modo, si stava abituando all'idea della propria morte più facilmente di quanto si fosse mai abituata all'idea della propria vita.

L'unico cambiamento importante degli ultimi cinquant'anni era stato l'acquisto di un televisore. Dieci anni prima, mentre si trovava a cena a casa della Neve, Edvige aveva visto in TV una puntata della *Cittadella*, con Alberto Lupo e Anna Maria Guarnieri. Quand'era giovane, ai tempi della vicenda di Umberto e dei due bambini annegati, aveva giurato che, finché avesse avuto fiato in corpo, non avrebbe più letto un romanzo. Però quella sera, incantata davanti al piccolo schermo, aveva pensato che una tale, meravigliosa scoperta non rompeva il giuramento, perché i suoi romanzi adesso li avrebbe solo guardati, non letti. Così, lasciati da parte gli ultimi scrupoli, aveva raccolto i suoi risparmi e mandato Radames a Bondeno per comprarle un televisore.

Adesso, quando non giocava a briscola con Giacomo o non passava il tempo litigando con le anime di Angelica e Achille, Edvige stava incollata davanti al telegiornale, a *Carosello*, e alle puntate di *Rischiatutto*. Le piacevano anche i documentari sugli animali e si era appassionata ai gialli, soprattutto a *Ritratto di donna velata* o a *Ho incontrato un'ombra*.

Il suo preferito restava comunque *Belfagor*, anche se era stato trasmesso anni prima.

In quegli anni passati davanti al televisore, l'anziana donna aveva acquisito un vocabolario nuovo, un linguaggio forbito appreso dalle bocche di Tito Stagno, Ruggero Orlando e altri giornalisti della RAI. Capitava che, durante l'ultimo giro della briscola, dicesse a Giacomo frasi che aveva estrapolato dai telegiornali o dai dibattiti politici: « Qui occorrono misure stra-te-gi-che », lo avvertiva; oppure iniziava una frase con: « Da questo si deduce che ».

« *Parla cum at' magni!* » le rispondeva lui.

A volte, Edvige confondeva lo sciame di parole nuove che le ronzava in testa.

« Ieri il colonnello Bernacca ha detto che è in arrivo una grande masturbazione », aveva annunciato nel bel mezzo di un pranzo di famiglia, facendo sbellicare tutti i presenti.

La 127 di Guido percorreva la strada che dal paese portava verso la casa della Fossa. Adele si aspettava di ritrovare Stellata diversa: case moderne, vecchie costruzioni abbattute, piazza Pepoli rimessa a nuovo. Invece il paesino che aveva lasciato mezzo secolo prima sembrava imbalsamato. La piazza era identica, proprio come la chiesa, e le case erano solo più decrepite. La fortezza era rimasta nello stesso stato d'abbandono e il bosco di pioppi accanto al fiume era intatto. Il cinema Cristallo invece aveva chiuso e al suo posto sorgeva un supermercato. A parte questo, il resto era identico. Eppure Adele sentiva che intorno mancava qualcosa. Comprese di cosa si trattava attraversando piazza Pepoli, quando notò che in giro c'erano solo vecchi. I giovani se n'erano andati tutti.

Giunti alla casa della Fossa, trovarono Edvige seduta al tavolo della cucina. Stava sgranando una montagna di fagioli. Era lo stesso tavolo di rovere su cui, duecento anni prima, avevano disteso il cadavere di Giacomo; la stessa cucina dove il piccolo Dollaro aveva parlato al padre morto e dove, nel 1916, era apparso il fantasma di Erasmo.

Edvige prendeva metodica i baccelli, li apriva a uno a uno e con un dito faceva cadere il contenuto nello scolapasta.

« *Sía, guarda chi ghè!* » esclamò la Neve, ancor prima di entrare.

Edvige sollevò gli occhi, poi, con grande fatica, si alzò dalla sedia. Come suo solito, era vestita di nero, un abito di pizzo lungo fino ai piedi, ma indossava due calze multicolori, realizzate da Neve con gli avanzi delle maglie sfatte.

Era passato tanto di quel tempo, erano successe così tante cose, eppure, quando se la ritrovò davanti, Adele capì che tutta la distanza, tutti quegli anni messi in fila avevano ben poca forza. Le bastò un'occhiata per rendersi conto che l'essenza delle persone non cambia, e nello sguardo di Edvige riconobbe subito la propria solitudine.

« Facciamo un bel caffè », propose la zia dopo vari abbracci. Poi, girando la testa e rivolgendosi a un misterioso interlocutore, aggiunse: « *Lasa pèrdar, al fag mi. An gh'è mia bisogn d'agitáras in c'la manera* ».

Adele rivolse un'occhiata interrogativa a Neve e questa, di nascosto da Edvige, fece ruotare un dito vicino alla tempia, come a dire: *Che ci vuoi fare, è l'età.*

Si sedettero tutti intorno al grande tavolo. Parlarono del più e del meno, di quanti anni erano passati, di come andavano le cose in paese poi, inevitabilmente, il discorso finì di nuovo sulla grande assente di quella riunione famigliare.

« Me la ricordo da piccola, la Donata, quando veniva da me e voleva imparare a cucirsi i vestiti », disse Edvige, tornata testa e cuore nel mondo dei vivi. Ma subito dopo aggiunse: « Sicuro che fra un po' viene a trovarmi ».

« Zia, la Donata è morta », cercò di correggerla la Neve.

« Fa niente, io l'aspetto lo stesso », ribatté lei, guardandola con i suoi occhi cerulei, resi opachi dalla cataratta.

Quella sera, Adele si fermò a dormire da Edvige. Giunto il buio, le due donne si chiusero dentro con il catenaccio. Adele si guardò intorno. Era una casa popolata di memorie e di fantasmi. Il vento faceva tremare i vetri e i chiodi parevano ballare come indemoniati dentro il legno. Nelle stanze semivuote, sembrava di sentire voci, echi, gemiti. L'aria fischiava confondendosi con il respiro dei defunti.

« Non ti pesa vivere senza un po' di compagnia? » chiese Adele.

« Qui ho i miei morti, e loro non mi lasciano mai da sola. »

Quella sera zia e nipote divisero il letto. Chiacchierarono a lungo anche dopo aver spento la luce. Entrambe vecchie, parlarono del passato come se solo i ricordi facessero parte della loro vita e ci fosse ben poco da commentare sul presente, tantomeno sul futuro.

« Come sta tua figlia? » chiese Edvige.

« Ha la sua vita. La vedo così poco. Si è separata dal marito molti anni fa, ma è stato un bene. Ora insegna arte in una scuola », rispose Adele.

« Fai male a non vederla; è la tua unica figlia. »

« Siamo così diverse, zia. È stato sempre difficile con lei. »

« Non li scegliamo noi, i figli. Quando arrivano dobbiamo prenderli come sono. »

Ci fu una lunga pausa, poi Adele disse a bassa voce: « Forse era meglio se di figli non ne avevo ».

La zia si voltò di colpo, fissandola con occhi che parevano scrutare oltre le cose: « *Un fiol l'è sémpar 'na fortuna* ».

Adele non rispose. Pensò a Maria Luz e, come sempre, quel pensiero le lasciò dentro un senso di malessere. La sua tristezza riempì il letto, si sparse nella stanza, superò i muri, oltrepassò i canali, raggiunse i campi di frumento.

Il mattino dopo, Adele balzò sul letto, svegliata da una voce tonante.

« *In nomine Patris, et Filii, et Spiritus Sancti... Gratia Domini nostri Iesu Christi, et caritas Dei, et communicatio Sancti Spiritus sit cum omnibus vooobisss.* »

« Dio, che spavento!... Ma cos'è? »

« Niente, sono i megafoni di don Romano che dice messa. Sono anni che i comunisti cercano di fermarlo, ma non c'è stato verso. »

Nonostante il Concilio, don Romano restava legato al latino. Quando il dottore del paese gli aveva chiesto spiegazioni, lui aveva risposto: « Te parleresti in italiano con tua moglie, dopo quarant'anni che discorrete in dialetto? Per me è lo stesso. Con Nostro Signore ho parlato sempre in latino, e con quello continuo ».

« Ma è ancora vivo? » chiese Adele, stupefatta.

« È più vecchio di me; saranno centotré o centoquattro, ormai. C'è un pretino giovane che lo aiuta, ma la messa della domenica la vuole ancora dire lui. Ogni tanto si addormenta inginocchiato davanti all'altare o mentre dà la comunione. Del resto, è l'età, si può mica pretendere. E poi è famoso, vengono fin da Rimini per vederlo. »

« Come mai? »

« Esorcismi. È bravissimo a liberare gli indemoniati. »

« E la gente ci crede? »

Edvige sollevò le palpebre a metà, fissando il vuoto. Labbra sottili, guance scavate e gengive vuote, disse: « Cosa dobbiamo fare qui, poveri vecchi, se non credere alle favole? »

Il pretino che adesso dava una mano a don Romano arrivava da Ferrara. Era smilzo e calvo nonostante la giovane età. Veniva malvolentieri in quel misero paese sul fiume. La chiesa era fra le più malandate della diocesi, con gli affreschi rosi dalla muffa e la statua della Vergine adornata da una folta barba di ragnatele. Da un bel po' aveva rinunciato a tenere in ordine. Arrivava, pagava le bollette, confessava i vecchi, preparava quel paio di bambini alla cresima poi, riposti i paramenti, fuggiva nella sua 500 azzurra per tornare al più presto in città.

Mentre dai megafoni la voce di don Romano diffondeva la messa in latino, Guido camminava lungo il fiume. Si era svegliato all'alba con il bisogno di urinare e si era diretto sulle scale che portavano al solaio. Era su quei gradini che sua mamma teneva i pitali smaltati di bianco. Erano anni che Guido viveva in una casa con il water con lo scroscio automatico. Eppure quel mattino gli sembrò naturale trovare la fila di vasi bianchi, in fila sui gradini.

Dopo essersi vestito, andò nel cortile e trovò la madre intenta a dar da mangiare alle galline.

« Va' a vedere se c'è qualche uovo, così lo sbatto con lo zucchero e te lo metto nel caffè », propose Neve al primogenito.

Lui raccolse le uova ancora calde e la madre gli preparò uno zabaglione ben zuccherato, che gli desse forza, proprio come faceva quando il figlio era tornato dalla prigione, magro e talmente segnato dalle privazioni che suo nonno Beppe nemmeno lo aveva riconosciuto.

Dopo la colazione, Guido uscì per una passeggiata. L'aria a quell'ora era ancora fresca, il cielo senza colore. Il fiume scorreva silenzioso verso il mare e le foglie dei pioppi brillavano nella prima luce. Alcune donne scopavano il selciato e un gallo ritardatario cantava in qualche pollaio. Tutto pareva così ordinato e tranquillo, così profondamente famigliare, da sembrare impresso in una memoria atavica, passata di padre in figlio insieme al sangue.

Mentre rimuginava su tutto questo, Guido si trovò davanti alla casa di Nena Casini, la pescatrice di storioni che conosceva fin dall'infanzia. La donna si stava infilando gli stivali.

«Ciao, Nena.»

«*Guido, veh! Quand'è ch'at sé rivà?*»

«*Iér sira. Vèt a Po?*»

«*L'ora bona l'è questa.*»

La trovò invecchiata, la Nena, con i capelli ispidi e gli occhi più piccoli dentro le orbite. Però in lei c'erano sempre la stessa energia, lo stesso passo poderoso che faceva saltare le rane dentro l'erba.

I vecchi sempre lì, fra l'odore delle vacche e dei maiali, e i giovani via, a fare gli operai nelle fabbriche, pensava Guido quel mattino. Eppure Stellata gli parve così intatta, così incredibilmente bella e struggente che, per la prima volta da quand'era partito, pensò che era accanto al fiume che sarebbe voluto morire.

«*Tási!*» ripeteva Radames.

Ma la Neve era un po' brilla e continuava a raccontare barzellette spinte. «Sentite questa. Una vecchia dice al marito: 'Sai, caro, dopo tanti anni di matrimonio, voglio confessarti una cosa'. 'Dimmi, cara.' 'Tutte le volte che facevo l'amore con te pensavo ad Amedeo Nazzari.' E il marito: 'Confessione per confessione: anch'io pensavo a lui!'»

«*Tási! C'at parli sol parchè at ghè la lengua in boca*», insisteva Radames, ma lei non gli dava ascolto e rideva di gusto.

Si erano riuniti in una trentina nel cortile dietro la casa della Neve per festeggiare il ritorno di Adele dal Brasile. L'assenza di Dolfo e la disgrazia successa un anno prima si erano fatte sentire, ma goccino prima, bicchierino dopo, l'atmosfera alla fine si era fatta più leggera, e quella che era partita come una serata tranquilla si era via via trasformata in una festa rumorosa. Si mangiava e si beveva e le bottiglie vuote si accumulavano accanto al muro.

Alle undici, Radames pareva l'unico ancora sobrio. A quella cena c'erano i fratelli e le sorelle di Guido con le loro famiglie ed erano arrivati altri parenti del ramo dei Casadio, tutti venuti a far festa all'Adele. Zia Edvige stava a capotavola. Ogni tanto abbassava la testa e cedeva a un colpo di sonno. Mentre gli altri facevano baldoria, lei russava.

Le donne chiacchieravano, i mariti intonavano un variegato repertorio di canzoni, da *Bella ciao* al *Ragazzo della via Gluck*. I bambini correvano senza più controllo intorno ai tavoli. Un gruppetto di parenti aveva iniziato a discutere con fervore se Merckx fosse meglio di Coppi, e se la Germania avesse meritato di vincere la Coppa del Mondo il mese prima.

Di tanto in tanto, Edvige si svegliava al fragore di una risata, poi si guardava intorno confusa.

« *A mè pasà al cor*. Ho chiuso gli occhi un momento », sussurrava.

« *Va' a lèt, sía, c'lè mèi!* » le ripeteva ogni tanto la Neve.

Non girava un filo d'aria. A mezzanotte, i bambini dormivano tutti, chi sulle sedie, chi sulle sdraio pieghevoli, quelle che d'estate si usavano sulla spiaggetta del Po. I grandi però non sembravano aver intenzione d'interrompere la festa.

« *Andè a ca' vostra, avanti, cl'è ora d'andar a lèt!* » ripeteva la Neve cercando di smuoverli. Alla fine se ne andarono tutti. A casa restarono solo Radames e la Neve, Guido con Elsa e la figlia, Adele, e una zia Edvige di nuovo sveglia.

Il caldo era opprimente e, nella calma che seguì la partenza dei parenti, quelli rimasti d'un tratto si sentirono tristi.

Sedevano intorno al tavolo in silenzio. Nessuno aveva più voglia di andare a dormire.

« Con questo caldo non si respira. Facciamo quattro passi sull'argine », propose Guido.

Chiusero la porta a chiave e s'incamminarono su per le scalette della fiancata. Edvige si reggeva con l'aiuto del bastone, mentre Neve la sosteneva per l'altro braccio. Elsa aiutava Radames, che nel buio zoppicava più del solito.

« *Sém mís pran mal!* Siamo messi proprio male », si lamentava il vecchio.

« *Pasín pasín, ma as va' avanti* », gli rispose Edvige. Persino lei si arrampicava su per i gradini, lenta e con il fiatone, ma senza arrendersi.

La notte era limpida. C'era la luna piena e si vedeva anche dove la luce dei lampioni non arrivava. Il fiume era una seta. Camminavano l'uno accanto all'altro, piano, bisbigliando appena. Il momento era così lieve che temevano si potesse rompere al suono della voce.

Il mattino dopo, Guido, Elsa e Norma sarebbero ripartiti. Adele si sarebbe fermata un mese intero, ma già sentiva che il tempo sarebbe passato troppo in fretta e avrebbe faticato a tornare in Brasile. *Perché deve essere sempre così difficile andare via?* si chiedeva. In quei giorni, le era passato per la testa che in fondo poteva anche restare, decidere di passare lì gli ultimi anni della sua vita. Ma sapeva che c'è sempre qualcuno cui pensare; qualcuno, o qualcosa, che ci tiene legati a un mondo. E lei sentiva di non appartenere più a nessuna terra, nemmeno a quella dov'era nata.

Si erano fermati ad ammirare il Po. Il fiume brillava.

« Papà, fra un mese io parto », annunciò di colpo Norma.

« Dove vai? » chiese Guido, senza distogliere lo sguardo dal fiume.

« All'estero. Qui non posso più restare. »

Lui, come suo solito, non disse niente, ma Norma sapeva che aveva un groppo in gola.

Neve fissava l'acqua e di colpo si accorse che rifletteva l'immagine di una donna con i capelli adornati di penne. Subito dopo l'acqua tremò e il viso si confuse con quello di Donata. Fu questione di un attimo; poi l'immagine svanì.

Neve sospirò, pensando alla sua vita e a quella di tanti altri della sua famiglia. Forse Viollca si era sbagliata, come del resto si era sbagliata lei. Forse erano proprio i sogni a tenere in vita la gente. Questo pensò la Neve sulla riva del Po in quella notte d'estate, ed ebbe la sensazione che le premonizioni funeste non avrebbero più tormentato nessuno della famiglia.

Fissavano il fiume, in silenzio, quando lei disse: «Il 9 di settembre morirò. L'ho sognato l'altra notte».

«Cosa ti salta in mente? Devo morire prima io, che ho tanti più anni di te», la rimproverò Adele.

«*Chi toca, toca*», se ne uscì Edvige, e tutti scoppiarono a ridere.

Neve alzò lo sguardo. C'era una luna così grande, appena là sopra, che se allungavi la mano quasi potevi toccarla. «*Ma guardèla!*» sussurrò.

Fissavano lo splendore di quella luna così straordinariamente luminosa e vicina, ognuno di loro scordata la stanchezza del giorno, ognuno dimentico della propria solitudine. Poi, nel buio, si sentì di nuovo la voce di Neve: «Una notte così non la vivremo mai più».

◆

Quel mattino, Adele si era svegliata con l'allegria nel sangue. Una settimana prima, si era trasferita nella casa sull'argine, ché le era parso di fare un torto a sua sorella Neve a star sempre da zia Edvige. Aveva dormito bene. Il caldo estivo stava scemando e le notti si erano fatte più fresche. Buttò giù le gambe dal letto e andò alla finestra. Salì i tre gradini, si mise in punta di piedi, e solo allora riuscì ad aprire le persiane. L'aria era leggera, il cielo terso. Adele respirò il profumo del fiume: un odore di terra umida, d'acqua fertile e di erba tagliata. Era un profumo legato alla sua infanzia e lo respirò a fondo, a occhi chiusi.

Si vestì lentamente, cercando d'ignorare i dolori alla spalla e alle ginocchia, poi scese in cucina.

Di solito, a quell'ora, Neve era già là che trafficava con la moka e le tazze della colazione, ma quel mattino la cucina era vuota. Adele si fece il caffè, poi sedette al tavolo ad aspettare la sorella e il cognato.

Accese la radio. Il giorno prima, avevano arrestato Renato Curcio, il fondatore delle Brigate Rosse, e stavano parlando di quello. Ma anche dello sgombero di case occupate nel quartiere romano di San Basilio, dove c'erano stati scontri con la polizia e un diciannovenne era stato ucciso. Adele pensò che il mondo andava davvero alla rovescia, con o senza serpenti morti.

Radames la raggiunse, trascinando più del solito la gamba rovinata. Aveva i capelli a spazzola, la schiena curva. « La Neve? » chiese, meravigliandosi di non trovarla là.

« Starà ancora dormendo. »

Dalla radio, una voce annunciò: « Ed ecco le previsioni del tempo di oggi, lunedì 9 settembre: al Nord-est, precipitazioni sparse... »

Radames si fermò di colpo. « Che giorno è? »

« Il 9 settembre », gli rispose Adele, distrattamente.

Subito dopo i due si fissarono, poi corsero verso la stanza di Neve.

Aprirono la porta trattenendo il respiro.

Stava distesa sul letto: tranquilla, il ritratto di Vittorio stretto al seno. Pareva dormire. Aveva un sorriso sulle labbra, ma giaceva immobile, il viso senza colore, nessun cenno di respiro.

La stanza era fresca. Il sole filtrava attraverso le fessure delle persiane e tingeva le pareti di strisce luminose, proprio come il giorno in cui Neve era nata, di piedi, vispa come una rana. Dal suo corpo emanava un profumo di zucchero caramellato e di narcisi. Le api le volavano intorno, come capitava nei suoi momenti più felici.

Adele toccò il braccio del cognato. «È stata una morte dolce.»

Radames non le rispose. Si avvicinò al letto e, dopo trent'anni, si stese di nuovo accanto alla moglie. Le accarezzò il viso, fissandola con la stessa intensità di quel pomeriggio in cui l'aveva portata al fiume e avevano fatto l'amore per la prima volta. Si fece più vicino, si accoccolò accanto a lei, e infine la strinse tra le braccia.

Adele chiuse la porta dietro di sé, attenta a non fare rumore. E li lasciò soli.

EPILOGO

2013

Sopra una scatola da scarpe c'è scritto SANTINI. La apro. Dentro trovo decine di facce che si somigliano: date di nascita, date di morte, lo stesso cognome. Mia madre li ha raccolti funerale dopo funerale per custodirli in questo umile sacrario di famiglia: una scatola da scarpe numero 44, appartenuta a mio padre. Durante la mia infanzia, i santini tornavano alla luce ogni anno, nel Giorno dei Morti. Il 2 di novembre, mamma continuava la tradizione di nonna Neve. Prendeva la scatola da sopra l'armadio e metteva sopra il comò i ritratti dei defunti, poi vi accendeva davanti una gran quantità di candele. Se di sera ci passavo vicino, correvo via terrorizzata, convinta che le anime dei morti mi seguissero con lo sguardo.

Gli uomini della ditta di traslochi vanno e vengono caricando pacchi, mobili, le reti del letto. Dopo la morte di mio padre, io e mia madre abbiamo messo la casa in vendita. È la casa di Stellata, quella accanto all'argine, comprata da nonno Radames negli anni della guerra. Ci hanno vissuto prima i miei nonni poi, negli ultimi anni, anche i miei genitori. Raggiunta l'età della pensione, papà ha deciso di tornare qui. Nessuno se lo aspettava ma, una volta morto suo padre, ha dato ai fratelli la loro porzione di eredità ed è tornato ad abitarci con la mamma. È una casa mal ridotta, con un bagno datato, piastrelle floreali degli anni '70, un riscaldamento che funziona a singhiozzo e che mandava papà fuori dai gangheri. Giurava che quel maledetto boiler lo faceva apposta, che aveva una sua volontà. Vendere in questi tempi di crisi non è stato difficile. Abbiamo accettato la prima offerta, come quando ci si toglie un dente senza tentare di salvarlo pur di levarsi subito il dolore.

Gli uomini in tuta blu portano fuori mobili, smuovono pacchi, caricano le ante dell'armadio mentre io, seduta sull'unica cassa rimasta in cucina, fisso le immagini dei santini e non riesco ad andarmene. Li guardo tutti, i miei morti. Mi ritrovo fra le mani la foto di Adele da giovane: è proprio bella, con il suo ciuffo bianco sulla fronte e l'espressione malinconica; poi c'è quella di Erasmo nella divisa della Grande Guerra. Prendo l'immagine di nonno Radames in Abissinia, a petto nudo e con i capelli a spazzola, e quella di Edvige da anziana: vestito nero con i pizzi e un'enorme aureola di capelli candidi. È morta nel 1975, un anno dopo la festa per il rientro di Adele dal Brasile. Cento anni compiuti. Dopo la morte di nonna Neve, Radames aveva continuato a compiere i soliti giri d'ispezione alla casa della Fossa ma, pochi mesi dopo, se n'era andato pure lui. Le sue ultime parole erano state che il suo posto era accanto alla nonna ed era contento che andava a raggiungerla.

È stato zio Decimo, il fratello più giovane di papà, a scoprire la morte di Edvige. Stava seduta davanti alla TV accesa, gli occhi spalancati e un'espressione di meraviglia sul viso. Quand'è arrivato il momento della sepoltura, si sono resi conto che il corpo era duro come il marmo e non sono riusciti a stenderla nella bara. Hanno dovuto seppellirla com'era: seduta su una sedia, la bocca aperta e un'espressione di stupore negli occhi. Ormai in pochi a Stellata si ricordavano di lei e solo una manciata di paesani l'ha accompagnata insieme ai parenti nel suo ultimo viaggio al camposanto.

Dopo qualche giorno, abbiamo ripulito la sua stanza dalle tante cianfrusaglie dell'altro secolo che avevano riempito il suo mondo. Mentre rovistavo nell'ultimo cassetto del comò, ho scoperto un centinaio di lettere nascoste sotto la pila di lenzuola. Stavano insieme alla fotografia di un bell'uomo dagli occhi chiari e dal sorriso accattivante. Su un angolo c'era una dedica: *Per sempre, Umberto.* Le lettere erano ancora nelle loro buste, indirizzate a un certo Umberto Cavalli e a un paese nella provincia di Novara che non avevo mai sentito nominare. Erano state riposte con cura, divise in ordine cronologico, anno dopo anno, ogni plico tenuto insieme da un nastro. Erano ingiallite e profumavano di borotalco. Non erano mai state spedite.

Ripongo il santino di Edvige nella scatola e mi ritrovo in mano la foto di Donata. È splendida, con quella massa di capelli neri e gli occhi celesti che brillano. Chiunque, guardandola, avrebbe detto che non poteva accaderle niente di male, con tutta la forza e l'allegria che aveva dentro. Ogni tanto viene a trovarmi: un bicchiere mi si rovescia sul tavolo, o sento battere al vetro della finestra, oppure succede che la porta si chiuda da sola. Sorrido e le dico: « Matta che sei! »

Ecco una foto del matrimonio dei suoi: Zena e Dolfo sorridono al fotografo. Lui è in abito scuro e cravatta. La Zena è splendida, ma anche vestita un po' strana, con un tailleur elegante e dalle linee sobrie, certamente, ma in testa ha un turbante bianco, con tanti di quei fiori cuciti sopra che sembra Carmen Miranda. Sorrido e penso che qualcosa di eccentrico se lo doveva pur mettere per far parlare la gente.

Qualche anno dopo la tragedia della figlia, Dolfo e la Zena erano tornati a vivere a Caposotto. Quando scendevo a trovare i miei, a Stellata, era una tappa obbligatoria fermarmi a cena da loro. Dicevano che avermi lì era un po' come ritrovare Donata. La sentivano più vicina quando mi avevano accanto. Una sera, sarà stato a metà degli anni '90, stavamo mangiando davanti alla televisione accesa, quando di colpo Dolfo si è fatto serio.

«Guarda. Lo riconosci quello là, appena dietro Berlusconi, a sinistra?»

«... Mi pare una faccia conosciuta. Chi è?»

«Giovanni Scuderi. L'ex dirigente del partito di Donata.»

«Che ci fa insieme a Berlusconi?»

«Oh, il furbo, ci fa. Quando ha chiuso i battenti del partito, è scappato con i soldi raccolti dalle 'collettivazioni' dei compagni, così le chiamava lui. Ha aspettato un po' di anni, finché le cose non si sono calmate, e poi eccolo rispuntare di nuovo, a farsi bello in TV al fianco di Berlusconi. Altro che rivoluzione proletaria!»

Rimetto la foto nella scatola e prendo il santino più recente: è di mio padre. Solo il nome e due date: Guido, 1926-2012.

L'avevo portato io a fare quella fotografia; serviva per una nuova carta d'identità. Quel giorno non sapevamo ancora del tumore, ma adesso penso che il male gli si veda chiaro in faccia.

La settimana dopo, l'avevo accompagnato all'ospedale per un esame. Era un mattino chiaro. L'aria era mite nonostante fossimo in gennaio. Il sole imbiancava i cortili, i campi, le strade. Pareva qualcosa uscito dalle mani di Dio, un mondo perfetto e impastato di luce.

Lo avevo lasciato davanti all'entrata. «Aspettami, vado a cercare un parcheggio», gli avevo detto. Quand'ero tornata, lui non c'era. Ero andata al Pronto Soccorso, poi dove stavano le file di carrozzine. Ero corsa in strada, tra i clacson, poi ero tornata nella confusione della reception. Non era da nessuna parte, lo avevo perso. Mi ero guardata intorno. Avevo chiamato forte il suo nome e alla fine mi aveva risposto. Stava seduto dietro un angolo, il mento appoggiato al bastone, gli occhi socchiusi. « Papà, che fai lì? Andiamo, che si fa tardi. »

In quel momento, uno stormo di uccelli si era alzato nel cielo, i corpi senza peso, le piume lisciate dal vento. Non avevo pensato che gli uccelli erano un brutto presagio. Per un attimo avevo creduto d'intravedere un segno: la premonizione di un dono, la speranza di un po' di futuro. Un tempo ancora da vivere. Mezz'ora dopo, un medico mi diceva del tumore, dell'impossibilità di operare o di curare, visti l'età e il cuore malandato.

Gli uomini del trasloco portano giù i pezzi del letto. È la volta dell'armadio di noce, poi vedo passarmi davanti il comodino dove tu, papà, appoggiavi le copie della *Settimana enigmistica,* le penne Bic senza cappuccio, il tuo pacchetto di MS. Quand'ero bambina, te ne andavi nella tua stanza nel primo pomeriggio, le tapparelle abbassate e il bisogno di allontanarti da noi, di addentrarti in sogni tutti tuoi, dove per me o per la mamma non c'era posto. E sentivo che ugualmente abitavi lontano, anche se all'ultimo momento non avevi avuto il coraggio di seguire quella donna. Negli ultimi tempi che hai passato sulla Terra, fissavi la pioggia fermo dietro i vetri. Chissà. Forse eri pentito di aver rinunciato a quell'amore, o forse alla fine avevi deciso che era meglio così, che restare era stata la cosa giusta.

Il giorno della grande nevicata eri già in ospedale. « Portami a vedere la neve », mi hai chiesto. Ti ho aiutato a scendere dal letto. Avanzavamo lungo il corridoio, legati l'uno all'altra, negli occhi lo spavento di due stranieri in una nuova città. Arrivati alla vetrata siamo rimasti in silenzio. Fuori era buio, la neve non smetteva di scendere. Fissavamo quella benedizione cadere dal cielo, nascondere ogni male. Lo so: entrambi abbiamo pensato che quella era l'ultima volta. Non avresti più visto la neve coprire i campi, le ville, i giardini deserti. Il mondo era bianco. Ogni cosa fra noi, muta. Come lo è stata sempre.

Dopo l'ictus non hai più parlato. Scivolavi in fondo a un pozzo, inabissato sempre più nell'acqua scura del coma. Tornavi da noi solo di tanto in tanto, come in un piccolo volo. Poi, il buio. Ti chiamavamo, ti toccavamo, ma era come parlare a un feto, a un essere chiuso in un suo mondo. Vicino. Inaccessibile. Prima di ripartire per la Scozia, mia figlia Federica è venuta a salutarti. Il viso chino sul tuo, ti chiamava, ripeteva il tuo nome. Di colpo hai aperto gli occhi. L'hai fissata con forza, con dolore, con fame. L'hai fissata con la tristezza di un uomo che muore, il corpo rigido nella fatica di trattenere dentro la sua immagine. Poi un'onda scura ti ha trascinato via, hai abbassato di nuovo le palpebre. Gli occhi azzurri di Federica sono stati il tuo ultimo mondo. Ed è giusto sia stato così: tua nipote, la figlia che ho avuto ormai vecchia, l'unica della famiglia ad aver ereditato la tua voce e il tuo talento. Ora sta finendo il conservatorio, papà. So che, ovunque tu sia, ne vai fiero.

Quando sei morto, hanno celebrato la messa nella stessa chiesa dove hai detto addio ai tuoi genitori e ai tuoi nonni. C'erano i tuoi fratelli, le loro famiglie, i gemelli da Bologna, i pochi amici rimasti. Dolfo è stato fra i primi ad arrivare, sostenuto per un braccio dalla badante. Non appena l'ho visto, ho pensato che avrebbe dovuto esserci Donata ad aiutarlo in un momento così difficile. Portava gli occhiali scuri e tastava il pavimento davanti a sé con il bastone. Si è seduto accanto alla mamma. Ha detto: « Ciao, Elsa ». Non è riuscito ad aggiungere altro, ma le ha preso la mano e gliel'ha stretta.

Dolfo abita ancora a Caposotto, il paese di sua moglie Zena. Con la vecchiaia si è trasformato in un gigante buono, uno che dà da mangiare ai gatti randagi; finché ci vedeva, allevava colombi. Papà lo andava a trovare quasi ogni giorno. Sedevano all'ombra della vite per una partita a carte, o a ricordare insieme la loro infanzia sul fiume: le nuotate nel Po, la Nena Casini che lottava con gli storioni e la Irma, con quel corpo che era meglio della Lollobrigida; e poi le brustoline dell'Itala Palula, il cinema Cristallo, il ponte di barche sul Po.

Zena ci ha lasciato più di dieci anni fa. Dolfo, ormai cieco, doveva andare in una casa di riposo, ma ha preferito assumere una ragazza ucraina. Lei parla poco l'italiano e lui di certo non l'aiuta, esprimendosi solo in dialetto e bestemmiando senza misericordia se inciampa in qualcosa.

Ripongo il santino di mio padre nella scatola. Li guardo a uno a uno, i miei morti. Molti hanno gli occhi neri, la stessa espressione irrequieta nello sguardo; altri gli occhi chiari e lo sguardo inconfondibile dei sognatori. Ma in ognuno di loro vedo la stessa storia: una storia di terra. Mi sembra di scorgere ombre di terra sulla loro pelle; terra nei loro sguardi, polvere di campo nei capelli, sulla lingua, sotto le unghie. E so che, sotto le mie parvenze cittadine, me la porto dentro anch'io tutta quella terra, e lo stesso destino di questi sognatori sconfitti.

« Signora, noi avremmo finito », mi dice uno della ditta di traslochi.

« Vada pure, chiudo io. Grazie di tutto. »

Sento la porta sbattere, poi i suoi passi salire lungo le scalette dell'argine. Poco dopo c'è il rombo di un motore, e il camion si allontana.

Mi guardo in giro: qui non c'è più niente. Nemmeno un foglio di carta, un appendino, una bustina di tè. Non è rimasto nulla di noi fra queste mura, nulla di tutto ciò che siamo stati. Questa casa adesso sarà di altri. Avrà suoni e profumi diversi, l'aroma di un'altra marca di caffè sul fornello, altre spezie. Altri piedi lasceranno orme sul pavimento. Ci saranno respiri nuovi, estati nuove, voci diverse.

Rimango con la mano sulla maniglia della porta. Infine mi decido e chiudo con due giri di chiave. Fuori l'aria è fredda. Salgo le scalette addossate all'argine, stringendo fra le mani la scatola dei santini. Sento sotto i piedi il ticchettio della mia infanzia. Mi giro per l'ultima volta, poi riprendo a salire e non mi volto più.

Salgo in macchina e ingrano la prima. Guido lentamente lungo lo stradone che costeggia il fiume. Il Po è in piena. La massa d'acqua corre verso il mare, scura e ribelle. È quasi buio, sui campi galleggia un filo di nebbia. Sull'altra riva, si accendono di colpo le luci del paese. Ma è tempo di andare, adesso. Tempo di vivere gli anni che ci restano nella quiete del ricordo, nell'amore per i figli, nelle piccole felicità di ogni giorno. Tempo per dimenticare le nostre guerre e le nostre sconfitte, imparando a gioire della forza segreta dei sogni e dei momenti di tregua che ci sono concessi: questo profumo di legna che brucia, le luci raccolte in fondo alla campagna, gli dei del grande fiume, la prima nebbia d'autunno.

ALBERO GENEALOGICO
DELLA FAMIGLIA CASADIO

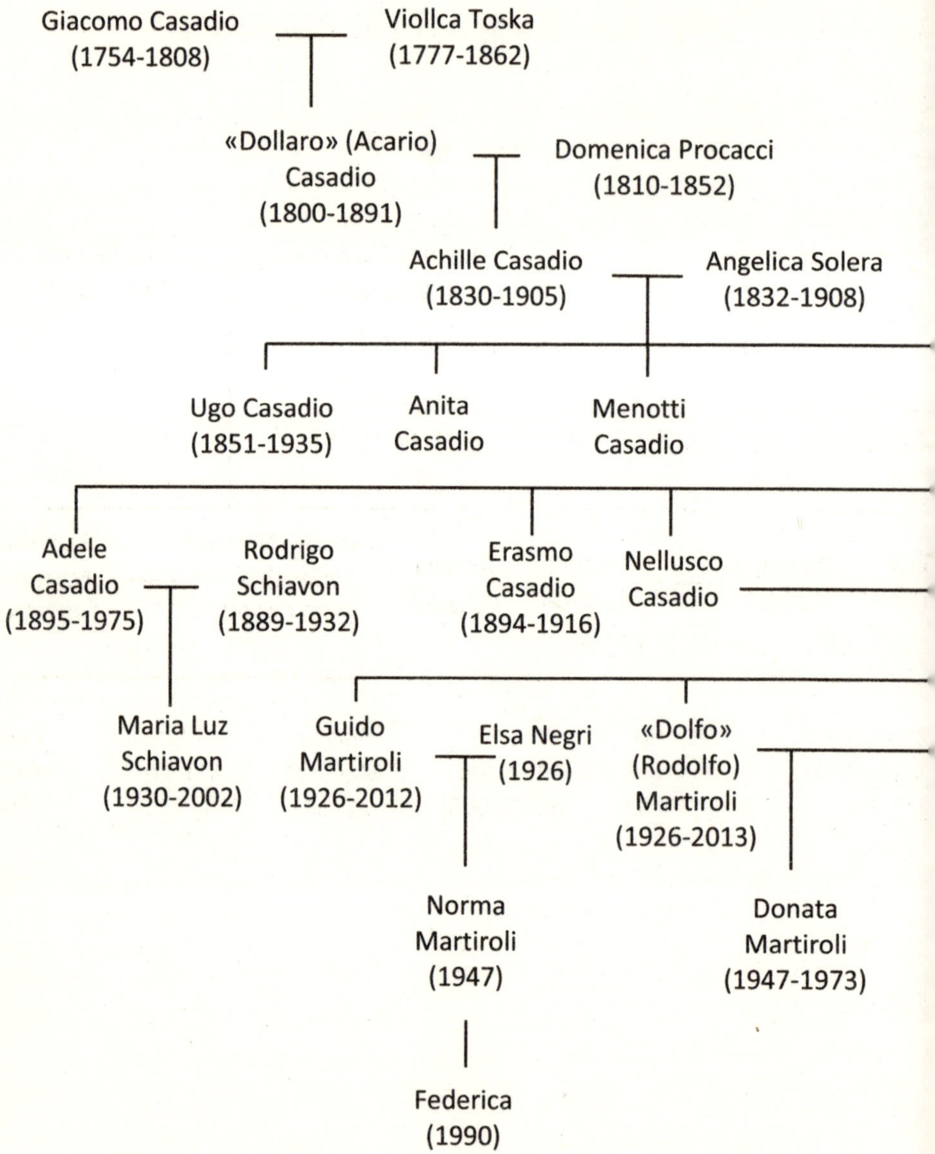
Giacomo Casadio
(1754-1808)
Viollca Toska
(1777-1862)
«Dollaro» (Acario)
Casadio
(1800-1891)
Domenica Procacci
(1810-1852)
Achille Casadio
(1830-1905)
Angelica Solera
(1832-1908)
Ugo Casadio
(1851-1935)
Anita
Casadio
Menotti
Casadio
Adele
Casadio
(1895-1975)
Rodrigo
Schiavon
(1889-1932)
Erasmo
Casadio
(1894-1916)
Nellusco
Casadio
Maria Luz
Schiavon
(1930-2002)
Guido
Martiroli
(1926-2012)
Elsa Negri
(1926)
«Dolfo»
(Rodolfo)
Martiroli
(1926-2013)
Norma
Martiroli
(1947)
Donata
Martiroli
(1947-1973)
Federica
(1990)

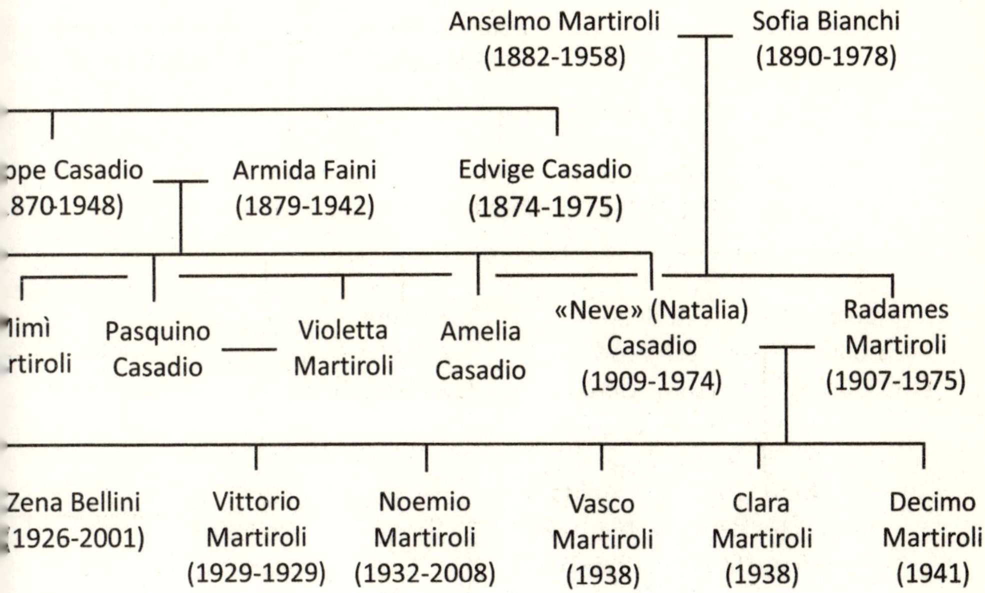
Anselmo Martiroli (1882-1958)
Sofia Bianchi (1890-1978)
pe Casadio
870-1948)
Armida Faini (1879-1942)
Edvige Casadio (1874-1975)
imì
rtiroli
Pasquino Casadio
Violetta Martiroli
Amelia Casadio
«Neve» (Natalia) Casadio (1909-1974)
Radames Martiroli (1907-1975)
Zena Bellini
1926-2001)
Vittorio Martiroli (1929-1929)
Noemio Martiroli (1932-2008)
Vasco Martiroli (1938)
Clara Martiroli (1938)
Decimo Martiroli (1941)

RINGRAZIAMENTI

Un ringraziamento è dovuto innanzitutto alla mia famiglia. Attraverso i loro racconti ho imparato a conoscere la storia e le tradizioni della terra che mi ha dato i natali, ma che ho lasciato da piccola senza conservarne nessuna memoria. Ringrazio la mia agente letteraria, Carmen Prestia, che ha creduto nel romanzo e ha saputo compiere un miracolo. Un grande grazie alla Casa Editrice Nord, che mi ha accolta con calore ed entusiasmo e ha trasformato il mio sogno in questo libro. Sono debitrice a tutto il team che ha reso possibile la sua nascita, ma in particolare il mio ringraziamento va a Cristina Prasso, che ha reso possibile tutto, e anche di più. Grazie per il suo amore per la letteratura; grazie per il suo infaticabile lavoro di cesellatura, per la pazienza, la sua cura dei dettagli e la precisione che ha mostrato di possedere guidandomi durante tutto l'editing. Un ringraziamento è dovuto anche alle mie amiche Marta Bombarda, Lorena Baretta, Gabrielle Preston e Ornella Fiorini, artista che canta e dipinge il Grande Fiume. Attraverso i loro racconti, mi hanno ispirata a scrivere alcuni passaggi di questo libro. Grazie a mia cugina, Alfa Gavioli, e a mia figlia Francesca, per la sua sensibilità e bravura. È per merito suo se sono riuscita a creare l'impalcatura su cui costruire l'intera storia della famiglia Casadio. Un grazie va anche alla rivista *Sermidiana,* dove ho trovato piccoli gioielli di ricostruzione storica e popolare, come l'alluvione del 1951. Grazie allo scrittore Giuseppe Pederiali, il cui racconto *La Nena e il Po* parla di Nena Casini.

Last, but not least, la mia riconoscenza va alla scrittrice e amica Rosalba Perrotta, che mi ha insegnato a scrivere. Per anni mi ha spinta a completare il manoscritto. Grazie per aver letto, riletto, commentato e corretto il testo passo dopo passo, con cura, con affetto e con tenacia, donandomi ogni volta suggerimenti preziosi. Senza il suo aiuto, questo romanzo non avrebbe visto la luce.

Questo libro è stampato col sole

Azienda carbon-free

Fotocomposizione Editype S.r.l.
Agrate Brianza (MB)

Finito di stampare
nel mese di agosto 2020
per conto della Casa Editrice Nord s.u.r.l.
da Grafica Veneta S.p.A. di Trebaseleghe (PD)
Printed in Italy